重音精華＋例句精練

QR Code
附贈
線上朗讀音檔

日檢**單字**絕勝
備考利器

↑N3↑

分數飆升，唯一選擇！

權威推薦 × 戰勝多變題型
精確捕捉高頻單字

吉松由美・田中陽子・林勝田・山田社日檢題庫小組　合著

山田社
Shan Tian She
STS

前言 preface

感謝讀者們的熱烈支持，

《絕對合格 全攻略！新制日檢 N3 必背必出單字》，再進化，並取新書名。

推出 QR 碼線上音檔，讓您隨時隨地，都能沉浸在東京原音中。

輕鬆實踐零碎時間累積單字，

日積月累，直攀日語高峰！

您的日語聽起來有點台灣味嗎？

想甩掉口語中的奇腔怪調？

或者對日檢聽力部分感到不夠自信？

讓口語和聽力齊飛，並深入且準確地記憶單字，一切的秘訣就在於——重音。

不管您是：

☆ 已學過基礎日語，卻停滯不前，渴望更大進步！

☆ 能應付一些日常對話，但偶爾遇到聽不懂的障礙！

☆ 覺得聽力是軟肋，不知如何突破！

☆ 想輕鬆增加 N3 單字量，無痛通過日檢！

想讓您的日語更上一層樓，現在就抓住這把關鍵的金鑰匙，開啟新世界的大門吧！

揭秘迅破難關的 4 大法寶：「重音、精妙短句、華麗長句、易混辨異詞」。

精心挑選新制日檢 N3 必考的 1575 個單字，搭配 1575 個「金典短句」＋「華麗長句」＋重音標示。

全力以赴，濃縮學習精華，迅速鎖定考試要點：

1. 關鍵重音標示：鍛造一聽即懂的絕技，不讓聽力拉低您的實力，大幅縮短日檢通過的距離！

2. 運用「金典短句」：深入分析單詞與其他詞語的常見搭配，舉一反三豐富詞彙量、強化表達能力。

3. 全方位「華麗長句」：研究顯示多引用例句將增強記憶，蘊含同級文法與會話的「華麗長句」，三效合一，成效卓越！

4. 深化「同級易混辨異詞」：強化易混淆單詞、類義詞的辨別學習，學習成效再提升三倍！

讓百分之百全方位的策略，成為您成功的助力，突破中級雲層，邁向璀璨巔峰。別讓記憶力成為考試的負擔！想站在勝利者的位置，關鍵就在於選對單字書！

100%全面加速您的日語實力，讓您輕鬆取證，成為眾人矚目的焦點！成功的秘密在於：

● 1. 重音大作戰：培養絕佳語感，聽力突破無阻礙，考試勝券在握！

打破日檢的首要法則，聽懂才能用得好！「きれいな はな」究竟是指「美麗的花」還是「漂亮

的鼻子」？別被迷惑，掌握重音，才能真正聽懂並運用！本書在每個單字後都標注了重音，讓您從一開始就建立正確的發音基礎，避免語言混亂雞同鴨講，將聽力轉化為您的得分神器，自信地打出精彩的合格全壘打！

● 2. 精準命中考點：擴展同義及對義詞，針對日檢題型出擊，合格不在話下！

針對日檢 N3 的文字語彙第 4 大題——近義替換，本書逐一補充同級類義詞，並搭配部分對義詞，全面覆蓋相關單字，加強對易混淆單字和類義詞的辨識學習。

不僅大量擴充單字量，還能加深您的理解力，不再從中文翻譯日文，直接轉變為用日文解釋日文的關鍵思維。加深印象、方便記憶，必考單字學習效果一飛衝天！

● 3. 短句魔法：精煉短句，迅速記憶搭配組合，變化萬千！

針對日檢 N3 測驗，文字語彙的關鍵——前後關係，我們精選最常互相搭配的詞彙，編寫核心金典短句，讓您輕鬆靈活運用單字。簡潔明了，易記的超短句，助您在考前衝刺階段節省寶貴時間。直擊考點要害，迅速精準！

● 4. 長句閱讀：同步學習同級文法與貼近生活的會話，累積閱讀力和單字量！

緊接著短句，我們將同級單字、文法與貼合 N3 日檢的主題融合，創造出能施展合格魔法的華麗長例句！通過這種方式，您可以鍛鍊閱讀和理解能力，同時深入學習同級單字和文法知識，打造堅不可摧的基礎，無懼任何考題。

● 5. 賞心悅目：50 音順＋貼心排版，一目瞭然，好用好學！

我們將豐富的內容以，最易讀的方式呈現！單字信息集中在一頁之內，左側展示單字資訊，右側呈現慣用詞組和例句，無需翻來翻去眼花撩亂，閱讀動線清晰流暢。全書採用 50 音順序排列單字，兼具工具書的便利性，方便隨時查閱和複習。黃金搭配，省時省力，讓您在日檢戰場上無往不利！

● 6. 聽力致勝：QR 碼一掃，瞬間來到東京，打無敵語感！

專業日籍教師親自錄製，標準東京腔朗誦，手機一掃，隨時聆聽，利用零碎時間也能創造身臨其境的學習氛圍，讓單字記憶深入人心。無疑是單字記憶和聽力訓練的絕佳夥伴！

● 7. 自訂學習藍圖：編號策略，訂立個人目標，釋放 200% 學習潛能！

每個單字都配有編號和勾選框，方便規劃學習和複習進度！為自己打造專屬學習計劃，喜悅的進步超有感。每一步都是向夢想靠進，合格證書唾手可得！

本書依據日本國際交流基金（JAPAN FOUNDATION）的舊制考試標準，和最新的「新日本語能力試驗相關概要」編寫。參考舊新制日檢考試內容和日語使用現況，結合國內外各類單字書和試題資料，由經驗豐富的日語教育專家，精選 N3 單字編撰而成。權威可靠，值得信賴！現在就跟著我們掌握正確方法，一同攻克日檢，在學習之旅中騰飛！

目錄
contents

新「日本語能力測驗」概要

一、什麼是新日本語能力試驗呢

1. 新制「日語能力測驗」

從2010年起實施的新制「日語能力測驗」（以下簡稱為新制測驗）。

1－1　實施對象與目的

　　新制測驗與舊制測驗相同，原則上，實施對象為非以日語作為母語者。其目的在於，為廣泛階層的學習與使用日語者舉行測驗，以及認證其日語能力。

1－2　改制的重點

　改制的重點有以下四項：

1　測驗解決各種問題所需的語言溝通能力

　　新制測驗重視的是結合日語的相關知識，以及實際活用的日語能力。因此，擬針對以下兩項舉行測驗：一是文字、語彙、文法這三項語言知識；二是活用這些語言知識解決各種溝通問題的能力。

2　由四個級數增為五個級數

　　新制測驗由舊制測驗的四個級數（1級、2級、3級、4級），增加為五個級數（N1、N2、N3、N4、N5）。新制測驗與舊制測驗的級數對照，如下所示。最大的不同是在舊制測驗的2級與3級之間，新增了N3級數。

N1	難易度比舊制測驗的1級稍難。合格基準與舊制測驗幾乎相同。
N2	難易度與舊制測驗的2級幾乎相同。
N3	難易度介於舊制測驗的2級與3級之間。（新增）
N4	難易度與舊制測驗的3級幾乎相同。
N5	難易度與舊制測驗的4級幾乎相同。

＊「N」代表「Nihongo（日語）」以及「New（新的）」。

3　施行「得分等化」

　　由於在不同時期實施的測驗，其試題均不相同，無論如何慎重出題，每次測驗的難易度總會有或多或少的差異。因此在新制測驗中，導入「等化」的計分方式後，便能將不同時期的測驗分數，於共同量尺上相互比較。因此，無論是在什麼時候接受測驗，只要是相同級

數的測驗，其得分均可予以比較。目前全球幾種主要的語言測驗，均廣泛採用這種「得分等化」的計分方式。

4　提供「日本語能力試驗Can-do自我評量表」（簡稱JLPT Can-do）

為了瞭解通過各級數測驗者的實際日語能力，新制測驗經過調查後，提供「日本語能力試驗Can-do自我評量表」。該表列載通過測驗認證者的實際日語能力範例。希望通過測驗認證者本人以及其他人，皆可藉由該表格，更加具體明瞭測驗成績代表的意義。

1－3　所謂「解決各種問題所需的語言溝通能力」

我們在生活中會面對各式各樣的「問題」。例如，「看著地圖前往目的地」或是「讀著說明書使用電器用品」等等。種種問題有時需要語言的協助，有時候不需要。

為了順利完成需要語言協助的問題，我們必須具備「語言知識」，例如文字、發音、語彙的相關知識、組合語詞成為文章段落的文法知識、判斷串連文句的順序以便清楚說明的知識等等。此外，亦必須能配合當前的問題，擁有實際運用自己所具備的語言知識的能力。

舉個例子，我們來想一想關於「聽了氣象預報以後，得知東京明天的天氣」這個課題。想要「知道東京明天的天氣」，必須具備以下的知識：「晴れ（晴天）、くもり（陰天）、雨（雨天）」等代表天氣的語彙；「東京は明日は晴れでしょう（東京明日應是晴天）」的文句結構；還有，也要知道氣象預報的播報順序等。除此以外，尚須能從播報的各地氣象中，分辨出哪一則是東京的天氣。

如上所述的「運用包含文字、語彙、文法的語言知識做語言溝通，進而具備解決各種問題所需的語言溝通能力」，在新制測驗中稱為「解決各種問題所需的語言溝通能力」。

新制測驗將「解決各種問題所需的語言溝通能力」分成以下「語言知識」、「讀解」、「聽解」等三個項目做測驗。

語言知識	各種問題所需之日語的文字、語彙、文法的相關知識。
讀　　解	運用語言知識以理解文字內容，具備解決各種問題所需的能力。
聽　　解	運用語言知識以理解口語內容，具備解決各種問題所需的能力。

作答方式與舊制測驗相同，將多重選項的答案劃記於答案卡上。此外，並沒有直接測驗口語或書寫能力的科目。

2. 認證基準

新制測驗共分為N1、N2、N3、N4、N5五個級數。最容易的級數為N5，最困難的級數為N1。

與舊制測驗最大的不同，在於由四個級數增加為五個級數。以往有許多通過3級認證者常抱怨「遲遲無法取得2級認證」。為因應這種情況，於舊制測驗的2級與3級之間，新增了N3級數。

新制測驗級數的認證基準，如表1的「讀」與「聽」的語言動作所示。該表雖未明載，但應試者也必須具備為表現各語言動作所需的語言知識。

N4與N5主要是測驗應試者在教室習得的基礎日語的理解程度；N1與N2是測驗應試者於現實生活的廣泛情境下，對日語理解程度；至於新增的N3，則是介於N1與N2，以及N4與N5之間的「過渡」級數。關於各級數的「讀」與「聽」的具體題材（內容），請參照表1。

■ 表1 新「日語能力測驗」認證基準

級數	認證基準 各級數的認證基準，如以下【讀】與【聽】的語言動作所示。各級數亦必須具備為表現各語言動作所需的語言知識。
N1	能理解在廣泛情境下所使用的日語 【讀】・可閱讀話題廣泛的報紙社論與評論等論述性較複雜及較抽象的文章，且能理解其文章結構與內容。 　　　・可閱讀各種話題內容較具深度的讀物，且能理解其脈絡及詳細的表達意涵。 【聽】・在廣泛情境下，可聽懂常速且連貫的對話、新聞報導及講課，且能充分理解話題走向、內容、人物關係、以及說話內容的論述結構等，並確實掌握其大意。
N2	除日常生活所使用的日語之外，也能大致理解較廣泛情境下的日語 【讀】・可看懂報紙與雜誌所刊載的各類報導、解說、簡易評論等主旨明確的文章。 　　　・可閱讀一般話題的讀物，並能理解其脈絡及表達意涵。 【聽】・除日常生活情境外，在大部分的情境下，可聽懂接近常速且連貫的對話與新聞報導，亦能理解其話題走向、內容、以及人物關係，並可掌握其大意。
N3	能大致理解日常生活所使用的日語 【讀】・可看懂與日常生活相關的具體內容的文章。 　　　・可由報紙標題等，掌握概要的資訊。 　　　・於日常生活情境下接觸難度稍高的文章，經換個方式敘述，即可理解其大意。 【聽】・在日常生活情境下，面對稍微接近常速且連貫的對話，經彙整談話的具體內容與人物關係等資訊後，即可大致理解。

困難 ＊ （向上箭頭）

		能理解基礎日語
＊容易	N4	【讀】‧可看懂以基本語彙及漢字描述的貼近日常生活相關話題的文章。
		【聽】‧可大致聽懂速度較慢的日常會話。
↓	N5	能大致理解基礎日語
		【讀】‧可看懂以平假名、片假名或一般日常生活使用的基本漢字所書寫的固定詞句、短文、以及文章。
		【聽】‧在課堂上或周遭等日常生活中常接觸的情境下，如為速度較慢的簡短對話，可從中聽取必要資訊。

＊N1最難，N5最簡單。

3. 測驗科目

新制測驗的測驗科目與測驗時間如表2所示。

■ 表2　測驗科目與測驗時間＊①

級數	測驗科目（測驗時間）			
N1	語言知識（文字、語彙、文法）、讀解（110分）		聽解（60分）	→ 測驗科目為「語言知識（文字、語彙、文法）、讀解」；以及「聽解」共2科目。
N2	語言知識（文字、語彙、文法）、讀解（105分）		聽解（50分）	→
N3	語言知識（文字、語彙）（30分）	語言知識（文法）、讀解（70分）	聽解（40分）	→ 測驗科目為「語言知識（文字、語彙）」；「語言知識（文法）、讀解」；以及「聽解」共3科目。
N4	語言知識（文字、語彙）（30分）	語言知識（文法）、讀解（60分）	聽解（35分）	→
N5	語言知識（文字、語彙）（25分）	語言知識（文法）、讀解（50分）	聽解（30分）	→

　　N1與N2的測驗科目為「語言知識（文字、語彙、文法）、讀解」以及「聽解」共2科目；N3、N4、N5的測驗科目為「語言知識（文字、語彙）」、「語言知識（文法）、讀解」、「聽解」共3科目。

　　由於N3、N4、N5的試題中，包含較少的漢字、語彙、以及文法項目，因此當與N1、N2測驗相同的「語言知識（文字、語彙、文法）、讀解」科目時，有時會使某幾道試題成為其他題目的提示。為避免這個情況，因此將「語言知識（文字、語彙、文法）、讀解」，分成「語言知識（文字、語彙）」和「語言知識（文法）、讀解」施測。

＊①：聽解因測驗試題的錄音長度不同，致使測驗時間會有些許差異。

4. 測驗成績

4-1 量尺得分

舊制測驗的得分，答對的題數以「原始得分」呈現；相對的，新制測驗的得分以「量尺得分」呈現。

「量尺得分」是經過「等化」轉換後所得的分數。以下，本手冊將新制測驗的「量尺得分」，簡稱為「得分」。

4-2 測驗成績的呈現

新制測驗的測驗成績，如表3的計分科目所示。N1、N2、N3的計分科目分為「語言知識（文字、語彙、文法）」、「讀解」、以及「聽解」3項；N4、N5的計分科目分為「語言知識（文字、語彙、文法）、讀解」以及「聽解」2項。

會將N4、N5的「語言知識（文字、語彙、文法）」和「讀解」合併成一項，是因為在學習日語的基礎階段，「語言知識」與「讀解」方面的重疊性高，所以將「語言知識」與「讀解」合併計分，比較符合學習者於該階段的日語能力特徵。

■ 表3 各級數的計分科目及得分範圍

級數	計分科目	得分範圍
N1	語言知識（文字、語彙、文法） 讀解 聽解	0～60 0～60 0～60
	總分	0～180
N2	語言知識（文字、語彙、文法） 讀解 聽解	0～60 0～60 0～60
	總分	0～180
N3	語言知識（文字、語彙、文法） 讀解 聽解	0～60 0～60 0～60
	總分	0～180
N4	語言知識（文字、語彙、文法）、讀解 聽解	0～120 0～60
	總分	0～180
N5	語言知識（文字、語彙、文法）、讀解 聽解	0～120 0～60
	總分	0～180

各級數的得分範圍，如表3所示。N1、N2、N3的「語言知識（文字、語彙、文法）」、「讀解」、「聽解」的得分範圍各為0～60分，三項合計的總分範圍是0～180分。「語言知識（文字、語彙、文法）」、「讀解」、「聽解」各占總分的比例是1：1：1。

N4、N5的「語言知識（文字、語彙、文法）、讀解」的得分範圍為0～120分，「聽解」的得分範圍為0～60分，二項合計的總分範圍是0～180分。「語言知識（文字、語彙、文法）、讀解」與「聽解」各占總分的比例是2：1。還有，「語言知識（文字、語彙、文法）、讀解」的得分，不能拆解成「語言知識（文字、語彙、文法）」與「讀解」二項。

　　除此之外，在所有的級數中，「聽解」均占總分的三分之一，較舊制測驗的四分之一為高。

4－3　合格基準

　　舊制測驗是以總分作為合格基準；相對的，新制測驗是以總分與分項成績的門檻二者作為合格基準。所謂的門檻，是指各分項成績至少必須高於該分數。假如有一科分項成績未達門檻，無論總分有多高，都不合格。

　　新制測驗設定各分項成績門檻的目的，在於綜合評定學習者的日語能力，須符合以下二項條件才能判定為合格：①總分達合格分數（＝通過標準）以上；②各分項成績達各分項合格分數（＝通過門檻）以上。如有一科分項成績未達門檻，無論總分多高，也會判定為不合格。

　　N1～N3及N4、N5之分項成績有所不同，各級總分通過標準及各分項成績通過門檻如下所示：

級數	總分		分項成績					
			言語知識（文字・語彙・文法）		讀解		聽解	
	得分範圍	通過標準	得分範圍	通過門檻	得分範圍	通過門檻	得分範圍	通過門檻
N1	0～180分	100分	0～60分	19分	0～60分	19分	0～60分	19分
N2	0～180分	90分	0～60分	19分	0～60分	19分	0～60分	19分
N3	0～180分	95分	0～60分	19分	0～60分	19分	0～60分	19分

級數	總分		分項成績			
			言語知識（文字・語彙・文法）・讀解		聽解	
	得分範圍	通過標準	得分範圍	通過門檻	得分範圍	通過門檻
N4	0～180分	90分	0～120分	38分	0～60分	19分
N5	0～180分	80分	0～120分	38分	0～60分	19分

※上列通過標準自2010年第1回(7月)【N4、N5為2010年第2回(12月)】起適用。

　　缺考其中任一測驗科目者，即判定為不合格。寄發「合否結果通知書」時，含已應考之測驗科目在內，成績均不計分亦不告知。

4－4　測驗結果通知

　　依級數判定是否合格後，寄發「合否結果通知書」予應試者；合格者同時寄發「日本語能力認定書」。

■ N1, N2, N3

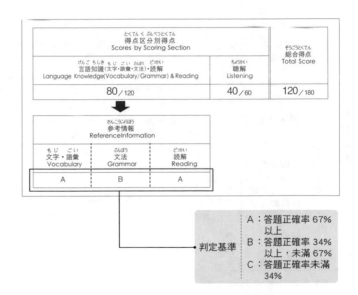

■ N4, N5

とくてん く ぶんべつとくてん 得点区分別得点 Scores by Scoring Section			そうごうとくてん 総合得点 Total Score
げんご ちしき もじ ごい ぶんぽう どっかい 言語知識（文字・語彙・文法）・読解 Language Knowledge(Vocabulary/Grammar) & Reading		ちょうかい 聴解 Listening	
80 /120		40 /60	120 /180

さんこうじょうほう 参考情報 ReferenceInformation		
もじ ごい 文字・語彙 Vocabulary	ぶんぽう 文法 Grammar	どっかい 読解 Reading
A	B	A

判定基準

A：答題正確率 67% 以上
B：答題正確率 34% 以上，未滿 67%
C：答題正確率未滿 34%

※ 各節測驗如有一節缺考就不予計分，即判定為不合格。雖會寄發「合否結果通知書」但所有分項成績，含已出席科目在內，均不予計分。各欄成績以「＊」表示，如「＊＊／60」。
※ 所有科目皆缺席者，不寄發「合否結果通知書」。

N3 題型分析

測驗科目 (測驗時間)				試題內容	
			題型	小題 題數＊	分析
語言知識 (30分)	文字、語彙	1	漢字讀音 ◇	8	測驗漢字語彙的讀音。
		2	假名漢字寫法 ◇	6	測驗平假名語彙的漢字寫法。
		3	選擇文脈語彙 ○	11	測驗根據文脈選擇適切語彙。
		4	替換類義詞 ○	5	測驗根據試題的語彙或說法，選擇類義詞或類義說法。
		5	語彙用法 ○	5	測驗試題的語彙在文句裡的用法。
語言知識、讀解 (70分)	文法	1	文句的文法1 （文法形式判斷）○	13	測驗辨別哪種文法形式符合文句內容。
		2	文句的文法2 （文句組構）◆	5	測驗是否能夠組織文法正確且文義通順的句子。
		3	文章段落的文法 ◆	5	測驗辨別該文句有無符合文脈。
	讀解＊	4	理解內容 （短文）○	4	於讀完包含生活與工作等各種題材的撰寫說明文或指示文等，約150～200字左右的文章段落之後，測驗是否能夠理解其內容。
		5	理解內容 （中文）○	6	於讀完包含撰寫的解說與散文等，約350字左右的文章段落之後，測驗是否能夠理解其關鍵詞或因果關係等等。
		6	理解內容 （長文）○	4	於讀完解說、散文、信函等，約550字左右的文章段落之後，測驗是否能夠理解其概要或論述等等。
		7	釐整資訊 ◆	2	測驗是否能夠從廣告、傳單、提供各類訊息的雜誌、商業文書等資訊題材（600字左右）中，找出所需的訊息。
聽解 (40分)		1	理解問題 ◇	6	於聽取完整的會話段落之後，測驗是否能夠理解其內容（於聽完解決問題所需的具體訊息之後，測驗是否能夠理解應當採取的下一個適切步驟）。
		2	理解重點 ◇	6	於聽取完整的會話段落之後，測驗是否能夠理解其內容（依據剛才已聽過的提示，測驗是否能夠抓住應當聽取的重點）。
		3	理解概要 ◇	3	於聽取完整的會話段落之後，測驗是否能夠理解其內容（測驗是否能夠從整段會話中理解說話者的用意與想法）。
		4	適切話語 ◆	4	於一面看圖示，一面聽取情境說明時，測驗是否能夠選擇適切的話語。
		5	即時應答 ◆	9	於聽完簡短的詢問之後，測驗是否能夠選擇適切的應答。

＊「小題題數」為每次測驗的約略題數，與實際測驗時的題數可能未盡相同。此外，亦有可能會變更小題題數。

＊有時在「讀解」科目中，同一段文章可能會有數道小題。

＊符號標示：「◆」舊制測驗沒有出現過的嶄新題型；「◇」沿襲舊制測驗的題型，但是更動部分形式；「○」與舊制測驗一樣的題型。

資料來源：《日本語能力試驗JLPT官方網站：分項成績‧合格判定‧合否結果通知》。2016年1月11日，
　　　　　取自：http://www.jlpt.jp/tw/guideline/results.html

本書使用說明

Point 1 漸進式學習

利用單字、詞組（短句）和例句（長句），由淺入深提高理解力。

N3 單字　輕重音　中譯、類對義詞　　　詞組　　　例句

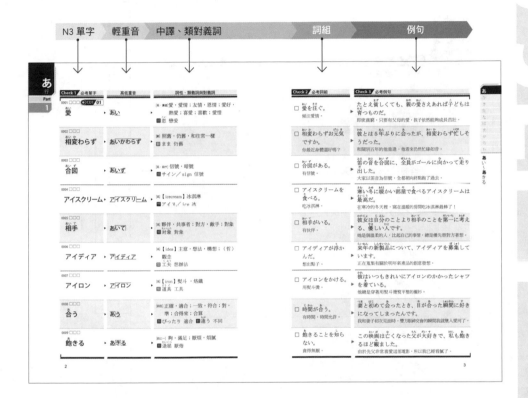

Point 2 三段式間歇性複習法

⇨ 以一個對頁為單位，每背 10 分鐘回想默背一次，每半小時回頭總複習一次。

⇨ 每個單字都有三個方格，配合三段式學習法，每複習一次就打勾一次。

⇨ 接著進行下個對頁的學習！背完第一組 10 分鐘，再複習默背上一對頁的第三組單字。

前一對頁第 3 組單字←

| 第1組單字【10分鐘】 |
| 第2組單字【10分鐘】 |
| 第3組單字【10分鐘】 |

第1次默背
第2次默背
第3次總複習

每複習 1 次
就打勾 1 次

下一對頁　第 1 組單字【10分鐘】

日本語能力試驗
JLPT

N3 單字

Part 1　五十音順單字····15

あ行

Part 1

Check 1 / 必考單字	高低重音	詞性、類義詞與對義詞

0001 ☐☐☐ ● CD1 / 01

愛
あい
▶ あい
▶ [名·漢造]愛，愛情；友情，恩情；愛好，熱愛；喜愛；喜歡；愛惜
類 恋 戀愛

0002 ☐☐☐

相変わらず
あい か
▶ あいかわらず
▶ [副]照舊，仍舊，和往常一樣
類 まま 仍舊

0003 ☐☐☐

合図
あい ず
▶ あいず
▶ [名·自サ]信號，暗號
類 サイン／ sign 信號

0004 ☐☐☐

アイスクリーム
▶ アイスクリーム
▶ [名]【icecream】冰淇淋
類 アイス／ ice 冰

0005 ☐☐☐

相手
あい て
▶ あいて
▶ [名]夥伴，共事者；對方，敵手；對象
類 対象 對象
たいしょう

0006 ☐☐☐

アイディア
▶ アイディア
▶ [名]【idea】主意，想法，構想；（哲）觀念
類 工夫 匠心
く ふう

0007 ☐☐☐

アイロン
▶ アイロン
▶ [名]【iron】熨斗，烙鐵
類 道具 工具
どう ぐ

0008 ☐☐☐

合う
あ
▶ あう
▶ [自五]正確，適合；一致，符合；對，準；合得來；合算
類 ぴったり 適合 對 違う 不同
ちが

0009 ☐☐☐

飽きる
あ
▶ あきる
▶ [自上一]夠，滿足；厭煩，煩膩
類 退屈 厭倦
たいくつ

□ 愛を注ぐ。
傾注愛情。

▶ たとえ貧しくても、親の愛さえあれば子どもは育つものだ。
即使家境貧窮，只要擁有父母的愛，孩子還是會有出息的。

□ 相変わらずお元気ですか。
你最近身體還好嗎？

▶ 彼とは5年ぶりに会ったが、相変わらず忙しそうだった。
闊別五年再次重逢，他似乎忙碌如昔。

□ 合図がある。
有信號。

▶ 笛の音を合図に、全員がゴールに向かって走り出した。
一聽見笛音的信號，所有人立刻跑向了終點。

□ アイスクリームを食べる。
吃冰淇淋。

▶ 寒い冬に暖かい部屋で食べるアイスクリームは最高だ。
冷冷的冬天，窩在暖和的房間裡吃冰淇淋最棒了！

□ 相手がいる。
有伙伴。

▶ 彼女は自分のことより相手のことを第一に考える、優しい人です。
她很善解人意，總是把別人的事擺在第一優先。

□ アイディアが浮かんだ。
想出點子。

▶ 来年の新製品について、アイディアを募集しています。
目前正在蒐集關於明年新產品的創意發想。

□ アイロンをかける。
用熨斗燙。

▶ 彼はいつもきれいにアイロンのかかったシャツを着ている。
他總是穿著熨燙平整的襯衫。

□ 時間が合う。
有時間，時間允許。

▶ 妻と初めて会ったとき、目が合った瞬間に好きになってしまったんです。
我第一次見到妻子時，就在雙方眼神交會的剎那墜入了愛河。

□ 飽きることを知らない。
貪得無厭。

▶ この映画は亡くなった父が大好きで、私も飽きるほど観ました。
由於先父非常喜愛這部電影，我也跟著看到膩了。

Check 1 必考單字	高低重音	詞性、類義詞與對義詞
0010 □□□ あくしゅ 握手	▶ あくしゅ	▶ [名・自サ] 握手；和解，言和；合作，妥協 類 協力 合作
0011 □□□ アクション	▶ アクション	▶ [名]【action】行動，動作；（劇）格鬥等演技 類 動作 行動
0012 □□□ あ 空ける	▶ あける	▶ [他下一] 倒出，空出；騰出（時間） 類 明ける 空出
0013 □□□ あ 明ける	▶ あける	▶ [自下一]（天）明，亮；過年；（期間）結束，期滿；空出 類 空ける 騰出 對 暮れる 日暮
0014 □□□ あ 揚げる	▶ あげる	▶ [他下一] 炸，油炸；舉，抬；提高；進步 類 焼く 烤
0015 □□□ あご 顎	▶ あご	▶ [名]（上、下）顎；下巴 類 首 脖子
0016 □□□ あさ 麻	▶ あさ	▶ [名]（植物）麻，大麻；麻紗，麻布，麻纖維 類 綿 綿
0017 □□□ あさ 浅い	▶ あさい	▶ [形]（水等）淺的；（顏色）淡的；（程度）膚淺的，少的，輕的；（時間）短的 類 薄い 薄的 對 深い 深的
0018 □□□ あしくび 足首	▶ あしくび	▶ [名] 腳踝 類 足 腳

Check 2 必考詞組	Check 3 必考例句

□ 握手をする。
握手合作。

▶ 試合が終われば、勝っても負けても笑って握手をするのがスポーツだ。
比賽結束後，不論輸贏都要笑著和對手握手，這就是運動家精神。

□ アクションドラマが人気だ。
動作片很紅。

▶ このドラマは、派手なアクションが人気の理由だそうだ。
聽說這部戲劇爆紅的原因在於目不暇給的動作場面。

□ 会議室を空ける。
空出會議室。

▶ 週末、一緒に買い物に行きたいから、予定を空けておいてね。
這個週末我想跟你一起去買東西，記得把時間空下來唷！

□ 夜が明ける。
天亮。

▶ 夜が明けて、東の空が赤く輝いている。
破曉時分，天空東邊一片耀眼的紅光。

□ 天ぷらを揚げる。
炸天婦羅。

▶ 小さく切った肉に粉をつけて、180度の油で5分揚げます。
將肉切成小塊後裹上粉，再用180度的油炸5分鐘。

□ 二重あごになる。
長出雙下巴。

▶ その男は、全身黒い服で、頬から顎にかけて傷がありました。
那個男人穿著一身黑衣，臉上還有一道從面頰劃到下巴的傷疤。

□ 麻でできた布。
麻質的布

▶ このワンピースは、綿に麻が20パーセント入っています。
這件洋裝的棉料含有20%的麻質纖維。

□ 思慮が浅い。
思慮不周到。

▶ 包丁で手を切ったと聞いてびっくりしたが、傷が浅くてよかったよ。
聽到他被菜刀切到手的時候嚇了一跳，幸好傷口並不深。

□ 足首を捻挫する。
扭到腳踝。

▶ 足首の怪我を防ぐために、足に合った靴を選ぶことが大切です。
為預防腳踝扭傷，選擇合腳的鞋子非常重要。

19

あ
行

Part
1

Check 1 / 必考單字	高低重音	詞性、類義詞與對義詞
0019 □□□ 預かる あず	あずかる	[他五] 收存，（代人）保管；擔任，管理，負責處理；保留，暫不公開 類 引き受ける 擔當
0020 □□□ ●CD1/02 預ける あず	あずける	[他下一] 寄放，存放；委託，託付 類 頼む 委託
0021 □□□ 与える あた	あたえる	[他下一] 給予，供給；授與；使蒙受；分配 類 あげる 給予
0022 □□□ 暖まる あたた	あたたまる	[自五] 暖，暖和；感到溫暖；手頭寬裕 類 暖かい 暖和 對 冷える 感覺冷
0023 □□□ 温まる あたた	あたたまる	[自五] 變暖，暖和；感到心情溫暖 對 冷える 變冷
0024 □□□ 暖める あたた	あたためる	[他下一] 使溫暖；重溫，恢復；擱置不發表 類 熱する 加熱 對 冷やす 冷卻
0025 □□□ 温める あたた	あたためる	[他下一] 溫，加熱，燙；重溫 對 冷やす 冰鎮
0026 □□□ 辺り／辺 あた あたり	あたり	[名・造語] 附近，一帶；之類，左右 類 辺 附近
0027 □□□ 当たり前 あ まえ	あたりまえ	[名] 當然，應然；平常，普通 類 勿論 當然

Check 2 必考詞組	**Check 3** 必考例句

□ 金を預かる。
保管錢。

▶ 子育てが終わり、今は近所の子どもたちを預かっています。
家裡的孩子已經大了，現在我在幫鄰居帶小孩。

□ 荷物を預ける。
寄放行李。

▶ ボーナスは半分使って、残りの半分は銀行に預けるつもりです。
獎金我打算花掉一半，剩下來的一半存入銀行。

□ 機会を与える。
給予機會。

▶ 地震は、私の生まれ故郷に大きな被害を与えた。
地震造成了我的家鄉受創慘重。

□ 部屋が暖まる。
房間暖和起來。

▶ 太陽が顔を出すと、冷たかった空気も少しずつ暖まってきた。
太陽公公露臉後，冰冷的空氣也漸漸暖和了起來。

□ 体が温まる。
身體暖和。

▶ この映画は、親のいない少年と子馬との心温まる物語だ。
這部電影描述的是沒有父母的少年和小馬之間的溫馨故事。

□ 手足を暖める。
焐手腳取暖。

▶ そろそろお帰りの頃かと思い、お部屋を暖めておきました。
我猜這個時間差不多該回來了，於是先把房間弄暖了。

□ ご飯を温める。
熱飯菜。

▶ 冷たいままでも、温めても、おいしくお召し上がりいただけます。
不論是直接冰涼地吃還是加熱後享用，都能享受到絕佳的風味。

□ あたりを見回す。
環視周圍。

▶ 昨日、駅の辺りで爆発事故があったらしいですよ。
聽說昨天車站附近發生了爆炸意外喔！

□ 借金を返すのは当たり前だ。
借錢就要還。

▶ 家族なんだから、困った時は助け合うのが当たり前でしょ。
既然是一家人，遇到困難當然要同心協力呀！

Check 1 必考單字	高低重音	詞性、類義詞與對義詞
0028 □□□ 当<ruby>当<rt>あ</rt></ruby>たる	▶ あたる	▶ [自五・他五] 碰撞；擊中；合適；太陽照射； 取暖；吹（風）；接觸；（大致）位於；當 …時候；（粗暴）對待 [類] 衝突する　<ruby>撞上<rt>しょうとつ</rt></ruby>
0029 □□□ あっという<ruby>間<rt>ま</rt></ruby> （に）	▶ あっというまに	▶ [感] 一眨眼的功夫 [類] <ruby>一瞬<rt>いっしゅん</rt></ruby>　一刹那
0030 □□□ アップ	▶ アップ	▶ [名・他サ]【up】增高，提高 [類] <ruby>上<rt>あ</rt></ruby>げる　提高
0031 □□□ <ruby>集<rt>あつ</rt></ruby>まり	▶ あつまり	▶ [名] 集會，會合；收集（的情況） [類] <ruby>会議<rt>かいぎ</rt></ruby>　會議
0032 □□□ <ruby>宛名<rt>あてな</rt></ruby>	▶ あてな	▶ [名] 收信（件）人的姓名住址 [對] <ruby>差出人<rt>さしだしにん</rt></ruby>　寄件人
0033 □□□ <ruby>当<rt>あ</rt></ruby>てる	▶ あてる	▶ [他下一] 碰撞，接觸；命中；猜，預測； 貼上，放上；測量；對著，朝向 [類] <ruby>当<rt>あ</rt></ruby>たる　碰上
0034 □□□ アドバイス	▶ アドバイス	▶ [名・他サ]【advice】勸告，提意見；建議 [類] <ruby>助言<rt>じょげん</rt></ruby>　建議
0035 □□□ <ruby>穴<rt>あな</rt></ruby>	▶ あな	▶ [名] 孔，洞，窟窿；坑；穴，窩；礦 井；藏匿處；缺點；虧空 [類] <ruby>巣<rt>す</rt></ruby>　窩，巢穴
0036 □□□ アナウンサー	▶ アナウンサー	▶ [名]【announcer】廣播員，播報員 [類] <ruby>司会<rt>しかい</rt></ruby>　主持人

Check 2 必考詞組

□ 日が当たる。
陽光照射。

□ あっという間の7週間。
七個星期一眨眼就結束了。

□ 年収アップ。
提高年收。

□ 客の集まりが悪い。
上門顧客不多。

□ 宛名を書く。
寫收件人姓名。

□ 年を当てる。
猜中年齡。

□ アドバイスをする。
提出建議。

□ 穴に入る。
鑽進洞裡。

□ アナウンサーになる。
成為播報員。

Check 3 必考例句

▶ 飛んできたボールが目に当たって、大怪我をしました。
被飛過來的球砸中了眼睛，傷勢非常嚴重。

▶ 電子レンジで5分、あっという間に晩ごはんの出来上がり。
只要進微波爐五分鐘，晚飯一眨眼就完成了。

▶ 毎日きちんと復習すれば、成績は必ずアップしますよ。
只要每天確實複習，成績一定會進步喔！

▶ この町に越して来た人には、月一回の町内会の集まりに参加してもらいます。
請搬到這座鎮上的居民務必出席每月一次的鎮民大會。

▶ 宛名の住所が間違っていて、出した小包が戻って来た。
由於寫錯收件人的住址，結果寄出去的包裹被退回來了。

▶ あなたが今何を考えているか、当ててみせましょうか。
讓我來猜猜你現在在想什麼吧。

▶ コーチのアドバイスで走り方を変えた結果、大会で優勝できた。
聽從教練的指導改變了跑步的方式之後，贏得了大賽的優勝。

▶ とても恥ずかしいとき、「穴があったら入りたい」といいます。
人們覺得非常難為情的時候，通常會說「真想找個地洞鑽進去」。

▶ 日本チームの優勝を伝えるアナウンサーの声は明るかった。
播報員報導日本隊獲勝時的聲音充滿了興奮。

Check 1	必考單字	高低重音	詞性、類義詞與對義詞

0037 □□□

アナウンス ▶ アナウンス ▶
[名・他サ]【announce】廣播；報告；通知
類 広告 廣告

0038 □□□

アニメ ▶ アニメ ▶
[名]【animation】卡通，動畫片
類 動画 動畫

0039 □□□ ● CD1 / 03

油 ▶ あぶら ▶
[名] 脂肪，油脂；髮油
類 ガソリン ／ gasoline　汽油

0040 □□□

脂 ▶ あぶら ▶
[名] 脂肪，油脂；（喻）活動力，幹勁
類 オイル ／ oil 食用油；石油

0041 □□□

アマチュア ▶ アマチュア ▶
[名]【amateur】業餘愛好者；外行
類 素人 業餘愛好者，門外漢

0042 □□□

粗 ▶ あら ▶
[名] 缺點，毛病；魚骨頭
類 欠点 缺點

0043 □□□

争う ▶ あらそう ▶
[他五] 爭奪；爭辯；奮鬥，對抗，競爭
類 喧嘩する 吵架

0044 □□□

表す ▶ あらわす ▶
[他五] 表現出，表達；象徵，代表；顯示
類 映す 照；放映

0045 □□□

現す ▶ あらわす ▶
[他五] 出現，顯現，顯露
類 現れる 出現

Check 2 必考詞組	Check 3 必考例句
□ 到着時刻をアナウンスする。 廣播到站時間。	▶ 事故のため発車時刻が遅れると電車内にアナウンスが流れた。 電車裡傳來了廣播：「由於發生事故，電車將延後發車」。
□ アニメが放送される。 播映卡通。	▶ アニメの主人公と結婚するのが子どもの頃の夢でした。 和卡通主角結婚曾是我兒時的夢想。
□ 油で揚げる。 油炸。	▶ 熱くしたフライパンに油を引いて、肉を並べます。 在預熱過的平底鍋淋上油，然後把肉擺進去。
□ 脂汗が出る。 流出黏汗。	▶ 健康のために、脂の少ない料理を食べるようにしています。 為了健康著想，我現在盡量攝取低油脂飲食。
□ アマチュアの空手選手。 業餘空手道選手。	▶ 週末は、アマチュアのサッカーチームで汗を流している。 週末參加業餘足球隊以盡情揮灑汗水。
□ 粗を探す。 難蛋裡挑骨頭。	▶ 子どもの粗を探すのではなく、いいところを伸ばすことが大切だ。 不要老挑孩子的毛病，讓孩子發揮所長才是最重要的。
□ 裁判で争う。 在法庭上爭辯。	▶ 隣の家からは、母親と息子の争う声が聞こえてきた。 可以聽見隔壁房子傳來了媽媽和兒子的爭吵聲。
□ 言葉で表せない。 無法言喻。	▶ この表は、夏の気温と米の収穫量の関係を表しています。 這張圖表呈現的是夏季氣溫和稻米生產量的相關性。
□ 頭角を現す。 嶄露頭角。	▶ 山道を登っていくと、美しい山頂が姿を現した。 爬上這條山路後，美麗的山頂風光在眼前展現無遺。

Check 1 必考單字	高低重音	詞性、類義詞與對義詞

0046□□□
あらわ
表れる ▸ あらわれる ▸
[自下一] 出現，出來；表現，顯出
類 表す 表現出

0047□□□
あらわ
現れる ▸ あらわれる ▸
[自下一] 出現，呈現，顯露
類 現す 顯現

0048□□□
アルバム ▸ アルバム ▸
[名]【album】相簿，記念冊
しゃしんしゅう
類 写真集 相簿

0049□□□
あれ ▸ あれ ▸
[感] 哎呀，唉呦
類 おや 哎呀

0050□□□
あ
合わせる ▸ あわせる ▸
[他下一] 合併；核對，對照；加在一起，
混合；配合，調合
あ
類 合わす 合併

0051□□□
あわ
慌てる ▸ あわてる ▸
[自下一] 驚慌，急急忙忙，匆忙，抓瞎
おどろ
類 驚く 驚恐

0052□□□
あんがい
案外 ▸ あんがい ▸
[副・形動] 意想不到，出乎意外
い がい
類 意外に 意外

0053□□□
アンケート ▸ アンケート ▸
[名]【(法)enquete】（以同樣內容對多數
人的）問卷調查，民意測驗
ちょうさ
類 調査 調査

0054□□□
い
位 ▸ い ▸
[接尾] 位；身分，地位
ぶん
類 分 身分，地位

Check 2 必考詞組	Check 3 必考例句
□ 成果が表れる。 展現成果。	▶ この手紙には、お母様の優しさが表れていますね。 這封信流露出令堂對您的關愛呢。
□ 態度に現れる。 表現在態度上。	▶ その時、空に黒い雲が現れ、強い雨が降り出した。 那時，天空烏雲湧現，下起了滂沱大雨。
□ 記念アルバムを作る。 編作記念冊。	▶ 結婚式のときの写真をアルバムにして、親戚に配るつもりです。 我打算將婚禮上的照片做成相冊，分送給親戚們。
□ あれ、どうしたの。 哎呀，你怎麼了？	▶ 「あれっ、田中さんは？」「田中さんならさっき帰ったよ。」 「咦，田中先生呢？」「田中先生剛才回去了喔！」
□ 力を合わせる。 聯手、合力。	▶ 私はいつでもいいです。あなたのご都合に合わせますよ。 我任何時候都問題，可以配合您方便的時間喔！
□ 慌てて逃げる。 驚慌逃走。	▶ 慌てて着替えたので、左右違う靴下を履いて来てしまった。 換衣服時很慌張，左右腳穿了不一樣的襪子就來了。
□ 案外やさしかった。 出乎意料的簡單。	▶ 佐々木部長って普段は厳しいけど、案外優しいところもあるんです。 佐佐木經理平時雖然很嚴格，但也有出人意料的溫柔之處。
□ アンケートをとる。 進行問卷調查。	▶ 大学生5000人を対象に、就職についてアンケート調査を実施した。 以5000名大學生為受訪對象，進行了關於就業的意見調查。
□ 一位になる。 成為第一。	▶ 全国大会で3位以内に入ることが目標です。 目標是打進全國大賽前三名。

Check 1 必考單字	高低重音	詞性、類義詞與對義詞
0055 □□□ いえ	▶ いえ	▶ [感] 不，不是 [類] 違う 不同；不對
0056 □□□ 意外	▶ いがい	▶ [名・形動] 意外，想不到，出乎意料 [類] 案外 出乎意料
0057 □□□ 怒り	▶ いかり	▶ [名] 憤怒，生氣 [類] 怒る 生氣
0058 □□□ ●CD1 04 行き／行き	▶ いき／ゆき	▶ [名] 去，往 [對] 帰り 回來
0059 □□□ 以後	▶ いご	▶ [名] 今後，以後，將來；（接尾語用法，在某時期）以後 [類] その後 以後
0060 □□□ イコール	▶ イコール	▶ [名] 【equal】相等；（數學）等號 [類] 同じ 相同
0061 □□□ 医師	▶ いし	▶ [名] 醫師，大夫 [類] 先生 老師
0062 □□□ 異常気象	▶ いじょうきしょう	▶ [名] 氣候異常 [類] 天候不順 天候異常
0063 □□□ 意地悪	▶ いじわる	▶ [名・形動] 使壞，刁難，作弄；心眼壞的 [類] 苛める 恃強凌弱

□ いえ、違^{ちが}います。
不，不是那樣。

▶ 「コーヒー、もう一杯^{いっぱい}いかがですか。」「いえ、けっこうです。」

「再來一杯咖啡嗎？」「不，不用了。」

□ 意外^{いがい}に思^{おも}う。
感到意外。

▶ 忘年会^{ぼうねんかい}では、いつも真面目^{まじめ}な課長^{かちょう}の意外^{いがい}な一面^{いちめん}が見^みられた。

在尾牙上，看到了向來嚴肅的科長讓人意想不到的面貌。

□ 怒^{いか}りがこみ上^あげる。
怒氣沖沖。

▶ 首相^{しゅしょう}の無責任^{むせきにん}な態度^{たいど}に、国民^{こくみん}の怒^{いか}りは爆発^{ばくはつ}した。

首相不負責任的態度引發了公憤。

□ 東京行^{とうきょうい}きの列車^{れっしゃ}。
開往東京的列車

▶ 東京発大阪行^{とうきょうはつおおさかゆ}きの新幹線^{しんかんせん}のチケットを2枚買^{まいか}いました。

我買了兩張從東京開往大阪的新幹線車票。

□ 以後気^{いごき}をつけます。
以後會多加小心一點。

▶ この道路^{どうろ}は、夜^{よる}8時以後^{じいご}は通行止^{つうこうど}めになります。

這條道路晚間八點以後禁止通行。

□ AイコールB。
A 等於 B

▶ 友情^{ゆうじょう}と、その友達^{ともだち}の意見^{いけん}に賛成^{さんせい}することとはイコールじゃないよ。

他雖是我的朋友，但並不代表我一定贊同他的意見喔。

□ 医師^{いし}の診断^{しんだん}。
醫生的診斷

▶ 将来^{しょうらい}は、人^{ひと}の命^{いのち}を救^{すく}う医師^{いし}になりたいと思^{おも}っています。

我將來想成為拯救人命的醫師。

□ 異常気象^{いじょうきしょう}が続^{つづ}いている。
氣候異常正持續著。

▶ 地球温暖化^{ちきゅうおんだんか}のためか、世界各地^{せかいかくち}で異常気象^{いじょうきしょう}が続^{つづ}いている。

不知道是不是地球暖化的緣故，世界各地氣候異常的狀況仍然持續惡化。

□ 意地悪^{いじわる}な人^{ひと}。
壞心眼的人

▶ 男^{おとこ}の子^こは、好^すきな女^{おんな}の子^こには意地悪^{いじわる}をしてしまうものだ。

男孩子特別愛欺負喜歡的女孩子。

Check 1 必考單字	高低重音	詞性、類義詞與對義詞
0064 □□□ いぜん **以前**	▶ いぜん	▶ [名]以前；更低階段（程度）的；（某時期）以前 [類]昔 從前
0065 □□□ いそ **急ぎ**	▶ いそぎ	[名・副]急忙，匆忙，緊急 [類]慌てる 急忙
0066 □□□ いたずら **悪戯**	▶ いたずら	▶ [名・形動]淘氣，惡作劇；玩笑，消遣 [類]意地悪 使壞
0067 □□□ いた **痛める／** いた **傷める**	▶ いためる	▶ [他下一]使（身體）疼痛，損傷；使（心裡）痛苦；受損害 [類]壊す 弄壞
0068 □□□ いち ど **一度に**	▶ いちどに	▶ [副]同時地，一塊地，一下子 [類]同時に 同時
0069 □□□ いちれつ **一列**	▶ いちれつ	▶ [名]一列，一排 [類]行列 行列
0070 □□□ いっさくじつ **一昨日**	▶ いっさくじつ	▶ [名]前天 [對]明後日 後天
0071 □□□ いっさくねん **一昨年**	▶ いっさくねん	▶ [造語]前年 [對]明後年 後年
0072 □□□ いっしょう **一生**	▶ いっしょう	▶ [名]一生，終生，一輩子 [類]人生 人生

Check 2　必考詞組	Check 3　必考例句
□ 以前の通りだ。 和以前一樣。	▶ 以前から、先生には一度お会いしたいと思っておりました。 從以前就一直希望有機會拜見老師一面。
□ 急ぎの旅。 匆忙的旅程	▶ すみませんが、急ぎの用ができたので、ちょっと遅れます。 對不起，因為突然有急事，所以會晚點到。
□ いたずらがすぎる。 惡作劇玩過頭。	▶ 学校の壁にいたずら描きをしたのは誰ですか。 是誰在學校的牆壁上亂塗鴉的？
□ 足を痛める。 把腳弄痛。	▶ 引っ越しのアルバイトをしていて、腰を痛めてしまった。 在搬家公司打工，傷到了腰部。
□ 一度にどっと笑い出す。 一齊哄堂大笑。	▶ 火にかけたスープに、肉と野菜を一度に入れます。 把肉和菜同時放入滾燙的湯裡。
□ 一列に並ぶ。 排成一列。	▶ お会計の方は、この線に沿って一列にお並びください。 要結帳的貴賓，請沿著這條線排成一列。
□ 一昨日のこと。 前天的事情	▶ 私、一昨日お電話を差し上げました木村と申します。 我是前天曾經致電過的木村。
□ 一昨年のこと。 前年的事情	▶ 一昨年の夏は雨続きで、深刻な米不足となった。 前年夏天的持續降雨，造成了稻米嚴重歉收。
□ 一生独身で通す。 堅持終生不娶（或嫁）。	▶ 良子さんと二人で見た美しい星空は、一生の思い出です。 和良子小姐一起仰望的美麗星空，是我一生的回憶。

Check 1　必考單字	高低重音	詞性、類義詞與對義詞

0073□□□
いったい
一体 ▶ いったい ▶ [名・副] 一體，同心合力；一種體裁；根本，本來；大致上；到底，究竟
[類] 大抵　大部分

0074□□□
い
行ってきます ▶ いってきます ▶ [寒暄] 我出門了
[對] ただいま　我回來了

0075□□□
いつ ま
何時の間にか ▶ いつのまにか ▶ [副] 不知不覺地，不知什麼時候
[類] いつか　不知什麼時候

0076□□□
い と こ
従兄弟／ ▶ いとこ ▶ [名] 堂表兄弟姊妹
い と こ　　　　　　　　　　　　けいてい し まい
従姉妹 [類] 兄弟姉妹　兄弟姐妹

0077□□□ 　CD1 / 05
いのち
命 ▶ いのち ▶ [名] 生命，命；壽命；生涯；命根子
い
[類] 生きる　活，生存

0078□□□
いま
居間 ▶ いま ▶ [名] 起居室，客廳
[類] リビングルーム／ living room 客廳

0079□□□
イメージ ▶ イメージ ▶ [名・他サ]【image】影像；形象，印象
そうぞう
[類] 想像　想像，在心理描繪

0080□□□
いもうと
妹さん ▶ いもうとさん ▶ [名] 妹妹，令妹（「妹」的鄭重說法）
いもうと
おとうと
[對] 弟さん　弟弟

0081□□□
いや
否 ▶ いや ▶ [感] 不；沒什麼；不同意
だめ
[類] 駄目　不行；白費

□ 夫婦一体となって働く。
夫妻同心協力工作。

▶ 突然会社を辞めるなんて、一体何があったんですか。
怎麼突然向公司辭職了，究竟發生了什麼事啊？

□ 挨拶に行ってきます。
去打聲招呼。

▶ 「お母さん、行ってきます。」「はあい、気をつけて行ってらっしゃい。」
「媽媽，我出門了。」「好，路上小心。」

□ いつの間にか春が来た。
不知不覺春天來了。

▶ 山で写真を撮っていたら、いつの間にか道に迷ってしまった。
在山上只顧著拍照，不知不覺就迷路了。

□ 従兄弟同士。
堂表兄弟姊妹關係

▶ 父方のいとこが 5 人、母方のいとこが 6 人います。
我有五位堂兄弟姊妹，以及六位表兄弟姊妹。

□ 命が危ない。
性命垂危。

▶ どんな小さな虫にも命があることを、今の子どもたちに教えたい。
我想讓現在的小朋友了解，無論多麼渺小的昆蟲也是有生命的。

□ 居間を掃除する。
清掃客廳。

▶ 残業で疲れて帰ると、居間のソファーで寝ちゃうんですよね。
加班後疲憊不堪地回到家裡，就這樣在客廳的沙發上睡著了，對吧？

□ イメージが浮かぶ。
形象浮現在腦海裡

▶ 自分が優勝する姿をイメージして、練習しています。
正在練習想像自己獲得勝利時的身影。

□ 妹さんはおいくつですか。
你妹妹多大年紀？

▶ ずいぶん年の離れた妹さんがいらっしゃるんですね。
令妹與您的年齡差距不小呢。

□ いや、それは違う。
不，不是那樣的。

▶ この本の著者は村上春樹だったかな。いや、カズオ・イシグロだ。
印象中這本書的作者好像是村上春樹哦？不對，是石黑一雄。

あ

行

Part

1

0082 □□□

苛々（いらいら）
▸ いらいら

[名・副・他サ] 情緒急躁、不安；焦急，急躁
類 慌てる（あわてる） 著慌

0083 □□□

医療費（いりょうひ）
▸ いりょうひ

[名] 治療費，醫療費
類 治療費（ちりょうひ） 治療費

0084 □□□

祝う（いわ）
▸ いわう

[他五] 祝賀，慶祝；祝福；送賀禮；致賀詞
類 喜ぶ（よろこぶ） 歡喜

0085 □□□

インキ
▸ インキ

[名]【ink】墨水
類 インク ／ ink 油墨

0086 □□□

インク
▸ インク

[名]【ink】墨水，油墨（也寫作「インキ」）
類 チョーク ／ chalk 粉筆

0087 □□□

印象（いんしょう）
▸ いんしょう

[名] 印象，客觀感受
類 イメージ／ image 印象

0088 □□□

インスタント
▸ インスタント／
インスタント

[名・形動]【instant】即席，稍加工即可的，速成
類 手間いらず（てま） 不費工夫

0089 □□□

インターネット
▸ インターネット

[名]【Internet】網際網路
類 ネット／ net 網路

0090 □□□

インタビュー
▸ インタビュー

[名・自サ]【interview】會面，接見；訪問，採訪
類 面接（めんせつ） 面試；接見

□ 連絡がとれずいらいら
する。
聯絡不到對方焦躁不安。

課長は気が短いから、1分でも遅れるとイライラして怒り出すよ。
科長是個急性子，就算只遲到一分鐘都會惹得他心急火燎，發起脾氣來呢。

□ 医療費を支払う。
支付醫療費。

私も妻も健康なので、医療費はほとんどかかりません。
我和妻子都很健康，幾乎沒有醫療費用的支出。

□ 新年を祝う。
謹賀新年。

明日午後6時から、鈴木君の合格を祝う会を行います。
明天晚上六點開始舉行鈴木同學的上榜慶功宴。

□ 万年筆のインキがなくなる。
鋼筆的墨水用完。

万年筆のインキは、黒と青がありますが、どちらにしますか。
鋼筆的墨水有黑色的和藍色的，要用哪一種呢？

□ インクをつける。
醮墨水。

プリンターのインクが切れたので、買ってきてください。
印表機沒有墨水了，請去買回來。

□ 印象が薄い。
印象不深。

最初はおとなしそうな印象だったが、少し話すと全然違った。
他給人的第一印象是沉默寡言，但聊個幾句以後就發現完全不是那麼回事。

□ インスタントコーヒーを飲む。
喝即溶咖啡。

インスタントカメラで写真を撮って店に来た客にプレゼントしている。
用拍立得相機拍照，並將相片送給來電顧客當作贈禮。

□ インターネットに接続する。
連接網路。

インターネットで海外のドラマを見るのが好きです。
我喜歡在網路上收看國外的影集。

□ インタビューを始める。
開始採訪。

事件の被害者がインタビューに応じてくれた。
事件的受害者答應接受採訪了。

35

Check 1 必考單字	高低重音	詞性、類義詞與對義詞

0091□□□

引力（いんりょく）　▸　いんりょく　▸
[名]（物體互相吸引的力量）萬有引力
[類] 引く 拉

0092□□□

ウイルス　▸　ウイルス　▸
[名]【virus】病毒，濾過性病毒
[類] インフルエンザ／ influenza 流行性感冒

0093□□□

ウール　▸　ウール　▸
[名]【wool】羊毛，毛線，毛織品
[類] 綿（めん）綿

0094□□□

ウェーター／ウェイター　▸　ウェーター／ウェイター　▸
[名]【waiter】（男）服務生，（餐廳等的）侍者
[類] ボーイ／ boy 男服務員 [對] ウェートレス／ waitress 女服務員

0095□□□

ウェートレス／ウェイトレス　▸　ウェートレス／ウェイトレス　▸
[名]【waitress】女服務生，（餐廳等的）女侍者
[對] ウェーター／ waiter 男服務員

0096□□□ ●CD1／06

動かす（うごかす）　▸　うごかす　▸
[他五] 移動，挪動，活動；搖動，搖撼；給予影響，使其變化；感動；操縱
[類] 動く（うご）行動

0097□□□

牛（うし）　▸　うし　▸
[名] 牛
[類] 馬（うま）馬

0098□□□

うっかり　▸　うっかり　▸
[副・自サ] 不注意，不留神；發呆，茫然
[類] 思わず（おも）禁不住

0099□□□

写す（うつす）　▸　うつす　▸
[他五] 照相；摹寫；描繪
[類] 写る（うつ）照，映

Check 2 / 必考詞組	Check 3 / 必考例句
□ 万有引力の法則。 引力定律	▶ ニュートンは、リンゴが落ちるのを見て、引力の存在に気付いたそうだ。 據說牛頓是看見蘋果掉落下來，進而發現了地心引力的存在。
□ ウイルスに感染する。 被病毒感染。 ウイルス性胃腸炎で	▶ 会社を1週間休みました。 由於感染病毒性腸胃炎而向公司請了一個星期的假。
□ ウールのセーター。 毛料的毛衣	▶ やっぱりウール100パーセントのセーターは暖かいなあ。 果然還是100%純羊毛的毛衣溫暖啊！
□ ウェーターを呼ぶ。 叫服務生。	▶ ウェーターにメニューを持って来るよう頼んだ。 我請服務生拿菜單過來。
□ ウェートレスを募集する。 招募女服務生。	▶ 留学中は喫茶店でウェイトレスのアルバイトをしていました。 留學時半工半讀，在咖啡廳當過女服務生。
□ 体を動かす。 活動身體。	▶ 彼女の声が人々の心を動かし、寄付金は目標額を大きく越えた。 她的聲音打動了人們的心，使得捐款金額大幅超越了原訂目標。
□ 牛を飼う。 養牛。	▶ 春の牧場では、牛の親子が並んで草を食べている姿が見られます。 在春天的牧場裡，可以看見大牛和小牛一起吃草的景象。
□ うっかりと秘密をしゃべる。 不小心把秘密說出去。	▶ 徹夜で書いたレポートをうっかり消してしまった。 我一不小心把熬夜寫完的報告刪除了。
□ ノートを写す。 抄寫筆記。	▶ 先週休んだ人は、友達にノートを写させてもらってください。 上星期缺席的同學，請向同學借筆記去謄寫。

あ
行

Part
1

Check 1 必考單字	高低重音	詞性、類義詞與對義詞

0100 □□□
うつ
移す ▸ う⏋つす ▸
[他五] 移，搬；使傳染；度過時間；轉移；開始
[類] 動かす 移動

0101 □□□
うつ
写る ▸ う⏋つる ▸
[自五] 照相，映顯；顯像；（穿透某物）透明
[類] 撮れる 拍攝

0102 □□□
うつ
映る ▸ う⏋つる ▸
[自五] 映，照；顯得，映入；相配，相稱；照相，映現；覺得
[類] 撮れる 照相，拍攝

0103 □□□
うつ
移る ▸ う⏋つる ▸
[自五] 移動；推移；沾到；變心；感染
[類] 引っ越す 搬家

0104 □□□
うどん
饂飩 ▸ う⏋どん ▸
[名] 烏龍麵條，烏龍麵
[類] ラーメン 拉麵

0105 □□□
うま
馬 ▸ う⏋ま ▸
[名] 馬；木馬；腳凳子
[類] 牛 牛

0106 □□□
うま
美味い ▸ う⏋まい ▸
[形] 味道好，好吃；想法或做法巧妙，擅於；非常適宜，順利
[類] おいしい 好吃

0107 □□□
う
埋まる ▸ う⏋まる ▸
[自五] 被埋上；填滿，堵住；彌補，補齊
[類] いっぱい 充滿

0108 □□□
う
生む ▸ う⏋む ▸
[他五] 產生，產出；分娩
[類] 生産する 生産

□ 住まいを移す。
遷移住所。

▶ お客が少ないなら、駅前に店を移したらどうでしょうか。
如果覺得客流量太少，要不要考慮把店搬到車站前呢？

□ 写真に写っている。
拍到相片裡。

▶ ここから撮ると、スカイツリーがきれいに写りますよ。
在這裡拍照的話，可以拍到很壯觀的晴空塔喔！

□ 目に映る。
映入眼簾。

▶ ガラスに映った後ろ姿は、確かに山本さんでした。
那個映在玻璃窗上的背影，的確是山本先生沒錯。

□ 時が移る。
時間推移；時代變遷。

▶ 季節は夏から秋に移り、公園の木々も色づき始めた。
從夏季邁入秋季，公園裡的樹木也紛紛轉紅了。

□ 鍋焼きうどん。
鍋燒烏龍麵

▶ 当店では、こちらの天ぷらうどんが人気メニューです。
這道天婦羅烏龍麵是本店的人氣餐點。

□ 馬に乗る。
騎馬。

▶ 馬は男の子を乗せたまま、山道を全速力で走り去った。
馬兒載著小男孩，往山路上奮力奔馳而去了。

□ 空気がうまい。
空氣新鮮。

▶ 近所にうまいラーメン屋があるんだ。今度連れてってやるよ。
附近有一家很好吃的拉麵店。下次帶你一起去吃吧！

□ 雪に埋まる。
被雪覆蓋住。

▶ 雪国では、たった一晩で家が雪に埋まってしまうこともある。
在雪鄉只要一個晚上，房子就可能會被埋進雪堆裡了。

□ 誤解を生む。
產生誤解。

▶ 作者の子ども時代の経験が、この名作を生んだと言えるでしょう。
可以說是作者孩提時代的經歷，孕育了這部傑作。

Check 1 必考單字	高低重音	詞性、類義詞與對義詞
0109 □□□ 産む	うむ	[他五] 生，產；產出；創造；發生 [類] 生まれる　出生
0110 □□□ 埋める	うめる	[他下一] 埋，掩埋；填補，彌補；佔滿 [類] 埋まる　填滿
0111 □□□ 羨ましい	うらやましい	[形] 羨慕，令人嫉妒，眼紅 [類] 嫉妬する　嫉妒
0112 □□□ 得る	うる	[他下二] 取，得到，博取；領悟 [類] 取る　拿；取
0113 □□□ 噂	うわさ	[名・自サ] 議論，閒談；傳說，風聲 [類] デマ／Demagogie 謠言
0114 □□□ 運賃	うんちん	[名] 運費，票價 [類] 交通費　交通費
0115 □□□ 運転士	うんてんし	[名] 司機；駕駛員，船員 [類] 乗務員　乗務員
0116 □□□ 運転手	うんてんしゅ	[名] 司機 [類] パイロット／pilot 飛行員
0117 □□□ エアコン	エアコン	[名]【air conditioning】空調；溫度調節器 [類] 冷暖房　冷暖氣

☐ 女の子を産む。
生女兒。

▶ 彼女は貧しい暮らしの中で4人の子を産み、育てた。
她在貧窮的生活中生下四個孩子，把他們拉拔長大了。

☐ 金を埋める。
把錢埋起來。

▶ この種を庭に埋めておけば、10年後においしい柿が食べられるよ。
只要把這粒種子種在庭院裡，十年後就可以嚐到美味的柿子囉。

☐ あなたがうらやましい。
（我）羨慕你。

▶ 君の奥さんは優しくて料理も上手で…本当に君が羨ましいな。
尊夫人既溫柔又擅長料理……，真讓人羨慕啊。

☐ 得るところが多い。
獲益良多。

▶ 安全に絶対はない。予想外の事故は常に起こり得るのです。
沒有人能夠保證絕對安全。事故總是在意想不到的時刻發生。

☐ 噂を立てる。
散布謠言。

▶ 会社の経営に関して、不正があると社員の間で噂になっている。
關於公司的營運現狀，營私舞弊的傳聞在員工之間甚囂塵上。

☐ 運賃を払う。
支付運費。

▶ 円高に伴い、各社航空運賃の値上げが続いている。
隨著日幣升值，各家航空公司的運載費用持續上漲。

☐ 運転士をしている。
當司機。

▶ 将来は大型船の運転士になって、世界の海を旅したい。
將來想成為大型船舶的船員，在世界各地的海上航行。

☐ タクシーの運転手。
計程車司機

▶ 僕の父は大型トラックの運転手をしています。
我爸爸是大型卡車的司機。

☐ エアコンつきの部屋を探す。
找附有空調的房子。

▶ 部屋を出る時は、電気とエアコンを消してください。
離開房間時，請關掉電燈和冷氣。

Check 1	必考單字	高低重音	詞性、類義詞與對義詞

0118 □□□ ●CD1 / 07

影響
えいきょう
▶ え|いきょう ▶

[名・自サ] 影響
[類] 刺激 (しげき) 刺激，使興奮

0119 □□□

栄養
えいよう
▶ え|いよう ▶

[名] 營養；滋養
[類] 肥料 (ひりょう) 肥料

0120 □□□

描く
えがく
▶ え|がく ▶

[他五] 畫，描繪；以…為形式，描寫；想像
[類] 書く (か) 書寫；做文章

0121 □□□

駅員
えきいん
▶ え|きいん ▶

[名] 車站工作人員，站務員
[類] 従業員 (じゅうぎょういん) 工作人員

0122 □□□

SF
▶ エ|スエフ ▶

[名] 【science fiction】科學幻想小說
[類] エッセイ ／ essay 隨筆

0123 □□□

エッセー
▶ エ|ッセー ▶

[名] 【essay】小品文，隨筆；（隨筆式的）短論文
[類] 小説 (しょうせつ) 小說

0124 □□□

エネルギー
▶ エ|ネルギー ▶

[名] 【(德)energie】能量，能源，精力，氣力
[類] 熱 (ねつ) 熱度

0125 □□□

襟
えり
▶ え|り ▶

[名] （衣服的）領子；脖頸，後頸；（西裝的）硬領
[類] V ネック／V neck V 字領

0126 □□□

得る
える
▶ え|る ▶

[他下一] 得，得到；領悟，理解；能夠；只好；可以
[類] 収める (おさ) 獲得

Check 2 必考詞組	Check 3 必考例句
□ 影響が大きい。 影響很大。	▶ 野菜の値段が高いのは、先月の台風の影響らしい。 菜價居高不下的原因，可能是受到上個月颱風來襲的影響。
□ 栄養が足りない。 營養不足。	▶ 今朝採れたばかりのトマトだから、栄養がたっぷりですよ。 這是今天早上剛剛採收下來的番茄，所以含有豐富的營養喔！
□ 人物を描く。 畫人物。	▶ 結婚に対して、そんなに理想を描かないほうがいいよ。 不要對結婚懷有那麼完美的憧憬比較好喔。
□ 駅員に聞く。 詢問站務員。	▶ 電車の中に傘の忘れ物があったので、駅員さんに届けた。 在電車裡發現了別人遺落的傘，所以送去給站務員了。
□ SF 映画を見る。 看科幻電影。	▶ 宇宙人や未来都市の出てくる SF 小説が大好きです。 我最喜歡故事裡出現外星人和未來都市的科幻小說了。
□ エッセーを出版する。 出版小品文。	▶ 毎週日曜日に新聞に載るエッセーを楽しみにしている。 我很喜歡看每週日報上刊登的隨筆。
□ エネルギーが不足する。 能源不足。	▶ 太陽光や水力など、繰り返し使えるエネルギーを再生可能エネルギーという。 諸如陽光和水力這類可重複利用的能源被稱作可再生能源。
□ 襟を立てる。 立起領子。	▶ 襟や袖口の汚れは、この石鹸で簡単に落とせます。 衣領和袖口的污漬可以用這塊肥皂輕鬆洗淨。
□ 利益を得る。 獲得利益。	▶ 成功より失敗した体験から、私たちは多くのものを得る。 比起成功，我們從失敗的經驗中學到更多東西。

Check 1　必考單字	高低重音	詞性、類義詞與對義詞

0127 □□□
〜園
えん
▶ え|ん ▶
[接尾] …園
[類] 苑 園；花園
えん

0128 □□□
演歌
えん か
▶ え|ん|か ▶
[名] 演歌（現多指日本民間特有曲調哀愁的民謠）
[類] 民謡 民謠
みんよう

0129 □□□
演劇
えんげき
▶ え|んげき ▶
[名] 演劇，戲劇
[類] オペラ／（義）opera 歌劇

0130 □□□
エンジニア
▶ エ|ンジ|ニア ▶
[名]【engineer】工程師，技師
[類] 技術者 工程師，技術人員
ぎ じゅつしゃ

0131 □□□
演奏
えんそう
▶ え|んそう ▶
[名・他サ] 演奏
[類] 弾く 彈奏
ひ

0132 □□□
おい
▶ お|い ▶
[感]（對同輩或晚輩使用）打招呼的喂，唉；（表示輕微的驚訝），呀！啊！
[類] あのう 請問

0133 □□□
老い
お
▶ お|い ▶
[名] 老，衰老；老人
[類] 年寄り 老人
としょ

0134 □□□
追い越す
お こ
▶ お|いこ|す ▶
[他五] 超過，趕過去；超越
[類] 抜く 超過
ぬ

0135 □□□
応援
おうえん
▶ お|うえん ▶
[名・他サ] 援助，支援；聲援，助威
[類] 助ける 幫助
たす

Check 2 必考詞組	Check 3 必考例句

Check 2 必考詞組

□ 弟は幼稚園に通っている。
弟弟上幼稚園。

□ 演歌歌手になる。
成為演歌歌手。

□ 演劇の練習をする。
排演戲劇。

□ エンジニアを目指している。
立志成為工程師。

□ 音楽を演奏する。
演奏音樂。

□ おい、大丈夫か。
喂！你還好吧。

□ 体の老いを感じる。
感到身體衰老。

□ 先頭の人を追い越す。
超越前面的人。

□ 試合の応援。
為比賽加油

Check 3 必考例句

▶ 明日は保育園の遠足で、動物園に行く予定です。
明天托兒所的遠足預定要去動物園。

▶ 社長は演歌が好きだから、君も一曲歌えるように練習しておくといいよ。
因為總經理很喜歡演歌，所以你最好也先練一首以備到時候獻唱喔。

▶ 大学の演劇部では、シェークスピアの劇をやりました。
在大學的話劇社演出了莎士比亞的舞台劇。

▶ 車や飛行機を作る会社でエンジニアとして働きたい。
我想在生產汽車或飛機的公司擔任工程師。

▶ 3時から中央広場でバイオリンの演奏があります。
三點開始在中央廣場有小提琴的演奏。

▶ おい、一番前で寝てる君、起きなさい、授業中だぞ。
喂，坐在第一排睡覺的那位，快醒來，現在在上課喔。

▶ 久しぶりに会った父に、親の老いを感じて寂しくなった。
見到了久違的父親，不禁對父母的年邁感到了落寞。

▶ 弟は小さい頃から背が高くて、僕は10歳で追い越されました。
弟弟從小就長得高，我十歲的時候，他的身高已經超過我了。

▶ 代表チームには全国から応援メッセージが届けられた。
從全國各地送來了對代表隊的聲援。

あ
か
さ
た
な
は
ま
や
ら
わ

えん〜おんえん

Check 1　必考單字	高低重音	詞性、類義詞與對義詞

0136□□□
多く ▸ おおく ▸ [名・副] 多數，許多；多半，大多
　　 類 沢山　許多

0137□□□
オーバー（コート） ▸ オーバー／オーバーコート ▸ [名]【overcoat】大衣，外套，外衣
　　 類 上着　上衣

0138□□□
オープン ▸ オープン ▸ [名・自他サ・形動]【open】開放，公開；無蓋，敞篷；露天，野外
　　 類 開く　掲開

0139□□□ ◉CD1/08
お帰り ▸ おかえり ▸ [寒暄]（你）回來了
　　 類 ただいま　我回来了

0140□□□
お帰りなさい ▸ おかえりなさい ▸ [寒暄] 回來了
　　 對 行ってらっしゃい　路上小心

0141□□□
おかけください ▸ おかけください ▸ [敬] 請坐
　　 類 お座りください　請坐

0142□□□
可笑しい ▸ おかしい ▸ [形] 奇怪，可笑；不正常；可疑的
　　 類 面白い　有意思

0143□□□
お構いなく ▸ おかまいなく ▸ [敬] 不管，不在乎，不介意
　　 類 大丈夫です　沒關係

0144□□□
起きる ▸ おきる ▸ [自上一]（倒著的東西）起來，立起來；起床；不睡；發生
　　 類 起こる　發生；發作

Check 2 必考詞組	Check 3 必考例句
□ 多くなる。 變多。	▶ 彼は離婚の理由について、多くを語らなかった。 關於離婚的原因，他並沒有透露太多。
□ オーバーを着る。 穿大衣。	▶ 今日は冷えるな。オーバーにマフラー、手袋も必要だ。 今天好冷喔。不僅要穿上大衣、裹上圍巾，還得戴上手套。
□ 3月にオープンする。 於三月開幕。	▶ 競争が激しいね。去年オープンした店が、もう閉店だって。 競爭真激烈呀。去年剛開幕的店，現在已經倒閉了。
□ 「ただいま」「お帰り」。 「我回來了」「回來啦」。	▶ 「お母さん、ただいま」「お帰り。学校はどうだった？」 「媽媽，我回來了！」「你回來啦，今天在學校過得如何？」
□ 「ただいま」「お帰りなさい」。 「我回來了」「你回來啦。」	▶ お父さん、お帰りなさい、今日もお疲れ様でした。 爸爸，您回來了！今天辛苦了。
□ どうぞ、おかけください。 請坐下。	▶ 「おじゃまします。」「どうぞ、そちらのいすにおかけください。」 「打擾了。」「請進，請坐在那邊的椅子上。」
□ 胃の調子がおかしい。 胃不太舒服。	▶ 泥棒が慌てて逃げる動画がおかしくて、何度も見てしまう。 小偷倉皇逃跑的動畫十分滑稽，我看了好幾遍。
□ どうぞ、お構いなく。 請不必客氣。	▶ 「お茶とコーヒーとどちらがよろしいですか。」「どうぞお構いなく。」 「請問您要用茶還是咖啡呢？」「不勞您費心。」
□ ずっと起きている。 一直都是醒著。	▶ 今朝はいつもより早く起きて、お弁当を作ってきました。 今天早上比平常早起，還做了便當。

47

Check 1 必考單字	高低重音	詞性、類義詞與對義詞

0145 □□□
おく
奥 ▸ おく ▸ [名] 裡頭，深處；裡屋，裡院；盡頭
[類] 底 底下；根源

0146 □□□
おく
遅れ ▸ おくれ ▸ [名] 落後，晚；延後；畏縮，怯懦
[類] 遅刻する 遲到

0147 □□□
げんき
お元気ですか ▸ おげんきですか ▸ [寒暄] 你好嗎？
[類] ご機嫌いかがですか。 您近來可好。

0148 □□□
お
起こす ▸ おこす ▸ [他五] 扶起；叫醒；引起；發生；翻動
[類] 目覚ます 叫醒

0149 □□□
お
起こる ▸ おこる ▸ [自五] 發生，鬧；興起，興盛；（火）著旺；發作
[類] 起きる 發生

0150 □□□
おご
奢る ▸ おごる ▸ [自五・他五] 請客，作東；奢侈，過於講究
[類] ご馳走する 請客

0151 □□□
お
押さえる ▸ おさえる ▸ [他下一] 按，壓；扣住，勒住；控制，阻止；捉住；扣留；超群出眾
[類] 押す 推；擠

0152 □□□
さき
お先に ▸ おさきに ▸ [敬] 先離開了，先告辭了
[類] 失礼します 告辭了

0153 □□□
おさ
納める ▸ おさめる ▸ [他下一] 交，繳納；賣給；結束
[類] 入れる 送進，收容

☐ 洞窟の奥。

洞窟深處

▶ 奥の部屋で祖父が寝ていますので、お静かに願います。

爺爺正在裡面的房間睡覺，所以請保持安靜。

☐ 郵便に二日の遅れが出ている。

郵件延遲兩天送達。

▶ 踏切で事故があり、電車に1時間の遅れが出ています。

平交道上發生了事故，因此電車延誤了一個小時。

☐ ご両親はお元気ですか。

請問令尊與令堂安好嗎？

▶ 先生、お元気ですか。私は今、アフリカにいます。

老師，您最近好嗎？我現在人在非洲。

☐ 疑いを起こす。

起疑心。

▶ この子は何度起こしても、またすぐに寝てしまうんです。

不管叫醒這個孩子多少次，他馬上又睡著了。

☐ 事件が起こる。

發生事件。

▶ 昨夜、5歳の女の子が何者かに殺されるという事件が起こった。

昨晚發生了一起五歲女童遇害的凶殺案。

☐ おごった生活をしている。

過著奢侈的生活。

▶ 「今日、飲みに行かない？」「奢ってくれるなら行こうかな。」

「今天要去喝一杯嗎？」「你請客的話我就去吧。」

☐ 耳を押さえる。

搗住耳朵。

▶ その男に口を強く押さえられて、気を失ってしまったんです。

我被那名男子用力按住口鼻，失去了意識。

☐ お先に、失礼します。

我先告辭了。

▶ 木村さん、今日は残業なの？悪いけど、私はお先に。

木村先生，今天要加班嗎？不好意思，我先走一步了。

☐ 税金を納める。

繳納稅金。

▶ 40年間真面目に税金を納めてきた彼に、もっと幸せな人生はなかったのか。

難道40年來誠實納稅的他，不能享有更幸福的人生嗎？

Check 1 必考單字	高低重音	詞性、類義詞與對義詞

0154 □□□
<ruby>教<rt>おし</rt></ruby>え ▸ お<u>し</u>え ▸ [名] 教導，指教，教誨；教義
類 <ruby>教育<rt>きょういく</rt></ruby> 教育

0155 □□□
お<ruby>辞儀<rt>じ ぎ</rt></ruby> ▸ お<u>じ</u>ぎ ▸ [名・自サ] 行禮，鞠躬，敬禮；客氣
類 お<ruby>礼<rt>れい</rt></ruby> 謝意

0156 □□□
お<ruby>喋<rt>しゃべ</rt></ruby>り ▸ お<u>しゃ</u>べり ▸ [名・自他サ・形動] 閒談，聊天；愛說話的人，
健談的人；愛說話
類 <ruby>会話<rt>かい わ</rt></ruby> 談話

0157 □□□
お<ruby>邪魔<rt>じゃ ま</rt></ruby>します ▸ お<u>じゃ</u>まします ▸ [敬] 打擾了
類 <ruby>御免<rt>ごめん</rt></ruby>ください 有人在嗎？

0158 □□□ ●CD1／09
お<ruby>洒落<rt>しゃ れ</rt></ruby> ▸ お<u>しゃ</u>れ ▸ [名・形動] 打扮漂亮，愛漂亮的人
類 <ruby>格好<rt>かっ こ</rt></ruby>いい 帥，酷

0159 □□□
お<ruby>世話<rt>せ わ</rt></ruby>になりました ▸ お<u>せわ</u>になりました ▸ [敬] 受您照顧了
類 お<ruby>世話様<rt>せ わさま</rt></ruby>でした 謝謝您的照顧

0160 □□□
<ruby>教<rt>おそ</rt></ruby>わる ▸ お<u>そ</u>わる ▸ [他五] 受教，跟⋯學習
類 <ruby>習<rt>なら</rt></ruby>う 學習 對 <ruby>教<rt>おし</rt></ruby>える 教授

0161 □□□
お<ruby>互<rt>たが</rt></ruby>い ▸ お<u>たが</u>い ▸ [名] 彼此，互相
類 お<ruby>互<rt>たが</rt></ruby>い<ruby>様<rt>さま</rt></ruby> 彼此，互相

0162 □□□
お<ruby>玉<rt>たま</rt></ruby>じゃくし ▸ お<u>たま</u>じゃ<u>く</u>し ▸ [名] 圓杓，湯杓；蝌蚪
類 れんげ 瓷湯匙

□ 神の教えを守る。
謹守神的教誨。

▶ 6歳で柔道を始めてから、先生の教えを守って
きました。
自從我六歲開始學習柔道以來，一直謹守教練的訓誨至今。

□ お辞儀をする。
行禮。

▶ 受付の女性に丁寧にお辞儀をされて、緊張しま
した。
當時負責接待的女子鄭重向我鞠躬行禮，讓我十分緊張。

□ おしゃべりに夢中に
なる。
熱中於閒聊。

▶ 一人暮らしなので、毎日猫とおしゃべりしてい
ます。
因為只有一個人住，所以我每天都對貓說話。

□ 「いらっしゃいませ」
「お邪魔します」。
「歡迎光臨」「打擾了」

▶ 「お邪魔します。」「狭い所ですが、どうぞお上
がりください。」
「打擾了。」「請進。地方簡陋，請多包涵。」

□ お洒落をする。
打扮。

▶ 趣味はおしゃれなレストランでおいしいワイン
を飲むことです。
我的興趣是在豪華的餐廳裡享用香醇的紅酒。

□ いろいろと、お世話
になりました。
感謝您多方的關照。

▶ 手術の際には大変お世話になりました。お陰様
で元気になりました。
動手術時承蒙您的大力關照。托您的福，我已經恢復健康了。

□ パソコンの使い方を
教わる。
學習電腦的操作方式。

▶ 先生からは、勉強だけでなくものの考え方を教
わりました。
從老師身上不僅學到了知識，還學會了如何思考。

□ お互いに愛し合う。
彼此相愛。

▶ ケンカをしても、お互いが損をするだけなのに
ね。
打架只會造成雙方都吃虧而已。

□ お玉じゃくしでスー
プをすくう。
用湯杓舀湯。

▶ 卵のスープです。そこのお玉杓子で皆さんに分
けてください。
這是蛋花湯。請用那支大湯匙分盛給大家。

Check 1 必考單字	高低重音	詞性、類義詞與對義詞

0163 ☐☐☐

おでこ ▸ お<u>でこ</u> ▸
[名] 凸額，額頭突出（的人）；額頭，額骨
[類] 額^{ひたい} 額頭

0164 ☐☐☐
^{おとな}
大人しい ▸ お<u>となし</u>い ▸
[形] 老實，溫順；善良；聽話；（顏色等）樸素，雅致
[類] 地味^{じみ} 樸素

0165 ☐☐☐

オフィス ▸ オ<u>フィス</u> ▸
[名]【office】辦公室，辦事處；公司；政府機關
[類] 事務所^{じむしょ} 辦公室

0166 ☐☐☐

オペラ ▸ オ<u>ペラ</u> ▸
[名]【opera】歌劇
[類] 演劇^{えんげき} 演劇

0167 ☐☐☐
^{まご}
お孫さん ▸ お<u>まごさん</u> ▸
[名] 孫子，孫女，令孫（「孫」的鄭重說法）
[類] 子孫^{しそん} 子孫

0168 ☐☐☐
^ま
お待ちください ▸ お<u>まちください</u> ▸
[敬] 請等一下
[類] 待^まってください 請等一下

0169 ☐☐☐
^ま
お待ちどおさま ▸ お<u>まちどおさま</u> ▸
[敬] 久等了
[類] お待^またせしました 久等了

0170 ☐☐☐

おめでとう ▸ お<u>めでとう</u> ▸
[寒暄] 恭喜
[類] ハッピーニューイヤー ／ HappyNewYear 新年快樂

0171 ☐☐☐
^め ^か
お目に掛かる ▸ お<u>めにかか</u>る ▸
[慣用句]〔謙讓語〕見面，拜會
[類] 会^あう 見面

□ おでこをぶつける。
撞到額頭。

▶ ハリー君は子どものときからおでこに傷があり
ます。
哈利從小額頭上就有一道傷疤。

□ おとなしい人。
老實人

▶ 普段大人しい人ほど、本当に怒ると怖いという。
平時越是溫和的人，一旦生起氣來就越是恐怖。

□ オフィスにいる。
在辦公室。

▶ 私は営業ですので、オフィスにはほとんどいま
せん。
我是業務員，所以幾乎不會待在辦公室裡。

□ オペラを観る。
觀看歌劇。

▶ このオペラは、歌はもちろん舞台装置も素晴ら
しい。
這齣歌劇不但歌曲動人，連舞臺布置都很出色。

□ お孫さんは何人いま
すか。
您孫子（女）有幾位？

▶ 村田さんの病室にはお孫さんの写真が飾られて
いた。
村田女士的病房裡擺了孫子的照片。

□ 少々、お待ちくださ
い。
請等一下。

▶ 順番にお呼びしますので、こちらでお待ちくだ
さい。
我們會按順序叫號，請您在此稍等片刻。

□ お待ちどおさま、こ
ちらへどうぞ。
久等了，這邊請。

▶ はい、おまちどおさま。熱いうちに食べてくだ
さいね。
來，讓您久等嘍。請趁熱吃喔。

□ 大学合格、おめでと
う。
恭喜你考上大學。

▶ 明けましておめでとうございます。今年もよろ
しくお願いします。
新年恭喜！今年也請多多指教。

□ 社長にお目に掛かり
たい。
想拜會社長。

▶ 昨日パーティーで、社長の奥様にお目に掛かり
ました。
我在昨天的派對上拜會了總經理夫人。

Check 1 / 必考單字	高低重音	詞性、類義詞與對義詞

0172□□□
思い
▸ お<u>も</u>い
[名]（文）思想，思考；感覺，情感；想念，思念；願望，心願；思慕；仇恨
[類] 考え 思想；意圖

0173□□□
思い描く
▸ お<u>も</u>いえがく
[他五] 在心裡描繪，想像
[類] イメージする／ image 形象

0174□□□
思い切り
▸ お<u>も</u>いきり
[名・副] 斷念，死心；果斷，下決心；狠狠地，盡情地，徹底的
[類] 一生懸命 盡力

0175□□□
思い付く
▸ お<u>も</u>いつく
[自他五]（突然）想起，想起來；回想起
[類] 思い出す 想起來

0176□□□
思い出
▸ お<u>も</u>いで
[名] 回憶，追憶，追懷；紀念
[類] 記憶 記憶

0177□□□
思いやる
▸ お<u>も</u>いや<u>る</u>
[他五] 體諒，表同情；想像，推測；不堪設想
[類] 思い付く（忽然）想起

0178□□□ ●CD1/10
思わず
▸ お<u>も</u>わ<u>ず</u>
[副] 禁不住，不由得，意想不到地，下意識地
[類] うっかり 不注意

0179□□□
お休み
▸ お<u>や</u>すみ
[寒暄] 休息；晚安
[類] 夏休み 暑假

0180□□□
お休みなさい
▸ お<u>や</u>すみなさ<u>い</u>
[寒暄] 晚安
[類] お休み 晚安

□ 思いにふける。
沈浸在思考中。

▶ 君のその熱い思いも、言葉にしなきゃ彼女には伝わらないよ。
你對她那份熾熱的情感假如不說出口，她可是無從知曉哦！

□ 将来の生活を思い描く。
在心裡描繪未來的生活。

▶ 女優の道は思い描いていたものとは全く違う厳しいものだった。
成為女演員的這條路崎嶇難行，和想像中完全不一樣。

□ 思い切り遊びたい。
想盡情地玩樂。

▶ 嫌なことは、おいしいものを思い切り食べて忘れちゃいます。
只要痛快地大吃一頓，就能把討厭的事情統統忘記了。

□ いいことを思いついた。
我想到了一個好點子。

▶ この案は彼のものじゃない。最初に私が思いついたんだ。
這個提案不是出自他的創意。一開始是我想到的。

□ 思い出になる。
成為回憶。

▶ 思い出の物は全部捨てて、新しい人生を始めよう。
把帶有回憶的物品全部扔掉，揭開人生嶄新的一頁吧！

□ 不幸な友を思いやる。
同情不幸的朋友。

▶ 相手を思いやる心は人間だけのものではないそうだ。
據說，為他人著想並不是人類獨有的情感。

□ 思わず殴る。
不由自主地揍了下去。

▶ 今だけ半額っていうから、思わず買っちゃったわ。
一聽到半價優惠只限今天，忍不住掏錢買了。

□ 「お休み」「お休みなさい」。
「晚安！」「晚安！」

▶ 「もしもし、林医院ですか。」「すみません、今日はお休みです。」
「喂，請問是林診所嗎？」「不好意思，我們今天休診。」

□ もう寝るよ。お休みなさい。
我要睡了，晚安。

▶ 明日早いから先に寝るね。おやすみなさい。
因為明天要早起，我先睡了喔。晚安！

Check 1　必考單字	高低重音	詞性、類義詞與對義詞

0181□□□

おやゆび
親指 ▶ お̅やゆび ▶ [名]（手腳的）的拇指；大拇指
[類]指 手指

0182□□□

オリンピック ▶ オ̅リンピ̅ック ▶ [名]奧林匹克
ぜんこくだいかい
[類]全國大會 全國競技大會

0183□□□

オレンジ ▶ オ̅レンジ ▶ [名]【orange】柳橙，柳丁
[類]みかん 橘子

0184□□□

お　　　　お
下ろす／降ろ ▶ お̅ろす ▶ [他五]（從高處）取下，拿下，降下；砍
す 　下；開始使用（新東西）；砍下；提
取；卸下
あ
[對]上げる 提高

0185□□□

おん
御 ▶ お̅ん ▶ [接頭]表示敬意
ご
[類]御 表示敬意

0186□□□

おんがく か
音楽家 ▶ お̅んがくか ▶ [名]音樂家
さっきょく か
[類]作曲家 作曲家

0187□□□

おん ど
温度 ▶ お̅んど ▶ [名]（空氣等）溫度，熱度
き おん
[類]気温 氣溫

0188□□□

か
課 ▶ か̅ ▶ [名・漢造]（教材的）課；課業；（公司
等）課，科
ぶ
[類]部 部

0189□□□

か
～日 ▶ か ▶ [漢造]表示日期或天數
ひ
[類]日にち 日，定日期

□ 手の親指。
手的大拇指

▶ 親指でこのボタンをしっかり押してください。
請用拇指用力按下這個按鈕。

□ オリンピックに出る。
參加奧運。

▶ オリンピックは、スポーツを通して世界平和を願うお祭りです。
奧林匹克運動會是藉由運動以促進世界和平的盛會。

□ オレンジ色。
橘黃色

▶ コーヒーと紅茶、オレンジジュースがありますが、何になさいますか。
有咖啡、紅茶和柳橙汁，請問您想喝哪一種呢？

□ 車から荷物を降ろす。
從卡車上卸下貨。

▶ パソコンを買うために、銀行から 20 万円下ろした。
為了買電腦而從銀行領了二十萬圓。

□ 御礼申し上げます。
致以深深的謝意。

▶ この度は当社の研究にご協力頂き、厚く御礼申し上げます。
此次承蒙鼎力協助敝公司之研究專案，深表感謝。

□ 音楽家になる。
成為音樂家。

▶ このコンサートには世界中から有名な音楽家が集まっている。
這場音樂會有來自世界各地的著名音樂家共襄盛舉。

□ 温度が下がる。
溫度下降。

▶ 環境のため、エアコンの設定温度を守ってください。
為了保護環境，請遵守空調設定溫度的規定。

□ 会計課で納付する。
到會計課繳納。

▶ 期末試験を欠席した学生は学生生活課に来ること。
期末考試缺考的同學，請到學生事務處集合。

□ 四月二十日。
四月二十日

▶ 来月 3 日から 8 日までフランスに出張します。
我下個月的三號到八號要去法國出差。

Check 1 必考單字	高低重音	詞性、類義詞與對義詞

0190 □□□
~下 ▸ か
▸ [漢造] 下面；屬下；低下；下，降
[類] 底 底，最底下

0191 □□□
化 ▸ か
[漢造] 化學的簡稱；變化
[類] 変 事變，意外

0192 □□□
科 ▸ か
[名・漢造]（大專院校）科系；（區分種
▸ 類）科
[類] 分野 領域

0193 □□□
家 ▸ か
[漢造] 家庭；家族；…家，專家；愛…的
▸ 人
[類] 師 師；老師

0194 □□□
歌 ▸ か
[漢造] 唱歌；歌詞
[類] 唄 歌

0195 □□□
カード ▸ カード
▸ [名]【card】卡片；撲克牌；節目（表）
[類] 券 票

0196 □□□
カーペット ▸ カーペット
▸ [名]【carpet】地毯
[類] 絨毯 地毯

0197 □□□
会 ▸ かい
[名] 會議，集會；會；相會；集會；領
▸ 會；時機
[類] 集まり 集會

0198 □□□
会 ▸ かい
[漢造] …會
[類] 組合 公會

Check 2 必考詞組	Check 3 必考例句
□ 支配下。 在支配之下。	▶ 18世紀のブラジルはポルトガルの支配下にあった。 十八世紀的巴西隸屬於葡萄牙的統治。
□ 小説を映画化する。 把小說改成電影。	▶ 少子高齢化は多くの国で深刻な社会問題となっている。 少子化和高齡化在許多國家已成為嚴重的社會問題。
□ 英文科の学生。 英文系的學生	▶ 英米文学科を卒業して、今は通訳の仕事をしています。 從英美語文學系畢業後，目前正從事翻譯工作。
□ 芸術家にあこがれる。 嚮往當藝術家。	▶ 上野の美術館は有名な建築家によって設計された。 上野美術館是由著名的建築師設計的。
□ 流行歌を歌う。 唱流行歌。	▶ 金メダルを胸にして聴く国歌は最高だろうなあ。 胸前掛著金牌時聽到的國歌是最讓人感動的吧！
□ カードを切る。 洗牌。	▶ 買い物の支払いはこのカードでお願いします。 購物結帳時請刷這張卡。
□ カーペットを敷く。 撲地毯。	▶ 壁紙もカーテンもカーペットも私の好きな緑色にしました。 壁紙、窗簾和地毯都選了我喜歡的綠色。
□ 会に入る。 入會。	▶ 野鳥の会に入って、週末は山で鳥の観察をしています。 我加入野鳥協會，週末都在山上觀察鳥類。
□ 展覧会が終わる。 展覽會結束。	▶ 夫は毎年会社を休んで、子どもたちの運動会に行きます。 我先生每年都會向公司請假去看兒子的運動會。

Check 1 必考單字	高低重音	詞性、類義詞與對義詞

0199 □□□ ●CD1 11
かいけつ
解決 ▸ かいけつ ▸ [名・自他サ] 解決，處理
類 片付ける 處理

0200 □□□
かいさつぐち
改札口 ▸ かいさつぐち ▸ [名]（火車站等）剪票口
類 出入り口 出入口

0201 □□□
かいしゃいん
会社員 ▸ かいしゃいん ▸ [名] 公司員工
類 サラリーマン／ salaryman 上班族

0202 □□□
かいしゃく
解釈 ▸ かいしゃく ▸ [名・他サ] 解釋，理解，說明
類 説明 解釋

0203 □□□
かいすうけん
回数券 ▸ かいすうけん ▸ [名] 票本（為省去零張購買而將票券裝訂成的本子）；（車票等的）回數票
類 乗車券 車票

0204 □□□
かいそく
快速 ▸ かいそく ▸ [名・形動] 快速，高速度
類 スピード／ speed 速度

0205 □□□
かいちゅうでんとう
懐中電灯 ▸ かいちゅうでんとう ▸ [名] 手電筒
類 電球 燈泡

0206 □□□
か
飼う ▸ かう ▸ [他五] 飼養（動物等）
類 育てる 養育

0207 □□□
かいごし
補 介護士 ▸ かいごし ▸ [名]（專門照顧身心障礙者日常生活的專門技術人員）看護人員
類 看護師 護士

Check 2　必考詞組	Check 3　必考例句
□ 疑問が解決する。 疑點得到解決。	▶ あなたの情報のおかげで、事件は無事解決できました。 多虧了你的情報，事件才能順利解決。
□ 改札口で改札する。 在剪票口剪票。	▶ 駅の改札口を出たところで、3時に待ち合わせをしましょう。 我們三點在出了車站檢票口的地方見面吧。
□ 会社員になる。 當公司職員。	▶ 父は食品会社の会社員、母は中学校の音楽の教師です。 我爸爸是食品公司的職員，媽媽是中學的音樂老師。
□ 正しく解釈する。 正確的解釋。	▶ 社長の「私が責任をとる」という言葉はどう解釈すればいいのか。 總經理說的那句「我會負起全責」，其言下之意到底是什麼呢？
□ 回数券を買う。 買回數票。	▶ 月に1回病院に通うために、バスの回数券を買っています。 因為每個月要去醫院一次，所以我買了巴士的回數票。
□ 快速電車に乗る。 搭乘快速電車。	▶ その駅は快速が停まらないので、次の駅で乗り換えてください。 快速列車不會停靠那一站，所以請在下一站換車。
□ 懐中電灯が必要だ。 需要手電筒。	▶ 停電になった時、懐中電灯が見つからなくて困った。 停電的那個時候找不到手電筒，很傷腦筋。
□ 豚を飼う。 養豬。	▶ マンションで犬が飼えないので、小鳥と魚を飼っています。 由於公寓不能養狗，所以我養的是小鳥和魚。
□ 介護士の仕事内容。 看護的工作內容	▶ 介護士の資格を取って、老人ホームで働きたい。 我想考取看護人員的證照，去養老院工作。

Check 1 / 必考單字	高低重音	詞性、類義詞與對義詞
0208 □□□ か 替える／換える／ か　　　　　か 代える／変える	▸ かえる	▸ [他下一] 改變；變更，交換 [類] 取り替える　交換
0209 □□□ かえ 返る	▸ かえる	▸ [自五] 復原；返回；回應；歸還 [類] 戻る　返回
0210 □□□ が　か 画家	▸ がか	▸ [名] 畫家 [類] 芸術家　藝術家
0211 □□□ か　がく 化学	▸ かがく	▸ [名] 化學 [類] 物理学　物理學
0212 □□□ か　がくはんのう 化学反応	▸ かがくはんのう	▸ [名] 化學反應 [類] 反応　有反響
0213 □□□ かかと 踵	▸ かかと	▸ [名] 腳後跟 [類] 足首　腳踝
0214 □□□ かか 罹る	▸ かかる	▸ [自五] 生病；遭受災難 [類] 成る　變成
0215 □□□ かきとめ 書留	▸ かきとめ	▸ [名] 掛號郵件 [類] 速達　快信
0216 □□□ か　　と 書き取り	▸ かきとり	▸ [名・自サ] 抄寫，記錄；聽寫，默寫 [類] 書く　寫

Check 2　必考詞組	Check 3　必考例句
□ 円をドルに替える。 日圓換美金。	▶ 今回の事故の責任を取って、会社は社長を代えるべきだ。 公司應該更換董事長以負起這次事故的責任。
□ 貸したお金が返る。 收回借出去的錢。	▶ 何度もメールをしているんですが、返事が返って来ないんです。 我已經寄了好幾封信給他，但是都沒有收到回信。
□ 画家になる。 成為畫家。	▶ 日本でも有名な「ひまわり」は、画家ゴッホの代表作だ。 在日本也相當知名的〈向日葵〉是畫家梵谷的代表作。
□ 化学を専攻する。 主修化學。	▶ 化学の実験は、結果が出るまで何度でも繰り返し行います。 化學實驗在得到結果之前，必須重覆進行好幾次。
□ 化学反応が起こる。 起化學反應。	▶ 全く違うタイプの俳優二人が、舞台上で演じて不思議な化学反応が起こった。 兩個完全不同類型的演員，在舞臺上產生了不可思議的化學反應（在舞台上擦出了神奇的火花）。
□ 踵がはれる。 腳後跟腫起來。	▶ 彼女は派手なドレスを着て、かかとの高い靴を履いていた。 她穿著華麗的裙子和高跟的鞋子。
□ 病気にかかる。 生病。	▶ 忘れないよう、壁にかかっているカレンダーに印をつけた。 為了提醒自己不要忘記，在掛在牆上的行事曆做了記號。
□ 書留で郵送する。 用掛號信郵寄。	▶ 裁判所からの書類が書留郵便で送られて来た。 這份法院的文件是用掛號信寄來的。
□ 書き取りのテスト。 聽寫測驗	▶ 漢字がどうしても覚えられなくて、書き取りの試験は苦手だ。 漢字怎麼樣都背不起來，很害怕聽寫考試。

Check 1 必考單字	高低重音	詞性、類義詞與對義詞

0217□□□
各～ かく
[接頭] 各，每人，每個，各個
[類] 毎 毎

0218□□□
掻く かく
[他五] (用手或爪) 搔，撥；拔，推；攪拌，攪和；犁地；砍切
[類] 擦る 摩擦

0219□□□
嗅ぐ かぐ
[他五] (用鼻子) 聞，嗅；嗅出，探索
[類] 臭う 發臭

0220□□□
家具 かぐ
[名] 家具
[類] たんす 衣櫥

0221□□□ ●CD1 / 12
各駅停車 かくえきていしゃ
[名] 指列車每站都停，普通車
[類] 普通 普通，一般

0222□□□
隠す かくす
[他五] 藏起來，隱瞞，掩蓋
[類] 覆う 蓋上

0223□□□
確認 かくにん
[名・他サ] 證實，確認，判明
[類] 確かめる 確認

0224□□□
学費 がくひ
[名] 學費
[類] 授業料 學費

0225□□□
学歴 がくれき
[名] 學歷
[類] 経歴 經歷，履歷

Check 2　必考詞組	Check 3　必考例句
□ 各国を周遊する。 周遊列國。	番組では各方面の専門家たちによる議論が続いた。 各個領域的幾位專家在電視節目中繼續進行討論。
□ 頭を掻く。 搔起頭來。	汚れた犬は、道に座ると後ろ足で首の辺りを掻き始めた。 那隻髒狗一坐在路上，就把後腿伸到脖子周圍搔起癢來了。
□ 花の香りをかぐ。 聞花香。	警察犬はにおいを嗅いで、犯人を見つけることができる。 警犬可以透過嗅聞氣味而找到嫌犯。
□ 家具を置く。 放家具。	リビングにはイタリア製の高級家具が並んでいた。 客廳裡擺放著義大利製造的高級家具。
□ 各駅停車の電車に乗る。 搭乘各站停車的列車。	快速は混むから、各駅停車でゆっくり行きませんか。 快速列車上面滿滿的都是人，我們不能搭慢車 優哉游哉前往目的地嗎？
□ 過ちを隠す。 掩飾自己的錯誤。	ビデオに映っていた男は、帽子で顔を隠していた。 影片中拍到的男子戴帽子遮住了臉。
□ 確認を取る。 加以確認。	契約の際は、住所と名前の確認できる書類をお持ちください。 簽合約的時候，請攜帶能夠核對住址和姓名的文件。
□ アルバイトで学費を稼ぐ。 打工賺取學費。	当校には、成績優秀者は学費が半額になる制度があります。 本校設有「成績優異學生得以減免半數學費」的制度。
□ 学歴が高い。 學歷高。	彼には学歴はないが、それ以上の才能とやる気がある。 他雖然沒有學歷，但有超越學歷的才能和幹勁。

Check 1 / 必考單字	高低重音	詞性、類義詞與對義詞
0226 □□□ かく 隠れる	▶ か⌐くれる	[自下一] 躲藏，隱藏；隱遁；不為人知，潛在的；埋沒 [類] 隠す 隱藏
0227 □□□ か げき 歌劇	▶ か⌐げき	[名] 歌劇 [類] えんげき 演劇 演劇
0228 □□□ か ざん 掛け算	▶ か⌐けざん	[名] 乘法 [類] わ ざん 割り算 除法
0229 □□□ か 掛ける	▶ か⌐ける	[他下一・接尾] 坐；懸掛；蓋上，放上；放在…之上；提交；澆；開動；花費；寄託；鎖上；（數學）乘 [類] かかる 掛上；割る（數學）除
0230 □□□ かこ 囲む	▶ か⌐こむ	[他五] 圍上，包圍；圍攻；下（圍棋） [類] ま 巻く 卷上；包圍
0231 □□□ かさ 重ねる	▶ か⌐さねる	[他下一] 重疊堆放；再加上，蓋上；反覆，重複，屢次 [類] つ 積む 堆積
0232 □□□ かざ 飾り	▶ か⌐ざり	[名] 裝飾（品）；華而不實；粉飾 [類] アクセサリー／ accessory 裝飾品
0233 □□□ か 貸し	▶ か⌐し	[名] 借出，貸款；貸方；給別人的恩惠 [對] か 借り 借款
0234 □□□ か ちん 貸し賃	▶ か⌐しちん	[名] 租金，賃費 [類] や ちん 家賃 房租 [對] か ちん 借り賃 欠債

□ 隠れた才能。
被隱沒的才能

▶ そこに隠れているのは誰だ？諦めて出て来なさい。
是誰躲在那裡？不用躲了，快點出來！

□ 歌劇に夢中になる。
沈迷於歌劇。

▶ 女性の悲劇を描いた歌劇は、何度観ても涙が出る。
那齣描述女性悲劇的歌劇，不管看幾遍都會讓人流淚。

□ 九九の掛け算表。
九九乘法表

▶ ７人の人に５個ずつ？それは掛け算を使う問題でしょ。
總共七個人，每個人五個？這個問題該用乘法吧。

□ 椅子に掛ける。
坐下。

▶ その部屋のテーブルには美しい布が掛けてあった。
那個房間的桌子上鋪了一塊漂亮的布。

□ 自然に囲まれる。
沐浴在大自然之中。

▶ 祖父は、最後まで家族に囲まれて、幸せな人生だったと思う。
爺爺直到臨終的那一刻都有家人隨侍在側，我想，爺爺應該走完了幸福的一生。

□ 本を３冊重ねる。
把三本書疊起來。

▶ 職場が寒いので、セーターを何枚も重ねて着ています。
因為辦公室很冷，所以我穿了好幾件毛衣。

□ 飾りをつける。
加上裝飾。

▶ 彼女は大きな羽飾りのついた帽子を被っていました。
她戴了一頂綴有大羽毛裝飾的帽子。

□ 貸しがある。
有借出的錢。

▶ 以前助けてやったのを忘れたのか。君には一つ貸しがあるぞ。
你忘記我以前幫過你嗎？我曾經借了一筆錢給你耶！

□ 貸し賃が高い。
租金昂貴。

▶ マンションを人に貸して、貸し賃で生活しています。
我把公寓租給別人，靠著收租金過日子。

Check 1 必考單字	高低重音	詞性、類義詞與對義詞

0235 ☐☐☐
歌手 （か しゅ） ▶ か‍しゅ ▶
[名] 歌手，歌唱家
[類] 歌姫（うたひめ） 女歌手

0236 ☐☐☐
箇所 （か しょ） ▶ か‍しょ ▶
[名·接尾]（特定的）地方；（助數詞）處
[類] 場所（ばしょ） 地方

0237 ☐☐☐
数 （かず） ▶ か‍ず ▶
[名] 數，數目；多數，種種；有…價值的事物
[類] 量（りょう） 量，數量

0238 ☐☐☐
ガス料金 （りょうきん） ▶ ガス‍りょうきん ▶
[名] 瓦斯費
[類] 光熱費（こうねつひ） 水電瓦斯費

0239 ☐☐☐
カセット ▶ カ‍セット ▶
[名]【cassette】小暗盒；（盒式）錄音磁帶，錄音帶
[類] CD 光碟

0240 ☐☐☐
数える （かぞ） ▶ か‍ぞえる ▶
[他下一] 數，計算；列舉，枚舉
[類] 計算（けいさん）する 計算

0241 ☐☐☐
肩 （かた） ▶ か‍た ▶
[名] 肩，肩膀；（衣服的）肩；上方
[類] 首（くび） 脖子；頭

0242 ☐☐☐
型 （かた） ▶ か‍た ▶
[名] 模子，形，模式；樣式
[類] タイプ／type 類型

0243 ☐☐☐
固い／堅い／硬い （かた）（かた）（かた） ▶ か‍たい ▶
[形] 硬的，堅固的；堅決的；生硬的；嚴謹的，頑固的；一定，包准；可靠的
[類] 丈夫（じょうぶ） 堅固，結實

□ 歌手になりたい。
我想當歌手。

▶ 私は歌手の後ろで踊るバックダンサーをしています。
我的工作是在歌手後面伴舞的舞者。

□ 一箇所間違える。
一個地方錯了。

▶ 次の文の間違っている箇所に下線を引きなさい。
請在以下文章的錯誤處畫底線。

□ 数が多い。
數目多。

▶ 小さい頃、お風呂で母と一緒に100まで数を数えました。
小時候曾和媽媽在浴室裡從一數到了一百。

□ ガス料金を払う。
付瓦斯費。

▶ 君はシャワーのお湯を使い過ぎだよ。ガス料金が以前の2倍だ。
你淋浴時用太多熱水了啦！瓦斯費是以前的兩倍耶！

□ カセットに入れる。
錄進錄音帶。

▶ カセットに入っていた音楽をパソコンにコピーしました。
我將錄音帶中的音樂轉錄到電腦裡了。

□ 人数を数える。
數人數。

▶ 参加希望者の人数を数えて、全員に招待状を用意します。
計算有意參加者的人數後，準備相同數量的邀請函。

□ 肩が凝る。
肩膀痠痛。

▶ 肩の出たワンピースがよく似合って、眩しいくらいだ。
露肩洋裝很適合妳，看起來光豔動人。

□ 型をとる。
模壓成型。

▶ この型のバイクは1980年代に流行ったものです。
這種款式的機車曾於1980年代風靡一時。

□ 頭が固い。
死腦筋。

▶ 酷く緊張しているのか、画面の男の表情は硬かった。
不知道是不是因為太緊張了，畫面中的男人表情很僵硬。

Check 1 / 必考單字	高低重音	詞性、類義詞與對義詞

0244 □□□ ● CD1 / 13
かだい
課題 ▸ かだい ▸
[名] 提出的題目；課題，任務
[類] 任務 任務，職責

0245 □□□
かた づ
片付く ▸ かたづく ▸
[自五] 收拾，整理好；得到解決，處裡好；出嫁
[類] 纏まる 解決

0246 □□□
かた づ
片付け ▸ かたづけ ▸
[名] 整理，整頓，收拾
[類] 整理 整理

0247 □□□
かた づ
片付ける ▸ かたづける ▸
[他下一] 收拾，打掃；解決；吃光；消除；出嫁
[類] しまう 收藏

0248 □□□
かたみち
片道 ▸ かたみち ▸
[名] 單程，單方面
[對] 往復 來回

0249 □□□
か
勝ち ▸ かち ▸
[名] 勝利，贏
[類] 勝利 勝利 [對] 負け 敗北

0250 □□□
かっこいい ▸ かっこいい ▸
[連語] 真棒，真帥
[類] すばらしい 極好

0251 □□□
カップル ▸ カップル ▸
[名] 【couple】一對；一對男女，一對情人，一對夫妻
[類] コンビ／combination 之略 搭檔

0252 □□□
かつやく
活躍 ▸ かつやく ▸
[名・自サ] 活躍，活動
[類] 活動 活動；工作

Check 2 / 必考詞組	Check 3 / 必考例句
□ 課題を仕上げる。 完成作業。	▶ 課題の提出期限さえ守れば、単位はもらえるそうだ。 聽說只要準時繳交報告，就可以拿到學分了。
□ 仕事が片付く。 做完工作。	▶ この仕事が片付いたら、一度休みをとって旅行にでも行きたい。 完成這項工作之後，我想休假一陣子去旅行。
□ 片付けをする。 整理。	▶ 昨日は雨だったので、ドライブはやめて部屋の片付けをしました。 因為昨天下雨，所以我沒有出門開車兜風，而是在家整理了房間。
□ 教室を片付ける。 整理教室。	▶ 使った食器は洗って、食器棚に片付けておいてください。 請把用過的餐具洗乾淨，然後放在餐具櫃裏。
□ 片道の電車賃。 單程的電車費。	▶ 夫の実家までは車で片道4時間もかかるんです。 回去丈夫的老家光是單趟車程就要花上四個小時了。
□ 勝ちを得る。 獲勝。	▶ 相手に勝ちを譲ることで、本当の勝利を得ることもある。 有時候讓對方贏才是真正的勝利。
□ かっこいい人。 很帥的人	▶ 幸子のお兄ちゃんって、ほんとにかっこいいよね。 幸子的哥哥真的好帥喔。
□ お似合いなカップル。 相配的一對	▶ カップルでご来店のお客様にはワインをサービス致します。 攜伴光臨的貴賓，本店將贈送紅酒。
□ 試合で活躍する。 在比賽中很活躍。	▶ これは体の小さい主人公がサッカー選手として活躍する話です。 這是個身材瘦小的主角成為足球選手並且大放異彩的故事。

Check 1 必考單字	高低重音	詞性、類義詞與對義詞

0253 □□□
かていか
家庭科 ▶ かていか ▶
[名]（中小學學科一）家事，家政
[類] 課程 課程

0254 □□□
か でんせいひん
家電製品 ▶ かでんせいひん ▶
[名] 家用電器
[類] 電気製品 電器用品

0255 □□□
かな
悲しみ ▶ かなしみ ▶
[名] 悲哀，悲傷，憂愁，悲痛
[類] 痛み 疼痛

0256 □□□
かなづち
金槌 ▶ かなづち ▶
[名] 釘錘，榔頭；旱鴨子
[類] ハンマー／hammer 榔頭

0257 □□□
かなり ▶ かなり ▶
[名・形動・副] 相當，頗；出乎意料
[類] 随分 相當

0258 □□□
かね
金 ▶ かね ▶
[名] 金屬；錢，金錢
[類] 銭 錢

0259 □□□
か のう
可能 ▶ かのう ▶
[名・形動] 可能
[類] できる 能夠

0260 □□□
かび
黴 ▶ かび ▶
[名] 霉；陳舊，陳腐
[類] 細菌 細菌

0261 □□□
かま
構う ▶ かまう ▶
[自他五] 介意，顧忌，理睬；照顧，招待；調戲，逗弄；放逐
[類] 世話 幫助；照料

Check 2 / 必考詞組	Check 3 / 必考例句
□ 家庭科を学ぶ。 學家政課。	▶ 学校の家庭科の授業で、ハンバーグとスープを作った。 在學校家政課的課堂上做了漢堡和湯。
□ 家電製品であふれる。 充滿過多的家電用品。	▶ 電気屋の家電製品売り場で、冷蔵庫や洗濯機を見るのが好きです。 我喜歡在電器行的家電區看新款冰箱和洗衣機。
□ 悲しみを感じる。 感到悲痛。	▶ 子を失った母親の悲しみの深さは、私には想像できない。 我無法想像失去孩子的母親有多麼悲痛。
□ 金槌で釘を打つ。 用榔頭敲打釘子。	▶ 本棚を作ったが、金槌で釘を打つより指を打つ方が多かった。 雖然書架做好了，但是槌子敲到手的次數，還比敲在釘子上來得多。
□ かなり疲れる。 相當疲憊。	▶ 事故当時、車はかなりスピードを出していたようだ。 事故發生時這輛車似乎開得飛快。
□ 金がかかる。 花錢。	▶ 昔から、若いうちの苦労は金を払ってでもしろという。 自古至今流傳著一句話：年少吃得苦中苦，日後方為人上人。
□ 可能な範囲で。 在可能的範圍內。	▶ 契約して頂けるのでしたら、可能な限り、御社の条件に合わせます。 只要能與敝公司簽約，我們必定竭盡全力配合貴公司的要求。
□ かびが生える。 發霉。	▶ 冷蔵庫の奥からかびの生えたパンが出てきた。 從冰箱最裡面挖出了發霉的麵包。
□ 服装に構わない。 不修邊幅。	▶ 私は言いたいことを言うよ。ネットで叩かれたって構うもんか。 我愛說什麼就說什麼！就算會被網民砲轟我也不管啦！

Check 1 必考單字	高低重音	詞性、類義詞與對義詞
0262 □□□ 我慢（が まん）	▶ が まん	[名・他サ] 忍耐，克制，將就，原諒； （佛）饒恕；將就；頑固 [類] 押（お）さえる 抑制
0263 □□□ 我慢強い（が まんづよ）	▶ が まんづよい	[形] 忍耐性強，有忍耐力 [類] しぶとい 有耐性
0264 □□□ 髪の毛（かみ の け）	▶ かみのけ	[名] 頭髮 [類] 毛髮（もうはつ） 毛髮
0265 □□□ ○CD1/14 ガム	▶ ガム	[名]【(荷)gom】口香糖；樹膠 [類] 飴（あめ） 糖果
0266 □□□ カメラマン	▶ カメラマン	[名]【cameraman】攝影師；（報社、雜誌等）攝影記者 [類] 写真家（しゃしんか） 攝影師
0267 □□□ 画面（が めん）	▶ が めん	[名]（繪畫的）畫面；照片，相片； （電影等）畫面，鏡頭 [類] イメージ／image 影像
0268 □□□ かもしれない	▶ かもしれない	[連語] 也許，也未可知 [類] あるいは 或是
0269 □□□ 粥（かゆ）	▶ かゆ	[名] 粥，稀飯 [類] 白粥（しろがゆ） 粥
0270 □□□ 痒い（かゆ）	▶ かゆい	[形] 癢的；發癢 [類] 痛（いた）い 疼痛的

Check 2　必考詞組	Check 3　必考例句
□ 我慢ができない。 不能忍受。	▶ 気分が悪いときは、我慢しないで休んでくださいね。 不舒服的時候請不要忍耐，好好休息喔。
□ 本当にがまん強い。 有耐性。	▶ 客に何を言われても怒らない我慢強い人を求めています。 我們正在招募極具耐性、能夠忍受顧客一切無理要求的員工。
□ 髪の毛を切る。 剪髮。	▶ 落ちていた一本の髪の毛から、犯人が分かったそうだ。 據說已經從掉在現場的一根頭髮，查出兇手是誰了。
□ ガムを噛む。 嚼口香糖。	▶ 噛み終わったガムは、紙に包んで捨ててください。 嚼完的口香糖，請用紙包好再丟棄。
□ アマチュアカメラマン。 業餘攝影師。	▶ 戦争の写真を撮るカメラマンになって、世界平和に貢献したい。 我想成為戰地攝影師，為世界和平做出貢獻。
□ 画面を見る。 看畫面。	▶ スマホの画面を見ながら歩く「ながらスマホ」は禁止です。 禁止盯著手機螢幕走路的「邊走邊滑」行為。
□ あなたの言う通りかもしれない。 或許如你說的。	▶ 妻と大喧嘩をした。私たちはもうだめかもしれない。 和妻子大吵了一架。我們可能已經走到盡頭了吧。
□ 粥を炊く。 煮粥。	▶ 熱を出して寝ていたら、彼女が来て、お粥を作ってくれた。 在我發燒睡著的時候，她來為我煲了粥。
□ 頭が痒い。 頭部發癢。	▶ ちょっとでも卵を食べると、体中が痒くなるんです。 只要吃到一點點雞蛋，全身就會發癢。

Check 1 必考單字	高低重音	詞性、類義詞與對義詞

0271 □□□

カラー ▶ カラー ▶ [名]【color】色，彩色；（繪畫用）顏料
類 色 顏色

0272 □□□

借り ▶ かり ▶ [名] 借，借入；借的東西；欠人情；怨恨，仇恨
類 借りる 借入 對 貸し 借出

0273 □□□

歌留多／
加留多 ▶ かるた ▶ [名] 紙牌，撲克牌；寫有日本和歌的紙牌
類 カード／card 卡片

0274 □□□

皮 ▶ かわ ▶ [名] 皮，表皮；皮革
類 皮膚 皮膚

0275 □□□

乾かす ▶ かわかす ▶ [他五] 曬乾；晾乾；烤乾
類 乾く 乾燥 對 濡れる 淋溼

0276 □□□

乾く ▶ かわく ▶ [自五] 乾，乾燥；無感情
類 枯れる 枯萎

0277 □□□

渇く ▶ かわく ▶ [自五] 渴，乾渴；渴望，內心的要求
類 望む 希求，要求

0278 □□□

代わる ▶ かわる ▶ [自五] 代替，代表，代理
類 代える 代替

0279 □□□

替わる ▶ かわる ▶ [自五] 更換；交替
類 交替する 交替

□ 地域のカラーを出す。
有地方特色。

▶ こちらのパソコン、カラーは白、黒、銀色があります。
這邊電腦機殼的顏色有白色、黑色和銀色。

□ 借りを返す。
還人情。

▶ あの時助けてもらって、あなたには借りがあると思っています。
那時候你幫助了我，我知道自己欠你一份人情。

□ 歌留多で遊ぶ。
玩日本紙牌。

▶ お正月に、家族みんなでかるたをして遊びました。
過年期間，全家人聚一起玩了傳統紙牌。

□ 皮をむく。
剝皮。

▶ 餃子の皮に果物を包んで揚げるお菓子が流行っている。
現在很流行在餃子皮裡包入水果餡後油炸的甜點。

□ 洗濯物を乾かす。
曬衣服。

▶ 食器は乾燥機で乾かしてから、食器棚にしまいます。
餐具經過乾燥機烘乾之後，再放進餐具櫃裡。

□ 土が乾く。
地面乾。

▶ 今年の冬はほとんど雨が降らず、空気が乾いている。
今年冬天幾乎沒有下雨，空氣十分乾燥。

□ のどが渇く。
口渇。

▶ 喉が渇いたな。ちょっと冷たいコーヒーでも飲もうか。
口好渴喔。要不要來喝杯冰咖啡？

□ 運転を代わる。
交替駕駛。

▶ 今日は早く帰っていいよ。その代わり、明日がんばってね。
今天可以早點回去。不過明天要繼續加油喔！

□ 石油に替わる燃料。
替代石油的燃料。

▶ 社長が先月亡くなり、息子が替わって社長になった。
總經理上個月過世了，由他的兒子繼任了總經理的職位。

Check 1 必考單字	高低重音	詞性、類義詞與對義詞
0280 □□□ か 換わる	▶ か わる ▶	[自五] 更換，更替 [類] こうかん 交換する　交換
0281 □□□ か 変わる	▶ か わる ▶	[自五] 變化；與眾不同；改變時間地點， 遷居，調任 [類] か 変える　改變
0282 □□□ かん 缶	▶ かん ▶	[名] 罐子 [類] バケツ　水桶
0283 □□□ かん 刊	▶ かん ▶	[漢造] 刊，出版 [類] しゅっぱん 出版　出版
0284 □□□ かん 間	▶ かん ▶	[名・接尾] 間，機會，間隙 [類] き かん 期間　期間
0285 □□□ かん 館	▶ かん ▶	[漢造] 旅館；大建築物或商店 [類] ホール／hall　大廳
0286 □□□ かん 感	▶ かん ▶	[名・漢造] 感覺，感動；感 [類] かん 感じ　感覺
0287 □□□ ●CD1 15 かん 観	▶ かん ▶	[名・漢造] 觀感，印象，樣子；觀看；觀 點 [類] すがた 姿　姿勢，形象
0288 □□□ かん 巻	▶ かん ▶	[名・漢造] 卷，書冊；（書畫的）手卷； 卷曲 [類] さつ 冊　冊

Check 2 必考詞組	Check 3 必考例句
□ 教室が換わる。 換教室。	▶ おなかの大きな女性が乗って来たので、席を換わった。 有位挺著大肚子的女士上了車，所以我讓了座。
□ 考えが変わる。 改變想法。	▶ 久しぶりに帰った故郷の町は、すっかり様子が変わっていた。 好久沒回故郷，鎮上的樣貌完全不一樣了。
□ 缶詰にする。 做成罐頭。	▶ 瓶や缶は再利用するので、資源ごみとして出してください。 瓶罐可以回收利用，請按照資源垃圾的回收規定丟棄。
□ 朝刊と夕刊。 早報跟晚報	▶ 今日発売の週刊誌を買って、好きな芸能人の記事を探した。 我買下今天發售的週刊，翻找了喜歡的藝人的相關報導。
□ 五日間の旅行。 五天的旅行	▶ 新幹線で、東京大阪間は2時間20分です。 東京和大阪之間搭乘新幹線的話需要兩小時二十分鐘。
□ 博物館を見学する。 參觀博物館。	▶ 休みの日は、美術館や博物館を回ることが多いです。 假日我經常去逛美術館或博物館。
□ 解放感に包まれる。 充滿開放感。	▶ 彼女は責任感が強いので、リーダーにぴったりだ。 她有很強的責任感，十分適合擔任隊長。
□ 人生観が変わる。 改變人生觀。	▶ 結婚相手は、価値観が同じ人を選ぶと失敗しませんよ。 結婚對象若能找個價值觀相同的人，就不會離婚喔。
□ 全三巻の書物。 共三冊的書	▶ こちらの本は上巻、下巻合わせて4800円になります。 這本書上下冊合售總共4800圓。

Check 1 必考單字	高低重音	詞性、類義詞與對義詞
0289 □□□ かんが 考え	▶ かんがえ	[名] 思考，想法，念頭，意見，主意；觀念，信念：考慮；期待，願望；決心 [類] 思い　想法
0290 □□□ かんきょう 環境	▶ かんきょう	[名] 環境 [類] 周り　周圍
0291 □□□ かんこう 観光	▶ かんこう	[名・他サ] 觀光，遊覽，旅遊 [類] 旅　旅遊
0292 □□□ かんごし 看護師	▶ かんごし	[名] 護士，看護 [類] 介護士　專門照顧身心障礙者日常生活的專門技術人員
0293 □□□ かんしゃ 感謝	▶ かんしゃ	[名・自他サ] 感謝 [類] 謝る　敬謝不敏
0294 □□□ かん 感じる／ かん 感ずる	▶ かんじる／ かんずる	[自他上一] 感覺，感到；感動，感觸，有所感 [類] 覚える　記住
0295 □□□ かんしん 感心	▶ かんしん	[名・形動・自サ] 欽佩；贊成；（貶）令人吃驚 [類] 感動　感動
0296 □□□ かんせい 完成	▶ かんせい	[名・自他サ] 完成 [類] 終わる　完畢
0297 □□□ かんぜん 完全	▶ かんぜん	[名・形動] 完全，完整完美，圓滿 [類] すっかり　完全

Check 2 必考詞組 | **Check 3** 必考例句

□ 考えが甘い。
想法天真。

▶ 「どうしよう、鍵が壊れた。」「大丈夫、僕にいい考えがあるよ。」
「怎麼辦，鑰匙壞了。」「沒關係，我有個好主意！」

□ 環境が変わる。
環境改變。

▶ 村の環境を守るために、工場の建設に反対している。
為了保護村莊的環境，我們反對建造工廠。

□ 観光の名所。
觀光勝地

▶ 「日本に来た目的は？お仕事ですか。」「いいえ、観光です。」
「你來日本的目的是什麼？是為了工作嗎？」「不是，是來觀光。」

□ 看護師を目指す。
以當護士為目標。

▶ 看護師さんが優しくしてくれるから、退院したくなくなっちゃった。
護士溫柔的照料，讓我都不想出院了。

□ 心から感謝する。
衷心感謝。

▶ 毎日おいしいお弁当を作ってくれて、感謝してます。
感謝你每天幫我做好吃的便當。

□ 痛みを感じる。
感到疼痛。

▶ 気のせいか、最近彼女の態度が冷たく感じるんだが。
不知道是不是錯覺，我覺得最近她的態度很冷淡。

□ 皆さんの努力に感心した。
大家的努力令人欽佩。

▶ あの子は小さい弟や妹の面倒をよく見ていて、本当に感心するよ。
那個孩子很照顧年幼的弟弟妹妹，真是值得誇獎呢。

□ 完成に近い。
接近完工。

▶ 10年かけて完成させた小説が、文学賞を受賞した。
那部耗費十年才完成的小說獲得了文學獎。

□ 完全な勝利。
完美的獲勝

▶ 私は過去の記憶を完全に失った。自分の名前さえ思い出せない。
我完全遺忘了過去的記憶。就連自己的名字也想不起來了。

Check 1 必考單字	高低重音	詞性、類義詞與對義詞
0298 □□□ かんそう 感想	▶ かんそう	[名] 感想 [類] 感じ 感覺
0299 □□□ かんづめ 缶詰	▶ かんづめ	[名] 罐頭；不與外界接觸的狀態；擁擠的狀態 [類] 缶 罐子
0300 □□□ かんどう 感動	▶ かんどう	[名・自サ] 感動，感激 [類] 感激 感激；感動
0301 □□□ き 期	▶ き	[漢造] 時期；時機；季節；（預定的）時日 [類] 期間 期間
0302 □□□ き 機	▶ き	[名・接尾・漢造] 時機；飛機；（助數詞用法）架；機器 [類] 機会 機會
0303 □□□ キーボード	▶ キーボード	[名]【keyboard】（鋼琴、打字機等）鍵盤 [類] 鍵盤 鍵盤
0304 □□□ きが 着替え	▶ きがえ	[名・自サ] 換衣服；換洗衣物 [類] 更衣 換衣服
0305 □□□ きが 着替える	▶ きがえる	[他下一] 換衣服 [類] お色直し（結婚時）換裝
0306 □□□ きかん 期間	▶ きかん	[名] 期間，期限內 [類] 期 時期

Check 2　必考詞組	Check 3　必考例句
□ 感想を聞く。 聽取感想。	▶ みんなが似たような感想を言う中、彼女だけがこの映画をつまらないと言った。 大家發表的感想宛如一言堂，只有她勇敢說了這部電影很無聊。
□ 缶詰を開ける。 打開罐頭。	▶ 非常食用に魚や野菜の缶詰をたくさん買ってあります。 我買了很多魚和蔬菜的罐頭做為緊急糧食。
□ 感動を受ける。 深受感動。	▶ 美しい絵画には時代を越えて人を感動させる力がある。 美麗的畫作具有跨越時代感動人心的力量。
□ 入学の時期。 開學時期	▶ 期末試験を頑張ったから、今学期は成績が上がるはずだ。 畢竟認真準備了期末考試，這學期的成績應該會進步吧。
□ 機が熟す。 時機成熟。	▶ このコピー機は新しいのに変えるべきだね。遅くて仕事にならない。 這台影印機應該要換一台新的了。影印速度太慢，害我們都無法好好工作了。
□ キーボードを弾く。 彈鍵盤（樂器）。	▶ キーボードの一番上にあるF7のキーを押してください。 請按下鍵盤最上面那排的F7鍵。
□ 着替えを忘れた。 忘了帶換洗衣物。	▶ 着替えが終わったら、荷物はロッカーに入れてください。 換好衣服後，請把您隨身攜帶的物品放入置物櫃裡。
□ 着物を着替える。 換衣服。	▶ いつまでも寝てないで、早く着替えて学校に行きなさい。 不要一直睡，趕快換衣服上學了！
□ 期間が過ぎる。 過期。	▶ 試験期間中は、生徒の教職員室への入室は禁止です。 考試期間，禁止學生進入教職員辦公室。

Check 1 必考單字	高低重音	詞性、類義詞與對義詞
0307 □□□ CD1 16 効く（き）	▸ きく	▸ [自五] 有效，奏效；好用，能幹；可以，能夠；起作用 類 効果（こうか） 成效
0308 □□□ 期限（きげん）	▸ きげん	▸ [名] 期限；時效 類 締め切り（しめきり） 截止
0309 □□□ 帰国（きこく）	▸ きこく	▸ [名・自サ] 回國，歸國；回到家鄉 類 帰る（かえる） 回來，歸去
0310 □□□ 記事（きじ）	▸ きじ	▸ [名] 報導，記事 類 ニュース／news 新聞
0311 □□□ 記者（きしゃ）	▸ きしゃ	▸ [名] 執筆者，筆者；（新聞）記者，編輯 類 キャスター／newscaster 之略 新聞主播
0312 □□□ 奇数（きすう）	▸ きすう	▸ [名]（數）奇數 對 偶数（ぐうすう） 偶數
0313 □□□ 帰省（きせい）	▸ きせい	▸ [名・自サ] 歸省，回家（省親），探親 類 帰国（きこく） 回國
0314 □□□ 帰宅（きたく）	▸ きたく	▸ [名・自サ] 回家 類 帰り（かえり） 回來
0315 □□□ きちんと	▸ きちんと	▸ [副] 整齊，乾乾淨淨；恰好，恰當；如期，準時；好好地，牢牢地 類 正確（せいかく） 準確

Check 2 必考詞組	Check 3 必考例句
□ よく効く薬。 有效的藥	▶ この薬は、風邪の引き始めに飲むと、よく効きますよ。 感冒初期服用這種藥很有效喔。
□ 期限になる。 到期。	▶ この本は貸し出し期限が過ぎています。すぐに返してください。 這本書已經超過借閱期限了。趕快拿去還！
□ 夏に帰国する。 夏天回國。	▶ 正月明け、成田空港は帰国ラッシュで混雑していた。 新年假期結束後，返抵國門的人潮把成田機場擠得水洩不通。
□ 新聞記事。 報紙報導。	▶ その日の事件をすぐに記事にして、ネットに上げています。 那天的事件馬上就被寫成新聞傳到網路上。
□ 記者が質問する。 記者發問。	▶ 首相は記者たちの質問に答えると、すぐにその場を立ち去った。 首相回答了記者群的問題後，馬上離開了現場。
□ 奇数を使う。 使用奇數。	▶ 偶数番号の人はこちら、奇数番号の人はあちらに並んでください。 偶數號的人請在這裡排隊，奇數號的人請在那裡排隊。
□ お正月に帰省する。 元月新年回家探親。	▶ お母さん、夏休みには帰省するから、楽しみにしててね。 媽媽，我暑假就會回家了，等我喔！
□ 会社から帰宅する。 從公司回家。	▶ 「ただいま主人は留守ですが。」「何時ごろに帰宅されますか。」 「我先生現在不在家。」「請問大概什麼時候回來呢？」
□ きちんとしている。 井然有序。	▶ 実験結果は、全ての数字をきちんと記録しておくこと。 實驗結果必須翔實記錄所有的數據。

Check 1　必考單字	高低重音	詞性、類義詞與對義詞

0316 □□□

キッチン　▶　キッチン　▶
[名]【kitchen】廚房
[類] 台所（だいどころ）　廚房

0317 □□□

きっと　▶　きっと　▶
[副] 一定，必定；（神色等）嚴厲地，嚴肅地
[類] 必ず（かなら）　一定

0318 □□□

希望（きぼう）　▶　きぼう　▶
[名・他サ] 希望，期望，願望
[類] 夢（ゆめ）　夢想

0319 □□□

基本（きほん）　▶　きほん　▶
[名] 基本，基礎，根本
[類] 元（もと）　原本

0320 □□□

基本的（きほんてき）（な）　▶　きほんてきな　▶
[形動] 基本的
[類] 入門的（にゅうもんてき）　入門的

0321 □□□

決まり（き）　▶　きまり　▶
[名] 規定，規則；習慣，常規，慣例，終結；收拾整頓
[類] 規則（きそく）　規定

0322 □□□

客室乗務員（きゃくしつじょうむいん）　▶　きゃくしつじょうむいん　▶
[名]（車、飛機、輪船上）服務員
[類] キャビンアテンダント／cabin attendant　空服員

0323 □□□

休憩（きゅうけい）　▶　きゅうけい　▶
[名・自サ] 休息
[類] 休み（やす）　休息

0324 □□□

急行（きゅうこう）　▶　きゅうこう　▶
[名・自サ] 急忙前往，急趨；急行列車
[類] 各駅停車（かくえきていしゃ）　區間車

□ ダイニングキッチン。
廚房兼飯廳。

▶ こちらのお部屋は、広いリビングと明るいキッチンが人気です。
這種房型有寬敞的客廳和明亮的廚房，很受歡迎。

□ きっと晴れるでしょう。
一定會放晴。

▶ 君の（實力）が出せればきっとうまくいくよ。自信を持って。
你只要發揮實力就一定能成功。要有信心！

□ 希望を持つ。
懷抱希望。

▶ お荷物はお客様のご希望の日時にお届け致します。
行李將在您指定的日期時間送達。

□ 基本を学ぶ。
學習基礎東西。

▶ 「ほうれんそう」とは「報告、連絡、相談」のことで、仕事の基本だ。
所謂「ほうれんそう」是指「報告、聯絡、討論」，這是工作的基本態度。

□ 基本的な使い方。
基本使用方式

▶ 大学が法学部だったので、法律の基本的な知識はあります。
因為我大學念的是法學院，所以具備法律的基本知識。

□ 決まりを守る。
遵守規則。

▶ 朝ご飯は家族全員で食べるのが、我が家の決まりなんです。
全家人一起吃早餐是我們的家規。

□ 客室乗務員になる。
成為空服人員。

▶ 飛行機の中でおなかを壊し、客室乗務員に薬をもらった。
在飛機上鬧肚子了，所以向空服員索取了藥品。

□ 休憩する暇もない。
連休息的時間也沒有。

▶ その仕事が終わったら、お昼の休憩をとってください。
完成那件工作後，就可以午休了。

□ 急行に乗る。
搭急行電車。

▶ 急行なら 12 分、各駅停車でも 20 分で着きますよ。
搭快車只要12分鐘，慢車則要20分鐘才會到喔。

Check 1 必考單字	高低重音	詞性、類義詞與對義詞
0325 □□□ きゅうじつ **休日**	▶ きゅうじつ	▶ [名] 假日，休息日 [類] 休み 假日
0326 □□□ きゅうりょう **丘陵**	▶ きゅうりょう	▶ [名] 丘陵 [類] 丘 丘陵
0327 □□□ きゅうりょう **給料**	▶ きゅうりょう	▶ [名] 工資，薪水 [類] 時給 時薪
0328 □□□ きょう **教**	▶ きょう	▶ [漢造] 教，教導；宗教 [類] 宗教 宗教
0329 □□□ ◉CD1 17 ぎょう **行**	▶ ぎょう	▶ [名・漢造] （字的）行；（佛）修行；行書 [類] 列 行列
0330 □□□ ぎょう **業**	▶ ぎょう	▶ [名・漢造] 業，職業；事業；學業 [類] 職業 職業
0331 □□□ きょういん **教員**	▶ きょういん	▶ [名] 教師，教員 [類] 教師 教師
0332 □□□ きょうかしょ **教科書**	▶ きょうかしょ	▶ [名] 教科書，教材 [類] テキスト 課本
0333 □□□ きょうし **教師**	▶ きょうし	▶ [名] 教師，老師 [類] 先生 老師

Check 2 　必考詞組	Check 3 　必考例句

□ 休日が続く。
連續休假。

► 先週休日出勤をしたので、今日はその代わりに休みをもらった。
因為上星期的假日去上班了，所以今天得以補休一天。

□ 丘陵を散策する。
到山岡散步。

► 東京にも広大な丘陵地帯があるのを知っていますか。
你知道東京也有廣闊的丘陵地帶嗎？

□ 給料が上がる。
提高工資。

► いくら株の値段が上がっても、給料が上がらなきゃ意味がないよ。
不管股票漲了多少，薪水不漲就沒意義了。

□ 宗教を信仰する。
信仰宗教。

► 大陸から日本に仏教が伝わったのは6世紀のことです。
佛教是在公元六世紀時從大陸傳到了日本。

□ 行を改める。
改行。

► 兄の起こした事件について、新聞の隅に10行ほどの記事が載った。
關於哥哥引發的事件，在報紙角落刊登了十行左右的報導。

□ 家の業を継ぐ。
繼承家業。

► 若者がもっと農業や漁業に魅力を感じるような工夫が必要だ。
必須設法讓年輕人更能感受到從事農業和漁業的吸引力。

□ 教員になる。
當上教職員。

► 中学、高校の数学科の教員免許を持っています。
我擁有國高中數學科目的教師資格。

□ 歴史の教科書。
歷史教科書。

► 試験を始めます。教科書、ノートは机の中にしまってください。
考試開始。教科書和筆記本請收進抽屜裡。

□ 家庭教師。
家教老師

► 当校には優秀で教育熱心な教師がたくさんおります。
本校有許多熱衷教育的優秀教師。

Check 1 必考單字	高低重音	詞性、類義詞與對義詞
0334 □□□ きょうちょう 強調	▶ きょうちょう	[名・他サ] 強調；權力主張；（行情）看漲 類 主張 堅持自己的見解
0335 □□□ きょうつう 共通	▶ きょうつう	[名・形動・自サ] 共同，通用 類 似る 相像
0336 □□□ きょうりょく 協力	▶ きょうりょく	[名・自サ] 共同努力，配合，合作，協力協助 類 握手 合作
0337 □□□ きょく 曲	▶ きょく	[名・漢造] 曲調；歌曲；彎曲 類 楽曲 樂曲
0338 □□□ きょり 距離	▶ きょり	[名] 距離，間隔，差距 類 幅 寬度
0339 □□□ き 切らす	▶ きらす	[他五] 用盡，用光，斷絕 類 切れる 用盡
0340 □□□ ぎりぎり	▶ ぎりぎり	[名・副・他サ]（容量等）最大限度，極限；（摩擦的）嘎吱聲；剛好 類 一杯一杯 極限
0341 □□□ き 切れる	▶ きれる	[自下一] 斷；用盡；銳利；磨破；砍傷；（堤）潰；期滿 類 なくなる 用盡
0342 □□□ きろく 記録	▶ きろく	[名・他サ] 記錄，記載，（體育比賽的）紀錄 類 登録 登記

Check 2　必考詞組	Check 3　必考例句
□ 特に強調する。 特別強調。	▶ 彼は事故の説明をする中で、自分には非がない ことを強調した。 他在說明那起事故的過程時強調了錯不在己。
□ 共通の趣味がある。 有同樣的嗜好。	▶ 田中さんとは年も離れているし、共通の話題が ないんです。 我和田中先生的年齡差距太大，缺乏共同的話題。
□ みんなで協力する。 大家通力合作。	▶ 警察に犯人逮捕の協力をして、お礼をもらった。 我協助警察逮捕嫌犯，得到了警方的感謝。
□ 歌詞に曲をつける。 為歌詞譜曲。	▶ これって、いつもお父さんがカラオケで歌う曲 だよ。 這是爸爸每次去卡拉OK時必唱的曲目喔！
□ 距離が遠い。 距離遙遠。	▶ 時速とは、1時間当たりの移動距離を表した速 さのことです。 所謂時速，是指每小時移動距離的速度。
□ 名刺を切らす。 名片用完。	▶ ちょっと今、コーヒーを切らしていて…紅茶で いいですか。 咖啡不巧剛喝完……，請問改喝紅茶好嗎？
□ 期限ぎりぎりまで待 つ。 等到最後的期限。	▶ 林さんは毎朝、授業の始まる9時ぎりぎりに教 室に飛び込んでくる。 林同學每天都在九點即將上課的前一刻衝進教室裡。
□ 糸が切れる。 線斷掉。	▶ お風呂の電球が切れたから、新しいのを買って おいて。 因為浴室燈泡已經用完了，所以我買來新的。
□ 記録をとる。 做記錄。	▶ 会議における各人の発言は全て記録してありま す。 會議上每個人的發言全都留有紀錄。

Check 1 必考單字	高低重音	詞性、類義詞與對義詞

0343 □□□

金
きん

▸ きん ▸

[名・漢造] 黃金，金子；金錢
こがね
類 黃金 黃金

0344 □□□

禁煙
きんえん

▸ きんえん ▸

[名・自サ] 禁止吸菸；禁菸，戒菸
きつえん
對 喫煙 吸煙

0345 □□□

銀行員
ぎんこういん

▸ ぎんこういん ▸

[名] 銀行行員
かいしゃいん
類 会社員 公司職員

0346 □□□

禁止
きんし

▸ きんし ▸

[名・他サ] 禁止
かんしょう
類 干渉 干預

0347 □□□

近所
きんじょ

▸ きんじょ ▸

[名] 附近，左近，近郊
ちか
類 近く 近旁，附近

0348 □□□

緊張
きんちょう

▸ きんちょう ▸

[名・自サ] 緊張；爭端即將發生的狀態
類 ストレス 壓力

0349 □□□

句
く

▸ く ▸

[名] 字，字句；俳句
じゅくご
類 熟語 慣用句，成語

0350 □□□

クイズ

▸ クイズ ▸

[名]【quiz】回答比賽，猜謎；考試
類 なぞなぞ 謎語

0351 □□□ CD1 18

空
くう

▸ くう ▸

[名・形動・漢造] 空中，空間；空虛
な
類 無い 沒有

Check 2　必考詞組	Check 3　必考例句
□ 金メダルを獲得する。 獲得金牌。	▶ 彼女は北京オリンピックで金メダルを取った選手です。 她是在北京奧運摘下了金牌的選手。
□ 車内禁煙。 車内禁止抽煙	▶ 禁煙席と喫煙席がございますが、どちらになさいますか。 本店分為禁菸區和吸菸區，請問您要坐哪一邊呢？
□ 銀行員になる。 成為銀行行員。	▶ 銀行員だからといって、一日中お金を数えてるわけじゃないよ。 雖說是銀行職員，但也不是一整天都在數錢呀。
□ 立ち入り禁止。 禁止進入	▶ ここから先は関係者以外、立ち入り禁止です。 本區非相關人士禁止進入。
□ 近所付き合い。 與鄰居來往	▶ 近所の公園に集まって、みんなでラジオ体操をしています。 大家聚在附近的公園一起做廣播體操。
□ 緊張をほぐす。 舒緩緊張。	▶ 練習の時はできるのに、本番になると緊張して失敗してしまう。 練習時明明都能成功，但是正式上場時卻因為緊張而失敗了。
□ 句を詠む。 吟詠俳句。	▶ 俳句は、五・七・五の十七音で作る日本の詩です。 俳句是由五、七、五共十七個音節所組成的日本詩。
□ クイズ番組に参加する。 參加益智節目。	▶ クイズ番組で優勝して、賞金100万円を手に入れた。 我在益智競賽節目中獲得優勝，贏得了100萬圓的獎金。
□ 空に消える。 消失在空中	▶ 伸ばした手は空を掴み、彼は海へ落ちて行った。 他伸長了手抓向天空，終究仍是沉入了海底。

Check 1 必考單字	高低重音	詞性、類義詞與對義詞

0352 ☐☐☐

クーラー ▸ クーラー ▸
[名]【cooler】冷氣設備
[類] エアコン ／ Air conditioning 空調

0353 ☐☐☐

くさ
臭い ▸ くさい ▸
[形] 臭；可疑的；做作的；有討厭氣味的；…的樣子
[類] 匂（にお）い 香味；氣味

0354 ☐☐☐

くさ
腐る ▸ くさる ▸
[自五] 腐臭，腐爛；金屬鏽，爛；墮落，腐敗；消沉，氣餒
[類] 傷（いた）む 腐敗

0355 ☐☐☐

くし
櫛 ▸ くし ▸
[名] 梳子
[類] 束子（たわし） 刷帚

0356 ☐☐☐

くじ
籤 ▸ くじ ▸
[名] 籤；抽籤
[類] 宝（たから）くじ 彩票，獎券

0357 ☐☐☐

くすりだい
薬代 ▸ くすりだい ▸
[名] 藥費；醫療費，診察費
[類] 治療費（ちりょうひ） 治療費

0358 ☐☐☐

くすりゆび
薬指 ▸ くすりゆび ▸
[名] 無名指
[類] 小指（こゆび） 小指

0359 ☐☐☐

くせ
癖 ▸ くせ ▸
[名] 癖好，脾氣，習慣；（衣服的）摺線；頭髮亂翹；特徵；有著傾向；儘管
[類] 習慣（しゅうかん） 習慣

0360 ☐☐☐

くだ
下り ▸ くだり ▸
[名] 下降的；下行列車；從首都到地方去
[對] 上（のぼ）り 上行

□ クーラーをつける。
開冷氣。

▶ ああ、暑い。クーラーの効いた部屋でアイスクリームが食べたいなあ。
唉，好熱啊。真想躲在冷氣超強的房間裡吃冰淇淋呀。

□ 臭い匂い。
臭味。

▶ この料理は臭いといって嫌う人もいますが、癖になる人も多いんですよ。
雖然有人嫌這道料理很臭，但也有許多人吃上癮了喲。

□ 金魚鉢の水が腐る。
金魚魚缸的水發臭。

▶ うわっ、この牛乳、腐ってる。全部捨てるよ。
哇！這瓶牛奶已經變酸了。我整瓶倒掉喔！

□ 櫛で髪を梳く。
用梳子梳頭髮。

▶ 子どもの頃、毎朝母が私の髪を櫛でとかしてくれました。
小時候，每天早上媽媽都拿梳子幫我梳理頭髮。

□ 籤で決める。
用抽籤方式決定。

▶ 僕はくじ運が悪いんだ。ほらね、またはずれだ。
我的籤運真是太差了！你看，又沒中獎了。

□ 薬代が高い。
醫療費昂貴。

▶ 薬局で薬代を払ったら、財布の中身がなくなった。
在藥局付了藥費，錢包就空空如也了。

□ 薬指に指輪をはめる。
在無名指上戴戒指。

▶ 彼女の薬指には婚約指輪の大きなダイヤが光っていた。
她戴在無名指的那只訂婚戒指上有顆碩大的鑽石正在閃閃發亮。

□ 癖がつく。
養成習慣。

▶ 細かいことが気になってしまうのが、僕の悪い癖です。
鑽牛角尖是我的壞習慣。

□ 下りの列車に乗る。
搭乘南下的列車。

▶ 正月休みに帰省する車で、下り車線が渋滞している。
新年假期開車回老家，被塞在南下路段龜速前進。

Check 1 / 必考單字	高低重音	詞性、類義詞與對義詞

0361 □□□
くだ
下る ▸ く|だる ▸ [自五] 下降，下去；下野，脫離公職；由中央到地方；下達；往河的下游去
[類] 下がる 下降；後退

0362 □□□
くちびる
唇 ▸ く|ちびる ▸ [名] 嘴唇
[類] 口 嘴巴
くち

0363 □□□
ぐっすり ▸ ぐ|っすり ▸ [副] 熟睡，酣睡；堅實地；完全地
[類] 熟睡 熟睡
じゅくすい

0364 □□□
くび
首 ▸ く|び ▸ [名] 頸部；頭；職位；解雇
[類] 頭 頭
あたま

0365 □□□
く ふう
工夫 ▸ く|ふう ▸ [名・自サ] 設法；坐禪等用心修行
[類] アイディア ／ idea 想法

0366 □□□
く やくしょ
区役所 ▸ く|やくしょ ▸ [名]（東京與日本六大都市所屬的）區公所
[類] 大使館 大使館
たい し かん

0367 □□□
くや
悔しい ▸ く|やしい ▸ [形] 令人懊悔的，遺憾
[類] 残念 遺憾
ざんねん

0368 □□□
クラシック ▸ ク|ラシック ▸ [名]【classic】經典作品，古典作品，古典音樂；古典的
[類] 古典 古典
こてん

0369 □□□
く
暮らす ▸ く|らす ▸ [自他五] 生活，度日；度過一天；一直
[類] 生活する 生活
せいかつ

Check 2　必考詞組	Check 3　必考例句
□ 川を下る。 順流而下。	夜の山は危険だから、明るいうちに下った方がいいですよ。 因為入夜後山裡面很危險，最好趁天還亮著的時候下山喔。
□ 唇が青い。 嘴唇發青。	唇の動きを見れば、相手が何と言っているか分かるんです。 只要看對方的嘴型動作，就能知道對方在說什麼。
□ ぐっすり寝る。 睡得很熟。	さあ、今夜はぐっすり眠って、明日からまたがんばろう。 好了，今晚就好好睡一覺，明天再加把勁吧！
□ 首が痛い。 脖子痛。	洗濯機で洗ったら、セーターの首が伸びてしまった。 經過洗衣機清洗之後，毛衣的領口處變鬆了。
□ 工夫をこらす。 找竅門。	資料は、写真やグラフを多く入れて、見易いよう工夫した。 在文件裡插入了許多照片和圖表，設法使其易於閱讀。
□ 区役所で働く。 在區公所工作。	引っ越しをしたら、区役所で住所変更をしなければならない。 搬家以後，必須去區公所變更住址才行。
□ 悔しい思いをする。 覺得遺憾不甘。	私は一言も悪口を言っていないのに。誤解されて悔しい。 我連一句他的壞話都沒講卻被誤會，好不甘心喔。
□ クラシックのレコード。 古典音樂唱片。	夏休みに、子供向けのクラシックコンサートを開いています。 暑假將會舉辦適合兒童欣賞的古典音樂會。
□ 楽しく暮らす。 過著快樂的生活。	都会を離れ、海の近くの町で静かに暮らしています。 遠離都市的塵囂，在靠海的小鎮過著幽靜的生活。

あ**か**さたなはまやらわ **く** だる〜くらす

Check 1 必考單字	高低重音	詞性、類義詞與對義詞

0370□□□

クラスメート ▶ クラスメート ▶
[名]【classmate】同班同學
[類] 同級生 同班同學 (どうきゅうせい)

0371□□□

繰り返す (く・かえ) ▶ くりかえす ▶
[他五] 反覆，重覆
[類] 重ねる 反覆 (かさ)

0372□□□

クリスマス ▶ クリスマス ▶
[名]【christmas】聖誕節
[類] イブ／eve 聖誕節前夜

0373□□□ ●CD1/19

グループ ▶ グループ ▶
[名]【group】（共同行動的）集團，夥伴；組，幫，群；團體
[類] 集まり 集會 (あつ)

0374□□□

苦しい (くる) ▶ くるしい ▶
[形] 艱苦；困難；難過；勉強；窮困
[類] 痛い 疼痛 (いた)

0375□□□

暮れ (く) ▶ くれ ▶
[名] 日暮，傍晚；季末，年末
[類] 年末 年終 (ねんまつ)

0376□□□

黒 (くろ) ▶ くろ ▶
[名] 黑，黑色；犯罪，罪犯；黑棋子
[類] 犯人 犯人 (はんにん) [對] 白 白 (しろ)

0377□□□

詳しい (くわ) ▶ くわしい ▶
[形] 詳細；精通，熟悉
[類] 細かい 仔細 (こま)

0378□□□

〜家 (け) ▶ け ▶
[接尾] 家，家族
[類] 一家 一家 (いっか)

Check 2 / 必考詞組	Check 3 / 必考例句
□ クラスメートに会う。 與同班同學見面。	中学のときのクラスメート5人で、今も旅行に行ったりしています。 我們五個中學同學到現在仍會一起去旅行。
□ 失敗を繰り返す。 重蹈覆轍。	かわいい動物の動画を何度も繰り返し見ています。 我反覆看了好幾遍可愛動物的動畫。
□ クリスマスおめでとう。 聖誕節快樂。	クリスマスツリーの先に、金色の星の飾りをつけた。 在聖誕樹的頂端擺上了一顆金色的星星。
□ グループを作る。 分組。	4人ずつのグループを作って、調べたことを発表します。 每四人組成一個小組報告調查結果。
□ 苦しい家計。 艱苦的家計。	あれ、太ったかな。このズボン、きつくてちょっと苦しいな。 咦，又胖了嗎？這件褲子穿起來緊緊的，有點難受耶。
□ 日の暮れが早まる。 日落得早。	年の暮れのお忙しいときにお邪魔して、申し訳ありません。 在年底最忙碌的時候打擾您，真是非常抱歉。
□ 黒に染める。 染成黑色。	制服の靴は自由ですが、色は黒に決まっています。 關於制服的鞋子沒有硬性規定，但必須是黑色的。
□ 事情に詳しい。 深知詳情。	その男を見たんですか。その時の様子を詳しく聞かせてください。 你看到那個男人了嗎？請詳細告訴我當時的情況。
□ 将軍家の一族。 將軍一家（普通指德川一家）	江戸時代は、初代徳川家康に始まる徳川家の歴史だ。 江戸時代是始於德川家康的德川家歷史。

か
行

Part
1

Check 1 必考單字	高低重音	詞性、類義詞與對義詞

0379 □□□
計
けい
▶ けい ▶

[名] 計畫，計；總計，合計
[類] 合計 ごうけい 合計

0380 □□□
敬意
けい い
▶ けいい ▶

[名] 尊敬對方的心情，敬意
[類] 尊敬 そんけい 尊重

0381 □□□
経営
けいえい
▶ けいえい ▶

[名・他サ] 經營，管理
[類] 管理 かんり 管理

0382 □□□
敬語
けい ご
▶ けいご ▶

[名] 敬語
[類] 丁寧語 ていねいご 敬語

0383 □□□
蛍光灯
けいこうとう
▶ けいこうとう ▶

[名] 螢光燈，日光燈
[類] 電球 でんきゅう 燈泡

0384 □□□
警察官
けいさつかん
▶ けいさつかん ▶

[名] 警察官，警官，員警
[類] 警官 けいかん 警察官

0385 □□□
警察署
けいさつしょ
▶ けいさつしょ ▶

[名] 警察署，警局
[類] 交番 こうばん 派出所

0386 □□□
計算
けいさん
▶ けいさん ▶

[名・他サ] 計算，演算；估計，算計，考慮
[類] 数える かぞえる 数，計算

0387 □□□
芸術
げいじゅつ
▶ げいじゅつ ▶

[名] 藝術
[類] 技術 ぎじゅつ 技術

Check 2 必考詞組	Check 3 必考例句
□ 一年の計は元旦にあり。 一年之計在於春。	大人2名、子ども3名の計5名様でご予約ですね。 您要預約兩位成人、三位兒童,總共五位對吧。
□ 敬意を表する。 表達敬意。	人々は立ち上がって、村を救った救助隊に敬意を表した。 當時人們紛紛起立,向拯救了村子的救援隊致敬。
□ 会社を経営する。 經營公司。	将来は自分でホテルを経営したいと思っている。 我希望以後自己經營一家旅館。
□ 敬語を使いこなす。 熟練掌握敬語。	いくら敬語で話しても、心がないと寧ろ失礼に感じるものだ。 即使從頭到尾使用敬語,如果只是徒具形式,反而讓人覺得沒有禮貌。
□ 蛍光灯の調子が悪い。 日光燈壞了。 社内の電気を全て	蛍光灯からLEDに取り替えた。 公司裡的電燈從日光燈全部換成了LED燈。
□ 警察官を騙す。 欺騙警官。	市民の安全を守る警察官になるのが、子どものころからの夢だ。 成為一名保衛公眾安全的警察是我兒時的夢想。
□ 警察署に連れて行かれる。 被帶去警局。	警察署の前には、犯人を一目見ようと人々が集まっていた。 群眾為了看嫌犯一眼而聚集在警察局前。
□ 計算が早い。 計算得快。	お店をやるなら、ちゃんと利益が出るように計算しないとね。 既然計畫開店就必須詳細計算,一定要有利潤才行喔。
□ 芸術がわからない。 不懂藝術。	勉強は苦手で、音楽や美術などの芸術科目が得意でした。 我學生時代不喜歡學術科目,但擅長音樂和美術等藝術科目。

101

Check 1 必考單字	高低重音	詞性、類義詞與對義詞
0388 □□□ けいたい 携帯	▸ けいたい	[名·他サ] 攜帶；手機 [類] 持つ 帯
0389 □□□ けいやく 契約	▸ けいやく	[名·自他サ] 契約，合同 [類] 約束 約定
0390 □□□ けい ゆ 経由	▸ けいゆ	[名·自サ] 經過，經由；通過 [類] 通る 経過
0391 □□□ ゲーム	▸ ゲーム	[名]【game】遊戲，娛樂；比賽 [類] 試合 比賽
0392 □□□ げきじょう 劇場	▸ げきじょう	[名] 劇院，劇場，電影院 [類] 映画館 電影院
0393 □□□ げ じゅん 下旬	▸ げじゅん	[名] 下旬 [類] 月末 月底 [對] 上旬 月初
0394 □□□ ●CD1/20 け しょう 化粧	▸ けしょう	[名·自他サ] 化妝，打扮；修飾，裝飾，裝潢 [類] 飾る 装飾
0395 □□□ けた 桁	▸ けた	[名] (房屋、橋樑的) 橫樑，桁架；算盤的主柱；數字的位數 [類] 量 數量
0396 □□□ けち	▸ けち	[名·形動] 吝嗇、小氣 (的人)；卑賤，簡陋，心胸狹窄，不值錢 [類] 意地悪 刁難

☐ 携帯電話を持つ。
攜帶手機。

▶ 山を登るときは、十分な量の飲み物、食べ物を各自携帯してください。
登山時，請各自攜帶足　的飲料和食物。

☐ 契約を結ぶ。
立合同。

▶ 小学校の事務員として採用されたが、半年契約なので不安だ。
雖然獲得錄取國小的職員，但只有半年合約，還是提心吊膽的。

☐ 新宿経由で東京へ行く。
經新宿到東京。

▶ タイのバンコクを経由して、インドに入った。
途經泰國曼谷，最後抵達了印度。

☐ ゲームで負ける。
遊戲比賽比輸。

▶ このコンピューターゲーム、面白いよ。君もやってみたら。
這種電腦遊戲好好玩喔，你要不要試試看呀？

☐ 劇場へ行く。
去劇場。

▶ パリにいた頃は、オペラやバレエを観に劇場に通ったものだ。
我在巴黎時，去了劇院觀賞歌劇和芭蕾舞。

☐ 五月の下旬。
五月下旬。

▶ もう9月も下旬なのに、真夏のように暑い日が続いている。
都已經九月下旬了，依然天天都是如同盛夏的高溫。

☐ 化粧を直す。
補妝。

▶ あなたは化粧などしなくても、そのままで十分きれいです。
妳根本不必化妝，現在這樣就很漂亮了。

☐ 桁を間違える。
弄錯位數。

▶ ボーナスが出ると聞いて喜んでいたけど、これじゃあ一桁少ないよ。
雖然聽到發放獎金很開心，可是數字比心裡預期的少了一位數啊。

☐ けちな性格。
小氣的人。

▶ 課長はほんとにケチで、奢ってくれるのはいつも安い蕎麦ばかり。
科長真的很小氣，總是只請我們吃最便宜的蕎麥麵。

Check 1 必考單字	高低重音	詞性、類義詞與對義詞

0397 □□□

ケチャップ ▶ ケチャップ ▶
[名]【ketchup】蕃茄醬
[類] マヨネーズ／（法）mayonnaise 美乃滋

0398 □□□

けつえき
血液 ▶ けつえき ▶
[名] 血，血液
[類] 血 血

0399 □□□

けっか
結果 ▶ けっか ▶
[名・自他サ] 結果，結局；結實
[類] 結末 結局 [對] 原因 原因

0400 □□□

けっせき
欠席 ▶ けっせき ▶
[名・自サ] 缺席；缺課
[類] 欠勤 缺勤 [對] 出席 出席

0401 □□□

げつまつ
月末 ▶ げつまつ ▶
[名] 月末，月底
[類] 下旬 下旬

0402 □□□

けむり
煙 ▶ けむり ▶
[名] 煙；煙狀物
[類] 霧 霧

0403 □□□

け
蹴る ▶ ける ▶
[他五] 踢；沖破（浪等）；拒絕，駁回；憤然離開；踩
[類] 断る 拒絕

0404 □□□

けん げん
～軒／～軒 ▶ けん／げん ▶
[接尾] 軒昂，高昂；屋簷；表房屋數量，書齋，商店等雅號
[類] 棟 棟

0405 □□□

けんこう
健康 ▶ けんこう ▶
[形動] 健康，健全
[類] 元気 精神；硬朗

Check 2　必考詞組	Check 3　必考例句
□ ケチャップをつける。 沾番茄醬。	▶ イタリア産のトマトを使った味の濃いケチャップです。 這是用義大利產的番茄所製成的特濃番茄醬。
□ 血液を採る。 抽血。	▶ 血液検査で異常が見つかりました。再検査をしてください。 在血液檢查項目中發現了異狀。請再接受一次檢查。
□ 結果から見る。 從結果上來看。	▶ 運ではない。これは彼が努力を続けてきた当然の結果です。 這並非運氣，而是他努力不懈的必然結果。
□ 授業を欠席する。 上課缺席。	▶ 先生が嫌いで毎週授業を欠席していたら、とうとう単位を落とした。 由於討厭那個老師所以每星期都缺課，結果沒拿到那門課的學分。
□ 料金は月末払いにします。 費用於月底支付。	▶ 商品の代金は月末までに銀行に入金してください。 商品的貨款請在月底之前匯入銀行。
□ 煙にむせる。 被煙嗆得喘不過氣來。	▶ 何か焼いてるの忘れてない？キッチンから煙が出てるよ。 妳是不是忘記正在烤東西了？廚房裡有煙飄出來喔。
□ ボールを蹴る。 踢球。	▶ 彼の蹴ったボールはキーパーの足の間を抜けてゴールへ飛び込んだ。 他踢的那一球鑽過守門員的腳下，飛進了球門。
□ 薬屋が3軒ある。 有三家藥局。	▶ ケーキ屋なら、角の郵便局の3軒先にありますよ。 您要找的蛋糕店，就在郵局轉角再過去的第三間喔。
□ 健康を保つ。 保持健康。	▶ 健康のために、1時間かけて自転車で通勤しています。 為了維持健康而每天花一小時騎自行車通勤。

Check 1 必考單字	高低重音	詞性、類義詞與對義詞

0406 □□□
けん さ
検査 ▸ けんさ ▸
[名・他サ] 檢查，檢驗，查看是否合適
[類] ちょう さ 調査 調查

0407 □□□
げんだい
現代 ▸ げんだい ▸
[名] 現代，當代；（歷史）現代（日本史上指二次世界大戰後）
[類] きんだい 近代 近代

0408 □□□
けんちく か
建築家 ▸ けんちくか ▸
[名] 建築師
[類] デザイナー／ designer 時裝設計師

0409 □□□
けんちょう
県庁 ▸ けんちょう ▸
[名] 縣政府
[類] やくしょ 役所 政府機關

0410 □□□
ばい き
（自動）券
売機 ▸ じどうけんばいき ▸
[名]（門票、車票等）自動售票機
[類] じ どうはんばい き 自動販売機 自動販賣機

0411 □□□
こ
小〜 ▸ こ ▸
[接頭] 小，少；左右；稍微
[類] すこ 少し 些，少許

0412 □□□
こ
〜湖 ▸ こ ▸
[接尾] 湖
[類] さわ 沢 沼澤

0413 □□□
濃い ▸ こい ▸
[形] 色或味濃深；濃稠，密；（酒）烈；密切；可能性大的
[類] うす 薄い 薄的

0414 □□□
こいびと
恋人 ▸ こいびと ▸
[名] 情人，意中人
[類] あいじん 愛人 情人；情婦

Check 2 必考詞組	Check 3 必考例句

Check 2　必考詞組

□ 検査に通る。
通過檢查。

□ 現代社会の抱える問題。
現代社會所面臨的問題

□ 有名な建築家が設計する。
由名建築師設計。

□ 県庁を訪問する。
訪問縣政府。

□ 自動券売機で買う。
於自動販賣機購買。

□ 小雨が降る。
下小雨。

□ 琵琶湖。
琵琶湖

□ 化粧が濃い。
化著濃妝。

□ 恋人ができた。
有了情人。

Check 3　必考例句

▶ 1週間ほど入院して、詳しく検査することをお勧めします。
建議您住院一星期左右進行詳細的檢查。

▶ 夜眠れないという症状は、現代病のひとつと言われている。
夜間失眠這種症狀被認為是一種現代文明病。

▶ オリンピックの競技場を見て、建築家になりたいと思った。
參觀奧運競技場之後，就想成為建築師了。

▶ パスポートを申請するために、県庁へ行った。
為了申請護照而去了縣政府。

▶ 定期券を忘れちゃった。券売機で切符を買わないと。
忘記帶定期車票了。我得去售票機買票才行。

▶ ビデオに映っていたのは、40歳くらいの小太りの男でした。
出現在錄影帶裡的是一位四十歲左右的微胖男子。

▶ 富士山の周りには、富士五湖といって、五つの湖があります。
富士山的周圍有被譽為「富士五湖」的五座湖泊。

▶ ああ、眠い。思い切り濃いコーヒーを入れてくれない？
唉，好睏喔。可以幫我泡一杯濃濃的咖啡嗎？

▶ あの人は恋人じゃありません。ただの会社の先輩です。
那個人並不是我的男朋友。他只是公司的前輩而已。

Check 1 必考單字	高低重音	詞性、類義詞與對義詞

0415□□□ ● CD1 / 21

高
こう

▶ こう

[名・漢造] 高；高處，高度；(地位等) 高
類 高い 高的；地位高

0416□□□

校
こう

▶ こう

[漢造] 學校；校對；(軍銜) 校；學校
類 学校 學校

0417□□□

港
こう

▶ こう

[漢造] 港口；碼頭
類 飛行場 機場

0418□□□

号
ごう

▶ ごう

[名・漢造] (學者等) 別名；(雜誌刊物等) 期號
類 刊 刊，出版

0419□□□

行員
こういん

▶ こういん

[名] 銀行職員
類 店員 店員

0420□□□

効果
こうか

▶ こうか

[名] 效果，成效，成績；(劇) 效果
類 効く 有效

0421□□□

後悔
こうかい

▶ こうかい

[名・他サ] 後悔，懊悔
類 悔しい 懊悔

0422□□□

合格
ごうかく

▶ ごうかく

[名・自他サ] 及格；合格
類 通る 合格

0423□□□

交換
こうかん

▶ こうかん

[名・他サ] 交換；交易
類 換える 交換

□ 高層ビルを建築する。
蓋摩天大樓。

高品質な材料だけで作られた化粧水を販売しています。
我們只販售用高品質的原料製成的化妝水。

□ 校則を守る。
遵守校規。

私の母校のテニス部が、全国大会に出場するそうだ。
據說我母校的網球社即將參加全國大賽。

□ 船が出港した。
船出港了。

神戸港に入港して来る豪華客船の写真を撮った。
我拍下了豪華客船駛進神戶港時的照片。

□ 雑誌の一月号を買う。
買一月號的雜誌。
このアパートの 102

号室に住んでいます。
我住在這棟公寓的102號房。

□ 銀行の行員。
銀行職員

大きな銀行の行員にしては、着ているものが安っぽいな。
以一家大銀行的行員而言，他身上穿的衣服感覺很廉價哪。

□ 効果が上がる。
效果提升。

先月からダイエットを始めたところ、少しずつ効果が出てきた。
從上個月開始減肥，已經漸漸出現成效了。

□ 犯した罪を後悔する。
對犯下的過錯感到後悔。

あのとき素直に謝ればよかったと、ずっと後悔している。
我心裡一直很後悔，要是那時坦率道歉就好了。

□ 試験に合格する。
考試及格。

神社の前には、神様に合格をお願いする受験生の列が続いていた。
向神明祈求金榜題名的考生在神社的前方排成了一條綿延不絕的人龍。

□ 物々交換。
以物換物。

このシール10枚で、お買物券1000円分と交換致します。
用這十張貼紙兌換1000圓的等值購物券。

Check 1 必考單字	高低重音	詞性、類義詞與對義詞
0424 □□□ こうくうびん **航空便**	▶ こうくうびん	▶ [名] 航空郵件；坐飛機前往，班機 [類] 船便<ruby>ふなびん</ruby> 通航；海運
0425 □□□ こうこく **広告**	▶ こうこく	▶ [名・他サ] 廣告；作廣告，廣告宣傳 [類] アナウンス／ announce 廣播
0426 □□□ こうさいひ **交際費**	▶ こうさいひ	▶ [名] 應酬費用 [類] 交通費<ruby>こうつうひ</ruby> 交通費
0427 □□□ こうじ **工事**	▶ こうじ	▶ [名・自サ] 工程，工事；從事土木，建築 等作業 [類] 仕事<ruby>しごと</ruby> 工作
0428 □□□ こうつうひ **交通費**	▶ こうつうひ	▶ [名] 交通費，車馬費 [類] 車代<ruby>くるまだい</ruby> 車費
0429 □□□ こうねつひ **光熱費**	▶ こうねつひ	▶ [名] 水電費 [類] 電気代<ruby>でんきだい</ruby> 電費
0430 □□□ こうはい **後輩**	▶ こうはい	▶ [名] 晚輩，後生；後來的同事，（同一 學校）後班生 [對] 先輩<ruby>せんぱい</ruby> 前輩
0431 □□□ こうはん **後半**	▶ こうはん	▶ [名] 後半，後一半 [對] 前半<ruby>ぜんはん</ruby> 前半
0432 □□□ こうふく **幸福**	▶ こうふく	▶ [名・形動] 沒有憂慮，非常滿足的狀態， 幸福 [類] 幸せ<ruby>しあわ</ruby> 幸福

Check 2 必考詞組	Check 3 必考例句
□ 航空便で送る。 用空運運送。	▶ この荷物をシンガポールまで航空便でお願いします。 麻煩將這個包裹以空運方式寄到新加坡。
□ 広告を出す。 拍廣告。	▶ 企業イメージを上げるために広告を出す会社も多い。 也有不少公司為提升企業形象而推出廣告。
□ 交際費を増やす。 增加應酬費用。	▶ 奥さんへのプレゼントを交際費で買っちゃダメですよ。 用交際應酬費買禮物送給太太是不對的行為喔。
□ 工事が長引く。 因施工產生噪音。	▶ 道路工事の期間は渋滞するので、電車で通うことにした。 因為道路施工期間會塞車，所以我改搭電車通勤了。
□ 交通費を抑える。 降低交通費。	▶ アルバイト募集、勤務地までの交通費は全額支給します。 招募兼職人員：由家裡到上班地點的交通費將由公司全額支付。
□ 光熱費を払う。 繳水電費。	▶ 光熱費を節約しようと暖房を我慢して、風邪を引いてしまった。 想省燃料費 而忍著沒開暖氣，結果卻感冒了。
□ 後輩を叱る。 責罵後生晚輩。	▶ 僕の上司は、実は大学の後輩で、お互いにちょっとやりにくいんだ。 我的上司其實是大學時代的學弟，以致於雙方在工作上有些尷尬。
□ 三十代後半の主婦。 超過三十五歲的家庭主婦。	▶ 前半は３対０で勝っていたのに、後半で逆転されて負けた。 明明上半場以三比零領先，下半場卻被逆轉而輸了比賽。
□ 幸福な人生。 幸福的人生	▶ 祖母は最後まで家族と一緒で、幸福な人生でした。 奶奶直到臨終前都和家人在一起，走完了幸福的一生。

Check 1 必考單字	高低重音	詞性、類義詞與對義詞

0433 ☐☐☐
こうふん
興奮 ▸ こうふん ▸
[名・自サ] 興奮，激昂；情緒不穩定；刺激
[類] 沸く 激動

0434 ☐☐☐
こうみん
公民 ▸ こうみん ▸
[名] 公民
[類] 市民 市民

0435 ☐☐☐
こうみんかん
公民館 ▸ こうみんかん ▸
[名]（市村町等的）文化館，活動中心
[類] 文化会館 文化館

0436 ☐☐☐ ◉CD1/22
こうれい
高齢 ▸ こうれい ▸
[名] 高齡，年高
[類] 老人 老人

0437 ☐☐☐
こうれいしゃ
高齢者 ▸ こうれいしゃ ▸
[名] 高齡者，年高者
[類] 年寄り 老人

0438 ☐☐☐
こ こ
**越える／超
える** ▸ こえる ▸
[自下一] 越過；度過；超出，超過；過了
（某個日期）；
[類] 通る 通過

0439 ☐☐☐
えんりょ
ご遠慮なく ▸ ごえんりょなく ▸
[敬] 請不用客氣
[類] 気軽 隨意

0440 ☐☐☐
コース ▸ コース ▸
[名]【course】路線，（前進的）路徑；
跑道
[類] 道 馬路

0441 ☐☐☐
こおり
氷 ▸ こおり ▸
[名] 冰
[類] 水 水

Check 2　必考詞組	Check 3　必考例句
□ 興奮を鎮める。 使激動的心情鎮定下來。	なぜか今朝から、犬が酷く興奮して吠え続けているんです。 不知道為什麼，小狗從今天早上開始就一直激動地狂吠。
□ 公民の自由。 國民的自由	中学の公民の授業で、政治や経済の基礎を学びました。 在中學的公民課程裡學到了政治和經濟的基礎知識。
□ 公民館で茶道の教室がある。 公民活動中心裡設有茶道的課程。	町の公民館のお祭りで、子どもたちの踊りを見るのが楽しみです。 很期待能在由鎮民文化館舉辦的慶祝大會上看到孩子們的舞蹈表演。
□ 彼は百歳の高齢まで生きた。 他活到百歲的高齡。	高齢のお客様には、あちらに車いすをご用意しています。 那邊有我們為年長的貴賓準備的輪椅。
□ 高齢者の人数が増える。 高齡人口不斷增加。	高齢化が進み、高齢者向けの住宅の建設が急がれる。 隨著高齡化社會的來臨，適合老年人居住房屋的建設迫在眉睫。
□ 国境を越える。 穿越國境。	あの山を越えたところに、私の育った村があります。 越過了那座山，就是我生長的村莊。
□ どうぞ、ご遠慮なく。 請不用客氣。	いつでもお手伝いします。ご遠慮なくおっしゃってください。 無論什麼時候我都能幫忙，請別客氣直說無妨。
□ コースを変える。 改變路線。	「空手習ってるの？すごいね。」「でもまだ初心者コースなんだ。」 「你在學空手道？好厲害喔。」「我才在上初階課程而已。」
□ 氷が溶ける。 冰融化。	今朝は寒いと思ったら、家の前の川に氷が張っている。 我正想著今天早上真冷，就發現家門前的那條河結冰了。

Check 1 必考單字	高低重音	詞性、類義詞與對義詞

0442 □□□

ごかい
誤解　　▸ ごかい ▸ [名・他サ] 誤解，誤會
　　　　　　　　　　　　　　[類] 間違い　錯誤

0443 □□□

ごがく
語学　　▸ ごがく ▸ [名] 外語的學習，外語，外語課
　　　　　　　　　　　　　　[類] 言葉　語言

0444 □□□

こきょう
故郷　　▸ こきょう ▸ [名] 故鄉，家鄉，出生地；原籍
　　　　　　　　　　　　　　[類] 田舎　故鄉

0445 □□□

こく
国　　　▸ こく ▸ [漢造] 國；政府；國際，國有
　　　　　　　　　　　　　　[類] 国家　國家

0446 □□□

こくご
国語　　▸ こくご ▸ [名] 一國的語言；本國語言；（學校
　　　　　　　　　　　　　　的）國語（課），語文（課）
　　　　　　　　　　　　　　[類] 日本語　日語

0447 □□□

こくさいてき
国際的な　▸ こくさいてきな ▸ [形動] 國際的
　　　　　　　　　　　　　　[類] 世界的な　世界的

0448 □□□

こくせき
国籍　　▸ こくせき ▸ [名]（法）國籍
　　　　　　　　　　　　　　[類] 出身　出身；出生在…

0449 □□□

こくばん
黒板　　▸ こくばん ▸ [名] 黑板
　　　　　　　　　　　　　　[類] 板　木板

0450 □□□

こし
腰　　　▸ こし ▸ [名・接尾] 腰；（衣服、裙子等的）腰
　　　　　　　　　　　　　　身；下半部；粘度；思想看法
　　　　　　　　　　　　　　[類] お腹　肚子

□ 誤解が生じる。
産生誤會。

泥棒だなんて誤解です。ちょっと借りて、すぐに返すつもりだったんです。

你誤會了，我不是小偷！我只是借用一下，很快就會歸還了。

□ 語学の天才。
外語的天才

語学は暗記ではない。その国の文化を学ぶことです。

學習語言靠的不是強記暗誦，而是深入瞭解該國的文化。

□ 故郷が懐かしい。
懷念故鄉。

テレビに故郷の山が映っているのを見て、なぜか涙が出てきた。

看到電視上出現故鄉的山景，眼淚不知不覺流了下來。

□ 国民の権利。
國民的權利

外国のお客様をお迎えするときは、相手国の国旗を飾って歓迎します。

外國貴賓蒞臨時會擺上該國國旗以示熱誠歡迎。

□ 国語の教師になる。
成為國文老師。

本を読むのは好きなのに、国語の試験は全然できない。

我很喜歡看書，但是國語考試卻總是考得很差。

□ 国際的な会議に参加する。
參加國際會議。

彼女は国際的な賞に輝いた、有名なオペラ歌手です。

她是曾經榮獲國際大獎的知名歌劇演唱家。

□ 国籍を変更する。
變更國籍。

日本に10年住んでいますが、国籍はブラジルなんです。

雖然我在日本住了十年，但國籍仍是巴西。

□ 黒板を拭く。
擦黑板。

彼は絵が上手で、よく教室の黒板に先生の顔をかいていました。

他擅長畫圖，常在教室黑板畫上老師的臉。

□ 腰が痛い。
腰痛。

男は腰につけた銃を抜くと、静かに銃口をこちらに向けた。

男子拔出了腰際的槍，一語不發地把槍口指向了這邊。

あ か さ た な は ま や ら わ

ごかい～こし

Check 1　必考單字	高低重音	詞性、類義詞與對義詞
0451 □□□ こしょう **胡椒**	▸ こしょう	▸ [名] 胡椒 [類] ペッパー／ pepper 胡椒
0452 □□□ こじん **個人**	▸ こじん	▸ [名] 個人 [類] 一人 一個人
0453 □□□ こぜに **小銭**	▸ こぜに	▸ [名] 零錢；零用錢；少量資金 [類] 釣り 找錢的錢
0454 □□□ こづみ **小包**	▸ こづつみ	▸ [名] 小包裹；包裹 [類] 束 束
0455 □□□ **コットン**	▸ コットン	▸ [名]【cotton】棉，棉花；木棉，棉織品 [類] 綿 綿
0456 □□□ ◉CD1 23 ごと **〜毎**	▸ ごと	▸ [接尾] 每 [類] 共 一共，連同
0457 □□□ ごと **〜共**	▸ ごと	▸ [接尾]（表示包含在內）一共，連同 [類] 全部 全部，都
0458 □□□ ことわ **断る**	▸ ことわる	▸ [他五] 預先通知，事前請示；謝絕 [類] 辞める 辭去
0459 □□□ **コピー**	▸ コピー	▸ [名]【copy】抄本，謄本，副本；（廣告 等的）文稿 [類] 控え 存根

Check 2 必考詞組	Check 3 必考例句
□ 胡椒を入れる。 灑上胡椒粉。	ソースは要らない。肉には塩と胡椒があれば十分だ。 肉不需要淋醬料，只要撒上鹽和胡椒就很夠味了。
□ 個人的な問題。 私人的問題。	うるさいな。いつ何を食べようと、個人の自由だろ。 真囉嗦！什麼時候吃什麼東西是個人的自由吧！
□ 1000円札を小銭に替える。 將千元鈔兌換成硬幣。	電子マネーの普及で、最近は小銭をあまり使わなくなった。 由於電子支付的普及，最近沒什麼機會接觸到零錢了。
□ 小包を出す。 寄包裹。	孫の誕生日に、お菓子やおもちゃを小包で送った。 我在孫子生日當天用包裹寄了糖果和玩具給他。
□ コットン生地の肌着。 純棉內衣。	表の生地はシルク、肌に触れる裏はコットン100パーセントです。 布料的表面是絲綢，會接觸到皮膚的內裏則是百分百的棉質。
□ 月ごとの支払い。 每月支付。	半年ごとに歯医者で、虫歯がないかチェックしてもらっている。 每半年去一趟牙科檢查有沒有蛀牙。
□ リンゴを皮ごと食べる。 蘋果帶皮一起吃。	「財布がないんだ」「かばんの中じゃないの？」「かばんごとないんだ」 「錢包不見了！」「不是放在皮包裡嗎？」「我整個皮包都不見啦！」
□ 借金を断られる。 借錢被拒絕。	頼まれた仕事は決して断りません。何事も勉強ですから。 我絕不會拒絕別人委託的工作。因為任何事情都能從中學習與收穫。
□ 書類をコピーする。 影印文件。	君の作文は、まるで佐藤さんのをコピーしたようだね。 你的作文簡直是抄襲佐藤同學的嘛！

Check 1 必考單字	高低重音	詞性、類義詞與對義詞
0460 □□□ こぼ **溢す**	▶ こぼす	▶ [他五] 灑，漏，溢（液體），落（粉末）；發牢騷，抱怨 [類] ^{もん く}文句 牢騷
0461 □□□ こぼ **零れる**	▶ こぼれる	▶ [自下一] 溢出，掉出，灑落，流出，漾出；（花）掉落；流露；凋謝 [類] ^{こぼ}溢す 灑落
0462 □□□ **コミュニケー ション**	▶ コミュニケー ション	▶ [名]【communication】通訊，報導，信息；（語言、思想、精神上的）交流，溝通 [類] ^{った}伝える 傳達
0463 □□□ こ **込む**	▶ こむ	▶ [自五・接尾] 擁擠，混雜；費事，精緻，複雜；表進入的意思；表深入或持續到極限 [類] ^{こんざつ}混雑する 混雑
0464 □□□ **ゴム**	▶ ゴム	▶ [名]【(荷)gom】樹膠，橡皮，橡膠 [類] ガム ／ gum 口香糖
0465 □□□ **コメディー**	▶ コメディー	▶ [名]【comedy】喜劇 [類] ^{わら}お笑い 搞笑
0466 □□□ **ごめんください**	▶ ごめんください	▶ [連語・感]（道歉、叩門時）對不起；有人在嗎？ [類] ^{じゃ ま}お邪魔します 打擾了
0467 □□□ こ ゆび **小指**	▶ こゆび	▶ [名] 小指頭 [類] ^{おやゆび}親指 大拇指
0468 □□□ ころ **殺す**	▶ ころす	▶ [他五] 殺死，致死；抑制，忍住，消除；埋沒；浪費，犧牲，典當；殺，（棒球）使出局；迷住 [類] ^け消す 消除；殺掉

□ コーヒーを溢す。 咖啡溢出來了。	▶ 急に大きな声を出すから、びっくりしてコーヒーを溢しちゃったよ。 突然傳來一聲巨響，嚇得我連咖啡都灑出來了。
□ 涙が零れる。 灑淚。	▶ 男の子の大きな目から、ポロポロと涙が零れた。 淚珠撲簌簌地從男孩的大眼睛裡淌了下來。
□ コミュニケーションを大切にする。 注重溝通。	▶ 趙さんは日本語は下手だが、コミュニケーション能力はすごい。 趙先生雖然日語不太流利，但是溝通技巧非常高明。
□ 電車が込む。 電車擁擠。	▶ 週末は混んでいるから、映画館へは平日の夜に行くことにしている。 因為週末人潮擁擠，我通常都利用平日晚上去電影院。
□ 輪ゴムでしばる。 用橡皮筋綁起來。	▶ 髪が長い方はこのゴムで結んでからお入りください。 長頭髮的來賓請用這種橡皮筋把頭髮綁好後再進入。
□ コメディー映画が好きだ。 喜歡看喜劇電影。	▶ 母はコメディー映画が大好きで、いつも一人で笑っている。 我媽媽最喜歡看喜劇片了，總是一個人看得哈哈大笑。
□ ごめんください、おじゃまします。 對不起，打擾了。	▶ 「ごめんください。どなたかいらっしゃいませんか。」 「不好意思，請問有人在家嗎？」
□ 小指に怪我をする。 小指頭受傷。	▶ 指切りとは、自分の小指と相手の小指を結んで約束をすることです。 「拉鈎立誓」是自己的小指勾住對方的小指的動作，表示雙方同意約定。
□ 虫を殺す。 殺蟲。	▶ 彼女は、虫も殺せない心の優しい女性ですよ。 她是個心地善良的女人，連小蟲子都不願意傷害呢。

Check 1　必考單字	高低重音	詞性、類義詞與對義詞
0469 □□□ こん ご **今後**	▶ こ⌐んご	[名] 今後，以後，將來 [類] 将来 將來
0470 □□□ こんざつ **混雑**	▶ こ⌐んざつ	[名・自サ] 混亂，混雜，混染；雜亂 [類] ラッシュ／ rush 擁擠
0471 □□□ **コンビニ（エ ンスストア）**	▶ コ⌐ンビニ	[名] 【convenience store之略】，便利商 店 [類] 雑貨屋 雜貨店
0472 □□□ さい **最～**	▶ さい	[漢造・接頭] 最 [類] 超 超
0473 □□□ さい **祭**	▶ さい	[漢造] 祭祀，祭禮；節日，節日的狂歡 [類] 式 典禮
0474 □□□ ざいがく **在学**	▶ ざ⌐いがく	[名・自サ] 在校學習，上學 [類] 在校 在校；在學校裡
0475 □□□ さいこう **最高**	▶ さ⌐いこう	[名・形動]（高度、位置、程度）最高，至 高無上；頂，極，最；心情等最好狀態 [類] すばらしい 極好　[對] 最低 最劣
0476 □□□ ◉CD1／24 さいてい **最低**	▶ さ⌐いてい	[名・形動] 最低，最差，最壞 [類] 少なくとも 至少
0477 □□□ さいほう **裁縫**	▶ さ⌐いほう	[名・自他サ] 裁縫，縫紉 [類] 縫う 縫；刺繡

Check 2 必考詞組	Check 3 必考例句
□ 今後のことを考える。 為今後作打算。	▶ 申し訳ありません。今後はこのような失敗のないよう気をつけます。 對不起。我會小心以後不再發生相同的失誤。
□ 混雑を避ける。 避免混亂。	▶ 試合が終わると、出口に向かう大勢の観客で通路は混雑した。 比賽一結束，大量觀眾湧向了出口，把走道擠得水泄不通。
□ コンビニで買う。 在便利商店買。	▶ お昼は、近くのコンビニでお弁当を買うことが多いです。 我經常在附近的便利店買便當作為午餐。
□ 最大の敵。 最大的敵人。	▶ 世界最高齢の人は、日本人の女性で、現在 117 歳だそうです。 全世界最高齡的人瑞是一位日本女性，據說現在已經117歲了。
□ 祭礼が行われる。 舉行祭祀儀式。	▶ 高校の文化祭でやったミュージカルがきっかけで、歌手になった。 高中校慶時演出的音樂劇成為我當上歌手的契機。
□ 在学中のことが懐かしい。 懷念求學時的種種。	▶ 妻とは、大学在学中にボランティア活動で知り合った。 我和妻子是在大學參加志工活動時認識的。
□ 最高に面白い映画だ。 最有趣的電影。	▶ 本日の東京の天気は晴れのち曇り、最高気温は 17 度です。 今天東京的天氣是晴時多雲，最高溫是17度。
□ 最低の男。 差勁的男人	▶ あの子の気持ちが分からないのか。君は最低の男だな。 你不懂那個女孩的感受嗎？真是個差勁的男人。
□ 裁縫を習う。 學習縫紉。	▶ 長い旅行をするときは、簡単な裁縫道具を持って行くことにしている。 長途旅行的時候，我都會帶著簡易縫紉用具。

Check 1 必考單字	高低重音	詞性、類義詞與對義詞
0478 □□□ 坂 さか	▶ さ|か|	[名] 斜面，坡道；（比喻人生或工作的 ▶ 關鍵時刻）大關，陡坡 [類] 斜め 傾斜
0479 □□□ 下がる さ	▶ さ|が|る	[自五] 後退；下降；垂懸；降溫；推 移；退出；發下；（日本京都指）往 ▶ 南去 [類] 下りる 下來
0480 □□□ 昨 さく	▶ さ|く|	[漢造] 昨天；前一年，前一季；以前， ▶ 過去 [類] 昔 從前
0481 □□□ 昨日 さくじつ	▶ さ|く|じつ	[名]（「きのう」的鄭重説法）昨日， ▶ 昨天 [類] 昨日 昨天
0482 □□□ 削除 さくじょ	▶ さ|く|じょ	[名・他サ] 刪掉，刪除，勾消，抹掉 [類] 消す 刪掉
0483 □□□ 昨年 さくねん	▶ さ|く|ねん	[名・副] 去年 [類] 去年 去年
0484 □□□ 作品 さくひん	▶ さ|く|ひん	[名] 製成品；（藝術）作品，（特指文 ▶ 藝方面）創作 [類] 品物 物品
0485 □□□ 桜 さくら	▶ さ|く|ら	[名]（植）櫻花，櫻花樹；淡紅色 [類] 梅 梅樹
0486 □□□ 酒 さけ	▶ さ|け|	[名] 酒（的總稱），日本酒，清酒 [類] 焼酎 燒酒

<table>
<tr><td>

□ 坂を上る。
爬上坡。
</td><td>

▶ 坂の上まで登ると、晴れた日には遠くに富士山が見えますよ。
只要在天氣晴朗的日子爬上山坡，就可以遠眺富士山喔！
</td></tr>
<tr><td>

□ 後ろに下がる。
往後退。
</td><td>

▶ 頑張ったのに成績が下がった。一体どうすればいいんだ。
明明很用功，成績卻退步了。到底該怎麼辦才好呢？
</td></tr>
<tr><td>

□ 昨年の正月。
去年過年
</td><td>

▶ 飲み過ぎたせいで、昨夜の記憶がほとんどない。
實在喝得太醉了，幾乎記不起昨晚的事了。
</td></tr>
<tr><td>

□ 昨日の出来事。
昨天的報紙。
</td><td>

▶ 昨日からの大雪で、高速道路が一時通行止めとなっている。
由於大雪從昨天持續到今天，因此高速公路暫時停止通行。
</td></tr>
<tr><td>

□ 名前を削除する。
刪除姓名。
</td><td>

▶ インターネット上に私の写真が出ていたので、削除を依頼した。
由於我的照片被公布在網路上，因此要求予以刪除。
</td></tr>
<tr><td>

□ 昨年と比べる。
跟去年相比。
</td><td>

▶ 昨年はお世話になりました。今年もよろしくお願いします。
去年承蒙您的關照，今年也請多指教。
</td></tr>
<tr><td>

□ 作品を批判する。
批評作品。
</td><td>

▶ この絵は、ピカソが14歳の時に描いた作品です。
這幅畫是畢卡索14歲時繪製的作品。
</td></tr>
<tr><td>

□ 桜が咲く。
櫻花開了。
</td><td>

▶ 卒業式の日、校庭の桜の木の下で、みんなで写真を撮った。
畢業典禮那天，大家在校園裡的櫻花樹下一起拍了照。
</td></tr>
<tr><td>

□ 酒に酔う。
酒醉。
</td><td>

▶ スーパーでお酒を買おうとしたら、年齢を聞かれた。
我去超市打算買酒，居然被問了年齡。
</td></tr>
</table>

さ行

Part 1

Check 1 必考單字	高低重音	詞性、類義詞與對義詞

0487 □□□
叫ぶ（さけ・ぶ） ▸ さけぶ ▸ [自五] 喊叫，呼叫，大聲叫；呼喊，呼籲
類 呼ぶ 呼喚（よ）

0488 □□□
避ける（さ・ける） ▸ さける ▸ [他下一] 躲避，避開，逃避；避免，忌諱
類 逃げる 逃走；逃避（に）

0489 □□□
下げる（さ・げる） ▸ さげる ▸ [他下一] 向下；掛；收走；使後退
類 下ろす／降ろす 放下（お／お）

0490 □□□
刺さる（さ・さる） ▸ ささる ▸ [自五] 刺在…在，扎進，刺入
類 刺す 刺（さ）

0491 □□□
刺す（さ・す） ▸ さす ▸ [他五] 刺，穿，扎；螫，咬，釘；縫綴，衲；捉住，黏捕；撐船；強烈刺激
類 切る 切割（き）

0492 □□□
指す（さ・す） ▸ さす ▸ [他五] 指，指示；使，叫，令，命令做…；點名；下將棋
類 見せる 出示（み）

0493 □□□
誘う（さそ・う） ▸ さそう ▸ [他五] 邀約，勸誘；引起，促使；誘惑
類 落とす 使陷入；使認罪（お）

0494 □□□
作家（さっ・か） ▸ さっか ▸ [名] 作家，作者，文藝工作者；藝術家，藝術工作者
類 小説家 小説家（しょうせつか）

0495 □□□
作曲家（さっきょく・か） ▸ さっきょくか ▸ [名] 作曲家
類 文学者 文學家（ぶんがくしゃ）

□ 急に叫ぶ。
突然大叫。

▶ 人間は、本当に恐怖を感じると、叫ぶこともできないそうだ。
據說人類感到真正的恐懼時，根本連叫都叫不出聲音來呢。

□ 問題を避ける。
迴避問題。

▶ 会社を作るなら、資金不足は避けて通れない問題だ。
如果要開公司，缺乏資金是無法迴避的問題。

□ コップを下げる。
收走杯子。

▶ ちょっと暑いな。エアコンの温度を下げてくれる？
有點熱耶。可以把冷氣的溫度調低嗎？

□ 指にガラスの破片が刺さる。
手指被玻璃碎片刺傷。

▶ 何か痛いと思ったら、布団に針が刺さっていたよ。
不知道為什麼覺得有點痛，這才發現原來棉被上扎著一根針。

□ 蜂に刺される。
被蜜蜂螫。

▶ 鍵穴に鍵を奥まで刺したら、ゆっくり右へ回してください。
請將鑰匙插進鑰匙孔，然後慢慢向右轉。

□ 契約者を指している。
指的是簽約的雙方。

▶ 下線部「これ」の指すものは何か。文中のことばを書きなさい。
劃底線的「這」是指什麼？請寫出文章中提到的相對詞語。

□ 涙を誘う。
引人落淚。

▶ 鍋パーティーをします。お友達を誘って来てください。
我們要開火鍋派對，請大家邀請朋友們來參加。

□ 作家が小説を書いた。
作家寫了小說。

▶ 作家といっても、主に子ども向けの絵本を作っています。
說是作家，主要創作的是適合兒童閱讀的繪本。

□ 作曲家になる。
成為作曲家。

▶ 18世紀の作曲家バッハは、音楽の父と言われている。
18世紀的作曲家巴哈被譽為音樂之父。

さ行

Part 1

Check 1 必考單字	高低重音	詞性、類義詞與對義詞
0496 □□□ 様々 <ruby>様々<rt>さまざま</rt></ruby>	さまざま	[名・形動] 種種，各式各樣的，形形色色的 類 いろいろ 各種各樣
0497 □□□ ○CD1/25 <ruby>冷<rt>さ</rt></ruby>ます	さます	[他五] 冷卻，弄涼；（使熱情、興趣）降低，減低，潑冷水 類 <ruby>冷<rt>ひ</rt></ruby>やす 冰鎮
0498 □□□ <ruby>覚<rt>さ</rt></ruby>ます	さます	[他五]（從睡夢中）弄醒，喚醒；（從迷惑、錯誤中）清醒，醒酒；使清醒，使覺醒 類 <ruby>起<rt>お</rt></ruby>きる 起床
0499 □□□ <ruby>冷<rt>さ</rt></ruby>める	さめる	[自下一]（熱的東西）變冷，涼；（熱情、興趣等）降低，減退 類 <ruby>冷<rt>ひ</rt></ruby>える 變冷
0500 □□□ <ruby>覚<rt>さ</rt></ruby>める	さめる	[自下一]（從睡夢中）醒，醒過來；（從迷惑、錯誤、沉醉中）醒悟，清醒 類 <ruby>覚<rt>さ</rt></ruby>ます 弄醒
0501 □□□ <ruby>皿<rt>さら</rt></ruby>	さら	[名] 盤子；盤形物；（助數詞）碟 類 <ruby>椀<rt>わん</rt></ruby> 碗
0502 □□□ サラリーマン	サラリーマン	[名]【salariedman】薪水階級，職員 類 <ruby>労働者<rt>ろうどうしゃ</rt></ruby> 勞動者
0503 □□□ <ruby>騒<rt>さわ</rt></ruby>ぎ	さわぎ	[名] 吵鬧，吵嚷；混亂，鬧事；轟動一時（的事件），激動，振奮；豈止 類 うるさい 吵鬧
0504 □□□ 〜<ruby>山<rt>さん</rt></ruby>	さん	[接尾] 山；寺院，寺院的山號 類 <ruby>山岳<rt>さんがく</rt></ruby> 山岳

126

Check 2 必考詞組	Check 3 必考例句
□ 様々な原因を考えた。 想到了各種原因。	この男の過去については、さまざまな噂が流れている。 關於這名男子的過去，有著各式各樣的流言。
□ 熱湯を冷ます。 把熱湯放涼。	焼いた肉は、冷蔵庫で2時間冷ましてから薄く切ります。 烤過的肉先放在冰箱裡冷卻兩個小時，然後切成薄片。
□ 目を覚ました。 醒了。	お父さんが目を覚ましたら、この薬を飲ませてね。 等爸爸醒來了，記得給他吃這個藥喔。
□ スープが冷めてしまった。 湯冷掉了。	ほら、しゃべってないで、冷めないうちに食べなさい。 好了，不要聊天了，趁還沒冷掉前趕快吃。
□ 目が覚めた。 醒過來了。	目が覚めたら授業が終わっていて、教室には僕ひとりだった。 醒來時發現已經下課，教室裡只剩我一個人了。
□ 料理を皿に盛る。 把菜放到盤子裡。	皿の真ん中には、小さなケーキがひとつ乗っていた。 盤子的正中央盛著一個小蛋糕。
□ サラリーマン階級。 薪水階級	サラリーマン人生30年、家族のために、できない我慢もしてきました。 三十年的受薪階級生涯，為了家人，所有不能忍的事我全都忍了。
□ 騒ぎが起こった。 引起騷動。	あの子は物を壊したり友達を叩いたり、よく騒ぎを起こす。 那個孩子三天兩頭鬧事，不是破壞物品就是毆打朋友。
□ 富士山に登る。 爬富士山。	富士山をはじめ、日本には生きている火山がたくさんあります。 包括富士山在內，日本有很多座活火山。

Check 1 必考單字	高低重音	詞性、類義詞與對義詞

0505 □□□
さん
産 ▸ さん

[名・漢造] 生産，分娩；（某地方）出生；
▸ 財産；出産
類 製 製造，產品

0506 □□□
さん か
参加 ▸ さんか

[名・自サ] 参加，加入
類 出席 出席

0507 □□□
さんかく
三角 ▸ さんかく

[名] 三角形；（數）三角學
類 四角 四角

0508 □□□
ざんぎょう
残業 ▸ ざんぎょう

[名・自サ] 加班
類 勤務 上班

0509 □□□
さんすう
算数 ▸ さんすう

[名] 算數，初等數學；計算數量
類 計算 計算

0510 □□□
さんせい
賛成 ▸ さんせい

[名・自サ] 贊成，同意
類 承知 同意 對 反対 反對

0511 □□□
サンプル ▸ サンプル

[名・他サ]【sample】樣品，樣本
類 見本 樣品

0512 □□□
し
紙 ▸ し

[漢造] 報紙的簡稱；紙；文件，刊物
類 紙 紙

0513 □□□
し
詩 ▸ し

[名・漢造] 詩，漢詩，詩歌
類 俳句 俳句

Check 2　必考詞組	Check 3　必考例句
□ 日本産の車。 日産汽車	▶ 当店のメニューは全て国産の材料を使用しています。 本店的餐點全部採用國產的食材。
□ 参加を申し込む。 報名參加。	▶ 参加費を払ったら、こちらの参加者名簿にチェックをお願いします。 繳交出席費之後，請在這裡的出席者名單上確認您的大名。
□ 三角にする。 畫成三角。	▶ 卵のサンドイッチを作って、三角に切りました。 製作雞蛋三明治，並且切成了三角形。
□ 残業して仕事を片付ける。 加班把工作做完。	▶ 残業して、うち帰って、ご飯食べて寝るだけ、悲しい人生だなあ。 每天就只有加班、回家、吃飯、睡覺，真是悲哀的人生啊。
□ 算数が苦手だ。 不擅長算數。	▶ 国語、算数、理科、社会、これに小学校高学年から英語が加わります。 國語、數學、自然、社會，升上小學高年級之後還要加上一科英文。
□ 提案に賛成する。 贊成這項提案。	▶ それでは、この提案に賛成の方は手を挙げてください。 那麼，贊成這個方案的同仁請舉手。
□ サンプルを見て作る。 依照樣品來製作。	▶ 環境調査のため、日本中の土をサンプルとして集めています。 為了進行環境調查，我們正在蒐集全日本的土壤樣本。
□ 表紙を作る。 製作封面。	▶ 部屋が汚れないよう、鳥かごの下に新聞紙を敷いている。 為了避免弄髒房間，我在鳥籠底下鋪上報紙。
□ 詩を作る。 作詩。	▶ 高校生が書いた命の大切さを歌った詩が、話題になっている。 這首由高中生寫的歌頌生命珍貴的詩，已經成為熱門話題。

Check 1 / 必考單字	高低重音	詞性、類義詞與對義詞
0514 □□□ 寺_じ	▶ じ	▶ [漢造] 寺 [類] 神社_{じんじゃ} 神社
0515 □□□ 幸せ_{しあわ}	▶ しあわせ	▶ [名・形動] 運氣，機運；幸福，幸運 [類] 幸福_{こうふく} 幸福 [對] 不幸_{ふこう} 不幸
0516 □□□ シーズン	▶ シーズン	▶ [名]【season】（盛行的）季節，時期 [類] 季節_{きせつ} 季節
0517 □□□ CDドライブ	▶ CDドライブ	▶ [名]【CD drive】CD機，光碟機 [類] スライド／slide 放映裝置
0518 □□□ ●CD1／26 ジーンズ	▶ ジーンズ	▶ [名]【jeans】牛仔褲 [類] パンツ／pants 褲子
0519 □□□ 自営業_{じえいぎょう}	▶ じえいぎょう	▶ [名] 獨立經營，獨資 [類] 個人企業_{こじんきぎょう} 私營企業
0520 □□□ ジェット機_き	▶ ジェットき	▶ [名]【jetき】噴氣式飛機，噴射機 [類] 旅客機_{りょかくき} 客機
0521 □□□ 四角_{しかく}	▶ しかく	▶ [名] 四角形，四方形，方形 [類] 四角形_{しかくけい} 四方形
0522 □□□ 資格_{しかく}	▶ しかく	▶ [名] 資格，身份；水準 [類] 条件_{じょうけん} 條件

Check 2 必考詞組	Check 3 必考例句
□ 寺院に詣でる。 參拜寺院。	▶ 京都の鹿苑寺は、建物の壁に金が貼られていることから金閣寺と呼ばれている。 京都鹿苑寺的建築壁面上貼著金箔，所以又被稱為金閣寺。
□ 幸せになる。 變得幸福、走運。	▶ 二人で手を繋いでこの橋を渡ると幸せになれるんだって。 據說只要兩個人手牽手走過這座橋，就可以得到幸福。
□ 受験シーズン。 考季	▶ ここは春の桜が有名ですが、紅葉シーズンも見事です。 雖然這裡的春天櫻景十分知名，但是紅楓季節同樣美不勝收。
□ ＣＤドライブが起動しません。 光碟機沒有辦法起動。	▶ このパソコンにはCDドライブがありませんので、別売りの物をご購入ください。 由於這台電腦沒有光碟機，所以請另外加購。
□ ジーンズをはく。 穿牛仔褲。	▶ パーティーにジーンズを履いてくるとは、常識に欠けるな。 居然穿牛仔褲參加酒會！真是沒常識。
□ 自営業で商売する。 獨資經商。	▶ 会社を辞めて、自営業の父を手伝うことにした。 我決定辭去公司的工作，幫忙父親經營家業了。
□ ジェット機に乗る。 乘坐噴射機。	▶ 大統領を乗せたジェット機が羽田空港に着陸した。 總統乘坐的噴射機降落在羽田機場了。
□ 四角の面積。 四方形的面積	▶ テーブルは四角がいいですか。丸いのも人気がありますよ。 您比較喜歡方桌嗎？圓桌也挺暢銷的喔！
□ 資格を持つ。 擁有資格。	▶ 専門学校に通って、美容師の資格を取りました。 去職業學校上課，然後考取了美容師執照。

Check 1　必考單字	高低重音	詞性、類義詞與對義詞

0523 □□□

じかんめ
時間目　▶　じかんめ　▶

[接尾] 第…小時
じかん
[類] 時間　時間；授課時間

0524 □□□

しげん
資源　▶　しげん　▶

[名] 資源
[類] エネルギー ／ energy 能源

0525 □□□

じけん
事件　▶　じけん　▶

[名] 事件，案件
できごと
[類] 出来事（偶發的）事件

0526 □□□

しご
死後　▶　しご　▶

[名] 死後；後事
じご　　　　せいぜん
[類] 事後　事後　[對] 生前　生前

0527 □□□

じご
事後　▶　じご　▶

[名] 事後
いご　　　　じぜん
[類] 以後　以後　[對] 事前　事前

0528 □□□

し しゃ ご にゅう
四捨五入　▶　ししゃごにゅう　▶

[名・他サ] 四捨五入
けいさん
[類] 計算　計算

0529 □□□

し しゅつ
支出　▶　ししゅつ　▶

[名・他サ] 開支，支出
しょうひ　　　　しゅうにゅう
[類] 消費　消費　[對] 収入　収入

0530 □□□

し じん
詩人　▶　しじん　▶

[名] 詩人
さっか
[類] 作家　作家

0531 □□□

じしん
自信　▶　じしん　▶

[名] 自信，自信心，把握
じ そんしん
[類] 自尊心　自尊心

□ 二時間目の授業。 第二節課	昼休みの後の5時間目の授業は、必ず眠くなるんだ。 午休結束後的第五節課總是睏得要命。
□ 資源が少ない。 資源不足。	瓶や缶だけでなく、お菓子の箱やパンの袋なども資源ごみとして回収します。 不只是瓶罐，點心盒和麵包袋之類的物品也屬於需要回收的資源垃圾。
□ 事件が起きる。 發生案件。	市民プールでは、最近、財布が盗まれる事件が続いている。 最近市立游泳池接連發生好幾起錢包竊案。
□ 死後の世界。 冥界	男性が発見されたとき、死後1週間くらい経っていたそうだ。 這名男子被人發現的時候，已經死亡大約一星期了。
□ 事後の処理を誤った。 事後處理錯誤。	事後報告になりますが、昨日A社との契約に成功しました。 容我事後報告，昨天與A公司順利簽約了。
□ 小数点第三位を四捨五入する。 四捨五入取到小數點後第二位。	236を10の位で四捨五入すると240になります。 236四捨五入至十位數就是240。
□ 支出を抑える。 減少支出。	今月は友達の結婚式やら車の修理やらで、支出が収入を越えてしまった。 這個月又是參加朋友的婚禮、又是修理汽車的，弄得入不敷出。
□ 詩人になる。 成為詩人。	雲のことを天使のベッドだなんて、君は詩人だなあ。 說什麼雲是天使的眠床，你真像個詩人啊。
□ 自信を持つ。 有自信。	学生時代、水泳をやっていたので、体力には自信があります。 我讀書時養成了游泳的習慣，所以對自己的體力很有信心。

Check 1 必考單字	高低重音	詞性、類義詞與對義詞
0532 □□□ じ ぜん **自然**	▶ しぜん	[名・形動・副] 自然，天然；大自然，自然 界；自然地；質樸；不故意造作 [類] 環境（かんきょう） 環境
0533 □□□ じ ぜん **事前**	▶ じぜん	[名] 事前 [類] 以前（いぜん） 以前 [對] 事後（じご） 事後
0534 □□□ した **舌**	▶ した	[名] 舌頭；說話；舌狀物 [類] 口（くち） 嘴巴
0535 □□□ した **親しい**	▶ したしい	[形] （血緣）近；親近，親密；不稀奇 [類] 親切（しんせつ） 親切
0536 □□□ しつ **質**	▶ しつ	[名] 質量；品質，素質；質地，實質； 抵押品；真誠，樸實 [類] 量（りょう） 分量
0537 □□□ じつ **日**	▶ じつ	[漢造] 太陽；日，一天，白天；每天 [類] 月（げつ）（一個月） 月
0538 □□□ しつぎょう **失業**	▶ しつぎょう	[名・自サ] 失業；待業 [類] 首（くび） 開除
0539 □□□ ◎CD1 27 しっ け **湿気**	▶ しっけ	[名] 濕氣 [類] 湿度（しつど） 溼度
0540 □□□ じっこう **実行**	▶ じっこう	[名・他サ] 實行，落實，施行 [類] やる 實行

Check 2 / 必考詞組	Check 3 / 必考例句
□ 自然が豊かだ。 擁有豐富的自然資源。	この村の豊かな自然が、都会からの観光客に人気です。 這個村子豐富的自然資源受到都市遊客的喜愛。
□ 事前に話し合う。 事前討論。	手術をするためには、事前にいくつかの検査が必要です。 為了動手術，必須先做幾項術前檢查。
□ 舌が長い。 愛說話。	女の子は、「ごめんなさい」と言うと、笑って舌を出した。 女孩說了句「對不起」，俏皮地輕笑吐舌。
□ 親しい友達。 很要好的朋友	結婚式は、家族と親しい友人数人だけでするつもりです。 我的婚禮只打算邀請家人和幾位摯友而已。
□ 質がいい。 品質良好。	なんでもいいから食べる物をちょうだい。質より量だよ。 不管什麼都好，拜託賞我一些食物。不求美味，只求越多越好。
□ 翌日に到着する。 在隔日抵達。	平日は仕事、週末は子どもの世話、たまの祝日くらい休ませてよ。 平日要工作，週末還得照顧孩子，難得的假日就讓我休息一下啦！
□ 会社が倒産して失業した。 公司倒閉而失業了。	会社を首になって、今失業中なんだ。旅行どころじゃないよ。 我被公司解雇，目前失業，這個節骨眼上怎麼可能去旅遊啊！
□ 湿気を防ぐ。 防潮濕。	梅雨の時期は部屋の湿気が酷くて、病気になりそうだ。 梅雨季節房間裡濕氣很重，覺得好像快要生病了。
□ 実行に移す。 付諸實行。	あの男は計画を立てただけだ。実行犯は別にいる。 那個男人只負責擬訂計畫而已。真正下手的罪犯另有其人。

Check 1 必考單字	高低重音	詞性、類義詞與對義詞
0541 □□□ 湿度 <small>しつ ど</small>	しつど	[名] 濕度 [類] 温度 溫度 <small>おん ど</small>
0542 □□□ じっと	じっと	[副・自サ] 保持穩定，一動不動；凝神， 聚精會神；一聲不響地忍住；無所做 為，呆住 [類] 動く 動；搖動 <small>うご</small>
0543 □□□ 実は <small>じつ</small>	じつは	[副] 說真的，老實說，事實是，說實在 的 [類] 本当は 老實說 <small>ほんとう</small>
0544 □□□ 実力 <small>じつりょく</small>	じつりょく	[名] 實力，實際能力；武力 [類] 能力 能力 <small>のうりょく</small>
0545 □□□ 失礼します <small>しつれい</small>	しつれいします	[連語]（道歉）對不起；（先行離開）先 走一步 [類] お邪魔します 打擾了 <small>じゃ ま</small>
0546 □□□ 自動 <small>じ どう</small>	じどう	[名] 自動，靠自身力量運動；自行 [類] 自然 自然；理想當然 <small>し ぜん</small>
0547 □□□ しばらく	しばらく	[副] 好久；暫時；姑且 [類] 久しぶり 好久不見 <small>ひさ</small>
0548 □□□ 地盤 <small>じ ばん</small>	じばん	[名] 地基，地面；地盤，勢力範圍 [類] 範囲 範圍 <small>はん い</small>
0549 □□□ 死亡 <small>し ぼう</small>	しぼう	[名・他サ] 死亡 [類] 死ぬ 死亡 <small>し</small>

Check 2 必考詞組	Check 3 必考例句
□ 湿度が高い。 濕度很高。	▶ 絵画の保存のために、部屋の温度と湿度を自動で管理しています。 為了保存畫作，房間裡的溫度和濕度都採用自動系統管理。
□ 相手の顔をじっと見つめる。 凝神注視對方的臉。	▶ 少しの間じっとしててね。痛くないよ。（注射をして）はい、終わり。 稍微忍耐一下喔，不會痛的。（打針）好了，打完囉！
□ 実は私がやったのです。 老實說是我做的。	▶ 実は、若い頃は歌手になりたくて、駅前で歌ったりしてたんだ。 其實我年輕時想成為歌手，那個時候曾在車站前面賣唱。
□ 実力がつく。 具有實力。	▶ プロの選手なら、実力はもちろん、人気も必要だ。 如果想當職業選手，不但要有實力，還得有知名度。
□ お先に失礼します。 我先失陪了。	▶ 「お先に失礼します。」「あ、待って。一緒に帰りましょう。」 「我先走了。」「啊，等一等，我們一起回去吧！」
□ 自動販売機で飲み物を買う。 在自動販賣機買飲料。	▶ セットしておけば、好きな時間に自動でお風呂が沸きます。 只要預先設定完畢，就會在您希望的時段自動蓄滿泡澡的熱水。
□ しばらく会社を休む。 暫時向公司請假。	▶ ただいま窓口が大変混雑しています。こちらでしばらくお待ちください。 現在櫃檯窗口擠了很多人。請您在這邊稍等一下。
□ 地盤がゆるい。 地基鬆軟。	▶ 先日の地震で、この辺りの地盤が5センチほど沈んだそうだ。 據說前幾天的地震導致這一帶地層下陷了五公分左右。
□ 事故で死亡する。 死於意外事故。	▶ 救急車で病院に運ばれた人の死亡が確認された。 由救護車送到醫院的患者已經證實死亡了。

Check 1 必考單字	高低重音	詞性、類義詞與對義詞

0550 □□□

縞 しま
▶ しま ▶

[名]（布的）條紋，格紋，條紋布
[類] ストライプ／ stripe 條紋

0551 □□□

縞柄 しまがら
▶ しまがら ▶

[名] 條紋花樣
[類] 無地 素色

0552 □□□

縞模様 しまもよう
▶ しまもよう ▶

[名] 條紋花樣
[類] 花模様 花卉圖案

0553 □□□

自慢 じまん
▶ じまん ▶

[名·他サ] 自滿，自誇，自大，驕傲
[類] 自信 自信

0554 □□□

地味 じみ
▶ じみ ▶

[形動] 素氣，樸素，不華美；保守
[類] おとなしい 素氣；老實

0555 □□□

氏名 しめい
▶ しめい ▶

[名] 姓與名，姓名
[類] 苗字 姓

0556 □□□

締め切り しめきり
▶ しめきり ▶

[名]（時間、期限等）截止，屆滿；封死，封閉；截斷，斷流
[類] 期限 期限；時效

0557 □□□

車 しゃ
▶ しゃ ▶

[名·接尾·漢造] 車；（助數詞）車，輛，車廂
[類] 乗り物 交通工具

0558 □□□

者 しゃ
▶ しゃ ▶

[漢造] 者，人；（特定的）事物，場所
[類] 人 人

□ 縞模様を描く。
織出條紋。

▶ 絵が下手でも、黒と黄色の縞を描けば、だいたい虎に見えるよ。
雖然畫圖技術欠佳，不過只要畫上黑黃相間的條紋，總還認得出是隻老虎吧。

□ この縞柄が気に入った。
喜歡這種條紋花樣。

▶ 母の誕生日に縞柄のマフラーをプレゼントした。
在媽媽生日那天送了條紋圍巾的禮物。

□ 縞模様のシャツを持つ。
有條紋襯衫。

▶ シャツは横縞、ズボンは縦縞、そんなに縞模様が好きなの？
襯衫是橫條紋、褲子是直條紋，你就這麼喜歡條紋嗎？

□ 成績を自慢する。
以成績為傲。

▶ 隣の奥さんはご主人の自慢ばかり。他に自慢することがないのかしら。
鄰居太太開口閉口就是炫耀老公，難道她沒有別的事可以拿來誇口的嗎？

□ 地味な人。
樸素的人

▶ 昼間は地味な銀行員、夜はダンスホールでアルバイトをしている。
我白天是平凡的銀行行員，晚上卻是去舞廳兼差。

□ 氏名を詐称する。
謊報姓名。

▶ 解答用紙の右上に受験番号と氏名を記入してください。
請在答案卷的右上方填寫准考證號碼和姓名。

□ 締め切りが迫る。
臨近截稿日期。

▶ 応募者に番組 DVD をプレゼント。締め切りは2月 10 日。
來信索取者我們將贈送本節目的DVD。索取截止日期是2月10日。

□ 電車に乗る。
搭電車。

▶ 火事のようだ。大通りを消防車が何台も走って行った。
似乎什麼地方失火了。馬路上有好幾輛消防車飛快地開了過去。

□ 筆者に原稿を依頼する。
請作者寫稿。

▶ 来週、両親に婚約者を紹介しようと思っている。
我打算下星期向父母介紹我的未婚妻。

Check 1 必考單字	高低重音	詞性、類義詞與對義詞

0559 □□□ ◉ CD1 / 28
社 しゃ
▶ しゃ ▶
[名・漢造] 公司，報社（的簡稱）；社會
類 会社 公司

0560 □□□
市役所 しやくしょ
▶ し̲やくしょ ▶
[名] 市政府，市政廳
類 区役所 區政府

0561 □□□
ジャケット
▶ ジャ̲ケット ▶
[名] 【jacket】外套，短上衣；唱片封面
類 スーツ／suit 套裝

0562 □□□
車掌 しゃしょう
▶ しゃ̲しょう ▶
[名] 乘務員，車掌
類 駅員 站務員

0563 □□□
ジャズ
▶ ジャ̲ズ ▶
[名・自サ] 【jazz】（樂）爵士音樂
類 クラシック／classic 古典音樂

0564 □□□
しゃっくり
▶ し̲ゃっくり ▶
[名・自他サ] 打嗝
類 欠伸 哈欠

0565 □□□
杓文字 しゃもじ
▶ し̲ゃもじ ▶
[名] 杓子，飯杓
類 おたまじゃくし 勺子

0566 □□□
手 しゅ
▶ しゅ ▶
[漢造] 手；親手；專家；有技藝或資格的人；方法
類 家 …家，做的（人）

0567 □□□
酒 しゅ
▶ しゅ ▶
[漢造] 酒
類 アルコール／（荷）alcohol 酒精

□ 社員になる。
成為公司職員。

▶ 出版社に就職が決まった。いよいよ春から社会人だ。
我已經得到出版社的工作。今年春天終於要成為社會人士了。

□ 市役所へ行く。
去市公所。

▶ 子どもが生まれたので、市役所へ出生届を出した。
因為孩子出生了，所以去市公所提交了出生證明。

□ ジャケットを着る。
穿外套。

▶ 彼女は店に入ると、ジャケットを脱いで椅子の背に掛けた。
她一進入店裡就脫下夾克掛在了椅背上。

□ 車掌が検札に来た。
乘務員來查票。

▶ 新幹線の車内では、車掌が特急券の確認をします。
在新幹線的車廂裡，乘務員會檢查乘客持有的特快車票。

□ ジャズのレコードを収集する。
收集爵士唱片。

▶ ジャズ喫茶でピアノを弾くアルバイトをしています。
我在爵士咖啡館當個業餘鋼琴師。

□ しゃっくりが出る。
打嗝。

▶ しゃっくりの止め方を知ってる？もう2時間も止まらないんだ。
你知道有什麼方法可以停止打嗝的嗎？我已經整整打嗝兩個小時了都停不下來。

□ しゃもじにご飯粒がついている。
飯匙上沾著飯粒。

▶ 炊飯器を買ったら、杓文字と米1キロがついてきた。
買下電鍋後，還附贈了飯杓和一公斤的米。

□ 助手を呼んでくる。
請助手過來。

▶ 野球選手や電車の運転手などは、子どもに人気の職業です。
棒球選手和電車駕駛稱得上是兒童的夢幻職業。

□ 葡萄酒を飲む。
喝葡萄酒。

▶ 日本酒は温めて飲んでもおいしいのを知っていますか。
你知道日本酒溫熱飲用也很好喝嗎？

Check 1 / 必考單字	高低重音	詞性、類義詞與對義詞

0568 □□□
しゅう
週 ▶ しゅう ▶ [名・漢造] 星期；一圈
類 曜日 星期

0569 □□□
しゅう
州 ▶ しゅう ▶ [名] 大陸，州
類 陸 陸地

0570 □□□
しゅう
集 ▶ しゅう ▶ [名・漢造]（詩歌等的）集；聚集
類 書 書籍；書法

0571 □□□
じゅう
重 ▶ じゅう ▶ [名・漢造]（文）重大；穩重；重要
類 重要 要緊

0572 □□□
しゅうきょう
宗教 ▶ しゅうきょう ▶ [名] 宗教
類 教会 教會

0573 □□□
じゅうきょ ひ
住居費 ▶ じゅうきょひ ▶ [名] 住宅費，居住費
類 家賃 房租

0574 □□□
しゅうしょく
就職 ▶ しゅうしょく ▶ [名・自サ] 就職，就業，找到工作
類 働く 工作

0575 □□□
ジュース ▶ ジュース ▶ [名]【juice】果汁，汁液，糖汁，肉汁
類 ドリンク／drink 飲料

0576 □□□
じゅうたい
渋滞 ▶ じゅうたい ▶ [名・自サ] 停滯不前，進展不順利，不流通
類 混雑 擁擠

| Check 2 | 必考詞組 | Check 3 | 必考例句 |

□ 週に一回運動する。
毎周運動一次。

▶ 会社は週休2日だが、週末に仕事を持って帰ることも多い。
公司雖然是週休二日，但週末把工作帶回家做也是常有的事。

□ 州の法律。
州的法律

▶ 両親はアメリカのカリフォルニア州に住んでいます。
我的父母目前住在美國加州。

□ 作品を全集にまとめる。
把作品編輯成全集。

▶ これは日本を代表する詩人、谷川俊太郎の詩集です。
這是日本知名詩人谷川俊太郎的詩集。

□ 重要な役割を担う。
擔任重要角色。

▶ この病気を治すには、自分で体重を管理することが重要です。
想治好這種病，做好自我體重管理是很重要的。

□ 宗教を信仰する。
信仰宗教。

▶ 宗教とは、今この世に生きている人を救うために存在する。
所謂宗教，是為了拯救目前活在世上的人們而存在的。

□ 住居費が高い。
住宿費用很高。

▶ 住居費の一部は、会社が出してくれるので助かっている。
公司會幫忙支付一部分住宿費用，真是幫了大忙。

□ 地元の企業に就職する。
在當地的企業就業。

▶ 就職活動のために、髪を切ってスーツを買った。
為了找工作，我剪了頭髮還買了西裝。

□ ジュースを飲む。
喝果汁。

▶ サンドイッチとオレンジジュースをください。
請給我三明治和柳橙汁。

□ 道が渋滞している。
路上塞車。

▶ 道が渋滞していて、海に着いたときには、もう昼を過ぎていた。
因為路上塞車，所以到達海邊時已經是中午過後了。

143

Check 1 必考單字	高低重音	詞性、類義詞與對義詞
0577 □□□ じゅうたん **絨毯**	▶ じゅ<u>うたん</u>	[名] 地毯 [類] 座布団 坐墊
0578 □□□ しゅうまつ **週末**	▶ しゅ<u>う</u>まつ	[名] 週末；指星期六，或者星期六、日 （有時也包括星期五） [類] 土日 六日；週末
0579 □□□ じゅうよう **重要**	▶ じゅ<u>うよう</u>	[名・形動] 重要，要緊 [類] 大切 重要
0580 □□□ しゅうり **修理**	▶ しゅ<u>うり</u>	[名・他サ] 修理，修繕 [類] 直す 修理
0581 □□□ しゅうりだい **修理代**	▶ しゅ<u>うりだい</u>	[名] 修理費 [類] 改装費 改換裝潢費用
0582 □□□ ●CD1/29 じゅぎょうりょう **授業料**	▶ じゅ<u>ぎょ</u>うりょう	[名] 學費 [類] 学費 學費
0583 □□□ しゅじゅつ **手術**	▶ しゅ<u>じゅつ</u>	[名・他サ] 手術 [類] 治療 治療
0584 □□□ しゅじん **主人**	▶ しゅ<u>じん</u>	[名] 家長，一家之主；丈夫，外子；主 人；東家，老闆，店主 [類] 夫 丈夫
0585 □□□ しゅだん **手段**	▶ しゅ<u>だん</u>	[名] 手段，方法，辦法 [類] 仕方 辦法

Check 2 必考詞組	Check 3 必考例句
□ 絨毯を敷く。 鋪地毯。	▶ じゅうたんは丁寧に掃除機をかけてください。 請用吸塵器仔細清潔地毯。
□ 週末に運動する。 每逢週末就會去運動。	週末は妻と近所のダンス教室に通っています。 每週末都和妻子一起去附近的舞蹈教室上課。
□ 重要な仕事をする。 從事重要的工作。	今日は重要な会議があるんだ。風邪くらいで休むわけにはいかない。 今天有重要的會議，可不能因為小感冒就請假。
□ 車を修理する。 修繕車子。	▶ パソコンの調子が悪いので、修理に出すことにした。 因為電腦壞了，所以決定送去修理了。
□ 修理代を支払う。 支付修理費。	▶ 6000円で買ったヒーターの修理代が5000円だって。 花六千圓購買的暖氣機，修繕費居然索價五千圓！
□ 授業料が高い。 授課費用很高。	▶ 大学の授業料は、奨学金をもらって払うつもりです。 大學的學費，我打算用領到的獎學金支付。
□ 手術して治す。 進行手術治療。	▶ 先日胃の手術をしたので、柔らかいものしか食べられないんです。 我前幾天動了胃部手術，所以只能吃流質的食物。
□ 隣家の主人。 鄰居的男主人	▶ お隣のご主人は、家事をよく手伝ってくれるんですって。 聽說隔壁家的先生經常幫忙做家事。
□ 手段を選ばない。 不擇手段。	▶ こうなったら最終手段だ。値段を半額にして売るしかない。 既然如此我只好使出殺手鐧，降至半價求售了。

Check 1	必考單字	高低重音	詞性、類義詞與對義詞

0586 ☐☐☐
しゅつじょう
出場 ▶ しゅつじょう ▶

[名・自サ]（參加比賽）上場，入場；出
站，走出場；退場
[類] 参加 参加

0587 ☐☐☐
しゅっしん
出身 ▶ しゅっしん ▶

[名] 出生（地），籍貫；出身；畢業於⋯
[類] 生まれ 出生；門第

0588 ☐☐☐
しゅるい
種類 ▶ しゅるい ▶

[名] 種類；種；樣
[類] タイプ／ type 類型

0589 ☐☐☐
じゅん さ
巡査 ▶ じゅんさ ▶

[名] 警察，警官，巡警
[類] お巡りさん 巡警

0590 ☐☐☐
じゅんばん
順番 ▶ じゅんばん ▶

[名] 輪班（的次序），輪流，依次交替
[類] 番 輪班；看

0591 ☐☐☐
しょ
初 ▶ しょ ▶

[漢造] 初，始；首次，最初
[類] 始 初始

0592 ☐☐☐
しょ
所 ▶ しょ ▶

[漢造] 處所，地點；特定地
[類] 場 地方，場所

0593 ☐☐☐
しょ
諸 ▶ しょ ▶

[漢造] 諸，各
[類] 各 各自；大家

0594 ☐☐☐
じょ
女 ▶ じょ ▶

[名・漢造]（文）女兒；女人，婦女
[對] 男 男人

Check 2 必考詞組	Check 3 必考例句
□ コンクールに出場する。 参加比賽。	▶ 試合に出場する選手の名前が会場にアナウンスされた。 會場廣播了即將出賽的選手姓名。
□ 東京の出身。 出生於東京	▶ 京都の方なんですか？僕も関西出身なんですよ。 請問您是京都人嗎？我也來自關西喔！
□ 種類が多い。 種類繁多。	▶ 桜の木にもこんなに種類があるとは知らなかった。 我從來不曉得櫻樹居然有那麼多品種！
□ 巡査に逮捕される。 被警察逮捕。	▶ 今は交番勤務の巡査だが、いつかは刑事になりたい。 雖然現在只是派出所的警佐，但總有一天我要當上刑警！
□ 順番を待つ。 依序等待。	▶ 診察券を出してください。先に出した方から順番に診察します。 請出示掛號證。我們將從先掛號者依序診療。
□ 彼とは初対面だ。 和他是初次見面。	▶ 日本語の授業は、初級クラスと中級クラスがあります。 日語課程分為初級班和中級班。
□ 次の場所へ移動する。 移動到下一個地方。	▶ バス会社の営業所で事務の仕事をしています。 我在巴士公司的營業據點負責行政事務。
□ 欧米諸国を旅行する。 旅行歐美各國。	▶ ASEANは日本語で、東南アジア諸国連合といいます。 ASEAN的日文是「東南アジア諸国連合」（東南亞國家協會）。
□ かわいい少女を見た。 看見一位可愛的少女。	▶ あの女優さん、女医の役がよく似合ってるね。 那位女演員把女醫師的角色詮釋得惟妙惟肖呢。

Check 1 必考單字	高低重音	詞性、類義詞與對義詞

0595□□□

じょ
助　▶ じょ ▶

[漢造] 幫助；協助
[類] 協^{きょう} 合作

0596□□□

しょう
省　▶ しょう ▶

[名・漢造] 省掉；（日本內閣的）省，部
[類] 部^ぶ 部門；部分

0597□□□

しょう
商　▶ しょう ▶

[名・漢造] 商，商業；商人；（數）商；商
量
[類] 業^{ぎょう} 職業

0598□□□

しょう
勝　▶ しょう ▶

[漢造] 勝利；名勝
[類] 敗^{はい} 敗，輸

0599□□□

じょう
狀　▶ じょう ▶

[名・漢造]（文）書面，信件；情形，狀況
[類] 姿^{すがた} 形象；姿態

0600□□□

じょう
場　▶ じょう ▶

[名・漢造] 場，場所；場面
[類] 所^{ところ} 地方

0601□□□

じょう
畳　▶ じょう ▶

[接尾・漢造]（助數詞）(計算草蓆、席墊)
塊，疊；重疊
[類] 面^{めん} 張

0602□□□

しょうがくせい
小学生　▶ しょうがくせい ▶

[名] 小學生
[類] 生徒^{せいと} 學生

0603□□□

じょう ぎ
定規　▶ じょうぎ ▶

[名]（木工使用）尺，規尺；（轉）標準
[類] コンパス／（荷）kompas 圓規

Check 2　必考詞組	Check 3　必考例句

Check 2　必考詞組　　**Check 3　必考例句**

□ 資金を援助する。
出資幫助。

海外の地震で、日本から連れて行った救助犬が活躍したそうだ。
據說從日本帶往海外協助地震救災的救難犬表現十分出色。

□ 新しい省をつくる。
建立新省。

それまでの文部省と科学技術庁を併せて、今の文部科学省が作られた。
將從前的文部省和科學技術廳合併之後成立了現在的文部科學省。

□ 商店を営む。
經營商店。

大学の商学部で勉強したことを生かして、商社に就職した。
運用在大學商學院學到的知識，得以進入了貿易公司上班。

□ 勝利を得た。
獲勝。

あのチームとは3勝3敗だ。明日の決勝は絶対に勝つぞ。
我們和那支球隊的比分是三勝二負。明天的決賽一定要取得勝利！

□ 現状を報告する。
報告現況。

医者から、もっと大きい病院に行くように言われ、紹介状を渡された。
醫生建議我去更具規模的醫院就診，並給了我轉診單。

□ 会場を片付ける。
整理會場。

駐車場の車の上で、猫が昼寝をしている。
停車場裡的車子上，有一隻貓正在午睡。

□ 6畳の部屋。
六疊室

このアパートの間取りは2DKで、部屋は6畳と4畳半です。
這間公寓屋的格局是兩房一廳一廚，房間分別是六張和四張半榻榻米大小。

□ 小学生になる。
上小學。

町内野球大会で、小学生チームと戦って、負けた。
我們在鎮上的棒球大賽中和小學生隊伍對戰，結果輸了。

□ 定規で線を引く。
用尺畫線。

定規で線を引いて、学校から家までの地図をかいた。
我用尺畫線，畫出了從學校到家裡的地圖。

あ か さ た な は ま や ら わ　じょ〜じょうぎ

Check 1　必考單字	高低重音	詞性、類義詞與對義詞
0604 □□□　● CD1 30　しょうきょくてき　消極的	▶ しょうきょくてき	▶ [形動] 消極的　[類] 積極的 積極的
0605 □□□　しょうきん　賞金	▶ しょうきん	▶ [名] 賞金；獎金　[類] 賞品 獎品
0606 □□□　じょうけん　条件	▶ じょうけん	▶ [名] 條件；條文，條款　[類] 規則 規則，規章
0607 □□□　しょうご　正午	▶ しょうご	▶ [名] 正午，中午　[類] 昼 正午
0608 □□□　じょうし　上司	▶ じょうし	▶ [名] 上司；上級　[類] リーダー／leader 領導者　[對] 部下 部下
0609 □□□　しょうじき　正直	▶ しょうじき	▶ [名·形動·副] 正直，老實；坦率；老實說　[類] 真面目 誠實，認真
0610 □□□　じょうじゅん　上旬	▶ じょうじゅん	▶ [名] 上旬　[類] 初旬 上旬　[對] 下旬 下旬
0611 □□□　しょうじょ　少女	▶ しょうじょ	▶ [名] 少女，小姑娘　[類] 女の子 女孩子　[對] 少年 少年
0612 □□□　しょうじょう　症状	▶ しょうじょう	▶ [名] 症狀，病情　[類] 調子 情況；狀況

Check 2 必考詞組	Check 3 必考例句
□ 消極的な態度をとる。 採取消極的態度。	► 合コンでカラオケに行ったが、みんな消極的で、歌ったのは私だけだった。 聯誼時去了卡拉OK，但大家都興趣缺缺，到頭來唱歌的只有我一個。
□ 賞金をかせぐ。 賺取賞金。	► この大会で優勝した趙選手は、賞金の1億円を手に入れた。 在這次大賽中奪下冠軍的趙姓選手獲得了一億圓獎金。
□ 条件を決める。 決定條件。	► では、夏休み明けにレポートを出すことを条件に、単位をあげましょう。 那麼，就以暑假結束後交出報告作為交換條件，先給你們學分吧！
□ 正午になった。 到了中午。	► 広場の方から、正午を知らせる大時計の鐘の音が聞こえてきた。 在這裡可以聽見從廣場那邊傳來了大時鐘正午報時的鐘聲。
□ 上司に従う。 遵從上司。	► 僕は上司と飲みに行くのは嫌いじゃないよ。ただだからね。 我並不排斥陪主管去喝酒喔，因為主管會請客。
□ 正直な人。 正直的人。	► 正直者が馬鹿を見るような世の中ではいけない。 把老實人當笨蛋，此風不可長。
□ 来月上旬に旅行する。 下個月的上旬要去旅行。	► この山は、11月上旬には紅葉で真っ赤になります。 這座山的楓葉將於十一月上旬全部轉紅。
□ かわいい少女。 可愛的少女	► 社長室の壁には、バレエを踊る少女の絵が掛かっている。 總經理辦公室的牆上掛著一幅芭蕾舞少女的畫作。
□ 病気の症状。 病情症狀。	► この薬は、熱や頭痛などの症状によく効きます。 這種藥對發燒和頭痛之類的症狀很有效。

Check 1 / 必考單字	高低重音	詞性、類義詞與對義詞

0613 □□□

しょうすう
小数 ▸ しょ|うすう ▸

[名] 很小的數目；（數）小數
[類] ぐうすう 偶数 偶數

0614 □□□

しょうすう
少数 ▸ しょ|うすう ▸

[名] 少數，數量較少
[類] すく 少ない 少，不多 [對] た すう 多数 多數

0615 □□□

しょうすうてん
小数点 ▸ しょ|うすうてん ▸

[名] 小數點
[類] く とうてん 句読点 標點符號

0616 □□□

しょうせつ
小説 ▸ しょ|うせつ ▸

[名] 小說
[類] ものがたり 物語 故事

0617 □□□

じょうたい
状態 ▸ じょ|うたい ▸

[名] 狀態，情況
[類] しょうじょう 症状 病情

0618 □□□

じょうだん
冗談 ▸ じょ|うだん ▸

[名] 戲言，笑話，詼諧，玩笑
[類] ジョーク／ joke 笑話

0619 □□□

しょうとつ
衝突 ▸ しょ|うとつ ▸

[名・自サ] 撞，衝撞，碰上；矛盾，不一
致；衝突
[類] あ 当たる 撞上

0620 □□□

しょうねん
少年 ▸ しょ|うねん ▸

[名] 少年
[類] おとこ こ 男の子 男孩子 [對] しょうじょ 少女 少女

0621 □□□

しょうばい
商売 ▸ しょ|うばい ▸

[名・自サ] 經商，買賣，生意；職業，行
業；妓女（或藝妓）的職業
[類] ぼうえき 貿易 貿易

Check 2　必考詞組	Check 3　必考例句
□ 小数点以下は、四捨五入する。 小數點以下，要四捨五入。	▶ 資料の数字は、15.88 のように小数第 2 位まで記入すること。 資料上的數字請填寫到小數點第二位，例如15.88。
□ 賛成者は少数だった。 少數贊成者。	▶ 物事を決めるときは、少数の意見もきちんと聞くことが大切だ。 做決定的時候，聽取少數人的意見是非常重要的。
□ 小数点以下は、書かなくてもいい。 小數點以下的數字可以不必寫出來。	▶ 23.6 の小数点以下を四捨五入すると、24 になります。 23.6把小數點後四捨五入就是24。
□ 小説を読む。 看小說。	▶ この小さな村は、有名な小説の舞台になった所だそうだ。 據說這座小村莊就是那部知名小說的故事背景所在地。
□ こんな状態になった。 變成這種情況了。	▶ 食品などを冷やした状態で運んでくれる宅配便があります。 有一種快遞方案可以在冷凍狀態下運送食品。
□ 冗談を言うな。 不要亂開玩笑。	▶ 犬に育てられたって言ったら本気にされちゃって。冗談なのに。 我說自己是被狗養大的，他居然信以為真。我只是開玩笑的啊！
□ 壁に衝突した。 撞上了牆壁。	▶ 彼は仕事に一生懸命なのはいいが、すぐに人と衝突する。 奮力工作是他的優點，但缺點是經常與人起衝突。
□ 少年の頃に戻る。 回到年少時期。	▶ あの美しい少年も、40 年後には私と同じ、お腹の出たおじさんさ。 當年的那位翩翩美少年，過了四十年之後也和我一樣，變成一個挺著啤酒肚的大叔了。
□ 商売が繁盛する。 生意興隆。	▶ 店は閉めないよ。うちは 100 年前からここで商売してるんだから。 這家店不會歇業喔！因為我們早在一百年前就在這裡做生意了。

さ
行

Part

1

Check 1　必考單字	高低重音	詞性、類義詞與對義詞

0622 □□□

消費
しょう ひ

▶ しょうひ

▶ [名・他サ] 消費，耗費，花費
類 支出 支出
し しゅつ

0623 □□□

商品
しょうひん

▶ しょうひん

▶ [名]（經）商品，貨品
類 品物 商品
しなもの

0624 □□□

情報
じょうほう

▶ じょうほう

▶ [名] 情報，信息
類 データ／data 情報

0625 □□□ ○CD1 31

消防署
しょうぼうしょ

▶ しょうぼうしょ

▶ [名] 消防局，消防署
類 警察署 警察局
けいさつしょ

0626 □□□

証明
しょうめい

▶ しょうめい

▶ [名・他サ] 證明，證實；求證
類 確認 證實，明確
かくにん

0627 □□□

正面
しょうめん

▶ しょうめん

▶ [名] 正面；對面；直接，面對面
類 表 表面
おもて

0628 □□□

省略
しょうりゃく

▶ しょうりゃく

▶ [名・副・他サ] 省略，從略
類 省くはぶく 減去；省略
はぶ

0629 □□□

使用料
し ようりょう

▶ しようりょう

▶ [名] 使用費
類 ガス料金 瓦斯費
りょうきん

0630 □□□

色
しょく

▶ しょく

▶ [漢造] 顏色；臉色，容貌；色情；景象
類 カラー／color 顏色

154

Check 2 必考詞組	Check 3 必考例句

Check 2 必考詞組　**Check 3** 必考例句

□ ガソリンを消費する。
消耗汽油。

▶ 日本におけるワインの消費量は、年々増加している。
日本的葡萄酒消費量正逐年增加當中。

□ 商品が揃う。
商品齊備。

▶ 本日よりバーゲンです。こちらの商品は全て半額になります。
大特價僅限今天！本區商品統統半價出清！

□ 情報を得る。
獲得情報。

▶ お客様の個人情報になりますので、お教えしかねます。
這是顧客的個人資料，請恕無法告知。

□ 消防署に通報する。
通知消防局。

▶ 駅前のビルから煙が上がっていると、消防署に電話が入った。
車站前的大樓一冒出煙霧，消防局的電話就響了。

□ 身分を証明する。
證明身分。

▶ 僕は嘘はついてないけど、それを証明する方法がないんだ。
我並沒有說謊，但我無法證明。

□ 正面から立ち向かう。
正面面對。

▶ 正面を向いた写真を1枚、横顔を1枚、用意してください。
請準備正面照片一張和側面照片一張。

□ 説明を省略する。
省略說明。

▶ 以下は、昨年の資料と同じですので、省略します。
以下資料和去年相同，略過不記。

□ 会場使用料を支払う。
支付場地租用費。

▶ こちらのホールの使用料は、2時間当たり10万円になります。
這個宴會廳的租用費是兩小時十萬圓。

□ 顔色を失う。
花容失色。

▶ 小学校に上がるとき、24色の色鉛筆を買ってもらった。
上小學前，我要了二十四色的彩色鉛筆。

Check 1 必考單字	高低重音	詞性、類義詞與對義詞
0631 □□□ 食後 <small>しょく ご</small>	しょくご	[名] 飯後，食後 [對] 食前 飯前 <small>しょくぜん</small>
0632 □□□ 食事代 <small>しょく じ だい</small>	しょくじだい	[名] 餐費，飯錢 [類] 使用料 使用費 <small>し ようりょう</small>
0633 □□□ 食前 <small>しょくぜん</small>	しょくぜん	[名] 飯前 [類] 食事 吃飯，進餐 <small>しょく じ</small>
0634 □□□ 職人 <small>しょくにん</small>	しょくにん	[名] 工匠；（比喻）行家，專家 [類] 達人 高手 <small>たつじん</small>
0635 □□□ 食費 <small>しょく ひ</small>	しょくひ	[名] 每日飯食所需費用，膳費，伙食費 [類] 食事代 餐費 <small>しょく じ だい</small>
0636 □□□ 食料 <small>しょくりょう</small>	しょくりょう	[名] 食品，食物；食費 [類] 食べ物 食物，吃的東西 <small>た もの</small>
0637 □□□ 食糧 <small>しょくりょう</small>	しょくりょう	[名] 食糧，糧食 [類] 食べ物 食物 <small>た もの</small>
0638 □□□ 食器棚 <small>しょっ き だな</small>	しょっきだな	[名] 餐具櫃，碗廚 [類] 本棚 書櫃 <small>ほんだな</small>
0639 □□□ ショック	ショック	[名]【shock】震動，刺激，打擊；（手術或注射後的）休克 [類] 刺激 刺激，使興奮 <small>し げき</small>

□ 食後に薬を飲む。
薬必須在飯後服用。

▶ 食後にアイスクリームはいかがですか。
飯後要不要來點冰淇淋呢？

□ 母が食事代をくれた。
媽媽給了我飯錢。

▶ 今日は会社からお弁当が出るので、食事代はかかりません。
因為今天由公司準備便當，所以沒有花到餐費。

□ 食前にちゃんと手を洗う。
飯前把手洗乾淨。

▶ この薬は、食前に飲んだほうがよく効きます。
這種藥在飯前服用比較有效喔！

□ 職人になる。
成為工匠。

▶ 東京にはすし職人になるための学校があります。
東京設有培育壽司師傅的職業學校。

□ 食費を抑える。
控制伙食費。

▶ 給料は安いが、食べることが好きなので、食費は減らせない。
雖然薪水不高，但因為喜歡享受美食，所以伙食費不能刪減。

□ 食料を配る。
分配食物。

▶ デパートの食料品売り場で、餃子を売っています。
百貨公司的食品賣場有販售餃子。

□ 食糧を蓄える。
儲存糧食。

▶ このまま人口が増え続けると、世界は深刻な食糧不足になると言われている。
據說如果人口持續增加，世界上的糧食將會嚴重不足。

□ 食器棚に皿を置く。
把盤子放入餐具櫃裡。

▶ 食器棚の中には、美しいコーヒーカップが並んでいた。
餐櫥裡擺了精緻的咖啡杯。

□ ショックを受けた。
受到打擊。

▶ 娘にお父さん嫌いと言われて、ショックで食事が喉を通らない。
聽到女兒說最討厭爸爸了，我深受打擊，連飯都吃不下了。

Check 1　必考單字	高低重音	詞性、類義詞與對義詞

0640 ☐☐☐
しょもつ
書物 ▸ しょ<u>もつ</u> ▸ 　[名]（文）書，書籍，圖書
　　　　　　　　　　　　　　　　[類] 図書 圖書
と しょ

0641 ☐☐☐
じょゆう
女優 ▸ じょ<u>ゆう</u> ▸ 　[名] 女演員
　　　　　　　　　　　　　　　　[類] 俳優 演員
はいゆう

0642 ☐☐☐
しょるい
書類 ▸ しょ<u>るい</u> ▸ 　[名] 文書，公文，文件
　　　　　　　　　　　　　　　　[類] 書物 書籍
しょもつ

0643 ☐☐☐
し
知らせ ▸ し<u>らせ</u> ▸ 　[名] 通知；預兆，前兆；消息
　　　　　　　　　　　　　　　　[類] 伝言 傳話
でんごん

0644 ☐☐☐
しり
尻 ▸ し<u>り</u> ▸ 　[名] 屁股，臀部；（移動物體的）後方，後面；末尾，最後；（長物的）末端
　　　　　　　　　　　　　　　　[類] けつ 屁股

0645 ☐☐☐
し あ
知り合い ▸ し<u>りあい</u> ▸ 　[名] 熟人，朋友；相識；結識
　　　　　　　　　　　　　　　　[類] 友達 朋友
ともだち

0646 ☐☐☐
シルク ▸ <u>シ</u>ルク ▸ 　[名]【silk】絲，絲綢；生絲
　　　　　　　　　　　　　　　　[類] 綿 綿
めん

0647 ☐☐☐ ◉CD1/32
しるし
印 ▸ し<u>るし</u> ▸ 　[名] 記號，符號；象徵（物），標記；徽章；（心意的）表示；紀念（品）；商標
　　　　　　　　　　　　　　　　[類] 証明 證明，證實
しょうめい

0648 ☐☐☐
しろ
白 ▸ し<u>ろ</u> ▸ 　[名] 白，皎白，白色；清白；〈碁〉白子
　　　　　　　　　　　　　　　　[類] 真っ白 雪白 [對] 黒 黑
ま しろ くろ

あ
か
さ
た
な
は
ま
や
ら
わ

しょもつ〜しろ

Check 2 必考詞組	Check 3 必考例句
□ 書物を読む。 閱讀書籍。	大学の図書館から、明治時代の古い書物が発見された。 在大學的圖書館裡發現了明治時代的古書。
□ 女優になる。 成為女演員。	さすが女優だ。体調が悪くても、カメラが回れば最高の笑顔を見せる。 真不愧是女演員！即使身體不舒服，只要一開拍立刻笑靨如花。
□ 書類を送る。 寄送文件。	健康診断を受けるために、こちらの書類に記入をお願いします。 做體檢前請先填寫這些文件。
□ 知らせが来た。 通知送來了。	いい知らせと悪い知らせがあるけど、どっちから聞きたい？ 有好消息也有壞消息，你要先聽哪個？
□ しりが痛くなった。 屁股痛了起來。	それで隠れてるつもり？おしりが見えてますよ。 你以為這樣就躲好了？屁股露出來囉！
□ 知り合いになる。 相識。	田中さんは恋人じゃありません。友達でもない、ただの知り合いです。 我和田中小姐既不是情侶，也不算是朋友，只是彼此認識而已。
□ シルクのドレスを買った。 買了一件絲綢的洋裝。	いとこの就職祝いにシルクのネクタイを贈りました。 為了慶祝表弟找到工作，我送了他一條絲質的領帶。
□ 印をつける。 做記號。	なくならないように、傘に赤いテープで印をつけた。 為了避免遺失，我在雨傘上貼了紅色膠帶做為記號。
□ 容疑者は白だった。 嫌疑犯是清白的。	こちらのワイシャツは、白の他に、青と黄色があります。 這裡的襯衫除了白色，還有藍色和黃色。

Check 1 必考單字	高低重音	詞性、類義詞與對義詞

0649 □□□

新
しん

▶ しん

[名・漢造] 新；剛收穫的；新曆
對 旧 舊；往昔

0650 □□□

進学
しんがく

▶ しんがく

[名・自サ] 升學；進修學問
類 入学 入學 にゅうがく

0651 □□□

進学率
しんがくりつ

▶ しんがくりつ

[名] 升學率
類 比率 比率，比例 ひりつ

0652 □□□

新幹線
しんかんせん

▶ しんかんせん

[名] 日本鐵道新幹線
類 電車 電車 でんしゃ

0653 □□□

信号
しんごう

▶ しんごう

[名・自サ] 信號，燈號；（鐵路、道路等的）號誌；暗號
類 合図 信號 あいず

0654 □□□

寝室
しんしつ

▶ しんしつ

[名] 寢室，臥室
類 部屋 房間 へや

0655 □□□

信じる／
信ずる
しんじる しんずる

▶ しんじる／
しんずる

[他上一] 信，相信；確信，深信；信賴，可靠；信仰
類 思う 思考 おも 對 疑う 懷疑 うたが

0656 □□□

申請
しんせい

▶ しんせい

[名・他サ] 申請，聲請
類 出願 申請 しゅつがん

0657 □□□

新鮮
しんせん

▶ しんせん

[名・形動]（食物）新鮮；清新乾淨；新穎，全新
類 おいしい 好吃

Check 2 / 必考詞組	Check 3 / 必考例句
□ 新旧交代の時期。 新舊交替時期	▶ 新製品について、お客様に丁寧に説明しました。 我很仔細地向顧客說明了新產品的相關資訊。
□ 大学に進学する。 念大學。	▶ 東京の大学に進学が決まって、17歳で家を出ました。 我考上東京的大學後，於十七歲離開了家鄉。
□ あの高校は進学率が高い。 那所高中升學率很高。	▶ わが校は、大学進学率100パーセントです。 本校的大學升學率是百分之百。
□ 新幹線に乗る。 搭新幹線。	▶ 大阪から九州へ行くとき、新幹線は海底トンネルを通ります。 從大阪搭新幹線到九州時會經過海底隧道。
□ 信号が変わる。 燈號改變。	▶ 信号が青になっても、きちんと左右を確認してから渡るように。 就算交通號誌變為綠燈，也要仔細確認有無左右來車之後再穿越馬路。
□ 寝室で休んだ。 在臥房休息。	▶ 寝室のカーテンを開けると、窓の外はもう明るかった。 一拉開臥室的窗簾，這才發現窗外已經天亮了。
□ あなたを信じる。 信任你。	▶ やることはやった。あとは自分を信じて、全力を出すだけだ。 該做的都做了。接下來就是相信自己，盡全力拚了。
□ 証明書を申請する。 申請證明書。	▶ パスポートの申請のために、写真館で写真を撮った。 為了申請護照而到相館拍了照。
□ 新鮮な果物を食べる。 吃新鮮的水果。	▶ 毎朝、新鮮な野菜と果物で、ジュースを作って飲んでいます。 每天早上都飲用以新鮮蔬果打成的果汁。

161

Check 1 必考單字	高低重音	詞性、類義詞與對義詞

0658□□□
しんちょう
身長 ▶ しんちょう ▶ [名] 身高
[類] 背 身高

0659□□□
しん ぽ
進歩 ▶ しんぽ ▶ [名・自サ] 進歩
[類] 発達 發達

0660□□□
しん や
深夜 ▶ しんや ▶ [名] 深夜
[類] 真夜中 深夜

0661□□□
す
酢 ▶ す ▶ [名] 醋
[類] つゆ 汁液；湯汁

0662□□□
すいてき
水滴 ▶ すいてき ▶ [名]（文）水滴；(注水研墨用的）硯水
壺
[類] 露 露水

0663□□□
すいとう
水筒 ▶ すいとう ▶ [名]（旅行用）水筒，水壺
[類] 魔法瓶 熱水瓶

0664□□□
すいどうだい
水道代 ▶ すいどうだい ▶ [名] 自來水費
[類] 通話料 通話費

0665□□□
すいどうりょうきん
水道料金 ▶ すいどうりょう
きん ▶ [名] 自來水費
[類] 電話料金 電話費

0666□□□
すいはん き
炊飯器 ▶ すいはんき ▶ [名] 電子鍋
[類] 電子レンジ 微波爐

□ 身長が伸びる。
長高。

▶ 昨日計ったら、身長が2センチも縮んでいた。なぜだ。

昨天量了身高，赫然發現矮了兩公分！為什麼啊？

□ 技術が進歩する。
技術進步。

▶ 20世紀における医学の進歩は、多くの人々に希望を与えた。

二十世紀醫學的進步給許多人帶來了希望。

□ 深夜まで営業する。
營業到深夜。

▶ 駅の周りには、深夜でも営業している店がたくさんある。

車站周邊有很多店家即使到了深夜仍在營業。

□ 酢で和える。
用醋拌。

▶ スープにちょっと酢を入れると、さっぱりしておいしいですよ。

只要在湯裡加一點醋，就會變得清爽又美味喔。

□ 水滴が落ちた。
水滴落下來。

▶ 彼女はハンカチを出すと、グラスに付いた水滴を拭いた。

她拿出手帕，擦掉了附著在玻璃杯上的水滴。

□ 水筒を持参する。
自備水壺。

▶ 水筒に熱い紅茶を入れて持ってきました。

我把熱紅茶倒進水壺裡拿過來了。

□ 水道代を節約する。
節省水費。

▶ 水道代を節約したいから、シャワーは10分で出てね。

為了省水費，所以淋浴只用了十分鐘。

□ 水道料金を支払う。
支付自來水費。

▶ 水道料金は、いつもコンビニで支払っています。

我總是在便利商店繳納自來水費。

□ 炊飯器でご飯を炊く。
用電鍋煮飯。

▶ 高い炊飯器で炊いたご飯は、やっぱり味が違うのかな。

用昂貴的電鍋煮出來的飯，味道果然不同凡響啊。

Check 1 必考單字	高低重音	詞性、類義詞與對義詞

0667 □□□
すいひつ
随筆 ▸ ずいひつ ▸
[名] 隨筆，漫畫，小品文，散文，雜文
[類] エッセー／ essay 小品文

0668 □□□ ○CD1／33
すうじ
数字 ▸ すうじ ▸
[名] 數字；各個數字
[類] 数 數量

0669 □□□
スープ ▸ スープ ▸
[名]【soup】西餐的湯
[類] お湯 熱水

0670 □□□
スカーフ ▸ スカーフ ▸
[名]【scarf】圍巾，披肩；領結
[類] ハンカチ／ handkerchief 手帕

0671 □□□
スキー ▸ スキー ▸
[名]【ski】滑雪；滑雪橇，滑雪板
[類] マラソン／ marathon 馬拉松

0672 □□□
す
過ぎる ▸ すぎる ▸
[自上一] 超過；過於；經過；過去；消逝；只不過
[類] 経つ 經；過

0673 □□□
すく
少なくとも ▸ すくなくとも ▸
[副] 至少，對低，最低限度
[類] 最低 最低，最劣

0674 □□□
すご
凄い ▸ すごい ▸
[形] 可怕的，令人害怕的；意外的好，好的令人吃驚，了不起；（俗）非常，厲害
[類] すばらしい 了不起

0675 □□□
すこ
少しも ▸ すこしも ▸
[副]（下接否定）一點也不，絲毫也不
[類] 全く 一點也不（不），完全（不）

□ 随筆を書く。
寫散文。

▶ この作家は、小説も素晴らしいが、軽い随筆もなかなか面白い。
這位作家不僅小說精彩，隨筆雜記也很有意思。

□ 数字で示す。
用數字表示。

▶ 暗証番号に生年月日の数字を使うのは避けましょう。
請盡量避免使用出生年月日的數字設定密碼。

□ スープを飲む。
喝湯。

▶ 当店では、魚とトマトのスープが人気メニューです。
本店的番茄鮮魚湯是招牌菜。

□ スカーフを巻く。
圍上圍巾。

▶ 帽子をかぶり、シルクのスカーフを首にしっかり結びます。
戴上帽子，並把絲質圍巾牢牢繫在脖子上。

□ スキーに行く。
去滑雪。

▶ 冬のオリンピックでは、スキーやスケートの競技が楽しみだ。
真期待觀賞冬季奧運的滑雪和溜冰比賽！

□ 5時を過ぎた。
已經五點多了。

▶ あれ、もう 12 時を過ぎてるね。お昼に行こう。
咦，已經過十二點了。去吃午餐吧！

□ 少なくとも 3 時間はかかる。
至少要花三個小時。

▶ 高速道路で事故があり、少なくとも 4 人が怪我をしたそうだ。
據說高速公路上發生了事故，至少有四個人受了傷。

□ すごい嵐になった。
轉變成猛烈的暴風雨了。

▶ すごい雪だ。これでは夕方には電車が止まるだろう。
好大的雪啊。照這樣看來，電車傍晚會停駛吧。

□ お金には、少しも興味がない。
金錢這東西，我一點都不感興趣。

▶ 親友のためにやったことだ。たとえ職を失っても、少しも後悔はない。
我做的一切都是為了摯友。就算因此丟了工作，我一點也不後悔。

Check 1 必考單字	高低重音	詞性、類義詞與對義詞
0676□□□ 過ごす_す	▶ すごす	▶ [他五・接尾] 度（日子、時間），過生活；過度，過量；放過，不管 題 暮らす_く 生活
0677□□□ 進む_{すす}	▶ すすむ	▶ [自五・接尾] 進，前進；進步，先進；進展；升級，進級；升入，進入，到達；繼續…下去 題 歩く_{ある} 步行 對 もどる 回去
0678□□□ 進める_{すす}	▶ すすめる	▶ [他下一] 使向前推進，使前進；推進，發展，開展；進行，舉行；提升，晉級；增進，使旺盛 題 進む_{すす} 進行
0679□□□ 勧める_{すす}	▶ すすめる	▶ [他下一] 勸告；勸，敬；（煙、酒、茶、座位等） 題 薦める_{すす} 推薦
0680□□□ 薦める_{すす}	▶ すすめる	▶ [他下一] 勸告，勸誘；勸，敬（煙、酒、茶、座等） 題 推す_お 推薦；推想
0681□□□ 裾_{すそ}	▶ すそ	▶ [名]（和服的）下擺，下襟；山腳；（靠近頸部的）頭髮 題 袖_{そで} 袖子
0682□□□ スター	▶ スター	▶ [名]【star】星狀物，星；（影劇）明星，主角 題 俳優_{はいゆう} 演員
0683□□□ ずっと	▶ ずっと	▶ [副] 更；一直；還要…；遠遠；徑直（走,去,進） 題 もっと 更加
0684□□□ 酸っぱい_す	▶ すっぱい	▶ [形] 酸，酸的 題 苦い_{にが} 苦味的

□ 休日は家で過ごす。
假日在家過。

▶ ここは私が幼い頃、家族とともに夏の休暇を過ごした所です。
這裡是我小時候和家人一起度過暑假的地方。

□ ゆっくりと進んだ。
緩慢地前進。

▶ 辛くても、前を向いて一歩一歩進んで行けば、必ず未来は開ける。
就算再怎麼辛苦，只要一步一步向前邁進，未來的大門一定會你敞開。

□ 計画を進める。
進行計畫。

▶ 息子が遅刻がちなので、家中の時計を30分進めておいた。
因為我兒子經常遲到，所以把家裡的時鐘調快了三十分鐘。

□ 入会を勧める。
勸說加入會員。

▶ 医者から、毎日1時間以上歩くことを勧められた。
醫生建議我每天走路一小時以上。

□ A大学を薦める。
推薦A大學。

▶ 教授が薦める本や論文は、全て読んでいます。
教授推薦的所有書籍和論文，我都正在閱讀。

□ ジーンズの裾が汚れた。
牛仔褲的褲腳髒了。

▶ 新しく買ったズボンの裾を、5センチ切ってもらった。
我請人把新買褲子的褲腳改短了五公分。

□ スーパースターになる。
成為超級巨星。

▶ 彼は本物のスターだ。彼が映るだけで、スクリーンが明るくなる。
他是貨真價實的明星啊！只要有他的鏡頭，整個畫面都亮了起來。

□ ずっと待っている。
一直等待著。

▶ ラーメンまだ？さっきからずっと待ってるんだけど。
拉麵還沒好嗎？我從剛才一直等到現在耶！

□ 口を酸っぱくして。
反覆叮嚀

▶ なんか酸っぱいぞ。この牛乳腐ってるんじゃないかな。
總覺得有股酸味。這瓶牛奶是不是壞了啊？

さ行

Part 1

Check 1 必考單字	高低重音	詞性、類義詞與對義詞
0685 □□□ ストーリー	ストーリー	[名]【story】故事，小說；（小說、劇本等的）劇情，結構 [類] 物語 故事
0686 □□□ ストッキング	ストッキング	[名]【stocking】長筒襪；絲襪 [類] 靴下 襪子
0687 □□□ ストライプ	ストライプ	[名]【strip】條紋；條紋布 [類] 縞 條紋
0688 □□□ ストレス	ストレス	[名]【stress】（語）重音；（理）壓力；（精神）緊張狀態 [類] 緊張 緊張
0689 □□□ 即ち	すなわち	[接] 即，換言之；即是，正是；則，彼時；乃，於是 [類] つまり 換言之
0690 □□□ CD1/34 スニーカー	スニーカー	[名]【sneakers】球鞋，運動鞋 [類] シューズ／shoes 鞋子
0691 □□□ スピード	スピード	[名]【speed】速度；快速，迅速 [類] 快速 快速
0692 □□□ 図表	ずひょう	[名] 圖表 [類] グラフ／graph 圖表
0693 □□□ スポーツ選手	スポーツせんしゅ	[名]【sports せんしゅ】運動選手 [類] アイドル／idol 偶像

Check 2 必考詞組	Check 3 必考例句
□ ストーリーを語る。 說故事。	▶ この映画は、ある日突然男女が入れ替わるというストーリーだ。 這部電影講述的是一對男女某天忽然靈魂互換的故事。
□ ナイロンのストッキング。 尼龍絲襪。	▶ このハイヒールには、もっと色の薄いストッキングが合うと思う。 我覺得這雙高跟鞋應該搭配顏色淺一點的絲襪。
□ 制服は白と青のストライプです。 制服上面印有白和藍條紋圖案。	▶ ストライプのシャツに白いジャケット、君はおしゃれだなあ。 條紋襯衫搭上白夾克，你還真時髦啊。
□ ストレスがたまる。 累積壓力。	▶ 仕事のストレスで胃に穴が空いてしまった。 工作壓力導致胃穿孔了。
□ 1ポンド，すなわち100ペンス。 一磅也就是100英鎊。	▶ 検討します、とは即ち、この案に賛成できないという意味だろう。 你說有待討論，意思就是不贊成這個方案，對吧？
□ スニーカーを買う。 買球鞋。	▶ 山へハイキングに行くので、スニーカーを買った。 我為登山健行而買了運動鞋。
□ スピードを上げる。 加速，加快。	▶ ドライブ中にスピード違反で車を停められた。 開車兜風時由於超速而被攔下來了。
□ 図表にする。 製成圖表。	▶ 研究結果は、見易いよう図表にまとめておきます。 用淺顯易懂的圖表來總結研究成果。
□ スポーツ選手になりたい。 想成為了運動選手。	▶ 優秀なスポーツ選手は、食事内容にも気を付けている。 優秀的運動員在飲食方面也同樣注重。

Check 1 必考單字	高低重音	詞性、類義詞與對義詞

0694□□□
スポーツ中継（ちゅうけい） ▸ スポーツちゅうけい ▸ [名] 體育（競賽）直播，轉播
類 生放送（なまほうそう） 直播

0695□□□
済（す）ます ▸ すます ▸ [他五・接尾] 弄完，辦完；償還，還清；對付，將就，湊合；（接在其他動詞連用形下面）表示完全成為…
類 済（す）ませる 做完

0696□□□
済（す）ませる ▸ すませる ▸ [他五・接尾] 弄完，辦完；償還，還清；將就，湊合
類 終（お）える 完成

0697□□□
すまない ▸ すまない ▸ [連語] 對不起，抱歉；（做寒暄語）對不起
類 ごめんなさい 對不起

0698□□□
すみません ▸ すみません ▸ [連語] 抱歉，不好意思
類 失礼（しつれい）しました 失禮了

0699□□□
擦（す）れ違（ちが）う ▸ すれちがう ▸ [自五] 交錯，錯過去；不一致，不吻合，互相分歧；錯車
類 通（とお）る 經過

0700□□□
性（せい） ▸ せい ▸ [名・漢造] 性別；幸運；本性
類 個性（こせい） 個性

0701□□□
性格（せいかく） ▸ せいかく ▸ [名]（人的）性格，性情；（事物的）性質，特性
類 人柄（ひとがら） 人品

0702□□□
正確（せいかく） ▸ せいかく ▸ [名・形動] 正確，準確
類 きちんと 恰當；整潔

Check 2 / 必考詞組

- □ スポーツ中継を見た。
  看了現場直播的運動比賽。

- □ 用事を済ました。
  辦完事情。

- □ 手続きを済ませた。
  辦完手續。

- □ すまないと言ってくれた。
  向我道了歉。

- □ お待たせしてすみません。
  讓您久等，真是抱歉。

- □ 彼女と擦れ違った。
  與她擦身而過。

- □ 性の区別なく。
  不分性別。

- □ 性格が悪い。
  性格惡劣。

- □ 正確に記録する。
  正確記錄下來。

Check 3 / 必考例句

▶ 夜は家で野球やサッカーなどのスポーツ中継を見ます。
晚上常在家裡看棒球和足球等運動項目的電視轉播。

▶ 遊びに行く前に、宿題を済ましてしまいなさい。
出去玩之前要先把作業寫完！

▶ 晩ご飯をカップラーメンで済ませる学生も多いという。
聽說許多學生都靠杯麵打發晚餐。

▶ すまないが、今日はもう帰ってくれ。気分が悪い。
抱歉，你請回吧。我人不舒服。

▶ すみません。明日病院に行きたいので、休ませて頂けませんか。
不好意思，我明天想去醫院，請問可以請假嗎？

▶ 有名な渋谷の交差点は、多い日で1日に50万人が擦れ違う。
在那處遠近馳名的澀谷十字路口，每天最多有高達五十萬人擦身而過。

▶ 女性は長く差別されてきたが、性差別は女性に限った問題ではない。
儘管女性長久以來飽受歧視，但是性別歧視並非只會發生在女性身上。

▶ 宇宙飛行士になるためには、穏やかな性格が求められる。
要要成為太空人，必須具有穩重的性格。

▶ 自分が生まれた正確な時間を知っていますか。
你知道自己出生的準確時間嗎？

Check 1 必考單字	高低重音	詞性、類義詞與對義詞

0703□□□

生活費（せいかつひ）　▶　せいかつひ　▶
[名] 生活費
[類] 食費（しょくひ）　伙食費

0704□□□

世紀（せいき）　▶　せいき　▶
[名] 世紀，百代；時代，年代；百年一現，絕世
[類] 時代（じだい）　時代

0705□□□

税金（ぜいきん）　▶　ぜいきん　▶
[名] 税金，税款
[類] 消費税（しょうひぜい）　消費税

0706□□□

清潔（せいけつ）　▶　せいけつ　▶
[名・形動] 乾淨的，清潔的；廉潔；純潔
[類] きれい　乾淨的

0707□□□

成功（せいこう）　▶　せいこう　▶
[名・自サ] 成功，成就，勝利；功成名就，成功立業
[類] 完成（かんせい）　完成　[對] 失敗（しっぱい）　失敗

0708□□□

生産（せいさん）　▶　せいさん　▶
[名・他サ] 生產，製造；創作（藝術品等）；生業，生計
[類] 製作（せいさく）　製造；生產

0709□□□

清算（せいさん）　▶　せいさん　▶
[名・他サ] 計算，清算；結帳；清理財產；結束
[類] 計算（けいさん）　計算

0710□□□

政治家（せいじか）　▶　せいじか　▶
[名] 政治家（多半指議員）
[類] 議員（ぎいん）　議員

0711□□□　●CD1／35

性質（せいしつ）　▶　せいしつ　▶
[名] 性格，性情；（事物）性質，特性
[類] 性格（せいかく）　性情；脾氣

□ 生活費を稼ぐ。
賺生活費。

東京の大学に通う息子に、毎月生活費を送っています。
我每個月都會寄生活費給在東京讀大學的兒子。

□ 世紀の大発見。
世紀大發現

ドラえもんは 22 世紀からやって来たロボットです。
哆啦Ａ夢是來自二十二世紀的機器貓。

□ 税金を納める。
繳納稅金。

税金は安い方がいいが、何より正しく使われることが重要だ。
雖然繳納的稅金越少越好，但更重要的是這些錢必須用在真正需要的地方。

□ 清潔な部屋。
乾淨的房間。

贅沢な部屋は不要です。ただ清潔なベッドが欲しいだけなんです。
我不需要豪華的房間，只要一張乾淨的床就好。

□ 実験に成功した。
實驗成功了。

世界でも例の少ない、難しい心臓の手術に成功した。
成功完成了相當困難的全球罕見心臟手術病例。

□ 米を生産する。
生產米。

日本の眼鏡の 9 割は、この町で生産されています。
全日本的眼鏡有九成產自這座城鎮。

□ 借金を清算した。
還清了債務。

10 年交際した人との関係を清算して、親の薦める人と結婚した。
我和交往十年的男友結束了戀情，與父母介紹的另一位男士結婚了。

□ どの政治家を支持しますか。
你支持哪位政治家呢？

この国を若い力で変えたいと思って、政治家になりました。
我期盼用年輕的力量改變這個國家，於是進入了政壇。

□ 性質がよい。
性質很好。

金属には、電気を通す、熱をよく伝える等の性質がある。
金屬具有導電性和良好的導熱性等等特性。

Check 1 必考單字	高低重音	詞性、類義詞與對義詞

0712□□□
せいじん
成人 ▶ せいじん ▶ [名・自サ] 成年人；成長，（長大）成人
[類] 大人（おとな） 成人

0713□□□
せいすう
整数 ▶ せいすう ▶ [名]（數）整數
[類] 小数（しょうすう） 小數

0714□□□
せいぜん
生前 ▶ せいぜん ▶ [名] 生前
[類] 生存（せいぞん） 生存 [對] 死後（しご） 死後，後事

0715□□□
せいちょう
成長 ▶ せいちょう ▶ [名・自サ]（經濟、生產）成長，增長，發展；（人、動物）生長，發育
[類] 進歩（しんぽ） 成長

0716□□□
せいねん
青年 ▶ せいねん ▶ [名] 青年，年輕人
[類] 若者（わかもの） 年輕人

0717□□□
せいねんがっぴ
生年月日 ▶ せいねんがっぴ ▶ [名] 出生年月日，生日
[類] 誕生日（たんじょうび） 生日

0718□□□
せいのう
性能 ▶ せいのう ▶ [名] 性能，機能，效能
[類] 働き（はたら） 功能

0719□□□
せいひん
製品 ▶ せいひん ▶ [名] 製品，產品
[類] 見本（みほん） 樣品

0720□□□
せいふく
制服 ▶ せいふく ▶ [名] 制服
[類] セーラー服（ふく） 水兵服式的女學生制服
[對] 私服（しふく） 便服

Check 2　必考詞組	Check 3　必考例句
□ 成人して働きに出る。 長大後外出工作。	▶ 世界的にみると、成人年齢は 18 歳という国が多い。 綜觀全世界，許多國家都將成年人的年齡訂為十八歲。
□ 答えは整数だ。 答案為整數。	▶ 1、2、3を正の整数、－1、－2、－3を負の整数という。 1、2、3是正整數，－1、－2、－3是負整數。
□ 彼が生前愛用した机。 他生前愛用的桌子	▶ これは、一人暮らしだった父が生前かわいがっていた猫です。 這是我獨居的父親生前最疼愛的貓。
□ 子供が成長した。 孩子長大成人了。	▶ 日本には、七五三という子どもの成長を祝う伝統行事がある。 在日本，有所謂「七五三」的傳統活動以慶祝孩子平安成長。
□ 感じのよい青年。 感覺很好的青年	▶ いつもお母さんの陰で泣いてた男の子が、立派な青年になったなあ。 當年那個老是躲在媽媽背後哭泣的男孩，現在已經長成一個優秀的青年了啊。
□ 生年月日を書く。 填上出生年月日。	▶ 診察の際に、本人確認のため、氏名と生年月日を言います。 進行診療的時候，為了確認就診者是否為本人，必須說姓名和出生年月日。
□ 性能が悪い。 性能不好。	▶ トースターに高い性能は求めていない。パンが焼ければよい。 不要求烤麵包機具備多麼超群的性能，只要能烤麵包就好。
□ 製品の品質を保証する。 保證產品的品質。	▶ 各社の製品が比較できるパンフレットはありませんか。 有沒有列出各公司產品評比的冊子？
□ 制服を着る。 穿制服。	▶ 中学は決まった制服がありましたが、高校は私服でした。 中學時要穿學校規定的制服，但上高中後就穿便服了。

Check 1 必考單字	高低重音	詞性、類義詞與對義詞

0721 □□□
せいぶつ
生物 ▸ せいぶつ ▸ [名] 生物
[類] 動物 動物

0722 □□□
せいり
整理 ▸ せいり ▸ [名・他サ] 整理，收拾，整頓；清理，處理；捨棄，淘汰，裁減
[類] 片付け 整理

0723 □□□
せき
席 ▸ せき ▸ [名・漢造] 席，坐墊；席位，坐位
[類] いす 椅子

0724 □□□
せきにん
責任 ▸ せきにん ▸ [名] 責任，職責
[類] 義務 義務

0725 □□□
せけん
世間 ▸ せけん ▸ [名] 世上，社會上；世人；社會輿論；（交際活動的）範圍
[類] 社会 社會

0726 □□□
せっきょくてき
積極的 ▸ せっきょくてき ▸ [形動] 積極的
[類] 行動的 積極的 [對] 消極的 消極的

0727 □□□
ぜったい
絶対 ▸ ぜったい ▸ [名・副] 絕對，無與倫比；堅絕，斷然，一定
[類] 必ず 一定

0728 □□□
セット ▸ セット ▸ [名・他サ]【set】一組，一套；舞台裝置，布景；（網球等）盤，局；組裝，裝配；梳整頭髮
[類] 揃い 一套

0729 □□□
せつやく
節約 ▸ せつやく ▸ [名・他サ] 節約，節省
[類] 減らす 縮減 [對] 浪費 浪費

□ 生物がいる。 有生物生存。	▶ 地球以外の星にも、きっと生物がいると信じている。 我相信地球之外的星球一定也有生物存在。
□ 部屋を整理する。 整理房間。	▶ 机の上を整理すれば、なくなった物が出てくると思うよ。 我想，只要把桌面整理整理，那些不見了的東西就會再次出現喔。
□ 席を譲る。 讓座。	▶ 映画館の席は、どこかではなく前にどんな人が座るかが重要だ。 關於電影院的座位，重要的不是坐在什麼位置，而是前面坐的是什麼樣的人。
□ 責任を持つ。 負責任。	▶ 大会で負けたので、監督が責任を取って辞めることになった。 輸掉大賽後，教練主動辭職以示負責了。
□ 世間を広げる。 交遊廣闊。	▶ 世間では、男は女より強いと言われているが、実際は逆だと思う。 世上的男人總說自己比女人　，但我認為事實是相反的。
□ 積極的に仕事に取り組む。 積極地致力於工作。	▶ 彼女は積極的な性格で、誰とでもすぐに仲良くなる。 她的個性主動積極，和任何人都能很快變成好朋友。
□ 絶対に面白いよ。 一定很有趣喔。	▶ 結婚するとき、君を絶対に幸せにするって言ったよね？ 結婚的時候，我說過一定會讓妳幸福，對吧？
□ ワンセットで売る。 整組來賣。	▶ コーヒーとケーキを一緒に頼むと、セット料金で100円安くなる。 同時點用咖啡和蛋糕的套餐價格可享有一百圓的優惠。
□ 交際費を節約する。 節省應酬費用。	▶ 交通費の節約と体力づくりのために、自転車通勤しています。 為了節約交通費和鍛鍊體力，我都騎自行車上班。

Check 1 必考單字	高低重音	詞性、類義詞與對義詞

0730 □□□
瀬戸物（せともの）
▸ せともの
▸ [名] 陶瓷品
類 花瓶（かびん） 花瓶

0731 □□□ ●CD1 / 36
是非（ぜひ）
▸ ぜひ
▸ [名・副] 是非，善惡；務必，一定
類 必ず（かならず） 一定

0732 □□□
世話（せわ）
▸ せわ
▸ [名・他サ] 援助，幫助；介紹，推薦；照顧，照料；俗語，常言
類 面倒（めんどう） 援助

0733 □□□
戦（せん）
▸ せん
▸ [漢造] 戰爭；決勝負，體育比賽；發抖
類 局（きょく）（棋）局；站

0734 □□□
全（ぜん）
▸ ぜん
▸ [漢造] 全部，完全；整個；完整無缺
類 全部（ぜんぶ） 全部

0735 □□□
前（ぜん）
▸ ぜん
▸ [漢造] 前方，前面；（時間）早；預先；從前
對 後（ご） 後面

0736 □□□
選挙（せんきょ）
▸ せんきょ
▸ [名・他サ] 選舉，推選
類 選ぶ（えらぶ） 選擇

0737 □□□
洗剤（せんざい）
▸ せんざい
▸ [名] 洗滌劑，洗衣粉（精）
類 石けん（せっけん） 香皂

0738 □□□
先日（せんじつ）
▸ せんじつ
▸ [名] 前天；前些日子
類 この間（あいだ） 前幾天

Check 2 必考詞組	Check 3 必考例句
□ 瀬戸物を収集する。 收集陶瓷器。	▶ 父が大事にしていた瀬戸物の花瓶を割ってしまった。 我打破了父親珍愛的陶瓷花瓶。
□ 是非お電話ください。 請一定打電話給我。	当社の新製品を、皆様ぜひお試しください。 請各位務必試試本公司的新產品！！
□ 子どもの世話をする。 照顧小孩。	▶ 「絶対世話するから、犬飼ってもいいでしょ？」 「だめよ。」 「可以養狗嗎？我一定會好好照顧牠的。」「不行！」
□ 選挙の激戦区。 選舉中競爭最激烈的地區	▶ 優勝決定戦は、3対3の同点のまま、PK戦となった。 總決賽以三比三同分進入了延長賽。
□ 全世界。 全世界	▶ 彼は全科目の成績がAなのに、なぜか女の子から全然人気がない。 明明他所有科目的成績都是A，不知道為什麼女孩子都不喜歡他。
□ 前首相。 前首相	▶ 営業部に来た新人は、前会長のお孫さんらしい。 剛進業務部的那個新人，好像是前任會長的孫子。
□ 議長を選挙する。 選出議長。	▶ 大学の文化祭の実行委員は、学生による選挙で選ばれる。 大學校慶的執行委員是由學生選舉所選出來的。
□ 洗剤で洗う。 用洗滌劑清洗。	▶ 間違えて、食器用の洗剤で髪を洗ってしまった。 我誤拿洗碗精洗了頭。
□ 先日、田中さんに会った。 前些日子，遇到了田中小姐。	▶ 先日の台風で、畑の野菜が全部だめになってしまった。 前陣子的颱風使得園子裡的蔬菜全部毀於一旦了。

Check 1 必考單字	高低重音	詞性、類義詞與對義詞

0739 □□□
ぜんじつ
前日 ▸ ぜんじつ ▸ [名] 前一天
[類] 昨日 昨天

0740 □□□
せんたく き
洗濯機 ▸ せんたくき ▸ [名] 洗衣機
[類] 乾燥機 烘乾機

0741 □□□
センチ ▸ せんち ▸ [名]【centimeter】厘米，公分
[類] キロ／（法）kilomètre 公里

0742 □□□
せんでん
宣伝 ▸ せんでん ▸ [名・自他サ] 宣傳，廣告；吹噓，鼓吹，誇
大其詞
[類] 広告 廣告

0743 □□□
ぜんはん
前半 ▸ ぜんはん ▸ [名] 前半，前一半
[類] 上旬 上旬，前期 [對] 後半 後半

0744 □□□
せんぷう き
扇風機 ▸ せんぷうき ▸ [名] 風扇，電扇
[類] エアコン／ air conditioner 之略
冷氣

0745 □□□
せんめんじょ
洗面所 ▸ せんめんじょ ▸ [名] 化妝室，廁所
[類] トイレ 化妝室

0746 □□□
せんもんがっこう
専門学校 ▸ せんもんがっこ ▸ [名] 專科學校
う [類] 塾 補習班

0747 □□□
そう
総 ▸ そう ▸ [漢造] 總括；總覽；總，全體；全部
[類] 全 全部

□ 入学式の前日は緊張した。

參加入學典禮的前一天非常緊張。

試験の前日は、緊張してなかなか眠れないんです。

考試前一天緊張得遲遲無法入睡。

□ 洗濯機で洗う。

用洗衣機洗。

洗濯機で洗えるスーツが、サラリーマンに人気です。

可以放入洗衣機清洗的西裝廣受上班族的喜愛。

□ 1センチ右にずれる。

往右偏離了一公分。

あと5センチ身長があれば、理想的なんだけどなあ。

只要能再長個五公分，就是完美的身高了啊！

□ 自社の製品を宣伝する。

宣傳自己公司的產品。

宣伝にお金をかけたが、あまり効果がなかった。

雖然花了錢宣傳，卻沒什麼效果。

□ 前半の戦いが終わった。

上半場比賽結束。

前半が終わって、台湾チームが2対0で勝っています。

上半場結束後，臺灣隊以二比零暫時領先。

□ 扇風機を止める。

關上電扇。

うちの猫は、扇風機の前から一歩も動かない。

我家的貓待在電風扇前，寸步不移。

□ 洗面所で顔を洗った。

在化妝室洗臉。

そんなに眠いなら、洗面所へ行って顔を洗って来なさい。

這麼睏的話，去洗手間洗把臉再回來吧。

□ 専門学校に行く。

進入專科學校就讀。

日本語学校を卒業したら、アニメの専門学校に行きたいです。

從日語學校畢業之後，我想去攻讀動漫專業學校。

□ 総員50名だ。

總共有五十人。

GDP 即ち国民総生産が上がっても、景気がよくなるとは限らない。

即使GDP（國內生產總值）成長，也未必代表經濟好轉。

Check 1　必考單字	高低重音	詞性、類義詞與對義詞

0748□□□
そうじき
掃除機　▶　そうじき　▶
[名] 除塵機，吸塵器
[類] ぞうきん　抹布

0749□□□
そうぞう
想像　▶　そうぞう　▶
[名・他サ] 想像
[類] イメージ／ image 想像

0750□□□
そうちょう
早朝　▶　そうちょう　▶
[名] 早晨，清晨
[類] 朝　早晨　[對] 深夜 深夜

0751□□□
ぞうり
草履　▶　ぞうり　▶
[名] 草履，草鞋
[類] 下駄　木屐

0752□□□　◉CD1／37
そうりょう
送料　▶　そうりょう　▶
[名] 郵費，運費
[類] 運賃　運費

0753□□□
ソース　▶　ソース　▶
[名]【sauce】（西餐用）調味汁
[類] 汁　汁液

0754□□□
そく
足　▶　そく　▶
[接尾・漢造]（助數詞）雙；足；足夠；添
[類] 着　套

0755□□□
そくたつ
速達　▶　そくたつ　▶
[名・自他サ] 快遞，快件
[類] 書留　掛號

0756□□□
そくど
速度　▶　そくど　▶
[名] 速度
[類] 進む　前進

□ 掃除機をかける。
用吸塵器清掃。

▶ 子どもたちが床にこぼしたパンやお菓子を掃除機で吸います。
孩子們拿吸塵器清理掉在地板上的麵包屑和餅乾渣。

□ 想像もつきません。
真叫人無法想像。

▶ あなたの犬がもし人間の言葉を話せたら、と想像してみてください。
請想像一下你家的狗開口說人話的情景。

□ 早朝に勉強する。
在早晨讀書。

▶ 早朝、公園の周りを散歩するのが習慣になっています。
我習慣早上到公園附近散步。

□ 草履を履く。
穿草鞋。

▶ お正月に着る着物に合わせて、草履を買った。
買了一雙草屐來搭配新年要穿的和服。

□ 送料を払う。
付郵資。

▶ 1万円以上買っていただいた方は、送料が無料になります。
消費達到一萬圓以上的貴賓享有免運費服務。

□ ソースを作る。
調製醬料。

▶ ハンバーグには、ソースですか、それともケチャップ？
您的漢堡要淋醬汁還是加番茄醬？

□ 靴下を二足買った。
買了兩雙襪子。

▶ 3足1,000円の靴下は、やはりすぐに穴が空く。
三雙一千圓的襪子果然很快就破洞了。

□ 速達で送る。
寄快遞。

▶ 明日中にこちらに届くように、今日速達で出してください。
請在今天之內以限時專送寄件，這樣才來得及明天送達這裡。

□ 速度を上げる。
加快速度。

▶ この辺りは子どもが多いので、速度を落として運転します。
因為這附近有很多孩童，所以我會減速慢行。

Check 1 必考單字	高低重音	詞性、類義詞與對義詞
0757 □□□ そこ 底	► そこ	[名] 底，底子；最低處，限度；底層， 深處；邊際，極限；內心 [類] 奥 內部；深處
0758 □□□ そこで	► そこで	[接續] 因此，所以；（轉換話題時）那 麼，下面，於是 [類] それで 因此
0759 □□□ そだ 育つ	► そだつ	[自五] 成長，長大，發育 [類] 成長する 成長
0760 □□□ ソックス	► ソックス	[名]【socks】短襪 [類] ストッキング／ stocking 絲襪
0761 □□□ そっくり	► そっくり	[形動・副] 全部，完全，原封不動；一模 一樣，極其相似 [類] 似る 相似
0762 □□□ そっと	► そっと	[副] 悄悄地，安靜的；輕輕的；偷偷 地；照原樣不動的 [類] こっそり 偷偷地
0763 □□□ そで 袖	► そで	[名] 衣袖;（桌子）兩側抽屜,（大門）兩 側的廂房，舞台的兩側，飛機（兩翼） [類] 襟 領子
0764 □□□ うえ その上	► そのうえ	[接] 又，而且，加之，兼之 [類] それに 而且
0765 □□□ うち その内	► そのうち	[副・連語] 最近，過幾天，不久；其中 [類] いまに 不久

□ 海の底に沈んだ。 沉入海底。	▶ この海の底には、100年前に沈んだ船の宝物が眠っているという。 據說一百年前的沉船寶藏，就在這片海底長眠。
□ そこで、私は意見を言った。 於是，我說出了我的看法。	▶ 経営が苦しいです。そこで、仕事の改善について、皆さんのご意見を伺います。 我們在經營上遇到了困難。因此，請大家針對如何改善工作提出意見。
□ 元気に育っている。 健康地成長著。	▶ 3人の息子たちは、立派に育って、今は父親になりました。 三個兒子長大成人，如今都已成為父親了。
□ ソックスを履く。 穿襪子。	▶ 制服のソックスは、白か黒に決まっています。 制服的襪子必須是白色或黑色。
□ 私と母はそっくりだ。 我和媽媽長得幾乎一模一樣。	▶ あの親子は顔だけじゃなく、性格もそっくりだね。 那對父子不僅長得像，連個性也一模一樣。
□ そっと教えてくれた。 偷偷地告訴了我。	▶ 彼女は、さよならと言うと、そっと部屋を出て行った。 她說了再見，便悄悄走出了房間。
□ 半袖を着る。 穿短袖。	▶ 振袖とは、若い女性が着る、袖の長い着物のことです。 「振袖」是指年輕女性穿的長袖和服。
□ 質がいい。その上値段も安い。 不只品質佳，而且價錢便宜。	▶ 今日は最悪の日だ。財布を失くした。その上、自転車を盗まれた。 今天真是最慘的一天。先是遺失錢包，然後自行車又被偷了。
□ 兄はその内帰ってくるから、暫く待ってください。 我哥哥就快要回來了，請稍等一下。	▶ そんなに泣かないで。そのうち、みんなも分かってくれるよ。 別再哭了。一陣子過後，大家就會理解你的難處了。

Check 1 必考單字	高低重音	詞性、類義詞與對義詞

0766 □□□

蕎麦
そば

▸ そば ▸

[名] 蕎麥；蕎麥麵
[類] うどん 烏龍麵

0767 □□□

ソファー

▸ ソファー ▸

[名]【sofa】沙發
[類] ベンチ／ bench 長椅

0768 □□□

素朴
そぼく

▸ そぼく ▸

[名・形動] 樸素，純樸，質樸；（思想）純樸
[類] 簡単 簡素；簡易
かんたん

0769 □□□

それぞれ

▸ それぞれ ▸

[副] 每個（人），分別，各自
[類] 一つ一つ 一個一個
ひと　ひと

0770 □□□

それで

▸ それで ▸

[接] 因此；後來
[類] だから 因此

0771 □□□ ●CD1/38

それとも

▸ それとも ▸

[接] 還是，或者
[類] または 或者

0772 □□□

揃う
そろ

▸ そろう ▸

[自五]（成套的東西）備齊；成套；一致，（全部）一樣，整齊；（人）到齊，齊聚
[類] 並ぶ 備齊；排成
なら

0773 □□□

揃える
そろ

▸ そろえる ▸

[他下一] 使…備齊；使…一致；湊齊，弄齊，使成對
[類] 揃う 齊全
そろ

0774 □□□

尊敬
そんけい

▸ そんけい ▸

[名・他サ] 尊敬
[類] 敬意 敬意
けい い

□ 蕎麦を植える。 　　種植蕎麥。	▶ 天ぷらそばとカレーライスですね。かしこまりました。 為您確認餐點是天婦羅蕎麥麵和咖哩飯。稍後為您送上。
□ ソファーに座る。 　　坐在沙發上。	▶ テレビを見ていて、そのままソファーで朝まで寝てしまった。 電視看著看著，就這樣在沙發睡到了早上。
□ 素朴な考え方。 　　單純的想法	▶ 歌手のリンちゃんは、化粧をしない素朴な感じが好きだ。 歌手小琳喜歡自己不上妝的清純模樣。
□ それぞれの性格が違う。 　　每個人的個性不同。	▶ たとえ夫婦喧嘩でも、夫、妻、それぞれの主張を聞かなければ真実は分からない。 即使是夫妻吵架，如果沒有分別聽取丈夫和妻子雙方的說法，就無法釐清事情的真相。
□ それで、いつまでに終わるの。 　　那麼，什麼時候結束呢？	▶ 子どもの頃、犬に噛まれた。それで、今も犬が怖い。 小時候曾被狗咬過，所以到現在還是很怕狗。
□ コーヒーにしますか、それとも紅茶にしますか。 　　您要咖啡還是紅茶？	▶ ちょっとお茶を飲みませんか。それとも何か食べますか。 你要不要喝點茶？還是想吃些什麼？
□ 全員が揃った。 　　全員到齊。	▶ 毎年正月には、家族全員が揃って記念写真を撮ります。 每年過年，全家人都會聚在一起拍全家福紀念照。
□ 必要なものを揃える。 　　準備好必需品。	▶ これは、同じ絵のカードを4枚揃える遊びです。 這是蒐集四張相同畫片的遊戲。
□ 両親を尊敬する。 　　尊敬雙親。	▶ ノーベル賞を受賞した山中教授は全国民から尊敬を集めている。 榮獲諾貝爾獎的山中教授博得全體國民的敬重。

た
行

Part
1

Check 1 / 必考單字	高低重音	詞性、類義詞與對義詞

0775 ☐☐☐
たい
対 ▸ た<u>い</u>
▸ [名・漢造] 對比，對方；同等，對等；相對，相向；（比賽）比；面對
類 ペア／pair 一對

0776 ☐☐☐
だい
代 ▸ だ<u>い</u>
[名・漢造] 代，輩；一生，一世；代價
類 一代 一輩子；一代

0777 ☐☐☐
だい
第 ▸ だ<u>い</u>
▸ [漢造] 順序；考試及格，錄取；住宅，宅邸
類 目（表順序）第…

0778 ☐☐☐
だい
題 ▸ だ<u>い</u>
▸ [名・自サ・漢造] 題目，標題；問題；題辭
類 タイトル／title 題目

0779 ☐☐☐
たいがく
退学 ▸ た<u>いがく</u>
[名・自サ] 退學
類 中退 肄業

0780 ☐☐☐
だいがくいん
大学院 ▸ だ<u>いがく</u>いん
▸ [名]（大學的）研究所
類 短大 短期大學

0781 ☐☐☐
だいく
大工 ▸ だ<u>いく</u>
▸ [名] 木匠，木工
類 左官 泥水匠

0782 ☐☐☐
たいくつ
退屈 ▸ た<u>いくつ</u>
▸ [名・自他サ・形動] 無聊，鬱悶，寂，厭倦
類 飽きる 厭倦

0783 ☐☐☐
たいじゅう
体重 ▸ た<u>いじゅう</u>
▸ [名] 體重
類 重さ 重量

Check 2 必考詞組	Check 3 必考例句
□ 1対1で引き分けです。 一比一平手。	32 対 28 で、台湾ビールチームの勝利です。 32比28，台啤隊獲勝。
□ 代がかわる。 世代交替。	十代、二十代の若いうちに、世界中を見て回ることだ。 就是要趁著十幾二十幾歲還年輕的時候去環遊世界。
□ 第1番。 第一名	これより第10回定期演奏会を始めます。 現在揭開第十屆定期演奏會的序幕。
□ 作品に題をつける。 給作品題上名。	論文は、内容を正確に表す適切な題をつけることが重要です。 論文要取個能夠正確表達內容的適切題目是非常重要的。
□ 退学して仕事を探す。 退學後去找工作。	試験で不正をして、大学を退学になった学生がいるそうだ。 據說有大學生因為考試作弊而遭到了退學處分。
□ 大学院に進む。 進研究所唸書。	就職するか、大学院へ進学するか迷っています。 我還在猶豫到底應該就業還是繼續攻讀研究所。
□ 大工を頼む。 雇用木匠。	物を作るのが好きなので、将来は大工になって家を建てたい。 因為喜歡製造物品，所以將來想成為木匠，建造房子。
□ 退屈な日々。 無聊的生活	夫は優秀な弁護士ですが、家では退屈な男です。 丈夫雖然是優秀的律師，但在家時只是個乏味的男人。
□ 体重が落ちる。 體重減輕。	体重は気になるけど、甘い物はなかなかやめられない。 我雖在意體重，卻很難戒掉甜食。

Check 1 必考單字	高低重音	詞性、類義詞與對義詞

0784 □□□

たいしょく
退職 ▶ たいしょく ▶ [名・自サ] 退職
類 退社 退職
たいしゃ

0785 □□□

だいたい
大体 ▶ だいたい ▶ [副] 大部分；大致；大概
類 殆ど 大部分
ほとん

0786 □□□

たい ど
態度 ▶ たいど ▶ [名] 態度，表現；舉止，神情，作風
類 格好 外形；打扮
かっこう

0787 □□□

タイトル ▶ タイトル ▶ [名] 【title】（文章的）題目，（著述
的）標題；稱號，職稱
類 題名 題目
だいめい

0788 □□□ ◉CD1/39

ダイニング ▶ ダイニング ▶ [名] 【dining】吃飯，用餐；餐廳（ダイ
ニングルーム之略）；西式餐館
類 食堂 餐廳
しょくどう

0789 □□□

だいひょう
代表 ▶ だいひょう ▶ [名・他サ] 代表
類 表す 表現
あらわ

0790 □□□

タイプ ▶ タイプ ▶ [名・他サ]【type】型，形式，類型；典型，榜
樣，樣本，標本；（印）鉛字，活字；打字
（機）
類 プリント／ print 印刷；拷貝

0791 □□□

だい ぶ
大分 ▶ だいぶ ▶ [名・形動・副] 很，頗，相當的
類 かなり 相當

0792 □□□

だいめい
題名 ▶ だいめい ▶ [名]（圖書、詩文、戲劇、電影等的）
標題，題名
類 看板 看板
かんばん

Check 2 必考詞組	Check 3 必考例句

□ 退職してゆっくり生活したい。
退休後想休閒地過生活。

▶ 今月いっぱいで退職させて頂きます。大変お世話になりました。
我月底就要退休了，感謝您長久以來的關照。

□ この曲はだいたい弾けるようになった。
大致會彈這首曲子了。

▶ 資料は大体できています。あとは間違いをチェックするだけです。
資料大致完成了。接下來只剩檢查錯誤。

□ 態度が悪い。
態度惡劣。

▶ 君は仕事はできるのに、態度が悪いから、損をしてるよ。
你工作能力很好，但是態度不佳，這樣很吃虧喔。

□ タイトルを獲得する。
獲得頭銜。

▶ 気になる曲を歌うと、その曲のタイトルを教えてくれるサービスがある。
我們有項服務是唱出任意一首曲子都能告知曲名。

□ ダイニングルームで食事をする。
在西式餐廳用餐。

▶ ダイニングに置くテーブルセットを買った。
我買了準備擺在餐廳的桌椅組。

□ 代表となる。
作為代表。

▶ 先生のお宅へ、クラスを代表してお見舞いに伺った。
我代表全班去老師家探了病。

□ このタイプの服にする。
決定穿這種樣式的服裝。

▶ こちらのジャケットは、ボタンが2つのタイプと3つのタイプがございます。
這裡的夾克有兩顆鈕扣的款式和三顆鈕扣的款式。

□ だいぶ日が長くなった。
白天變得比較長了。

▶ 薬のおかげで熱も37度まで下がって、だいぶ楽になった。
還好吃了退燒藥，體溫已經降到37度，舒服多了。

□ 題名をつける。
題名。

▶ 題名を見てコメディーかと思ったら、ホラー映画だった。
單看片名還以為是喜劇，沒想到竟然是恐怖電影。

Check 1 / 必考單字	高低重音	詞性、類義詞與對義詞
0793 ☐☐☐ ダイヤ	ダイヤ	[名]【diagram】之略。列車時刻表；圖表，圖解 [類] 時刻表 時刻表
0794 ☐☐☐ ダイヤ（モンド）	ダイヤ／ダイヤモンド	[名]【diamond】鑽石 [類] 宝石 寶石
0795 ☐☐☐ 太陽 <small>たいよう</small>	たいよう	[名] 太陽 [類] 日 太陽
0796 ☐☐☐ 体力 <small>たいりょく</small>	たいりょく	[名] 體力 [類] 力 力量；能量
0797 ☐☐☐ ダウン	ダウン	[名・自他サ]【down】下，倒下，向下，落下；下降，減退；（棒）出局；（拳擊）擊倒 [類] 倒れる 倒下
0798 ☐☐☐ 絶えず <small>た</small>	たえず	[副] 不斷地，經常地，不停地，連續 [類] いつも 經常
0799 ☐☐☐ 倒す <small>たお</small>	たおす	[他五] 倒，放倒，推倒，翻倒；推翻，打倒；毀壞，拆毀；打敗，擊敗；殺死，擊斃；賴帳，不還債 [類] 勝つ 打敗
0800 ☐☐☐ タオル	タオル	[名]【towel】毛巾；毛巾布 [類] おしぼり 濕毛巾
0801 ☐☐☐ 互い <small>たが</small>	たがい	[名・形動] 互相，彼此；雙方；彼此相同 [類] 双方 雙方

Check 2 必考詞組	Check 3 必考例句
□ 大雪でダイヤが混乱した。 交通因大雪而陷入混亂。	► 幸せそうな彼女の指にはダイヤの指輪が輝いていた。 幸福洋溢的她手指上戴了一只閃閃發亮的鑽石戒指。
□ ダイヤモンドを買う。 買鑽石。	► ダイヤモンドには、青や赤など色の付いたものもある。 鑽石還分成偏藍或偏紅等不同色澤的種類。
□ 太陽の光。 太陽的光	► 地球と太陽の間に月が入って、太陽が見えなくなる現象を日食といいます。 當月亮進入地球和太陽之間導致太陽被遮住了，這種現象稱為日蝕。
□ 体力がない。 沒有體力。	► 人間、体が資本だ。勉強もいいが、体力をつけることだよ。 身體就是人的本錢。用功讀書固然重要，也別忘了保持體力喔！
□ 風邪でダウンする。 因感冒而倒下。	► 風邪気味でも休まずに頑張っていたが、熱が出て、とうとうダウンした。 即使有點感冒症狀依然不眠不休工作，直到發燒才終於病倒了。
□ 絶えず水が湧き出す。 水源源不絕湧出。	► 向かいのビルの工事の音が絶えず聞こえてきて、仕事にならない。 對面大樓施工的噪音不斷傳來，我根本無法工作。
□ 敵を倒す。 打倒敵人。	► （飛行機で）「すみません、座席を倒してもいいですか。」「どうぞ。」 （在飛機上）「不好意思，請問我可以把椅背放低嗎？」「請便。」
□ タオルを洗う。 洗毛巾。	► 洗った髪を、乾いたタオルで拭いて乾かします。 拿乾毛巾將洗好的頭髮擦乾。
□ 互いに協力する。 互相協助。	► 二時間以上も喧嘩をしている二人は、互いに一歩も譲ろうとしない。 他們已經整整吵了兩個多小時，彼此連一步也不肯退讓。

Check 1 必考單字	高低重音	詞性、類義詞與對義詞

0802□□□
たか
高まる ▶ た<u>かまる</u> ▶ [自五] 高漲，提高，增長；興奮
こうふん
類 興奮する　興奮

0803□□□
たか
高める ▶ た<u>かめる</u> ▶ [他下一] 提高，抬高，加高
たか
類 高まる　提高

0804□□□ ● CD1 40
た
炊く ▶ た<u>く</u> ▶ [他五] 點火，燒著；燃燒；煮飯，燒菜
に
類 煮る　煮；熬

0805□□□
だ
抱く ▶ だ<u>く</u> ▶ [他五] 抱；孵卵；心懷，懷抱
いだ
類 抱く　抱；懷抱

0806□□□
だい
タクシー代 ▶ タ<u>クシーだい</u> ▶ [名]【taxi だい】計程車費
でんしゃだい
類 電車代　電車費

0807□□□
りょうきん
タクシー料金 ▶ タ<u>クシーりょう</u>
<u>きん</u> ▶ [名]【taxi りょうきん】計程車費
じょうしゃちん
類 乗車賃　車費

0808□□□
たくはいびん
宅配便 ▶ た<u>くはいびん</u> ▶ [名] 宅急便，送到家中的郵件
こうくうびん
類 航空便　航空郵件

0809□□□
た
炊ける ▶ た<u>ける</u> ▶ [自下一] 燒成飯，做成飯
に
類 煮える　煮熟

0810□□□
たし
確か ▶ た<u>しか</u> ▶ [副]（過去的事不太記得）大概，也許
せいかく
類 正確　正確

Check 2 必考詞組	Check 3 必考例句
□ 気分が高まる。 情緒高漲。	▶ デジタル社会となり、情報関連の技術者の需要は高まる一方だ。 如今已是數位化社會，對於資訊相關科技人員的需求不斷增加。
□ 安全性を高める。 加強安全性。	▶ 自分を高めるために、学生時代にどんなことをしましたか。 你學生時代做過哪些有助於自我成長的事呢？
□ ご飯を炊く。 煮飯。	▶ ご飯をたくさん炊いて、おにぎりを作りましょう。 我們煮很多米飯來做飯糰吧。
□ 赤ちゃんを抱く。 抱小嬰兒。	▶ 赤ちゃんを抱いたお母さんに、席を替わってあげました。 我把座位讓給了抱著嬰兒的媽媽。
□ タクシー代が上がる。 計程車的車資漲價。	▶ タクシー代は会社から出るので、請求してください。 公司會支付計程車費用，請提出代墊款項補發申請。
□ タクシー料金が値上げになる。 計程車的費用要漲價。	▶ 来月からタクシー料金が上がるそうです。 聽說從下個月起計程車費將會調漲。
□ 宅配便が届く。 收到宅配包裹。	▶ 通信販売で買ったかばんが、宅配便で届いた。 網購的包包已經宅配到貨了。
□ ご飯が炊けた。 飯已經煮熟了。	▶ 朝7時に炊けるように、炊飯器をセットしました。 我把電鍋設定在早上七點自動煮飯了。
□ 確か言ったことがある。 好像曾經有說過。	▶ 君は確か、北海道の出身だと言っていたよね。 我記得你說過故鄉在北海道吧？

た
行

Part
1

Check 1 必考單字	高低重音	詞性、類義詞與對義詞

0811□□□
たし
確かめる ▶ たしかめる ▶
[他下一] 查明，確認，弄清
かくにん
類 確認する　確認

0812□□□
た　ざん
足し算 ▶ たしざん ▶
[名] 加法
類 プラス ／ Plus 加號

0813□□□
たす
助かる ▶ たすかる ▶
[自五] 得救，脫險；有幫助，輕鬆；節省
（時間、費用、麻煩等）
たす
類 助ける　幫助

0814□□□
たす
助ける ▶ たすける ▶
[他下一] 幫助，援助；救，救助；輔佐；
救濟，資助
おうえん
類 応援する　援助

0815□□□
ただ ▶ ただ ▶
[名・副] 免費，不要錢；普通，平凡；只
有，只是（促音化為「たった」）
むりょう
類 無料　免費

0816□□□
ただいま ▶ ただいま ▶
[名・副] 現在；馬上；剛才；我回來了
いま
類 今　現在

0817□□□
たた
叩く ▶ たたく ▶
[他五] 敲，叩；打；詢問，徵求；拍，
う
鼓掌；攻擊，駁斥；花完，用光
類 打つ　打，拍

0818□□□
たた
畳む ▶ たたむ ▶
[他五] 疊，折；關，闔上；關閉，結
お
束；藏在心裡
類 折る　折疊

0819□□□
た
経つ ▶ たつ ▶
[自五] 經，過；（炭火等）燒盡
す
類 過ぎる　經過

Check 2 必考詞組	Check 3 必考例句
□ 真偽を確かめる。 確認真假。	▶ お互い忙しくて擦れ違いがちな彼女の気持ちを確かめたい。 忙碌的我們時常意見分歧，我想弄清楚她的想法。
□ 足し算の教材。 加法的教材。	▶ この足し算、間違ってるよ。小学校で習わなかったの？ 這題加法算錯了喔！讀小學時沒學過嗎？
□ 全員助かりました。 全都得救了。	▶ 「課長、お手伝いしましょうか。」「ありがとう、助かるよ。」 「科長，要我幫忙嗎？」「謝謝，太好了！」
□ 命を助ける。 救人一命。	▶ 海に飛び込んで、溺れている子どもを助けました。 我跳進大海，救了一個溺水的孩子。
□ ただで入場できる。 能夠免費入場。	▶ 友だちの家に泊まるから、ホテル代はただで済む。 因為住在朋友家，所以省下了住宿費。
□ ただいま帰りました。 我回來了。	▶ 「会議の資料はできてる？」「はい、ただいまお持ちします。」 「會議資料完成了嗎？」「完成了，正要送過去。」
□ 太鼓をたたく。 敲打大鼓。	▶ 何度ドアを叩いても、家の中から返事がないんです。 即使我不斷敲門，家裡還是沒有人回應。
□ 布団を畳む。 折棉被。	▶ 自分の脱いだ服くらい、きちんと畳みなさい。 自己換下來的衣服請自己摺好。
□ 月日が経つ。 歲月流逝。	▶ 何年経っても、助けて頂いたご恩は決して忘れません。 不管過了多少年，我從未忘記您鼎力相助的大恩大德。

Check 1 必考單字	高低重音	詞性、類義詞與對義詞

0820 □□□

た
建つ ▸ たつ ▸ [自五] 蓋，建
類 建てる 蓋，建造

0821 □□□ ●CD1 / 41

た
発つ ▸ たつ ▸ [自五] 立，站；冒，升；離開；出發；
奮起；飛，飛走
類 出発する 出發

0822 □□□

たてなが
縦長 ▸ たてなが ▸ [名] 矩形，長形
類 横長 長方形的

0823 □□□

た
立てる ▸ たてる ▸ [他下一] 立起；訂立
類 立つ 立起；奮起

0824 □□□

た
建てる ▸ たてる ▸ [他下一] 建造，蓋
類 直す 修理

0825 □□□

たな
棚 ▸ たな ▸ [名]（放置東西的）隔板，架子，棚
類 網棚 網架

0826 □□□

たの
楽しみ ▸ たのしみ ▸ [名] 期待，快樂
類 遊び 遊玩；消遣

0827 □□□

たの
頼み ▸ たのみ ▸ [名] 懇求，請求，拜託；信賴，依靠
類 願い 願望

0828 □□□

たま
球 ▸ たま ▸ [名] 球
類 野球 棒球

□ 新居が建つ。
蓋新房。

うちの隣に15階建てのマンションが建つそうだ。
據說我們隔壁即將蓋一棟十五層樓的大廈。

□ 9時の列車で発つ。
坐九點的火車離開。

朝9時にこちらを発てば、昼過ぎには本社に着きます。
如果早上九點從這裡出發，中午過後就會到總公司了。

□ 縦長の封筒。
長方形的信封。

縦長の封筒に合わせて、宛先も縦書きで印刷します。
為配合直式信封，收件人的姓名地址也採用直式印刷。

□ 計画を立てる。
訂定計畫。

好きな漫画本を集めて、本棚に立てて並べています。
我把喜歡的漫畫書集中放在書架上排好。

□ 家を建てる。
蓋房子。

海の見える丘の上に、小さな家を建てるのが、僕の夢だ。
我的夢想是在能看到大海的山丘上蓋一棟小屋。

□ 棚に置く。
放在架子上。

食器棚の中にお菓子があります。自由に食べてください。
餐具櫃裡有點心，請隨意取用。

□ 楽しみにしている。
很期待。

田中君は非常に優秀な学生で、将来が実に楽しみだ。
田中同學是非常優秀的學生，我們殷切期盼他光輝的未來。

□ 頼みがある。
有事想拜託你。

先輩の頼みじゃ仕方ありません。何でもしますよ。
既然是學長的拜託，那就沒辦法了，什麼事我都願意做。

□ 球を打つ。
打球。

お父さん、もっといい球を投げてくれないと、打てないよ。
爸爸，如果你投不出像樣一點的球，我就不打囉！

Check 1 必考單字	高低重音	詞性、類義詞與對義詞

0829 □□□
騙す
だま 　▸　だます　▸

[他五] 騙，欺騙，誆騙，矇騙；哄
[類] 欺く 欺騙

0830 □□□
溜まる
た　　 　▸　たまる　▸

[他五] 事情積壓；積存，囤積，停滯
[類] 積もる 堆積

0831 □□□
黙る
だま 　▸　だまる　▸

[自五] 沉默，不說話；不理，不聞不問
[類] 閉じる 關閉

0832 □□□
溜める
た　　 　▸　ためる　▸

[他下一] 積，存，蓄；積壓，停滯
[類] 溜まる 積存

0833 □□□
短
たん 　▸　たん　▸

[名・漢造] 短；不足，缺點
[對] 長 長度；長處

0834 □□□
団
だん 　▸　だん　▸

[漢造] 團，圓團；團體
[類] 仲間 夥伴；同類

0835 □□□
弾
だん 　▸　だん　▸

[漢造] 砲彈
[類] ミサイル／missile 導彈

0836 □□□
短期大学
たんきだいがく 　▸　たんきだいがく　▸

[名]（兩年或三年制的）短期大學
[類] 女子大 女子大學

0837 □□□
ダンサー
　▸　ダンサー　▸

[名]【dancer】舞者；舞女；舞蹈家
[類] バレリーナ／（義）ballerina 芭蕾舞女演員

Check 2 必考詞組	**Check 3** 必考例句
☐ 人を騙す。 騙人。	▶ お年寄りを騙してお金を盗る犯罪は、絶対に許せない。 絕對無法饒恕詐騙老年人盜領金錢的犯罪行為。
☐ ストレスが溜まっている。 累積了不少壓力。	▶ 労働条件が悪く、社員の間に会社への不満が溜まっている。 工作條件惡劣，員工們對公司越來越不滿。
☐ 黙って命令に従う。 默默地服從命令。	▶ 先生に叱られた少年は、ただ黙って下を向いていた。 老師訓斥的那名少年只默默低下了頭。
☐ 記念切手を溜める。 收集紀念郵票。	▶ 長生きしたければ、ストレスを溜めないことです。 想要長壽，就不能累積壓力。
☐ 飽きっぽいのが短所です。 容易厭倦是短處。	▶ 夏休みだけの、短期間のアルバイトを探しています。 我正在找暑假期間的短期打工。
☐ 記者団。 記者團	▶ 町内会の人に誘われて、地域の消防団に入ることになった 在社區協會成員的邀請下，我加入了當地的消防隊。
☐ 弾丸のように速い。 如彈丸一般地快。	▶ 一台のピアノを二人で弾くことを、連弾といいます。 兩人一起彈一架鋼琴，稱作四手聯彈。
☐ 短期大学で勉強する。 在短期大學裡就讀。	▶ この短期大学は、就職率がいいことで有名です。 這所短期大學以高就業率著稱。
☐ ダンサーを目指す。 想要成為一位舞者。	▶ 彼はイギリスのバレエ団で踊っていたダンサーです。 他是在英國芭蕾舞團跳舞的舞者。

Check 1 必考單字	高低重音	詞性、類義詞與對義詞

0838 □□□ ● CD1 / 42

誕生
たんじょう

▸ た んじょう

▸ [名·自サ] 誕生，出生；成立，創立，創辦
類 生まれる 生；產生

0839 □□□

たんす

▸ た んす

▸ [名] 衣櫥，衣櫃，五斗櫥
類 押し入れ 壁櫥

0840 □□□

団体
だんたい

▸ だ んたい

▸ [名] 團體，集體
類 クラブ／club 倶樂部

0841 □□□

チーズ

▸ チ ーズ

▸ [名]【cheese】起司，乳酪
類 納豆 納豆

0842 □□□

チーム

▸ チ ーム

▸ [名]【team】組，團隊；（體育）隊
類 グループ／group 組；伙伴

0843 □□□

チェック

▸ チェ ック

▸ [名·他サ]【check】支票；號碼牌；格子花紋；核對，打勾
類 調査 調査

0844 □□□

地下
ちか

▸ ち か

▸ [名] 地下；陰間；（政府或組織）地下，秘密（組織）
對 地上 地上；人世

0845 □□□

違い
ちが

▸ ち がい

▸ [名] 不同，差別，區別；差錯，錯誤，差異
類 間違い 錯誤

0846 □□□

近付く
ちかづ

▸ ち かづく

▸ [自五] 臨近，靠近；接近，交往；幾乎，近似
類 寄る 靠近

Check 2 必考詞組	Check 3 必考例句
□ 誕生日のお祝いをする。 慶祝生日。	▶ 宇宙誕生の謎については、たくさんの説がある。 關於宇宙誕生的奧祕，有許多不同派別的學說。
□ たんすにしまった。 收入衣櫃裡。	▶ パスポートやカードなど、大切なものは箪笥の引き出しにしまっている。 護照、信用卡等重要物品都收在衣櫃的抽屜裡。
□ 団体を解散する。 解散團體。	▶ 卓球には、個人戦の他に、チームで5試合を戦う団体戦がある。 在桌球項目中，除了個人賽，還有以隊伍為單位進行五場比賽的團體戰。
□ チーズを買う。 買起司。	▶ ハンバーグにチーズをたっぷり乗せて焼きます。 在肉餅上鋪滿大量起司之後烘烤。
□ チームを作る。 組織團隊。	▶ 当社の研究チームが新薬の開発に成功した。 本公司的研究小組成功研發了新藥。
□ メールをチェックする。 檢查郵件。	▶ 出席者の名簿に間違いがないか、もう一度チェックしてください。 請再檢查一次出席名單有無錯誤。
□ 地下に潜る。 進入地底。	▶ 歓迎会の会場は、Aホテルの地下1階にある日本料理店です。 迎新會設宴於A飯店地下一樓的日本料理店。
□ 違いが出る。 出現差異。	▶ A案とB案の違いを、分かり易く説明してください。 請以簡單易懂的方式說明A方案和B方案的差異。
□ 目的地に近付く。 接近目的地。	▶ 舞台本番の日が近づいて、練習にますます熱が入っている。 隨著正式登台演出的日子越來越近，大家排演時也越來越起勁了。

Check 1 必考單字	高低重音	詞性、類義詞與對義詞
0847 □□□ ちか づ 近付ける	► ちかづける	► [他五] 使…接近，使…靠近 類 近付く 接近
0848 □□□ ちかみち 近道	► ちかみち	► [名] 近路，捷徑 對 回り道 繞彎路
0849 □□□ ち きゅう 地球	► ちきゅう	► [名] 地球 類 世界 世界
0850 □□□ ち く 地区	► ちく	► [名] 地區 類 区域 區域
0851 □□□ チケット	► チケット	► [名] 【ticket】票，券；車票；入場券； 機票 類 入場券 入場票
0852 □□□ チケット代	► チケットだい	► [名] 【ticket だい】票錢 類 入場料 入場費
0853 □□□ ち こく 遅刻	► ちこく	► [名·自サ] 遲到，晚到 類 遅れる 遲到
0854 □□□ ち しき 知識	► ちしき	► [名] 知識 類 常識 常識
0855 □□□ CD2/01 ちぢ 縮める	► ちぢめる	► [他下一] 縮小，縮短，縮減；縮回，捲 縮，起皺紋 類 縮まる 縮小

□ 人との関係を近づける。
與人的關係更緊密。

▶ 彼女は鏡に顔を近づけると、鏡の中の自分に向かって笑った。
她把臉湊向鏡子，對著鏡中的自己笑了。

□ 学問に近道はない。
學問沒有捷徑。

▶ 大通りから行くより、こっちのほうが近道ですよ。
與其從大街走過去，不如抄這條近路喔。

□ 地球上のあらゆる生物。
地球上的所有生物

▶ 宇宙から見ると、地球は青く輝いているそうだ。
據說從宇宙看到的地球是閃耀著藍色的光芒。

□ 東北地区で生産された。
產自東北地區。

▶ この地区は、動物や植物を守るために保護されている。
這個地區為了保育動植物而被劃為保護區。

□ チケットを買う。
買票。

▶ 人気グループのコンサートのチケットが手に入った。
我拿到了當紅團體的演唱會門票！

□ チケット代を払う。
付買票的費用。

▶ 飛行機のチケット代はカードで支払います。
機票錢是用信用卡支付的。

□ 待ち合わせに遅刻する。
約會遲到。

▶ 駅から全力で走ったが、結局遅刻して試験を受けられなかった。
雖然一出車站就全力狂奔，結果還是沒能趕上考試。

□ 知識を得る。
獲得知識。

▶ 君には大学で勉強した知識があるが、私には30年の経験があるよ。
雖然你具有在大學學到的知識，但我擁有的是三十年的經驗喔。

□ 首を縮める。
縮回脖子。

▶ 3年間留学するつもりだったが、予定を縮めて2年で帰って来た。
原本預計留學三年，後來提早完成學業，兩年就回來了。

Check 1 必考單字	高低重音	詞性、類義詞與對義詞
0856 □□□ チップ	▸ チ ップ	▸ [名]【chip】（削木所留下的）片削；洋芋片 [類] クッキー／cookie 餅乾
0857 □□□ ちほう 地方	▸ ち ほう	▸ [名] 地方，地區；（相對首都與大城市而言的）地方，外地 [類] ちく 地区 地區
0858 □□□ ちゃ 茶	▸ ちゃ	▸ [名·漢造] 茶；茶樹；茶葉；茶水 [類] 湯 熱水
0859 □□□ チャイム	▸ チャ イム	▸ [名]【chime】組鐘；門鈴 [類] ベル／bell 電鈴
0860 □□□ ちゃいろ 茶色い	▸ ちゃ いろい	▸ [形] 茶色 [類] きいろ 黄色い 黄色
0861 □□□ ちゃく 着	▸ ちゃく	▸ [名·接尾·漢造] 到達，抵達；（計算衣服的單位）套；（記數順序或到達順序）著，名；穿衣；黏貼；沉著；著手 [類] い 位 第…，…名
0862 □□□ ちゅうがく 中学	▸ ちゅ うがく	▸ [名] 中學，初中 [類] こうこう 高校 高中
0863 □□□ ちゅう か なべ 中華鍋	▸ ちゅ うかなべ	▸ [名] 炒菜鍋（炒菜用的中式淺底鍋） [類] すいはん き 炊飯器 電鍋
0864 □□□ ちゅうこうねん 中高年	▸ ちゅ うこ うねん	▸ [名] 中年和老年，中老年 [類] としょ 年寄り 老人

Check 2 必考詞組

- □ ポテトチップを食べる。
  吃洋芋片。

- □ 地方へ転勤する。
  調派到外地上班。

- □ 茶を入れる。
  泡茶。

- □ チャイムが鳴った。
  門鈴響了。

- □ 茶色い紙。
  茶色紙張

- □ 東京着3時。
  三點抵達東京。

- □ 中学生になった。
  上了國中。

- □ 中華鍋野菜を炒める。
  用中式淺底鍋炒菜。

- □ 中高年に人気だ。
  受到中高年齡層觀眾的喜愛。

Check 3 必考例句

兄はポテトチップを食べながらテレビを見ています。
哥哥一邊吃薯片一邊看電視。

九州地方に大型の台風が近づいているそうだ。
據說有大型颱風正在接近九州地區。

ウーロン茶は茶色ですが、日本茶は緑色です。
烏龍茶是褐色的，而日本茶是綠色的。

授業終了のチャイムが鳴ったとたん、彼は教室を飛び出した。
下課鐘聲才剛響起，他就衝出教室了。

私は日本人ですが、生まれたときから髪も目も茶色いんです。
我雖是日本人，但一生下來頭髮和眼睛就都是褐色的了。

決勝に残るためには、3着以内に入らなければならない。
為了進入決賽，非得打進前三名不可。

中学の卒業アルバムが出てきた。懐かしいなあ。
偶然翻出了中學畢業紀念冊，好懷念啊。

中華鍋を見ると、母の作ったおいしい麻婆豆腐を思い出す。
看見中式火鍋，就想起媽媽做的美味的麻婆豆腐。

キャンプや登山などの趣味を楽しむ中高年が増えている。
愛上野營和登山這類嗜好的中老年人正逐年增加。

あ か さ た な は ま や ら わ チップ～ちゅうこうねん

207

Check 1 / 必考單字	高低重音	詞性、類義詞與對義詞

0865 □□□

<ruby>中旬<rt>ちゅうじゅん</rt></ruby> ▸ ちゅうじゅん ▸ [名]（一個月中的）中旬
類 <ruby>途中<rt>とちゅう</rt></ruby> 途中，路上

0866 □□□

<ruby>中心<rt>ちゅうしん</rt></ruby> ▸ ちゅうしん ▸ [名] 中心，當中；中心，重點，焦點；中心地，中心人物
類 中央 中心

0867 □□□

<ruby>中年<rt>ちゅうねん</rt></ruby> ▸ ちゅうねん ▸ [名] 中年
類 <ruby>中高年<rt>ちゅうこうねん</rt></ruby> 中老年

0868 □□□

<ruby>注目<rt>ちゅうもく</rt></ruby> ▸ ちゅうもく ▸ [名・他サ・自サ] 注目，注視
類 <ruby>注意<rt>ちゅうい</rt></ruby> 小心

0869 □□□

<ruby>注文<rt>ちゅうもん</rt></ruby> ▸ ちゅうもん ▸ [名・他サ] 點餐，訂貨，訂購；希望，要求，願望
類 <ruby>頼<rt>たの</rt></ruby>む 點餐

0870 □□□

<ruby>庁<rt>ちょう</rt></ruby> ▸ ちょう ▸ [漢造] 官署；行政機關的外局
類 <ruby>市<rt>し</rt></ruby> （行政單位）市

0871 □□□

<ruby>兆<rt>ちょう</rt></ruby> ▸ ちょう ▸ [名・漢造] 徵兆；（數）兆
類 トン （重量單位）噸

0872 □□□ ◉CD2/02

<ruby>町<rt>ちょう</rt></ruby> ▸ ちょう ▸ [名・漢造]（市街區劃單位）街，巷；鎮，街
類 <ruby>村<rt>そん</rt></ruby> 村子

0873 □□□

<ruby>長<rt>ちょう</rt></ruby> ▸ ちょう ▸ [名・漢造] 長，首領；長輩；長處
對 <ruby>短<rt>たん</rt></ruby> 短；不足

□ 6月の中旬に戻る。
在 6 月中旬回來。

医者からは、来月の中旬には退院できると言われています。
醫生告訴我，下個月中旬就能出院了。

□ Aを中心とする。
以 A 為中心。

坂本さんはいつもクラスの中心にいる人気者です。
坂本同學一直是班上的風雲人物，大家都喜歡他。

□ 中年になった。
已經是中年人了。

君もそろそろ中年なんだから、お酒は飲み過ぎないようにね。
你也差不多是中年人了，酒別喝太多喔！

□ 人に注目される。
引人注目。

前回の大会で優勝した山下選手には全世界が注目している。
在上次大賽中奪得優勝的山下選手受到全世界的注目。

□ パスタを注文した。
點了義大利麵。

この店は、注文してから料理が出てくるまで、20 分もかかる。
這家店從點餐到出餐，足足耗費二十分鐘。

□ 官庁に勤める。
在政府機關工作。

東京消防庁で働いているお父さんが、僕の自慢です。
擁有在東京消防署工作的父親是我的驕傲。

□ 日本の国家予算は 80 兆円だ。
日本的國家預算有 80 兆日圓。

毎年 3 兆匹の虫が、空を飛んで大陸間を季節移動しているそうだ。
據說每年有三兆隻蟲子藉由空中飛行在五大洲之間進行季節性遷徙。

□ 町長に選出された。
當上了鎮長。

住所は、東京都中野区中野町 2 丁目 4 番 12 号です。
我的地址是東京都中野區中野町 2 丁目 4 番 1 2 號。

□ 一家の長。
一家之主

出席者は、社長、営業部長、支社長、工場長、研究所長の 5 名です。
出席者包括總經理、業務經理、分公司負責人、廠長和研究所長等五人。

Check 1 必考單字	高低重音	詞性、類義詞與對義詞
0874 □□□ ちょう 帳	▸ ちょう	▸ [漢造] 帳幕；帳本 [類] 帳簿 帳本
0875 □□□ ちょうかん 朝刊	▸ ちょうかん	[名] 早報 [類] 夕刊 晚報
0876 □□□ ちょう さ 調査	▸ ちょうさ	▸ [名・他サ] 調査 [類] アンケート／（法）enquête 問卷
0877 □□□ ちょう し 調子	▸ ちょうし	▸ [名]（音樂）調子，音調；語調，聲調， 口氣；格調，風格；情況，狀況 [類] 体調 健康狀況
0878 □□□ ちょうじょ 長女	▸ ちょうじょ	▸ [名] 長女，大女兒 [類] 次女 次女
0879 □□□ ちょうせん 挑戦	▸ ちょうせん	▸ [名・自サ] 挑戰 [類] チャレンジ ／ challenge 挑戰
0880 □□□ ちょうなん 長男	▸ ちょうなん	▸ [名] 長子，大兒子 [類] 次男 次子
0881 □□□ ちょうり し 調理師	▸ ちょうりし	▸ [名] 烹調師，廚師 [類] シェフ ／ chef 主廚
0882 □□□ チョーク	▸ チョーク	[名]【chalk】粉筆 [類] 絵の具 顔料

□ 銀行の預金通帳。
銀行存款簿。

▶ 銀行に行って、通帳記入をして来てください。
請先去銀行補登存摺之後再過來。

□ 朝刊を読む。
讀早報。

▶ 飛行機事故のニュースは各紙の朝刊の一面に大きく載った。
空難新聞在各家報社之早報無不佔據了相當大的版面。

□ 調査が行われる。
展開調查。

▶ 消費税に関する国民の意識調査をしています。
針對國民對消費稅的認知程度展開調查。

□ 調子が悪い。
情況不好。

▶ このお茶を飲み始めてから、体の調子がいいんです。
自從開始喝這種茶之後，身體狀況就很好。

□ 長女が生まれる。
長女出生。

▶ 私は３人姉妹の長女ですので、母を手伝って、妹たちの面倒をみて来ました。
我是三姐妹中的長女，所以從小就要幫忙媽媽照顧妹妹們。

□ 世界記録に挑戦する。
挑戰世界紀錄。

▶ 試合には負けたが、世界王者に挑戦した勇気は素晴らしい。
雖然輸了比賽，但是敢於挑戰世界冠軍的那股勇氣非常令人佩服。

□ 長男が生まれる。
長男出生。

▶ お陰様で、長男が大学生、次男が高校生になりました。
托您的福，我家大兒子已經上大學，二兒子也上高中了。

□ 調理師の免許を持つ。
具有廚師執照。

▶ 調理師の免許を取るため、専門学校で勉強しています。
為了取得廚師執照而正在專業學校學習。

□ チョークで黒板に書く。
用粉筆在黑板上寫字。

▶ 黒板に白いチョークと赤いチョークで絵を描いた。
用白粉筆和紅粉筆在黑板上畫了圖。

Check 1　必考單字	高低重音	詞性、類義詞與對義詞
0883 □□□ ちょきん 貯金	► ちょきん	[名・自他サ] 存款，儲蓄 類 貯める　儲蓄
0884 □□□ ちょくご 直後	► ちょくご	[名・副] （時間，距離）緊接著，剛…之後，…之後不久 類 以後（在某時期）之後
0885 □□□ ちょくせつ 直接	► ちょくせつ	[名・副・自サ] 直接 類 直に　直接
0886 □□□ ちょくぜん 直前	► ちょくぜん	[名] 即將…之前，眼看就要…的時候；（時間，距離）之前，跟前，眼前 類 以前　從前
0887 □□□ ち 散らす	► ちらす	[他五・接尾] 把…分散開，驅散；吹散，灑散；散佈，傳播；消腫 類 散らかす　弄得亂七八糟
0888 □□□ ちりょう 治療	► ちりょう	[名・他サ] 治療，醫療，醫治 類 手術　手術
0889 □□□ ●CD2 03 ちりょうだい 治療代	► ちりょうだい	[名] 治療費，診察費 類 医療費　醫療費
0890 □□□ ち 散る	► ちる	[自五] 凋謝，散漫，落；離散，分散；遍佈；消腫；渙散 類 枯れる　枯萎
0891 □□□ つい	► つい	[副] （表時間與距離）相隔不遠，就在眼前；不知不覺，無意中；不由得，不禁 類 うっかり　不留神

□ 毎月決まった額を貯金
する。
毎個月定額存錢。

▶ 「ボーナスが出たら、何に使いますか。」「貯金
します。」
「「領到獎金以後，你要怎麼花？」「我會存起來。」」

□ 退院した直後だ。
才剛出院。

▶ 番組が放送された直後から、テレビ局の電話が
鳴り止まない。
節目一播出，電視臺的電話就響個不停。

□ 会って直接話す。
見面直接談。

▶ メールや電話ではなく、直接会って話したいな。
我不想透過郵件或電話，而是直接見面交談呀。

□ テストの直前に頑
張って勉強する。
在考前用功讀書。

▶ 開始直前にコンサートの中止が発表され、会場
は混乱した。
竟在演唱會開始的前一刻宣布取消，造成了會場一片混亂。

□ 火花を散らす。
吹散煙火。

▶ 秋になると、山からの風が、赤や黄色の木の葉
を散らす。
到了秋天，山風便會拂落一地紅黃相間的葉片。

□ 治療方針が決まった。
決定治療的方式。

▶ 病気の治療のために、1年間会社を休職してい
ます。
為了治療疾病，我向公司請假一年。

□ 歯の治療代が高い。
治療牙齒的費用很昂
貴。

▶ 息子の病気の治療代がかかるので、パートを増
やすことにした。
兒子的治療費相當花錢，我只好多兼了幾個差。

□ 桜が散った。
櫻花飄落了。

▶ 昨日まで美しく咲いていた桜が、一夜のうちに
散ってしまった。
直到昨天還絢爛綻放的櫻花，一夕之間就落英遍地了。

□ つい傘を間違えた。
不小心拿錯了傘。

▶ 今朝からケンカしてたのに、顔を見たら、つい
笑っちゃった。
我們今天早上還在吵架，但是一見到對方，就忍不住笑了
出來。

Check 1 / 必考單字	高低重音	詞性、類義詞與對義詞
0892□□□ 遂に <small>つい</small>	ついに	[副] 終於；竟然；直到最後 類 とうとう 終於
0893□□□ 通 <small>つう</small>	つう	[名・形動・接尾・漢造] 精通，內行，專家；通曉人情世故，通情達理；暢通；（助數詞）封，件，紙；穿過，往返；告知；貫徹始終 類 達人<small>たつじん</small> 高手
0894□□□ 通勤 <small>つうきん</small>	つうきん	[名・自サ] 通勤，上下班 類 通<small>かよ</small>う 通勤，上學
0895□□□ 通じる <small>つう</small>	つうじる	[自上一・他上一] 通；相通，通到，通往；通曉，精通；明白，理解；使…通；在整個期間內 類 通<small>かよ</small>う 通行，流通
0896□□□ 通訳 <small>つうやく</small>	つうやく	[名・他サ] 口頭翻譯，口譯；翻譯者，譯員 類 翻訳<small>ほんやく</small> 翻譯
0897□□□ 捕まる <small>つか</small>	つかまる	[自五] 抓住，被捉住，逮捕；抓緊，揪住 類 捕<small>と</small>らえられる 被抓住
0898□□□ 掴む <small>つか</small>	つかむ	[他五] 抓，抓住，揪住，握住；掌握到，瞭解到 類 揉<small>も</small>む 搓揉
0899□□□ 疲れ <small>つか</small>	つかれ	[名] 疲勞，疲乏，疲倦 類 疲労<small>ひろう</small> 疲勞
0900□□□ 付き <small>つ</small>	つき	[接尾]（前接某些名詞）樣子；附屬 類 お供<small>とも</small> 陪同

Check 2 必考詞組	**Check 3** 必考例句

□ 遂に現れた。
終於出現了。

▶ 100巻まで続いた人気漫画が、遂に最終回を迎えた。
連載多達一百期的高人氣漫畫，終究迎來了最後一回。

□ 彼は日本通だ。
他是個日本通。

▶ 彼はなかなかのワイン通で、味ばかりでなくワインの歴史にも詳しい。
他是一位紅酒專家，不僅精通品酒，對紅酒的歷史也知之甚詳。

□ マイカーで通勤する。
開自己的車上班。

▶ 通勤ラッシュがひどいので、一時間早く出勤している。
由於通勤的尖峰時段交通壅塞，所以總是提早一個小時出門上班。

□ 電話が通じる。
通電話。

▶ 中国語はCDで勉強しただけですが、けっこう通じますよ。
雖然我只透過ＣＤ學習中文，但是程度很不錯喔！

□ 彼は通訳をしている。
他在擔任口譯。

▶ 政治家の通訳として、これまで様々な国際会議に出席しました。
我以政治家的口譯員身分參加過大大小小的國際會議了。

□ 警察に捕まった。
被警察抓到了。

▶ 車で人を轢いて逃げていた犯人が、ようやく捕まった。
駕車輾人肇逃的兇手終於被逮捕歸案了。

□ 手首を掴んだ。
抓住了手腕。

▶ チャンスを掴む人は、常にそのための準備をしている人です。
一個能夠抓住機會的人，就是一個永遠做好萬全準備的人。

□ 疲れが出る。
感到疲勞。

▶ 残業続きで疲れが溜まったときは、これを１本飲んでください。
遇到連續加班而疲勞不堪的時候，請服用這一瓶。

□ デザート付きの定食。
附甜點的套餐

▶ 船上パーティーは豪華な食事に、お土産付きだった。
遊艇派對不僅有豪華的餐飲，還附贈了伴手禮。

215

Check 1 必考單字	高低重音	詞性、類義詞與對義詞
0901 □□□ 付き合う	つきあう	[自五] 交際，往來；陪伴，奉陪，應酬 類 交際する　交際
0902 □□□ 突き当たり	つきあたり	[名] 衝突，撞上；（道路的）盡頭 類 四つ角　十字路口
0903 □□□ 次々	つぎつぎ	[副] 一個接一個，接二連三地，絡繹不 絕的，紛紛；按著順序，依次 類 続いて　連續
0904 □□□ 付く	つく	[自五] 附著，沾上；長，添增；跟隨； 隨從，聽隨；偏坦；設有；連接著 類 加わる　增添
0905 □□□ 点ける	つける	[他下一] 打開（家電類）；點燃 類 開ける　打開
0906 □□□ ●CD2/04 付ける／附け る／着ける	つける	[他下一・接尾] 掛上，裝上；穿上，配戴； 寫上，記上；定（價），出（價）； 抹上，塗上 類 着く　抵達
0907 □□□ 伝える	つたえる	[他下一] 傳達，轉告；傳導 類 知らせる　通知
0908 □□□ 続き	つづき	[名] 接續，繼續；接續部分，下文；接 連不斷 類 行き　往
0909 □□□ 続く	つづく	[自五] 連續；接連發生，接連不斷；接 著；連著，通到，與⋯接連；接得上， 夠用；後繼，跟上；次於，居次位 類 続ける　繼續

Check 2　必考詞組

□ **彼女と付き合う。**
與她交往。

□ **廊下の突き当たり。**
走廊的盡頭

□ **次々と事件が起こる。**
案件接二連三發生。

□ **ご飯粒が付く。**
沾到飯粒。

□ **クーラーをつける。**
開冷氣。

□ **値段をつける。**
定價。

□ **彼に伝える。**
轉告他。

□ **続きがある。**
有後續。

□ **晴天が続く。**
持續著幾天的晴天。

Check 3　必考例句

▶ この人は私が以前付き合っていた人、つまり元カレです。
這個人是我以前交往過的對象，換句話說就是前男友。

▶ 公園は、この道をまっすぐ行った突き当たりです。
沿著這條路直走到盡頭就是公園了。

▶ 池の鳥が、近づくボートに驚いて次々と飛び立った。
池塘裏的鳥被逐漸靠近的小船嚇得一隻接一隻飛了起來。

▶ 男性は襟の付いたシャツを着るようにしてください。
男士請穿著有領子的襯衫。

▶ まず、オフィスの電気とエアコンを点けてください。
首先，請打開辦公室的電燈和空調。

▶ 正しいものに〇を、間違っているものに×を付けなさい。
請在正確的選項上劃〇、錯誤的選項上劃×。

▶ 田中課長に、またお電話しますとお伝えください。
請轉告田中科長，稍後我將再致電。

▶ ドラマの続きが気になって、来週まで待てないよ。
真好奇劇情的後續發展，還要等到下星期實在太難熬了啦！

▶ 目の前には、どこまでも続く一本道があった。
眼前出現了一條無限延伸的道路。

Check 1　必考單字	高低重音	詞性、類義詞與對義詞
0910 □□□ ～続ける	▶ つづける	[接尾]（接在動詞連用形後，複合語用法）繼續…，不斷地… 對 ～終わる …完
0911 □□□ 包む	▶ つつむ	[他五] 包裹，打包，包上；蒙蔽，遮蔽，籠罩；藏在心中，隱瞞；包圍 類 覆う 蓋上
0912 □□□ 繋がる	▶ つながる	[自五] 相連，連接，聯繫；（人）排隊，排列；有（血緣、親屬）關係，牽連 類 繋げる 連接
0913 □□□ 繋ぐ	▶ つなぐ	[他五] 拴結，繫；連起，接上；延續，維繫（生命等），連接 類 接続する 連接
0914 □□□ 繋げる	▶ つなげる	[他五] 連接，維繫 類 続ける 繼續
0915 □□□ 潰す	▶ つぶす	[他五] 毀壞，弄碎；熔毀，熔化；消磨，消耗；宰殺；堵死，填滿 類 倒す 打倒
0916 □□□ 爪先	▶ つまさき	[名] 腳指甲尖端 類 爪 指甲
0917 □□□ つまり	▶ つまり	[名・副] 阻塞，困窘；到頭，盡頭；總之，說到底；也就是說，即… 類 即ち 也就是說
0918 □□□ 詰まる	▶ つまる	[自五] 擠滿，塞滿；堵塞，不通；窘困，窘迫；縮短，緊小；停頓，擱淺 類 積もる 堆積

□ テニスを練習し続ける。
不斷地練習打網球。

► 母親は、子どもが手術を受けている間、神に祈り続けた。
在孩子動手術的那段時間，媽媽不斷向神明禱告。

□ プレゼントを包む。
包裝禮物。

► 餃子の皮でチーズを包んで、おつまみを作りました。
做了用餃子皮裹住起司內餡的下酒菜。

□ 電話が繋がった。
電話接通了。

► この会場は、電話が繋がりにくいですね。
這個會場的電話收訊不太好喔哦。

□ 犬を繋ぐ。
拴上狗。

► 小さな男の子がお母さんと手を繋いで歩いています。
小男孩牽著媽媽的手走在路上。

□ 船を岸に繋げる。
把船綁在岸邊。

► 録画したものを切ったり繋げたりして、短い映画を作った。
把錄好的影片剪接之後完成了一部微電影。

□ 会社を潰す。
讓公司倒閉。

► 昨日カラオケで歌い過ぎて、声を潰してしまった。
昨天在卡拉OK唱過頭，聲音都啞了。

□ 爪先で立つ。
用腳尖站立。

► 女の子はつま先で立つと、クルクルと回って見せた。
女孩踮起腳尖，開始轉起了一圈又一圈。

□ つまり、こういうことです。
也就是說，是這個意思。

► 彼女とはひと月会ってない。つまり、もう別れたんだ。
我一個月沒有見到她了。也就是說，我們已經分手了。

□ 排水パイプが詰まった。
排水管塞住了。

► 風邪を引いたのか、鼻が詰まって息が苦しいです。
不知道是不是感冒了，鼻子塞住，幾乎沒法呼吸。

Check 1 / 必考單字	高低重音	詞性、類義詞與對義詞
0919 □□□ 積む つむ	▶ つむ	▶ [自五・他五] 累積，堆積；裝載；積蓄，積累 類 重ねる 累積
0920 □□□ 爪 つめ	▶ つめ	▶ [名]（人的）指甲，腳指甲；（動物的）爪；指尖；（用具的）鉤子 類 手の甲 手背
0921 □□□ 詰める つ	▶ つめる	▶ [自下一] 裝入；填塞 類 詰め込む 裝入
0922 □□□ 積もる つ	▶ つもる	▶ [自五・他五] 積，堆積；累積；估計；計算；推測 類 溜まる 積存
0923 □□□ 梅雨 つゆ	▶ つゆ	▶ [名] 梅雨；梅雨季 類 梅雨 梅雨
0924 □□□ CD2 05 強まる つよ	▶ つよまる	▶ [自五] 強起來，加強，增強 類 強める 增強
0925 □□□ で	▶ で	▶ [接續] 那麼；（表示原因）所以 類 では 那麼
0926 □□□ 出会う であ	▶ であう	▶ [自五] 遇見，碰見，偶遇；約會，幽會；（顏色等）協調，相稱 類 出迎える 迎接
0927 □□□ 低 てい	▶ てい	▶ [名・漢造]（位置）低；（價格等）低；變低 類 底 底部

Check 2　必考詞組	Check 3　必考例句
□ トラックに積んだ。 装到卡車上。	▶ このお寺は、四角く切った石を積んで造られています。 這座寺院是以方形切割的石塊堆砌建造而成的。
□ 爪を伸ばす。 指甲長長。	▶ うちの猫が爪を出したら、気をつけてくださいね。 萬一看到我家的貓探出爪子來，請小心不要被抓到喔。
□ ごみを袋に詰める。 將垃圾裝進袋中。	▶ ジャムをたくさん作ったので、瓶に詰めて友人にあげた。 因為我做了很多果醬，所以裝在瓶子裡分送給朋友了。
□ 雪が積もる。 積雪。	▶ 今年は雪が多く、都会でも積もった雪がなかなか溶けない。 今年降雪量大，連都市裡的積雪也遲遲不見融化。
□ 梅雨が明ける。 梅雨期結束。	▶ 6月下旬に梅雨入りしてから、毎日雨で嫌になる。 自從六月下旬進入梅雨季之後天天下雨，下得讓人心煩氣躁。
□ 嵐が強まった。 暴風雨逐漸增強。	▶ 不良品を販売していた会社に対して、世間の批判は強まる一方だ。 社會對銷售瑕疵品公司的抨擊越發強烈。
□ 台風で学校が休みだ。 因為颱風所以學校放假。	▶ 「私、会社辞めたんだ。」「へえ、そうなんだ。で？これからどうするの？」 「我已經向公司辭職了。」「喔，這樣哦。那麼，你接下來有什麼打算？」
□ 彼女に出会った。 與她相遇了。	▶ 「二人はどこで出会ったの？」「海で。」「いいな、羨ましい。」 「你們兩人是在哪裡相識的？」「在海邊。」「真好啊，好羨慕。」
□ 低温で殺菌する。 低溫殺菌。	▶ この国の経済は低成長期に入り、競争力の低下が問題となっている。 這個國家已進入經濟成長緩慢階段，競爭力的下滑成為一大問題。

Check 1 必考單字	高低重音	詞性、類義詞與對義詞

0928 □□□
ていあん
提案 ▶ ていあん ▶
[名・他サ] 提案，建議
[類] 発案 提案
はつあん

0929 □□□
ティーシャツ ▶ ティーシャツ ▶
[名]【T-shirt】圓領衫，T恤
[類] ジャケット ／ jacket 夾克

0930 □□□
DVDデッキ ▶ DVDデッキ ▶
[名]【DVD deck】DVD播放機
[類] テープ ／ tape 錄音帶

0931 □□□
DVDドライブ ▶ DVDドライブ ▶
[名]【DVD drive】（電腦用的）DVD機
[類] カセット ／ cassette 盒式錄音磁帶

0932 □□□
てい き
定期 ▶ ていき ▶
[名] 定期，一定的期限
[類] 延期 後延
えん き

0933 □□□
てい き けん
定期券 ▶ ていきけん ▶
[名] 定期車票，月票
[類] 回数券 回數券
かいすうけん

0934 □□□
ディスプレイ ▶ ディスプレイ ▶
[名]【display】陳列，展覽，顯示；
（電腦的）顯示器
[類] ハードディスク ／ hard disk 硬碟

0935 □□□
ていでん
停電 ▶ ていでん ▶
[名・自サ] 停電，停止供電
[類] 停車 停車
ていしゃ

0936 □□□
ていりゅうじょ
停留所 ▶ ていりゅうじょ ▶
[名] 公車站；電車站
[類] バス停 公車停靠站
てい

Check 2 / 必考詞組	Check 3 / 必考例句
□ 提案を受け入れる。 接受建議。	▶ 仕事のやり方について改善できることを提案します。 我想針對工作流程提出可供改善的方案。
□ ティーシャツを着る。 穿T恤。	▶ うちは堅い会社じゃないから、夏はティーシャツで OK だよ。 我們不是規定死板的公司，夏天穿T恤上班就可以囉。
□ DVD デッキが壊れた。 DVD 播映機壞了。	▶ DVD デッキが古いせいか、映画の途中で時々変な音がする。 由於ＤＶＤ播放器很舊了，電影播到一半時常會出現雜音。
□ DVD ドライブを取り外す。 把 DVD 磁碟機拆下來。	▶ 薄型のパソコンで、DVD ドライブの付いたものを探しています。 我在找附有ＤＶＤ播放器的輕薄型電腦。
□ 定期点検を行う。 舉行定期檢查。	▶ 一人暮らしのお年寄のお宅を定期的に訪問するサービスです。 這是定期到住家探訪獨居老人的服務。
□ 定期券を申し込む。 申請定期車票。	▶ 大学へは週に 3 日しか行かないので、定期券は買っていません。 我每個星期只有三天要去大學，所以沒有購買月票。
□ ディスプレイをリサイクルに出す。 把顯示器送去回收。	▶ デパートで、服や靴のディスプレイの仕事をしています。 在百貨商店從事陳列服飾和鞋子的工作。
□ 台風で停電した。 因為颱風所以停電了。	▶ 台風の夜、停電して真っ暗になった時は、怖くて泣きそうだった。 颱風天的夜晚，停電之後四周一片漆黑，我害怕得差點哭了出來。
□ バスの停留所で待つ。 在公車站等車。	▶ 中村橋行きのバスに乗って、北 6 丁目という停留所で降りてください。 請搭乘開往中村橋的巴士，並在北六丁目這一站下車。

Check 1 必考單字	高低重音	詞性、類義詞與對義詞
0937 □□□ データ	▶ データ	[名]【data】論據，論證的事實；材料，資料；數據 類 情報 資料
0938 □□□ デート	▶ デート	[名・自サ]【date】日期，年月日；約會，幽會 類 付き合う 交往
0939 □□□ テープ	▶ テープ	[名]【tape】窄帶，線帶，布帶；卷尺；錄音帶 類 セロハンテープ ／ cellophane tape 透明膠帶
0940 □□□ テーマ	▶ テーマ	[名]【theme】（作品的）中心思想，主題；（論文、演說的）題目，課題 類 題名 標題
0941 □□□ ●CD2/06 てき 的	▶ てき	[接尾・形動型]（前接名詞）關於，對於；表示狀態或性質 類 目的 目的
0942 □□□ で きごと 出来事	▶ できごと	[名]（偶發的）事件，變故 類 事故 事件
0943 □□□ てきとう 適当	▶ てきとう	[名・形動・自サ] 適當；適度；隨便 類 適任 稱職
0944 □□□ できる	▶ できる	[自上一] 完成；能夠 類 上手 拿手
0945 □□□ て くび 手首	▶ てくび	[名] 手腕 類 肘 手肘

あ
か
さ
た
な
は
ま
や
ら
わ

□ データを集める。
収集情報。

▶ 君の予想はどうでもいいから、事実に基づいたデータを出しなさい。
你的預測一點都不重要，請提出有憑有據的確切資料。

□ 私とデートする。
跟我約會。

▶ 今日は彼女とデートなので、お先に失礼します。
我今天要和女朋友約會，所以先告辭了。

□ テープに録音する。
在錄音帶上錄音。

▶ 講演会の様子は全てビデオテープに録画されています。
演講會全程都已錄製在錄影帶上。

□ 論文のテーマを考える。
思考論文的標題。

▶ 今年の展覧会のテーマは「自然と共に生きる」です。
今年展覽會的主題是「與自然共存」。

□ 悲劇的な生涯。
悲劇的一生

▶ 長年に渡って、私を精神的に支えてくれた妻に感謝します。
我要感謝多年來一直是我精神支柱的妻子。

□ 悲惨な出来事に遭う。
遇到悲慘的事件。

▶ 私の身に起こった不思議な出来事を、皆さん、聞いてください。
請大家聽一聽發生在我身上的離奇事件。

□ 適当な例を挙げる。
舉出適當了例子。

▶ 席は決まっていません。どうぞ適当なところに座ってください。
座位沒有排定，請大家隨意落坐。

□ 1週間でできる。
一星期內完成。

▶ 先生が、君ならできると言ってくださったおかげで今日まで頑張れました。
感謝老師對我說過「你一定做得到」，讓我努力堅持到了今天。

□ 手首を怪我した。
手腕受傷了。

▶ 転んで手を着いた際に、手首を怪我したようだ。
摔倒時伸手撐住地面，好像就在這時候弄傷了手腕。

225

Check 1 必考單字	高低重音	詞性、類義詞與對義詞
0946 □□□ デザート	▶ デザート	▶ [名]【dessert】（西餐正餐後的）甜食點心，水果，冰淇淋 [類] おやつ 茶點
0947 □□□ デザイナー	▶ デザイナー	▶ [名]【designer】（服裝、建築等）設計師，圖案家 [類] 建築家^{けんちくか} 建築師
0948 □□□ デザイン	▶ デザイン	▶ [名・自他サ]【design】設計（圖），（製作）圖案 [類] 作曲 譜曲
0949 □□□ デジカメ	▶ デジカメ	▶ [名]【digital camera】數位相機 [類] カメラ／kamera 照相機
0950 □□□ デジタル	▶ デジタル	▶ [名]【digital】數位的，數字的，計量的 [類] ハイテク／High technology 之略 高科技
0951 □□□ 手数料 てすうりょう	▶ てすうりょう	▶ [名] 手續費；回扣 [類] 仲介料^{ちゅうかいりょう} 仲介費
0952 □□□ 手帳 てちょう	▶ てちょう	▶ [名] 筆記本，雜記本，手冊 [類] ノート／note 筆記本
0953 □□□ 鉄鋼 てっこう	▶ てっこう	▶ [名] 鋼鐵 [類] 石炭^{せきたん} 煤炭
0954 □□□ 徹底 てってい	▶ てってい	▶ [名・自サ] 徹底；傳遍，普遍，落實 [類] 貫く^{つらぬ} 貫徹

□ デザートを食べる。
吃甜點。

▶ 食後のデザートは当店自慢のチーズケーキです。

飯後甜點是本店的招牌奶酪蛋糕。

□ デザイナーになる。
成為設計師。

▶ アクセサリーのデザイナーになるために、イタリアに留学します。

為了成為飾品設計師，我將前往義大利留學。

□ 制服をデザインする。
設計制服。

▶ このバッグは、使い易い上にデザインもかわいいと評判です。

大家對這款手提包的評價是「使用方便，而且設計也很可愛」。

□ デジカメを買った。
買了數位相機。

▶ デジカメで撮った写真をパソコンで見て楽しんでいる。

我正在電腦上欣賞用數位相機拍攝的照片。

□ デジタル製品を使う。
使用數位電子產品。

▶ デジタル家電製品の売り場では、ロボット掃除機が人気です。

掃地機器人在數位家電產品專櫃賣得很好。

□ 手数料がかかる。
要付手續費。

▶ 営業時間外に銀行を利用すると、手数料がかかります。

在非營業時段使用銀行服務需要支付手續費。

□ 手帳に書き込む。
寫入筆記本。

▶ 社長の予定は一年先まで全て、私の手帳に記入してあります。

總經理未來一年的行程安排全都記在我的筆記本上。

□ 鉄鋼業が盛んだ。
鋼鐵業興盛。

▶ 私たちの生活を支える車や交通機関はどれも鉄鋼がなくては作れない。

一旦沒有鋼鐵，舉凡有助於我們生活便利的汽車或其他交通工具，什麼都做不出來了。

□ 命令を徹底する。
落實命令。

▶ オフィスの節電を徹底した結果、電気代が２割減った。

在辦公室徹底執行節約用電後，省下了兩成電費。

227

Check 1 必考單字	高低重音	詞性、類義詞與對義詞

0955□□□
徹夜
てつや
▸ て｜つや
[名・自サ] 通宵，熬夜，徹夜
類 夜通し 通宵

0956□□□
手の甲
て こう
▸ て｜のこう
[名] 手背
對 掌 手掌

0957□□□
掌
てのひら
▸ て｜のひら
[名] 手掌
類 手首 手腕

0958□□□
テレビ番組
ばんぐみ
▸ テ｜レビばん｜ぐみ
[名]【televisionばんぐみ】電視節目
類 スポーツ中継 運動節目轉播

0959□□□ ●CD2/07
点
てん
▸ て｜ん
[名] 點；方面；（得）分
類 点数 分數

0960□□□
電気スタンド
でん き
▸ で｜んきスタン｜ド
[名]【でんき stand】檯燈
類 電球 電燈泡

0961□□□
電気代
でん き だい
▸ で｜んきだ｜い
[名] 電費
類 電話代 電話費

0962□□□
電球
でんきゅう
▸ で｜んきゅう
[名] 電燈泡
類 蛍光灯 電燈泡

0963□□□
電気料金
でん き りょうきん
▸ で｜んきりょ｜うきん
[名] 電費
類 水道料金 水費

あ
か
さ
た
な
は
ま
や
ら
わ

て
つ
や
～
で
ん
き
り
ょ
う
き
ん

□ 徹夜で看病する。
通宵照顧病人。

▶ レポートの提出期限は明日だ。今夜は徹夜だな。
提交報告的最後期限就在明天。今晚得熬夜了啊。

□ 手の甲を怪我した。
手背受傷了。

▶ 初デートで、別れ際に手の甲にキスされて、びっくりしました。
第一次約會道別時，對方在我的手背上親了一下，把我嚇了一大跳。

□ 掌に載せて持つ。
放在手掌上托著。

▶ 子猫のふわふわした感じが、まだ僕の掌に残ってるよ。
小貓毛茸茸的觸感還留在我的掌心呢。

□ テレビ番組を制作する。
製作電視節目。

▶ 好きな俳優の出るテレビ番組は全て録画しています。
我總是把喜歡的演員參與演出的節目無一遺漏地錄製下來。

□ その点について。
關於那一點

▶ 今回変更されたルールについて、良くなった点と問題点をあげます。
關於這次變更過後的規則，在此提出有所改進之處以及有待商榷之處。

□ 電気スタンドを点ける。
打開檯燈。

▶ 寝る前に本を読むために、ベッドの脇に電気スタンドを置いています。
為了能在睡前讀書，我在床邊放上檯燈。

□ 電気代が高い。
電費很貴。

▶ 電気代は高いけど、冷蔵庫を止めるわけにもいかないしね。
就算電費很貴，總不能把冰箱的插頭拔掉吧。

□ 電球が切れた。
電燈泡壞了。

▶ おばあちゃんの家に行ったとき、天井の電球を取り替えてあげました。
去奶奶家的時候，我幫忙換了天花板的燈泡。

□ 電気料金が値上がりする。
電費上漲。

▶ 電力会社が選べるようになり、電気料金も価格競争になりそうだ。
自從可以自行選擇電力公司後，各家公司似乎同步展開電費價格戰。

Check 1 必考單字	高低重音	詞性、類義詞與對義詞
0964 □□□ でんごん **伝言**	▶ でんごん	▶ [名・自他サ] 傳話，口信；帶口信 [類] 知らせ 通知；消息
0965 □□□ でんしゃだい **電車代**	▶ でんしゃだい	▶ [名]（搭）電車費用 [類] bus 料金 公車費
0966 □□□ でんしゃちん **電車賃**	▶ でんしゃちん	▶ [名]（搭）電車費用 [類] 家賃 房租
0967 □□□ てんじょう **天井**	▶ てんじょう	▶ [名] 天花板 [對] 床 地板
0968 □□□ でんし **電子レンジ**	▶ てんしレンジ	▶ [名]【でんしrange】微波爐 [類] トースター ／ toaster 烤麵包機
0969 □□□ てんすう **点数**	▶ てんすう	▶ [名]（評分的）分數 [類] 成績 成績
0970 □□□ でんたく **電卓**	▶ でんたく	▶ [名] 電子計算機 [類] そろばん 算盤
0971 □□□ でんち **電池**	▶ でんち	▶ [名]（理）電池 [類] バッテリー ／ batterly 電池
0972 □□□ **テント**	▶ テント	▶ [名]【tent】帳篷 [類] 小屋 小房

□ でんごん
伝言がある。
　有留言。

▶ やまもとかちょう　やす　でんごん　ねが
山本課長はお休みですか。では、伝言をお願い
できますか。
　山本科長請假了嗎？那麼，可以請您代為轉告嗎？

□ でんしゃだい
電車代がかかる。
　花費不少電車費。

▶ しゅっちょう　でんしゃだい　ごじつ　せいきゅう
出張にかかる電車代は後日、請求してください。
　出差時支付的電車費用，請於日後再行請款。

□ でんしゃちん　　えん
電車賃は 250 円だ。
　電車費是二百五十日圓。

▶ か　もの　かえ　でんしゃちん
いっぱい買い物しちゃって、帰りの電車賃がな
くなっちゃった。
　買了太多東西，連回程的電車費都花光了。

□ てんじょう　たか
天井の高いホール。
　天花板很高的大廳

▶ きょうかい　たか　てんじょう　みあ　おどろ　うつく
教会の高い天井を見上げると、驚くほど美しい
え　か
絵が描かれていた。
　當我抬頭望向教堂高聳的天花板時，這才發現上面畫了一
幅令人驚嘆的美麗圖畫。

□ でんし　ちょうり
電子レンジで調理す
る。
　用微波爐烹調。

▶ きのう　みそしる　でんし　あたた　の
昨日の味噌汁を電子レンジで温めて飲みます。
　把昨天的味噌湯用電子微波爐加熱後再喝。

□ てんすう　けいさん
点数を計算する。
　計算點數。

▶ しけん　てんすう　てんいか　せいと　さいしけん
試験の点数が３０点以下の生徒は、再試験にな
ります。
　考試分數低於三十分的同學必須補考。

□ でんたく　けいさん
電卓で計算する。
　用計算機計算。

▶ あす　すうがく　しけん　でんたく　しよう　かま
明日の数学の試験は、電卓を使用して構いませ
ん。
　明天的數學考試可以使用計算機。

□ でんち
電池がいる。
　需要電池。

▶ かいちゅうでんとう　でんち　き　かくにん
懐中電灯は、電池が切れていないことを確認
しておきます。
　檢查手電筒的電池是否還有剩餘電力。

□ テントを張る。
　搭帳篷。

▶ なつやす　やま　は
夏休みには、山でテントを張ってキャンプをし
ました。
　暑假時，我在山上搭帳篷露營了。

Check 1 必考單字	高低重音	詞性、類義詞與對義詞

0973 □□□
電話代 ▸ でんわだい ▸ [名] 電話費
[類] 水道代　水費

0974 □□□
～度 ▸ ど ▸ [接尾] 尺度；程度；溫度；次數，回數；規則，規定；氣量，氣度
[類] 点　分數

0975 □□□
～等 ▸ とう ▸ [接尾] 等等；（助數詞用法，計算階級或順位的單位）等（級）
[類] 等　諸如此類

0976 □□□ ●CD2／08
～頭 ▸ とう ▸ [接尾]（牛、馬等）頭
[類] 匹　隻，條

0977 □□□
同 ▸ どう ▸ [名] 同樣，同等；（和上面的）相同
[類] 類　同類

0978 □□□
倒産 ▸ とうさん ▸ [名・自サ] 破産，倒閉
[類] 破産　破産

0979 □□□
どうしても ▸ どうしても／どうしても ▸ [副]（後接否定）怎麼也，無論怎樣也；務必，一定，無論如何也要
[類] きっと　一定

0980 □□□
同時に ▸ どうじに ▸ [連語] 同時，一次；馬上，立刻
[類] 一度に　同時

0981 □□□
当然 ▸ とうぜん ▸ [形動・副] 當然，理所當然
[類] 当たり前　理所當然

□ 今月の電話代。
這個月的電話費

▶ 電話代といっても、あなたの場合、ほとんどゲームのお金でしょ。
雖說名目是電話費，但你幾乎花在買遊戲點數上了吧。

□ 昨日より5度ぐらい高い。
今天開始溫度比昨天高五度。

▶ 三度目の正直といって、3度頑張れば大抵のことはうまくいくものだよ。
「第三次就會成功」的意思是只要努力三次，多數事情都會順利的喔。

□ フランス、ドイツ等のEU諸国。
法、德等歐盟各國。

▶ ガラスや陶器等、割れる物は箱の中に入れないでください。
玻璃或陶瓷等易碎品請勿放入箱子裡。

□ 牛一頭。
一隻牛

▶ この動物園にはゾウが2頭、ライオンが5頭、猿が20匹います。
這座動物園裡有兩頭大象、五隻獅子，以及二十隻猴子。

□ 同社。
該公司

▶ 優勝は山川高校です。同校の監督にお話を伺います。
優勝隊伍是山川高中！有請該校的教練致詞。

□ 合併か倒産か。
與其他公司合併，或是宣布倒閉

▶ 先月やっと再就職できた会社が、倒産しそうだ。
上個月好不容易才又找到了工作，可是聽說這家公司快要倒閉了。

□ どうしても行きたい。
無論如何我都要去。

▶ あなたがどうしてもと言うなら、チケットを譲ってもいいですよ。
如果你堅持非要不可，我可以把票讓給你沒關係。

□ ドアを開けると同時に。
就在我開門的同一時刻

▶ 会場に入ると同時に、試験開始のベルが鳴った。
就在進入考場的同一刻，考試開始的鐘聲就響了起來。

□ 当然の結果。
必然的結果

▶ 人に迷惑をかけたのだから、謝るのが当然だ。
既然造成了別人的困擾，當然必須道歉。

Check 1 必考單字	高低重音	詞性、類義詞與對義詞
0982 □□□ どうちょう **道庁**	▶ ど<u>うちょう</u>	▶ [名]「北海道庁」的略稱，北海道的地方政府 [類] 都庁 東京都政府
0983 □□□ とうよう **東洋**	▶ と<u>うよう</u>	▶ [名]（地）亞洲；東洋，東方（亞洲東部和東南部的總稱） [類] 日本 日本
0984 □□□ どう ろ **道路**	▶ ど<u>うろ</u>	▶ [名] 道路 [類] 道 道路
0985 □□□ とお **通す**	▶ と<u>おす</u>	▶ [他五・接尾] 穿通，貫穿；滲透，透過；連續，貫徹；（把客人）讓到裡邊；一直，連續，…到底 [類] 通る 通過
0986 □□□ **トースター**	▶ ト<u>ースター</u>	▶ [名]【toaster】烤麵包機 [類] 炊飯器 電鍋
0987 □□□ とお **通り**	▶ と<u>おり</u>	▶ [名] 方法；種類；套，組 [類] 方法 辦法
0988 □□□ とお **通り**	▶ と<u>おり</u>	▶ [名] 大街，馬路；通行，流通 [類] 道 馬路
0989 □□□ とお こ **通り越す**	▶ と<u>おりこす</u>	▶ [自五] 通過，越過 [類] 通り過ぎる 走過
0990 □□□ とお **通る**	▶ と<u>おる</u>	▶ [自五] 經過；穿過；合格 [類] 合格する 及格，通過

Check 2 必考詞組	Check 3 必考例句
☐ 道庁は札幌市にある。 北海道道廳（地方政府）位於札幌市。	北海道の道庁所在地は札幌です。 北海道的行政機關位於札幌。
☐ 東洋文化。 東洋文化	沖縄県の宮古島の海岸は、東洋一美しいと言われています。 據說沖繩縣宮古島的海岸擁有東洋首屈一指的美景。
☐ 道路が混雑する。 道路擁擠。	降った雪が道路に積もっているので、車の運転には気をつけてください。 目前路面積雪，請小心駕駛。
☐ そでに手を通す。 把手伸進袖筒。	ガラスは空気は通さないが、光や音は通します。 空氣無法穿透玻璃，但光和聲音可以。
☐ トースターで焼く。 以烤箱加熱。	パンにチーズを乗せて、トースターで焼いて食べます。 將起司鋪在麵包上，放進烤麵包機烤過再吃。
☐ やり方は三通りある。 作法有三種方法。	数学の問題には、正解がひとつではなく何通りもあるものもある。 數學題目的正確解法不只一種，有好幾種解法都能算出正確答案。
☐ 広い通りに出る。 走到大馬路。	区役所はこの通りをまっすぐ行くと、左側にあります。 只要沿著這條街一直走，區公所就在左邊。
☐ バス停を通り越す。 錯過了下車的公車站牌。	駅を出て左、電気屋の前を通り越して、交差点を右に曲がってください。 出車站後請向左走，穿越電器行前的大馬路，然後在十字路口右轉。
☐ 左側を通る。 往左側走路。	採用試験で失敗したと思って諦めていた会社に通った。 原以為錄用考試沒考好，就在放棄希望時竟然收到了錄取通知。

235

Check 1　必考單字	高低重音	詞性、類義詞與對義詞

0991 □□□
と
溶かす　▸　と<u>か</u>す　▸
[他五] 溶解，化開，溶入
[類] 解ける　化解

0992 □□□
どきどき　▸　<u>ど</u>きどき　▸
[副・自サ]（心臓）撲通撲通地跳，七上八下
[類] 脈 脈博

0993 □□□ ●CD2 / 09
ドキュメンタリー　▸　<u>ド</u>キュメンタリニ　▸
[名]【documentary】紀錄，紀實；紀錄片
[類] バラエティー ／ variety 綜藝節目

0994 □□□
とく
特　▸　と<u>く</u>　▸
[漢造] 特，特別，與眾不同
[類] 特別 特別

0995 □□□
とく
得　▸　と<u>く</u>　▸
[名・形動] 利益；便宜
[對] 損 虧損

0996 □□□
と
解く　▸　と<u>く</u>　▸
[他五] 解開，打開（衣服）；取消，解除（禁令等）；消除，平息；解答
[類] 正解 正確的解答

0997 □□□
とく い
得意　▸　と<u>く</u>い　▸
[名・形動]（店家的）主顧；得意，滿意；自滿，得意洋洋；拿手，擅長
[類] 長所 長處　[對] 苦手 不擅長

0998 □□□
どくしょ
読書　▸　<u>ど</u>くしょ　▸
[名・自サ] 讀書
[類] 閲読 閲讀

0999 □□□
とくちょう
特徴　▸　と<u>く</u>ちょう　▸
[名] 特徵，特點
[類] 印象 耳聞目睹之際

Check 2 必考詞組	Check 3 必考例句
□ 完全に溶かす。 完全溶解。	▶ この薬は、お湯でよく溶かしてから飲んでください。 這種藥請放入熱水中完全溶解之後再服用。
□ 心臓がどきどきする。 心臟撲通撲通地跳。	▶ 次は私の番だ。どきどきして心臓が口から飛び出しそうだ。 下一個就輪到我了。緊張到心臟都快要跳出喉嚨了。
□ ドキュメンタリー映画。 紀錄片	▶ これは、一人の男が宇宙飛行士になって月へ行くまでを記録したドキュメンタリー映画だ。 這是一部講述一個男人從當上太空人到登陸月球的完整過程的紀錄片。
□ 特異体質。 特殊體質。	▶ 景色がよく見える特等席へどうぞ。あなただけ、特別ですよ。 請您坐在風景一覽無遺的特等席。這是專為您保留的喔。
□ まとめて買うと得だ。 一次買更划算。	▶ 損だとか得だとかじゃないんだ。みんなの役に立ちたいだけなんだ。 不管吃虧也好佔便宜也罷，我只是想幫忙大家而已。
□ 結び目を解く。 把扣解開。	▶ これは、小さな男の子がどんな事件の謎も解いてしまう話です。 這是關於一個小男孩能夠解開任何案件的謎團的故事。
□ 得意先を回る。 拜訪老主顧。	▶ 「得意な科目は、体育と音楽です。」「つまり勉強はあまり得意じゃないのね。」 「我擅長的科目是體育和音樂。」「也就是說，你不太擅長學科囉。」
□ 兄は読書家だ。 哥哥是個愛讀書的人。	▶ 読書をして世界中を、過去や未来を、旅するのが好きです。 我喜歡藉由閱讀而穿梭於古今中外。
□ 特徴のある髪型。 有特色的髮型。	▶ 「その男の特徴は？」「眉毛が太くて、眼鏡をかけていました。」 「那個男人有什麼特徵？」「眉毛很粗，戴了個眼鏡。」

Check 1 必考單字	高低重音	詞性、類義詞與對義詞

1000□□□
とくべつきゅうこう
特別急行 ▸ と<u>くべつきゅう</u>
こう ▸
[名] 特別快車，特快車
[類] 各駅停車 每站停車；慢車

1001□□□
と
溶ける ▸ と<u>ける</u> ▸
[自下一] 溶解，融化
[類] 溶く 溶解

1002□□□
と
解ける ▸ と<u>ける</u> ▸
[自下一] 解開，鬆開（綁著的東西）；
消，解消（怒氣等）；解除（職責、
契約等）；解開（疑問等）
[類] 解く 解開

1003□□□
どこか ▸ ど<u>こか</u> ▸
[連語] 哪裡是，豈止，非但
[類] いつか（總）有一天

1004□□□
ところどころ
所々 ▸ と<u>ころど</u>ころ ▸
[名] 處處，各處，到處都是
[類] あちこち 到處

1005□□□
と し
都市 ▸ と<u>し</u> ▸
[名] 都市，城市
[類] 都会 都市

1006□□□
としうえ
年上 ▸ と<u>しうえ</u> ▸
[名] 年長，年歲大（的人）
[類] 目上 長輩

1007□□□
と しょ
図書 ▸ と<u>しょ</u> ▸
[名] 圖書
[類] 書物 書籍

1008□□□
と じょう
途上 ▸ と<u>じょう</u> ▸
[名]（文）路上；中途
[類] 途中 路上

Check 2 必考詞組	Check 3 必考例句
□ 「特急」は特別急行の略称。 「特急」是特快車的簡稱。	▶ 日本初の特別急行「富士」は、歴史ある列車です。 日本第一輛特快車「富士號」是歷史悠久的列車。
□ 水に溶けません。 不溶於水。	▶ おしゃべりに夢中になってて、アイスクリームが溶けちゃった。 只顧著講話，冰淇淋都融化了。
□ 靴ひもが解ける。 鞋帶鬆開。	▶ 君の冗談のおかげで、緊張がすっかり解けたよ。 多虧了你的玩笑話，讓我完全放鬆了緊張的心情。
□ どこか暖かい国へ行きたい。 想去暖活的國家。	▶ どこでもいい、日常を忘れて、どこか遠くの国へ行きたい。 去哪裡都好，我想去一個能夠忘卻這一成不變生活的遙遠國度。
□ 所々に間違いがある。 有些地方錯了。	▶ 公園の所々に咲く花を見て、春が近いことを感じた。 看到公園裡處處盛開的花朵，感受到春天就要來臨了。
□ 都市計画の情報。 都市計畫的情報	▶ 大阪は、東京に次いで日本で二番目に大きい都市です。 大阪是僅次於東京的日本第二大城。
□ 年上の人。 長輩	▶ 夫は私より 5 歳年上ですが、子どもっぽくて弟みたいな感じです。 先生大我五歲但很孩子氣，反倒像弟弟。
□ 図書館で勉強する。 在圖書館唸書。	▶ これは毎年、小学校の推薦図書に選ばれるよい本です。 這是一本好書，每年都會被選為小學生的推薦讀物。
□ 通学の途上、祖母に会った。 去學校的途中遇到奶奶。	▶ この薬はまだ開発の途上ですが、一日も早い商品化が待たれています。 這種藥雖然還在研發當中，不過大家都很期待它能盡早上市。

Check 1 必考單字	高低重音	詞性、類義詞與對義詞

1009□□□ ● CD2/10

年寄り
（とし・よ）
▸ と<u>しより</u> ▸

[名] 老人；（史）重臣，家老；（史）村長；（史）女管家；（相撲）退休的力士，顧問
[類] 老いる（お） 年老

1010□□□

閉じる
（と）
▸ と<u>じる</u> ▸

[自上一] 閉，關閉；結束
[類] 閉まる（し） 被關閉；關門

1011□□□

都庁
（と・ちょう）
▸ と<u>ちょう</u> ▸

[名] 東京都政府（「東京都庁」之略）
[類] 道庁（どうちょう） 北海道政府

1012□□□

特急
（とっ・きゅう）
▸ と<u>っきゅう</u> ▸

[名] 特快，特快車；火速，趕快
[類] 各駅（かくえき） 毎站

1013□□□

突然
（とつ・ぜん）
▸ と<u>つぜん</u> ▸

[副] 突然
[類] 急に（きゅう） 突然

1014□□□

トップ
▸ <u>ト</u>ップ ▸

[名]【top】尖端；（接力賽）第一棒；領頭，率先；第一位，首位，首席
[類] 一番（いちばん） 第一

1015□□□

届く
（と・ど）
▸ と<u>どく</u> ▸

[自五] 及，達到；（送東西）到達；周到；達到（希望）
[類] 着く（つ） 到達

1016□□□

届ける
（と・ど）
▸ と<u>どける</u> ▸

[他下一] 送達；送交；報告
[類] 配達（はいたつ） 配送

1017□□□

～殿
（どの）
▸ どの ▸

[接尾]（前接姓名等）表示尊重
[類] 様（さま） …先生，…女士

□ 年寄りをいたわる。
照顧老年人。

▶ 子どもの頃、近所のお年寄りに昔の遊びを教えてもらいました。
小時候，附近的老人家教我玩古早的遊戲。

□ 戸が閉じた。
門關上了。

▶ 胸に手を当てて、目を閉じて、よく考えなさい。
把手放在胸前，閉上眼睛，仔細想一想。

□ 都庁行きのバス。
往東京都政府的巴士。

▶ 都庁の最上階からは東京の景色がよく見えます。
從東京都政府的頂樓可以清楚俯瞰東京全景。

□ 特急で東京へたつ。
坐特快車前往東京。

▶ 週末は特急に乗って、山へスキーに行くのが楽しみです。
好期待週末搭特快車去山上滑雪喔！

□ 突然怒り出す。
突然生氣。

▶ 空が暗くなったと思ったら、突然大雨が降り出した。
天色才剛變暗，突然下起了大雨。

□ 成績がトップ。
名列前茅

▶ 台湾には世界トップクラスの超高層ビルがあります。
臺灣擁有世界頂尖 的摩天大樓。

□ 手紙が届いた。
收到信。

▶ 昨日インターネットで買った本が今日の午後届く。
昨天在網路下單買的書今天下午就會到貨。

□ 忘れ物を届ける。
把遺失物送回來。

▶ 私の演奏で、世界の子どもたちに幸せを届けたい。
希望透過我的演奏，為全世界的孩子們送上幸福。

□ 校長殿。
校長先生

▶ 鈴木和夫殿　ご依頼の件、了解いたしました。
鈴木和夫先生　我們已經收到了您的委託。

Check 1 必考單字	高低重音	詞性、類義詞與對義詞
1018 □□□ 飛ばす	とばす	[他五・接尾] 使…飛，使飛起；（風等）吹起，吹跑；飛濺，濺起 類 飛び越す 跳過
1019 □□□ 跳ぶ	とぶ	[自五] 跳，跳起；跳過（順序、號碼等） 類 飛ぶ 飛翔
1020 □□□ ドライブ	ドライブ	[名・自サ]【drive】開車遊玩；兜風 類 ハイウエー／highway 高速公路
1021 □□□ ドライヤー	ドライヤー	[名]【drier】吹風機，乾燥機 類 アイロン／iron 熨斗
1022 □□□ トラック	トラック	[名]【track】（操場、運動場、賽馬場的）跑道 類 軽トラ 小型貨車
1023 □□□ ドラマ	ドラマ	[名]【drama】劇；戲劇；劇本；戲劇文學；（轉）戲劇性的事件 類 ドキュメンタリー／documentary 紀錄片
1024 □□□ トランプ	トランプ	[名]【trump】撲克牌 類 将棋 象棋
1025 □□□ 努力	どりょく	[名・自サ] 努力 類 頑張る 努力
1026 □□□ CD2/11 トレーニング	トレーニング	[名・他サ]【training】訓練，練習 類 訓練 訓練

□ バイクを飛ばす。
飆摩托車。

▶ 今回の台風は被害が大きく、屋根を飛ばされた家も多い。

這場颱風帶來極大的災害，很多房子的屋頂都被吹走了。

□ 跳び箱を跳ぶ。
跳過跳箱。

▶ 大きな音にびっくりした猫は、慌てて棚の上に跳び上がった。

被巨大聲響嚇到的貓咪驚慌失措地跳到了架子上。

□ ドライブに出かける。
開車出去兜風。

▶ 車を買ったので、勇気を出して、和子さんをドライブに誘ってみた。

我買了一輛車，於是鼓起勇氣邀請了和子小姐去兜風。

□ ドライヤーをかける。
用吹風機吹。

▶ 鏡を見ながら、ドライヤーで髪を乾かします。

拿吹風機對著鏡子把頭髮吹乾。

□ 競技用トラック。
比賽用的跑道。

▶ トレーニングのために、大学のトラックを一日10 km走っています。

為了鍛錬體力，每天沿著大學操場跑道跑十公里。

□ 大河ドラマ。
大河劇

▶ このドラマはよく出来ていて、毎回最後まで犯人が分からない。

這齣戲拍得很好，每一集都要看到最後才會揭曉誰是真兇。

□ トランプを切る。
洗牌。

▶ 友達が、トランプを使った手品を見せてくれた。

朋友用撲克牌表演了魔術給我們看。

□ 努力が実った。
努力而取得成果。

▶ トップ選手と言われる人は皆、努力をする才能がある。

被稱作王牌選手的人，每一個都具有努力不懈的特質。

□ トレーニングに勤しむ。
忙於鍛錬。

▶ 学生時代はトラック競技の選手で、毎日5時間トレーニングをしていた。

我在學生時期是田徑選手，每天都要訓練五個小時。

Check 1 必考單字	高低重音	詞性、類義詞與對義詞
1027 □□□ ドレッシング ▶	ド レッ シング ▶	[名]【dressing】調味料，醬汁 [類] ソース ／ sauce 調味醬
1028 □□□ トン ▶	ト ン ▶	[名]【ton】（重量單位）噸，公噸， 一千公斤 [類] キロ ／ kilo 公里
1029 □□□ どんなに ▶	ど んなに ▶	[副] 怎樣，多麼，如何；無論如何…也 [類] こんなに 這麼
1030 □□□ どんぶり 丼 ▶	ど んぶり ▶	[名] 大碗公；大碗蓋飯，大碗 ちゃわん [類] 茶碗 碗
1031 □□□ ない 内 ▶	な い ▶	[漢造] 內，裡頭；家裡；內部 うら [類] 裏 背面
1032 □□□ ないよう 内容 ▶	な いよう ▶	[名] 內容 なか み [類] 中身 內容
1033 □□□ なお 直す ▶	な おす ▶	[接尾]（前接動詞連用形）重做… か [類] 替える 更換
1034 □□□ なお 直す ▶	な おす ▶	[他五] 修理；改正；治療 しゅう り [類] 修理 修繕
1035 □□□ なお 治す ▶	な おす ▶	[他五] 醫治，治療 ち りょう [類] 治療する 治療

□ さっぱりしたドレッシング。 口感清爽的調味醬汁。	酢と塩と油で、サラダにかけるドレッシングを作りました。 用醋、鹽和油做了淋在沙拉上的調味醬汁。
□ 一万トンの船。 一萬噸的船隻	10トンもの土を積んだ大型トラックが工事現場に入って来た。 一輛裝載了多達十噸泥土的大型卡車開進了工地。
□ どんなにがんばっても、うまくいかない。 不管再怎麼努力，事情還是無法順利進行。	どんなに離れていても、私の心は君のそばにいるよ。 不管我們距離多麼遙遠，我的心一直陪在你身邊喔。
□ 鰻丼。 鰻魚蓋飯	お昼ご飯は、牛丼やカツ丼などの丼物をよく食べます。 我午餐經常吃牛肉蓋飯和炸豬排蓋飯等等蓋飯類的餐點。
□ 校内で走るな。 校內嚴禁奔跑。	これは社内用の資料ですので、外部に出さないよう願います。 這是公司內部的資料，請注意切勿外流。
□ 手紙の内容。 信的內容	内容もよく読まないで、契約書にサインしてはいけないよ。 還沒有仔細讀過內容之前，不能在合約上簽名喔！
□ やり直す。 從頭來。	時間が余ったので、解答用紙を出す前に、もう一度、答えを見直した。 因為還有時間，所以在交卷前再一次檢查了答案。
□ 自転車を直す。 修理腳踏車。	先生、日本語で作文を書きました。直して頂けませんか。 老師，我用日文寫了作文，可以請您幫我修改嗎？
□ 虫歯を治す。 治療蛀牙。	仕事のことは心配せず、ゆっくり体を治してください。 請不要掛心工作，好好休養，把病治好。

Check 1 必考單字	高低重音	詞性、類義詞與對義詞

1036 □□□

なか
仲 ▶ なか ▶ [名] 交情；（人和人之間的）聯繫關係
[類] 仲間 朋友；同類

1037 □□□

なが
流す ▶ ながす ▶ [他五] 使流動，沖走；使漂走；流（出）；放逐；使流產；傳播；洗掉（汙垢）；不放在心上
[類] 流れる 流動

1038 □□□

なか み
中身 ▶ なかみ ▶ [名] 裝在容器裡的內容物，內容
[類] 内容 内容

1039 □□□

なかゆび
中指 ▶ なかゆび ▶ [名] 中指
[類] 薬指 無名指

1040 □□□

なが
流れる ▶ ながれる ▶ [自下一] 流動；漂流；飄動；傳布；流逝；流浪；（壞的）傾向；流產；作罷；瀰漫；降落
[類] 過ぎる 消逝

1041 □□□

な
亡くなる ▶ なくなる ▶ [他五] 死，喪
[類] 死ぬ 死亡

1042 □□□ ◉ CD2 12

なぐ
殴る ▶ なぐる ▶ [他五] 毆打，揍；草草了事
[類] 叩く 敲打

1043 □□□

な ぜ
何故なら（ば）▶ なぜなら ▶ [接續] 因為，原因是
[類] だって 因為

1044 □□□

なっとく
納得 ▶ なっとく ▶ [名・他サ] 理解，領會；同意，信服
[類] 理解 瞭解

□ 仲がいい。

交情很好。

▶ ケンカするほど仲がいいっていうけど、君たちを見ていると、本当だね。

俗話說吵得越兇感情越好，看著你們相處的情形，這句話真是對極了呢。

□ 水を流す。

沖水。

▶ 説明会が始まるまでの間、会場では会社を紹介するビデオが流された。

在說明會開始之前，會場播放了公司簡介的影片。

□ 中身がない。

沒有內容。

▶ かばんを開けてください。中身を確認させて頂きます。

請把包包打開，讓我檢查一下裡面的物品。

□ 中指でさすな。

別用中指指人。

▶ 彼は人差し指と中指で、Ｖサインを作って見せた。

他伸出食指和中指，朝我們比了一個Ｖ的手勢。

□ 汗が流れる。

流汗。

▶ そのレストランには、静かなクラシック音楽が流れていた。

那家餐廳當時播放著優雅的古典樂。

□ おじいさんが亡くなった。

爺爺過世了。

▶ 両親は亡くなりましたが、兄弟仲良く暮らしています。

雖然父母親去世了，但是我們兄弟姐妹仍然和睦地生活在一起。

□ 人を殴る。

打人。

▶ 力の強い男が、女の子を殴るなんて、絶対に許されないことだ。

力氣大的男人毆打女孩子這種事，絕對無法原諒！

□ もういや、なぜなら彼はひどい。

我投降了，因為他太惡劣了。

▶ 私は医者になりました。なぜなら父がそう希望したからです。

我當上了醫師。因為這是我父親的期望。

□ 納得がいく。

信服。

▶ 私は悪くないのに、なぜ謝らなければならないのか、全く納得できない。

我又沒有錯，完全不懂為什麼非要我道歉不可？

Check 1 必考單字	高低重音	詞性、類義詞與對義詞
1045 □□□ 斜め なな	▶ ななめ	[名・形動] 斜，傾斜；不一般，不同往常 類 向かい 正對面
1046 □□□ 何か なに	▶ なにか	[連語・副] 什麼；總覺得 類 いつか 總有一天
1047 □□□ 鍋 なべ	▶ なべ	[名] 鍋子；火鍋 類 炊飯器 電鍋
1048 □□□ 生 なま	▶ なま	[名・形動]（食物沒有煮過、烤過）生的；直接的，不加修飾的；不熟練，不到火候；生鮮的東西 類 新鮮 新鮮
1049 □□□ 涙 なみだ	▶ なみだ	[名] 涙，眼涙；哭泣；同情 類 汗 汗
1050 □□□ 悩む なや	▶ なやむ	[自五] 煩惱，苦惱，憂愁；感到痛苦 類 煩う 苦惱
1051 □□□ 鳴らす な	▶ ならす	[他五] 鳴，啼，叫；（使）出名；嘮叨；放響屁 類 流す 倒
1052 □□□ 鳴る な	▶ なる	[自五] 響，叫；聞名 類 流れる 流動
1053 □□□ ナンバー	▶ ナンバー	[名]【number】數字，號碼；（汽車等的）牌照 類 数字 数字

□ 斜めになっていた。
歪了。

► この広場を斜めに横切るのが、駅への近道です。
走對角穿越這座廣場是去車站的捷徑。

□ 何か飲みたい。
想喝點什麼。

► 講義は以上です。何か質問がある人は、手を挙げてください。
這堂課就上到這裡。有問題的同學請舉手。

□ 鍋で炒める。
用鍋炒。

► 電子レンジ壊れてるから、牛乳は鍋で温めてね。
微波爐壞了，牛奶就用鍋子加熱吧！

□ 生で食べる。
生吃。

► 豚肉はよく焼かないと、生で食べるとお腹を壊すよ。
如果沒把豬肉烤到全熟，萬一吃到生肉可是會鬧肚子喔！

□ 涙があふれる。
涙如泉湧。

► このスープは涙が出るほど辛いけど、おいしくて止められないんだ。
這碗湯雖然辣得我飆淚，但是太好吃了，讓人一口接一口停不下來。

□ 悩むことはない。
沒有煩惱。

► 進路のことで悩んでいるのですが、相談に乗って頂けますか。
我正在煩惱未來的出路，能和您商量一下嗎？

□ 鐘を鳴らす。
敲鐘。

► 気分が悪くなったときは、このベルを鳴らしてください。
身體感到不適的時候，請按這個鈴。

□ ベルが鳴る。
鈴聲響起。

► さっきから、おなかがグーグー鳴ってるけど、朝ご飯ちゃんと食べたの？
從剛才開始你的肚子就咕嚕咕嚕叫個不停，早餐吃了嗎？

□ 自動車のナンバー。
汽車牌照。

► 走り去る車のナンバーを、慌てて覚えてメモしました。
我慌慌張張地記下了肇事逃逸的車牌號碼。

Check 1 必考單字	高低重音	詞性、類義詞與對義詞
1054 □□□ に あ 似合う	にあう	[他五] 合適，相稱，調和 類 合う 合適；釣り合う 相稱
1055 □□□ に 煮える	にえる	[自下一] 煮熟，煮爛；水燒開；固體融化 （成泥狀）；發怒，非常氣憤 類 焼く 烤，燒
1056 □□□ にが て 苦手	にがて	[名・形動] 棘手的人或事；不擅長的事 物，不擅長 類 不得意 不擅長
1057 □□□ にぎ 握る	にぎる	[他五] 握，抓；握飯團或壽司；掌握， 抓住；（圍棋中決定誰先下）抓棋子 類 掴む 抓住
1058 □□□ にく 憎らしい	にくらしい	[形] 可憎的，討厭的，令人憎恨的 類 意地悪 使壞
1059 □□□ ◯ CD2/13 にせ 偽	にせ	[名] 假，假冒；贗品 類 偽札 假鈔票
1060 □□□ に 似せる	にせる	[他下一] 模仿，仿效；偽造 類 似る 相似
1061 □□□ にゅうこくかん り きょく 入国管理局	にゅうこくかん りきょく	[名] 入國管理局 類 大使館 大使館
1062 □□□ にゅうじょうりょう 入場料	にゅうじょう りょう	[名] 入場費，進場費 類 使用料 使用費

Check 2 必考詞組	Check 3 必考例句
□ 君によく似合う。 很適合你。	「この帽子、どうかしら。」「よく似合ってるよ。」 「這頂帽子好看嗎？」「很適合妳喔！」
□ 芋は煮えました。 芋頭已經煮熟了。	鍋の中の野菜が煮えたら、砂糖と醤油で味をつけます。 鍋子裡的蔬菜燉好後，再加入砂糖和醬油調味。
□ 苦手な科目。 不擅長的科目。	「何か苦手なものはありますか。」「ニンジンがダメなんです。」 「有什麼不敢吃的食物嗎？」「我不敢吃胡蘿蔔。」
□ 手を握る。 握拳。	父は「頑張れよ」と言って、私の手を強く握った。 爸爸緊緊握住我的手，說：「加油啊！」
□ あの男が憎らしい。 那男人真是可恨啊。	息子はこの頃、うるさいとか邪魔だとか、憎らしいことばかり言う。 我兒子最近老是嫌我煩啦、說我在干涉他啦，一句句都把我氣得七竅生煙。
□ 偽の１万円札。 萬圓偽鈔	偽警察官がお年寄からお金を盗む事件が続いている。 冒牌警察盜領年長者財物的案件還在持續增加。
□ 本物に似せる。 與真物非常相似。	あなたのお母さんの味に似せて作ってみたけど、どう？ 我試著模仿你媽媽的方法做了菜，味道怎麼樣？
□ 入国管理局にビザを申請する。 在入國管理局申請了簽證。	入国管理局で外国人登録証明書の申請をしました。 在入境管理局申請了外國人登錄證。
□ 入場料が高い。 門票很貴呀。	写真展は本日より公民館にて。入場料は無料です。 攝影展從今天開始在文化會館開展，免費入場，歡迎參觀。

Check 1 必考單字	高低重音	詞性、類義詞與對義詞
1063 □□□ 煮る _に	▶ に<u>る</u>	▶ [自五] 煮，燉，熬 類 煮_にえる 煮熟
1064 □□□ 人気 _{にん き}	▶ に<u>ん</u>き	▶ [名] 人緣，人望 類 声望_{せいぼう} 人望
1065 □□□ 縫う _ぬ	▶ ぬ<u>う</u>	▶ [他五] 縫，縫補；刺繡；穿過，穿行； （醫）縫合（傷口） 類 織_おる 編織
1066 □□□ 抜く _ぬ	▶ ぬ<u>く</u>	▶ [自他五·接尾] 抽出，拔去；選出，摘引；消 除，排除；省去，減少；超越 類 追_おい越_こす 超越
1067 □□□ 抜ける _ぬ	▶ ぬ<u>ける</u>	▶ [自下一] 脱落，掉落；遺漏；脱；離，離 開，消失，散掉；溜走，逃脫 類 外_{はず}れる 脱落
1068 □□□ 濡らす _ぬ	▶ ぬ<u>らす</u>	▶ [他五] 浸濕，淋濕，沾濕 類 濡_ぬれる 淋濕
1069 □□□ 温い _{ぬる}	▶ ぬ<u>る</u><u>い</u>	▶ [形] 微溫，不溫不涼；不夠熱；（處 置）溫和 類 温_{あたた}かい 溫暖
1070 □□□ 値上がり _{ね あ}	▶ ね<u>あ</u>がり	▶ [名·自サ] 價格上漲，漲價 類 値上_{ね あ}げ 提高價格
1071 □□□ 値上げ _{ね あ}	▶ ね<u>あげ</u>	▶ [名·他サ] 提高價格，漲價 類 賃上_{ちん あ}げ 提高工資

□ 豆を煮る。
煮豆子。

▶ この魚は、煮ても焼いてもおいしいですよ。
這種魚無論是用煮的還是用烤的都很美味哦。

□ あのタレントは人気がある。
那位藝人很受歡迎。

▶ 彼は海外では人気がありますが、日本ではあまり知られていません。
他在國外很受歡迎,但在日本卻沒什麼名氣。

□ 服を縫った。
縫衣服。

▶ ズボンのお尻を破ってしまい、針と糸を借りて縫った。
褲子後面裂開,我借來針線把破洞縫好了。

□ 空気を抜いた。
放了氣。

▶ スタートで遅れたが、その後4人を抜いて、1位でゴールした。
雖然在起跑時較慢,但後來追過四個人,摘下了第一名的金牌。

□ スランプを抜けた。
越過低潮。

▶ この頃、髪の毛がよく抜けるんだ。心配だなあ。
最近掉了不少頭髮,好焦慮啊。

□ 濡らすと壊れる。
碰到水,就會故障。

▶ コップを倒して、大事な書類を濡らしてしまった。
把杯子碰倒,弄濕了重要的文件。

□ 温いやり方。
不夠嚴厲的處理辦法。

▶ 音楽を聴きながら、温いお風呂にゆっくり入ります。
一邊聽音樂一邊悠閒地泡溫水澡。

□ 土地の値上がり。
地價高漲。

▶ 夏に雨が多かったせいで、野菜の値上がりが避けられないそうだ。
據說由於夏季雨量過多,所以無法抑制菜價的上漲。

□ 値上げになる。
漲價。

▶ 来月ビールが値上げになるから、今のうちに買っておこう。
下個月啤酒要漲價了,趁現在先囤一些吧!

Check 1 必考單字	高低重音	詞性、類義詞與對義詞
1072 □□□ ネックレス	▶ ネックレス ▶	[名]【necklace】項鍊 [類] イヤリング ／ earring 耳環
1073 □□□ ねっちゅう 熱中	▶ ねっちゅう ▶	[名・自サ] 熱中，專心；酷愛，著迷於 [類] 夢中 熱中
1074 □□□ ねむ 眠る	▶ ねむる ▶	[自五] 睡覺；埋藏 [類] 寝る 睡覺 [對] 覚める 醒過來
1075 □□□ ねら 狙い	▶ ねらい ▶	[名] 目標，目的；瞄準，對準 [類] 目当て 目標
1076 □□□ ねん し 年始	▶ ねんし ▶	[名] 年初；賀年，拜年 [類] 年末 年終
1077 □□□ ●CD2/14 ねんせい 年生	▶ ねんせい ▶	[接尾] ⋯年級生 [類] 年度 年度
1078 □□□ ねんまつねん し 年末年始	▶ ねんまつねんし ▶	[名] 年底與新年 [類] 行く年来る年 即將過去的一年，即將來臨的一年
1079 □□□ のう か 農家	▶ のうか ▶	[名] 農民，農戶；農民的家 [類] 百姓 農民
1080 □□□ のうぎょう 農業	▶ のうぎょう ▶	[名] 農耕；農業 [類] 農家 農民

Check 2 必考詞組	**Check 3** 必考例句

Check 2 必考詞組

☐ ネックレスをつける。
　戴上項鍊。

☐ ゲームに熱中する。
　沈迷於電玩。

☐ 薬で眠らせた。
　用藥讓他入睡。

☐ 狙いを明確にする。
　目標明確。

☐ 年末年始。
　歲暮年初時節

☐ 3年生に編入された。
　被分到三年級。

☐ 年末年始に旅行する。
　在年底到新年去旅行。

☐ 農家で育つ。
　生長在農家。

☐ 機械化された農業。
　機械化農業。

Check 3 必考例句

このドレスに合うネックレスが欲しいのですが。
我想要一條可以搭配這件禮服的項鍊。

教授は研究に熱中し過ぎて、ご飯も忘れてしまうんです。
教授埋首研究，連飯都忘了吃。

母親の腕の中で眠る子どもは、微笑んでいるように見えた。
睡在母親懷裡的孩子看起來彷彿正在微笑。

この授業の狙いは、生徒に考える力をつけることです。
本課程的教學目的是培養學生的思考力。

お世話になった先生のお宅へ、年始のご挨拶に伺った。
我到承蒙關照的老師家拜了年。

子どもは中学1年生と小学4年生です。
我的兩個孩子分別就讀中學一年級和小學四年級。

病院や交通機関など、年末年始でも休めない仕事は多い。
醫院和交通運輸機構的人員工作十分繁重，即使在歲末年初之際也不能休假。

実家は農家で、両親と兄夫婦でミカンを作っています。
我老家務農，父母和哥哥夫婦一起種橘子。

国民の食を支える農業には、もっと若い人の力が必要です。
提供國民糧食來源的農業需要更多年輕人投注力量。

Check 1 / 必考單字	高低重音	詞性、類義詞與對義詞
1081 □□□ のうど **濃度**	▶ の うど	[名] 濃度 [類] 震度 震度
1082 □□□ のうりょく **能力**	▶ の うりょく	[名] 能力；（法）行為能力 [類] 実力 實力
1083 □□□ のこぎり **鋸**	▶ の こぎり	[名] 鋸子 [類] 金槌 鐵鎚
1084 □□□ のこ **残す**	▶ の こす	[他五] 留下，剩下；存留；遺留；（相撲頂住對方的進攻）開腳站穩 [類] 残る 剩餘
1085 □□□ の **乗せる**	▶ の せる	[他下一] 放在高處，放到…；裝載；使搭乘；使參加；騙人，誘拐；記載，刊登；合著音樂的拍子或節奏 [類] 乗る 登上；搭乘
1086 □□□ の **載せる**	▶ の せる	[他下一] 放在…上，放在高處；裝載，裝運；納入，使參加；欺騙；刊登，刊載 [類] かける 戴上
1087 □□□ のぞ **望む**	▶ の ぞむ	[他五] 遠望，眺望；指望，希望；仰慕，景仰 [類] 願う 希望
1088 □□□ のち **後**	▶ の ち	[名] 後，之後；今後，未來；死後，身後 [類] 後 以後
1089 □□□ **ノック**	▶ ノ ック	[名・他サ]【knock】敲打；（來訪者）敲門；打球 [類] 叩く 拍打

□ 放射能濃度が高い。 輻射線濃度高。	▶ 水 100 ｇ に食塩 10 ｇ が溶けている食塩水の濃度は何パーセントですか。 在100克的水加入10克的食鹽溶解混合後的食鹽水濃度是幾％？
□ 能力を発揮する。 發揮才能。	▶ 部長、この仕事は私の能力を超えています。できません。 經理，這份工作超出我的能力範圍，請恕無法勝任。
□ のこぎりで板を引く。 用鋸子鋸木板。	▶ 洗濯物に日が当たらないので、庭の木をのこぎりで切った。 因為洗好的衣服曬不到太陽，所以我把院子裡的樹鋸斷了。
□ メモを残す。 留下紙條。	▶ 帰ってから食べるから、僕の分もちゃんと残しておいてね。 我等到回去之後再吃飯，記得要幫我留飯菜喔！
□ 子どもを電車に乗せる。 送孩子上電車。	▶ 女の子を自転車の後ろに乗せて、下り坂を走りたいな。 真希望載個女孩子在自行車後座一路衝下坡道啊！
□ 広告を載せる。 刊登廣告。	▶ 事実かどうか確認できていない記事を、新聞に載せるわけにはいかない。 尚未得到證實的報導內容，總不能在報上刊登出來。
□ 成功を望む。 期望成功。	▶ なんでも自分の望んだ通りになる人生なんて、つまらないよ。 事事順心的人生，太乏味啦。
□ 晴れのち曇り。 晴後陰。	▶ 犯人は、1 週間逃げ回った後に、警察によって逮捕された。 犯人在潛逃一周之後遭到了警方的逮捕。
□ ノックの音が聞こえる。 聽見敲門聲。	▶ お父さん、入るときは、ちゃんとノックしてね。 爸爸，進來之前要先敲門喔！

Check 1 必考單字	高低重音	詞性、類義詞與對義詞
1090 □□□ の 伸ばす	▸ のばす ▸	[他五] 伸展，擴展，放長；延緩（日期），推遲；發展，發揮；擴大，增加；稀釋；打倒 [類] 生やす 使…生長
1091 □□□ の 伸びる	▸ のびる ▸	[自上一]（長度等）變長，伸長；（皺摺等）伸展；擴展，到達；（勢力、才能等）擴大，增加，發展 [類] 生える 生，長
1092 □□□ のぼ 上り	▸ のぼり ▸	[名]（「のぼる」的名詞形）登上，攀登；上坡（路）；上行列車（從地方往首都方向的列車）；進京 [對]：下り 從首都到地方去
1093 □□□ のぼ 上る	▸ のぼる ▸	[自五] 進京；晉級，高昇；（數量）達到，高達 [對]：沈む 沉沒
1094 □□□ ◉CD2/15 のぼ 昇る	▸ のぼる ▸	[自五] 上升 [類] 伸びる 伸長
1095 □□□ の か 乗り換え	▸ のりかえ ▸	[名] 換乘，改乘，改搭 [類] 乗り越し 坐過站
1096 □□□ の こ 乗り越し	▸ のりこし ▸	[名・自サ]（車）坐過站 [類] 過ぎる 經過
1097 □□□ のんびり	▸ のんびり ▸	[副・自サ] 舒適，逍遙，悠然自得，悠閒自在 [類] ゆったり 寬敞舒適
1098 □□□ バーゲンセール	▸ バーゲンセール ▸	[名]【bargainsale】廉價出售，大拍賣，簡稱為（「バーゲン」） [類] 割引 打折

□ 手を伸ばす。
伸手。

その辛く苦しい経験が、彼の才能を更に伸ばしたといえよう。

可以說，那段痛苦的經歷使他的才華更為提升。

□ 背が伸びる。
長高了。

浩ちゃん、しばらく見ないうちに、ずいぶん背が伸びたわね。

才一陣子不見，小浩已經長這麼高了呀。

□ 上り電車。
上行的電車

あれ、これは下りだ。上りのエスカレーターはどこかな？

咦，這裡的手扶梯是下樓的？那上樓的電扶梯在哪裡呀？

□ 階段を上る。
爬樓梯。

秋になると、卵を産むために、たくさんの魚が川を上っていく。

一旦到了秋天，大量的河魚為了產卵逆流而上。

□ 太陽が昇る。
太陽升起。

日が昇る前に山の頂上に着きたければ、急いだほうがいい。

如果想趕在日出之前攻頂，最好加快速度前進。

□ 電車の乗り換え。
電車轉乘。

電車の乗り換えがうまくいって、予定より30分も早く着いた。

電車的轉乘很順利，比預定的時間提早了30分鐘抵達。

□ 乗り越しの方。
坐過站的乘客。

新宿までは定期があるから、その先の乗り越し料金を払えば済む。

因為我持有到新宿的月票，所以只要再付後續路段的車資就可以了。

□ のんびり暮らす。
悠閒度日。

飛行機もいいけど、たまにはのんびりと列車の旅もいいね。

搭飛機當然好，但偶爾來一趟悠閒的火車旅行也不錯。

□ バーゲンセールが始まった。
開始大拍賣囉。

これ、バーゲンセールで半額で買えたから、あなたにもあげるわ。

這是我用半價優惠買到的，也送你一個吧！

Check 1 必考單字	高低重音	詞性、類義詞與對義詞
1099 □□□ パーセント	▶ パーセント ▶	[名] 百分率 [類] 割 比例
1100 □□□ パート	▶ パート ▶	[名]【parttime】之略（按時計酬）打零工 [類] バイト／Arbeit 打工
1101 □□□ ハードディスク	▶ ハードディスク ▶	[名]【harddisk】（電腦）硬碟 [類] ディスプレイ／display 顯示器
1102 □□□ パートナー	▶ パートナー ▶	[名]【partner】伙伴，合作者，合夥人；舞伴 [類] 知り合い 熟人
1103 □□□ 灰 (はい)	▶ はい ▶	[名] 灰 [類] 砂 沙子
1104 □□□ 倍 (ばい)	▶ ばい ▶	[名・漢造・接尾] 倍，加倍；（數助詞的用法）倍 [類] 追加 再增加
1105 □□□ 灰色 (はいいろ)	▶ はいいろ ▶	[名] 灰色 [類] グレー／gray 灰色
1106 □□□ バイオリン	▶ バイオリン ▶	[名]【violin】（樂）小提琴 [類] ギター／guitar 吉他
1107 □□□ ハイキング	▶ ハイキング ▶	[名]【hiking】健行，遠足 [類] 山登り 登山

Check 2 　必考詞組

□ 手数料（てすうりょう）が3パーセントかかる。
手續費要三個百分比。

□ パートに出（で）る。
出外打零工。

□ ハードディスクが壊（こわ）れた。
硬碟壞了。

□ いいパートナー。
很好的工作伙伴

□ タバコの灰（はい）。
煙灰。

□ 賞金（しょうきん）を倍（ばい）にする。
獎金加倍。

□ 灰色（はいいろ）の壁（かべ）。
灰色的牆

□ バイオリンを弾（ひ）く。
拉小提琴。

□ 鎌倉（かまくら）へハイキングに行（い）く。
到鎌倉去健行。

Check 3 　必考例句

▶ 今回（こんかい）の選挙（せんきょ）は国民（こくみん）の関心（かんしん）が高（たか）く、投票率（とうひょうりつ）は前回（ぜんかい）より10パーセント以上（いじょう）高（たか）かった。
國民都很關心這次的選舉，投票率比上次高出了百分之十以上。

▶ うちの店（みせ）はなぜか正社員（せいしゃいん）よりパートの方（ほう）が仕事（しごと）ができるんだ。
不知道什麼原因，我們店裡的工讀生比正職員工還要能幹。

▶ 写真（しゃしん）や動画（どうが）をコンピューターのハードディスクに保存（ほぞん）します。
將照片和影片存在電腦的硬碟裡。

▶ ダンスパーティーの日（ひ）までに、パートナーを探（さが）さなくちゃ。
在舉行舞會那天之前，我得找到舞伴才行。

▶ タバコを吸（す）いたいのですが、灰皿（はいざら）はありますか？
我想抽菸，請問有菸灰缸嗎？

▶ このレストランは他（ほか）より値段（ねだん）が2倍（ばい）高（たか）いが、3倍（ばい）おいしい。
雖然這家餐廳的價格比別處貴兩倍，但是美味程度是三倍。

▶ 彼女（かのじょ）に振（ふ）られた。僕（ぼく）の未来（みらい）は灰色（はいいろ）だ。いいことなんかあるわけない。
我被女朋友給甩了。我的未來是灰色的（中文意指我的未來是黑白的）。幸運之神再也不會眷顧我了。

▶ 姉（あね）のピアノと私（わたし）のバイオリンで、演奏会（えんそうかい）を開（ひら）きます。
姐姐彈鋼琴、我拉小提琴，我們聯手舉辦演奏會。

▶ 日曜日（にちようび）は、お弁当（べんとう）を持（も）って、裏山（うらやま）へハイキングに行（い）こう。
星期天，我們帶著便當去後山郊遊吧！

Check 1 / 必考單字	高低重音	詞性、類義詞與對義詞

1108□□□

バイク ▸ バイク ▸ [名]【bike】腳踏車；摩托車
類 オートバイ ／ auto bicycle 摩托車

1109□□□
ばいてん
売店 ▸ ばいてん ▸ [名]（車站等）小賣店
類 店 商店

1110□□□

バイバイ ▸ バイバイ ▸ [寒暄]【bye-bye】再見，拜拜
類 さようなら 再見

1111□□□ ● CD2 / 16

ハイヒール ▸ ハイヒール ▸ [名]【highheel】高跟鞋
類 パンプス ／ pumps 輕便女鞋

1112□□□
はいゆう
俳優 ▸ はいゆう ▸ [名] 演員
類 女優 女演員
じょゆう

1113□□□

パイロット ▸ パイロット／ ▸ [名]【pilot】領航員；飛行駕駛員；實驗
パイロット 性的飛行員
類 運転手 司機
うんてんしゅ

1114□□□
は
生える ▸ はえる ▸ [自下一]（草，木）等生長
類 生やす 使…生長
は

1115□□□
ば か
馬鹿 ▸ ばか ▸ [名・接頭]愚蠢，糊塗
對 天才 天才
てんさい

1116□□□
はく ぱく
〜泊／〜泊 ▸ はく／ぱく ▸ [名・漢造]宿，過夜；停泊
類 宿泊 住宿
しゅくはく

Check 2 必考詞組	Check 3 必考例句
□ バイクで旅行したい。 想騎機車旅行。	▶ 車は渋滞があるので、バイクで通勤しています。 因為開車會被塞在路上，所以都騎機車通勤。
□ 駅の売店。 車站的小賣店。	▶ 駅の売店でおにぎりとお茶を買いました。 在車站的小賣部買了飯糰和茶。
□ バイバイ、またね。 掰掰，再見。	▶ 「じゃ、またね。」「うん、また明日ね、バイバイ。」 「再見囉！」「嗯，明天見喔，拜拜！」
□ ハイヒールをはく。 穿高跟鞋。	▶ 今日はハイヒールを履いているので、そんなに走れません。 我今天穿高跟鞋，所以沒辦法跑太快。
□ 映画俳優。 電影演員	▶ 彼は映画やテレビより、舞台で活躍している俳優です。 身為演員，他在舞台上的表現比在電影或電視劇更為活躍。
□ パイロットを志す。 以當飛行員為志向。	▶ パイロットから、この後少し揺れます、と放送が入った。 飛行員透過廣播告知了稍後機身將會些微搖晃。
□ 雑草が生えてきた。 雜草長出來了。	▶ ほら、息子の口に、前歯が２本生えてきたのが見えるでしょう。 你瞧，可以看到我兒子嘴裡有兩顆剛剛冒出來的門牙吧？
□ ばかなまねはするな。 別做傻事。	▶ お前は馬鹿だなあ。一人で悩んでないで、早く相談すればいいのに。 你真傻啊，何必一個人煩惱，早點找我商量多好。
□ 京都に一泊する。 在京都住一晚。	▶ 冬休みは、３泊４日で北海道へスキーに行く予定です。 我計劃在寒假玩一趟四天三夜的北海道滑雪之旅。

Check 1 必考單字	高低重音	詞性、類義詞與對義詞

1117 □□□
はくしゅ
拍手 ▸ はくしゅ ▸ [名·自サ] 拍手，鼓掌
類 喝采 喝彩

1118 □□□
はくぶつかん
博物館 ▸ はくぶつかん ▸ [名] 博物館，博物院
類 美術館 美術館

1119 □□□
は ぐるま
歯車 ▸ はぐるま ▸ [名] 齒輪
類 エンジン ／ engine 引擎

1120 □□□
はげ
激しい ▸ はげしい ▸ [形] 激烈，劇烈；（程度上）很高，厲害；熱烈
類 甚だしい 非常

1121 □□□
はさみ
鋏 ▸ はさみ ▸ [名] 剪刀；剪票鉗
類 剪刀 剪刀

1122 □□□
はし
端 ▸ はし ▸ [名] 開端，開始；邊緣；零頭，片段；開始，盡頭
類 奥 深處

1123 □□□
はじ
始まり ▸ はじまり ▸ [名] 開始，開端；起源
類 始め 開頭

1124 □□□
はじ
始め ▸ はじめ ▸ [名·接尾] 開始，開頭；起因，起源；以…為首
類 最初 起初

1125 □□□
はしら
柱 ▸ はしら ▸ [名·接尾]（建）柱子；支柱；（轉）靠山
類 もと 根基

Check 2 必考詞組	Check 3 必考例句
☐ 拍手を送った。 一起報以掌聲。	▶ 演奏が終わった後も、会場の拍手は鳴り止まなかった。 演奏結束之後，會場的掌聲仍然不絕於耳。
☐ 博物館を楽しむ。 到博物館欣賞。	▶ 閉館後の夜の博物館では、人形たちがパーティーをしているんだよ。 閉館之後的黑夜裡，娃娃們會在博物館內開起派對來唷。
☐ 機械の歯車。 機器的齒輪	▶ 人間が機械の一部のように働く様子を、「私は会社の歯車だ」といいます。 「我是公司的齒輪」這句話表達了人類宛如機器中的某個零件般忙碌運轉。
☐ 競争が激しい。 競爭激烈。	▶ 昨日の夜中、突然の激しい痛みで、目が覚めました。 昨天夜裡，一陣猛然的劇烈疼痛把我痛醒了。
☐ はさみで切る。 用剪刀剪。	▶ 封筒の端をはさみで切って、中のカードを取り出した。 我拿剪刀沿著信封的邊緣剪開，取出了裡面的卡片。
☐ 道の端。 路的兩旁	▶ この写真の右端に写っているのは誰ですか。 和你相遇的瞬間，可以說是我人生的開始。
☐ 近代医学の始まり。 近代醫學的起源。	▶ 君と出会ったときが、僕の人生の始まり、といえる。 和你相遇的瞬間，可以說是我人生的開始。
☐ 年の始め。 年初。	▶ 論文の始めと終わりだけ読んでレポートを書いた。 我只讀了論文的開頭和結尾就寫了報告。
☐ 柱が倒れた。 柱子倒下。	▶ うちは母子家庭なので、母親の私が子どもたちを支える柱なんです。 我們是單親家庭，所以身為母親的我就是孩子們的支柱。

Check 1 必考單字	高低重音	詞性、類義詞與對義詞
1126□□□ はず 外す	▶ はずす	[他五] 摘下，解開，取下；錯過，錯開；落後，失掉；避開，躲過 類 取る 取下
1127□□□ だい バス代	▶ バスだい	[名]【busだい】公車（乘坐）費 類 bus 料金 公車費
1128□□□ パスポート	▶ パスポート	[名]【passport】護照；身分證 類 学生証 學生證
1129□□□ ●CD2 17 りょうきん バス料金	▶ バスりょうきん	[名]【busりょうきん】公車（乘坐）費 類 taxi 料金 計程車費
1130□□□ はず 外れる	▶ はずれる	[自下一] 脱落，掉下；（希望）落空，不合（道理）；離開（某一範圍） 類 抜ける 落掉
1131□□□ はた 旗	▶ はた	[名] 旗，旗幟；（佛）幡 類 マーク／mark 商標
1132□□□ はたけ 畑	▶ はたけ	[名] 田地，旱田；專業的領域 類 田んぼ 農田
1133□□□ はたら 働き	▶ はたらき	[名] 勞動，工作；作用，功效；功勞，功績；功能，機能 類 仕事 工作
1134□□□ はっきり	▶ はっきり	[副・自サ] 清楚；直接了當 類 しっかり 清醒

Check 2 必考詞組	Check 3 必考例句
□ 眼鏡を外す。 摘下眼鏡。	▶ 申し訳ありません、村田はただいま席を外しております。 非常抱歉，村田目前不在座位上。
□ バス代を払う。 付公車費。	▶ バス代は会社から出ないので、駅まで歩いています。 因為公司不會支付搭巴士的車資，所以我徒步前往車站。
□ パスポートを出す。 取出護照。	▶ パスポートの写真がよく撮れていて、違う人かと疑われる。 護照的照片拍得太好看了，結果被懷疑不是本人。
□ 大阪までのバス料金。 搭到大阪的公車費用。	▶ バス料金は安くて魅力的なので、友人とバス旅行を計画している。 巴士票價便宜這個特點很吸引人，所以我和朋友正計畫來一趟巴士旅行。
□ ボタンが外れる。 鈕釦脫落。	▶ 今日は晴れるって言ってたのに、また天気予報、外れたね。 明明說今天是晴天，天氣預報又失準囉。
□ 旗をかかげる。 掛上旗子。	▶ 台湾のお客様がいらっしゃるので、テーブルに台湾の旗を飾った。 因為有來自臺灣的貴賓，所以在桌上擺了臺灣國旗。
□ 畑を耕す。 耕地。	▶ 畑の野菜を採ってきて、朝ご飯に味噌汁を作った。 我摘下田裡的蔬菜，煮了味噌湯當早餐。
□ 妻が働きに出る。 妻子外出工作。	▶ A社と契約が取れたのは、君の働きのおかげだ。よくやった。 能拿下A公司的合約要歸功於你。做得好！
□ はっきり言いすぎた。 說得太露骨了。	▶ 私の考えに賛成なのか、反対なのか、はっきりしてください。 你是贊同我的想法呢，還是反對呢，請好好講清楚。

Check 1 必考單字	高低重音	詞性、類義詞與對義詞
1135 □□□ バッグ	▶ バック	[名]【bag】手提包 [類] かばん 皮包
1136 □□□ はっけん 発見	▶ はっけん	[名・他サ] 發現 [類] 見つける 發現，找到
1137 □□□ はったつ 発達	▶ はったつ	[名・自サ] （身心）成熟，發達；擴展， 進步；（機能）發達，發展 [對] 進歩 進步
1138 □□□ はつめい 発明	▶ はつめい	[名・他サ] 發明 [類] 発案 提案
1139 □□□ は で 派手	▶ はで	[名・形動] （服裝等）鮮艷的，華麗的； （為引人注目而動作）誇張，做作 [對] 地味 樸素
1140 □□□ はながら 花柄	▶ はながら	[名] 花的圖樣 [類] 縞柄 條紋花樣
1141 □□□ はな あ 話し合う	▶ はなしあう	[自五] 對話，談話；商量，協商，談判 [類] やり取り 交談
1142 □□□ はな 離す	▶ はなす	[他五] 使…離開，使…分開；隔開，拉 開距離 [類] 離れる 分離
1143 □□□ はな も よう 花模様	▶ はなもよう	[名] 花的圖樣 [類] 無地 素色

Check 2 / 必考詞組	Check 3 / 必考例句
□ バッグに財布を入れる。 把錢包放入包包裡。	▶ 誕生日プレゼントくれるの？じゃあ、ブランドのバッグがいいな。 你要送生日禮物？那，給我名牌包好了。
□ 死体を発見した。 發現了屍體。	▶ いつか新しい星を発見することを夢見て、毎晩夜空を観察しています。 我每天晚上都在觀察星空，夢想著某一天能發現未知的星星。
□ 技術の発達。 技術的發展	▶ 彼は体操の選手なので、全身の筋肉が発達しています。 因為他是體操選手，所以全身上下的肌肉都很發達。
□ 機械を発明した。 發明機器。	▶ 発明王と言われるエジソンは、一生で 1300 もの発明を行った。 被譽為發明王的愛迪生，其一生中的發明多達了1300項。
□ 派手な服を着る。 穿華麗的衣服。	▶ あの子はあんな派手な格好をしてるけど、仕事はすごく真面目だよ。 那個女孩雖然穿著打扮很豔麗，但是工作的時候非常認真喔！
□ 花柄のワンピース。 有花紋圖樣的連身洋裝。	▶ 男が花柄の服を着ちゃいけないっていう決まりでもあるのか。 有規定男生不能穿花紋圖案的服裝嗎？
□ 楽しく話し合う。 相談甚歡。	▶ 進学は君一人の問題じゃないから、ご両親とよく話し合いなさい。 升學不只是你自己的問題，請和父母親仔細商量。
□ 目を離す。 轉移視線。	▶ お祭りの会場では、お子さんから目を離さないようにお願いします。 來到祭典的會場後，請不要讓孩子離開您的視線。
□ 花模様のハンカチ。 綴有花樣的手帕。	▶ 部屋の壁紙を花模様に替えたら、違う部屋みたいに明るくなった。 把房間的壁紙換成花朵圖案後，簡直像換了個房間似的明亮多了。

Check 1 必考單字	高低重音	詞性、類義詞與對義詞
1144☐☐☐ はな 離れる	▶ はなれる	[自下一] 離開，分開；離去；距離，相隔；脫離（關係），背離 類 散らす 弄散
1145☐☐☐ はば 幅	▶ はば	[名] 寬度，幅面；幅度，範圍；勢力；伸縮空間 類 間隔 間隔
1146☐☐☐ ◉CD2/18 は 歯みがき	▶ はみがき	[名] 刷牙；牙膏，牙膏粉；牙刷 類 歯ブラシ 牙刷
1147☐☐☐ ば めん 場面	▶ ばめん／ばめん	[名] 場面，場所；情景，（戲劇、電影等）場景，鏡頭；市場的情況，行情 類 光景 情景
1148☐☐☐ は 生やす	▶ はやす	[他五] 使生長；留（鬍子） 類 生える 生，長
1149☐☐☐ は や 流行る	▶ はやる	[自五] 流行，時興；興旺，時運佳 類 広まる 傳開
1150☐☐☐ はら 腹	▶ はら	[名] 肚子；心思，內心活動；心情，情緒；心胸，度量；胎內，母體內 類 お腹 肚子
1151☐☐☐ バラエティ	▶ バラエティ	[名]【variety】多樣化，豐富多變；綜藝節目（「バラエティーショー」之略） 類 お笑い 搞笑節目
1152☐☐☐ ばらばら（な）	▶ ばらばら	[形動・副] 分散貌；凌亂，支離破碎的；（雨點）等連續降落 類 ざあざあ 嘩啦嘩啦

□ 故郷を離れる。

離開家鄉。

▶ 波が高くて危険ですから、海岸から離れてください。

浪大危險，請遠離岸邊。

□ 幅を広げる。

拓寬。

▶ 大雨の後で、川の幅がいつもの倍くらいに広がっている。

大雨過後，河流的寬度比平時多出一倍。

□ 毎食後に歯みがきをする。

每餐飯後刷牙。

▶ 歯医者さんで、正しい歯磨きの仕方を教えてもらいました。

牙醫教導了我正確刷牙的方式。

□ 場面が変わる。

轉換場景。

▶ この映画を見たのは10年も前だが、最後の場面ははっきり覚えている。

我當初看這部電影已經是十年前的事了，但是最後一幕仍然歷歷在目。

□ 髭を生やす。

留鬍鬚。

▶ どうも子どもっぽく見られるから、髭を生やしてみたけど、どうかな。

因為常被人說是娃娃臉，所以我試著留了鬍子，看起來怎麼樣？

□ ヨガダイエットが流行っている 。

流行瑜珈減肥。

▶ その年に流行った言葉を選ぶ、流行語大賞という賞があります。

所謂「流行語大獎」就是選出當年度流行用語的獎項。

□ 腹がいっぱい。

肚子很飽。

▶ 腹減ったなあ。なんか食うもんない？

肚子餓了耶。有什麼吃的嗎？

□ バラエティ番組。

綜藝節目。

▶ お昼のバラエティ番組は、有名人の離婚の話ばかりだ。

午間播放的綜藝節目總在談論名人離婚的話題。

□ 時計をばらばらにする。

把表拆開。

▶ 全員ばらばらだった動きが、半日の練習でぴったり合うようになった。

全體人員散開的動作大家只練了半天就整齊劃一了。

Check 1 / 必考單字	高低重音	詞性、類義詞與對義詞

1153 ☐☐☐

バランス ▸ バランス ▸
[名]【balance】平衡，均衡，均等
[類] 都合 方便合適

1154 ☐☐☐

張る ▸ はる ▸
[自五・他五] 延伸，伸展；覆蓋；膨脹，負擔過重；展平，擴張；設置，布置
[類] 貼る 黏上

1155 ☐☐☐

バレエ ▸ バレエ ▸
[名]【ballet】芭蕾舞
[類] 盆踊り 盂蘭盆舞

1156 ☐☐☐

バン ▸ バン ▸
[名]【van】大篷貨車
[類] トラック ／ track 卡車

1157 ☐☐☐

番 ▸ ばん ▸
[名・接尾・漢造] 輪班；看守，守衛；（表順序與號碼）第…號；（交替）順序
[類] 着 抵達

1158 ☐☐☐

範囲 ▸ はんい ▸
[名] 範圍，界線
[類] 周辺 四周

1159 ☐☐☐

反省 ▸ はんせい ▸
[名・他サ] 反省，自省（思想與行為）；重新考慮
[類] 残念 悔恨

1160 ☐☐☐

反対 ▸ はんたい ▸
[名・自サ] 相反；反對
[類] 否定 否定 [對] 賛成 贊同

1161 ☐☐☐

パンツ ▸ パンツ ▸
[名]【pants】（男性與兒童的）褲子；西裝褲；長運動褲，內褲
[類] ジーンズ ／ jeans 牛仔褲

□ バランスを取る。
保持平衡。

▶ 肉だけとか野菜だけとかじゃだめ。食事はバランスだよ。
只吃肉或只吃蔬菜都是不行的，飲食必須均衡攝取喔。

□ 池に氷が張る。
池塘都結了一層薄冰。

▶ 事件のあった公園内は立ち入り禁止で、入り口には縄が張られていた。
發生了事故的公園在入口處拉起了封條，禁止非相關人員進入了。

□ バレエを習う。
學習芭蕾舞。

▶ バレエの発表会で、白鳥の湖を踊りました。
在芭蕾舞成果發表會上跳了天鵝湖。

□ 新型のバンがほしい。
想要有一台新型貨車。

▶ 友達のバンを借りて、家族でキャンプに行った。
向朋友借箱型車和家人去露營了。

□ 店の番をする。
照看店鋪。

▶ 次は私の番ですよ。ちゃんと順番を守ってください。
下一個輪到我了喔，請務必遵守順序。

□ 予算の範囲でやる。
在預算範圍內做。

▶ 明日の試験範囲は、24 ページから 32 ページまでです。
明天考試的範圍從第24頁到第32頁。

□ 深く反省している。
深深地反省。

▶ 子どもは「ごめんなさーい」と笑いながら逃げて行った。
小孩一邊笑著說「對不起嘛……」一邊逃走了。

□ 道の反対側。
道路的相對一側。

▶ 親に反対されたくらいで、夢を諦めるのか。
只因為父母反對，你就要放棄夢想嗎？

□ パンツをはく。
穿褲子。

▶ 男はパンツのポケットに両手を入れて立っていた。
當時男子雙手插在褲袋裡站著。

Check 1 必考單字	高低重音	詞性、類義詞與對義詞
1162 □□□ はんにん **犯人**	▶ は̄んにん	▶ [名] 犯人 [類] ホシ 嫌疑犯
1163 □□□ **パンプス**	▶ パ̄ンプス	▶ [名]【pumps】女用的高跟皮鞋，淑女包鞋 [類] ブーツ／boots 長筒皮靴
1164 □□□ ● CD2／19 **パンフレット**	▶ パ̄ンフレット	▶ [名]【pamphlet】小冊子 [類] お知らせ 通知
1165 □□□ ひ **非**	▶ ひ	▶ [漢造] 非，不是 [類] 不 非
1166 □□□ ひ **費**	▶ ひ	▶ [漢造] 消費，花費；費用 [類] 料 費用
1167 □□□ **ピアニスト**	▶ ピ̄アニ̄スト	▶ [名]【pianist】鋼琴師，鋼琴家 [類] 作曲家 作曲家
1168 □□□ **ヒーター**	▶ ヒ̄ーター	▶ [名]【heater】暖氣裝置；電熱器，電爐 [類] クーラー／cooler 冷氣設備
1169 □□□ **ビール**	▶ ビ̄ール	▶ [名]【(荷)bier】啤酒 [類] お酒 酒的總稱
1170 □□□ ひ がい **被害**	▶ ひ̄がい	▶ [名] 受害，損失 [類] 損害 損失

Check 2 / 必考詞組	Check 3 / 必考例句
□ 犯人を逮捕する。 逮捕犯人。	▶ 暴力事件の犯人と間違われて、警察に連れて行かれた。 我被誤認成暴力案件的犯人，被警察帶走了。
□ パンプスをはく。 穿淑女包鞋。	▶ 仕事で履くので、歩き易いパンプスを探しています。 我想買一雙工作用的輕便包鞋。
□ 詳しいパンフレット。 詳細的小冊子。	▶ すごくいい映画だったので、ついパンフレットを買ってしまった。 因為是一部非常精彩的電影，忍不住買了宣傳冊子。
□ 非を認める。 承認錯誤。	▶ 目上の人を 10 分も待たせるとは、非常識だな。 居然讓長輩等了十分鐘，真是太不懂事了。
□ 経費。 經費	▶ 今日の歓迎会の費用は、会社の交際費で処理してください。 今天迎新會的費用，請用公司的社交費報支。
□ ピアニストの方。 鋼琴家。	▶ 結婚式場でピアニストのアルバイトをしています。 我的兼職工作是在結婚會場當鋼琴師。
□ ヒーターをつける。 裝暖氣。	▶ 今年の冬は寒くて、朝から晩までヒーターを点けっ放しだ。 今年冬天很冷，我從早到晚都開著暖氣。
□ ビールを飲む。 喝啤酒。	▶ 冷たくておいしい。夏はやっぱりビールだなあ。 冰冰涼涼的真過癮！夏天就該喝啤酒啊！
□ 被害がひどい。 受災嚴重。	▶ 地震による被害は小さくないが、死者が出なかったことは不幸中の幸いだ。 雖然地震造成了不小的災害，但沒有罹難者算是不幸中的大幸。

Check 1 必考單字	高低重音	詞性、類義詞與對義詞

1171 □□□
引き受ける ▶ ひきうける ▶
[他下一] 承擔，負責；照應，照料；應付，對付；繼承
[類] 預かる 保管；負責

1172 □□□
引き算 ▶ ひきざん ▶
[名]（數）減法
[類] 割り算 除法

1173 □□□
ピクニック ▶ ピクニック／ピクニック ▶
[名]【picnic】郊遊，野餐
[類] 釣り 釣魚

1174 □□□
膝 ▶ ひざ ▶
[名] 膝，膝蓋
[類] 足首 腳踝

1175 □□□
肘 ▶ ひじ ▶
[名] 肘，手肘
[類] 手首 手腕

1176 □□□
美術 ▶ びじゅつ ▶
[名] 美術
[類] 文学 文學

1177 □□□
非常 ▶ ひじょう ▶
[名・形動] 非常，很，特別；緊急，緊迫
[類] 特別 特別，格外

1178 □□□
美人 ▶ びじん／びじん ▶
[名]（文）美人，美女
[類] 美女 美女

1179 □□□
額 ▶ ひたい ▶
[名] 前額，額頭；物體突出部分
[類] 顎 下巴

□ 事業を引き受ける。
継承事業。

自分にできない仕事は引き受けちゃだめって言わなかったっけ。
我沒告訴過你不要接下自己無法完成的工作嗎？

□ 引き算を習う。
學習減法。

一万円から、使った分を引き算すれば、おつりがいくらか分かるよ。
只要把一萬圓減去用掉的金額，就知道該找多少錢回來囉。

□ ピクニックに行く。
去野餐。

サンドイッチとコーヒーを持って、森へピクニックに行こう。
帶上三明治和咖啡，我們去森林野餐吧！

□ 膝を曲げる。
曲膝。

制服のスカートは、膝が隠れるくらいの長さです。
制服裙子的長度大約到膝蓋以下。

□ 肘つきのいす。
帶扶手的椅子。

授業中、彼女は机に肘をついて、ぼんやり窓の外を見ていた。
上課時她的手肘支在桌面，心不在焉地望著窗外。

□ 美術の研究。
研究美術

美術大学を卒業しましたが、美術史が専門なので、絵は描けません。
雖然我畢業於美術大學，但因為專攻的是美術史，所以不會畫畫。

□ 非常の場合。
緊急的情況

彼の活躍は、同じ研究者として非常に嬉しく思っています。
同樣身為研究者，我為他的活躍感到非常高興。

□ 美人薄命。
紅顏薄命。

君のお母さんは美人だなあ。君が羨ましいよ。
你的媽媽真是個美人啊。我好羨慕你喔。

□ 額に汗して働く。
汗流滿面地工作。

女の子は、額にかかる前髪を右手で払うと、前を向いた。
那個女孩抬起右手撥開垂落到額頭的瀏海，面向前方。

Check 1　必考單字	高低重音	詞性、類義詞與對義詞
1180 □□□ ひ　こ **引っ越し** ▸	ひっこし ▸	[名] 搬家，遷居 [類] 移民 移民
1181 □□□ ●CD2/20 **ぴったり** ▸	ぴったり ▸	[副・自サ] 緊緊地，嚴實地；恰好，正適 合；說中，猜中，剛好合適 [類] 合う 適合；一致；準
1182 □□□ **ヒット** ▸	ヒット ▸	[名・自サ]【hit】大受歡迎，最暢銷； （棒球）安打 [類] 流行る 流行
1183 □□□ **ビデオ** ▸	ビデオ ▸	[名]【video】影像，錄影；錄影機；錄 影帶 [類] 映画 電影
1184 □□□ ひと　さ　ゆび **人差し指** ▸	ひとさしゆび ▸	[名] 食指 [類] 食指 食指
1185 □□□ **ビニール** ▸	ビニール ▸	[名]【vinyl】（化）乙烯基；乙烯基樹 脂；塑膠 [類] ナイロン ／nylon 尼龍
1186 □□□ ひ　ふ **皮膚** ▸	ひふ／ひふ ▸	[名] 皮膚 [類] 皮 皮；外皮
1187 □□□ ひ　みつ **秘密** ▸	ひみつ ▸	[名・形動] 秘密，機密 [類] 内緒 秘密
1188 □□□ ひも **紐** ▸	ひも ▸	[名]（布、皮革等的）細繩，帶 [類] 帯 腰帶

□ 引っ越しをする。
搬家。

▶ 会社の近くのマンションに引っ越しすることにした。
我決定搬到公司附近的公寓了。

□ ぴったり寄り添う。
緊緊地偎靠在一起。

▶ 佐藤さんは毎朝 8 時 45 分ぴったりに会社に来ます。
佐藤先生每天早上都準時於 8 點 45 分進公司。

□ ヒットソング。
暢銷流行曲。

▶ 主婦の意見を取り入れて開発した掃除用品は、発売と同時に大ヒットした。
採用主婦的意見研發而成的清潔用品，一上市就引發熱烈搶購。

□ ビデオを再生する。
播放錄影帶。

▶ 息子は大好きなアニメのビデオを繰り返し見ている。
兒子正在重複看他最喜歡的動畫片。

□ 人差し指を立てる。
豎起食指。

▶ 彼は人差し指を立てて、僕はナンバーワンだ、と叫んだ。
他高舉食指大喊：我是第一名啊！

□ ビニール袋。
塑膠袋

▶ 急に降って来たので、コンビニでビニール傘を買った。
突然下起雨來，所以我在便利商店買了塑膠傘。

□ 皮膚が荒れる。
皮膚粗糙。

▶ 皮膚が弱いので、化粧品には気をつけています。
我的皮膚很敏感，所以使用化妝品時很謹慎。

□ 秘密を明かす。
透漏秘密。

▶ あの子は、絶対秘密ね、と言いながら、みんなにしゃべっている。
那孩子一方面叮嚀這件事是秘密，一方面又自己到處講給大家聽。

□ 靴紐を結ぶ。
繫鞋帶。

▶ 靴の紐をしっかり結び直して、歩き出した。
把鞋帶重新繫好後，邁出了步伐。

Check 1 必考單字	高低重音	詞性、類義詞與對義詞
1189 □□□ ひ 冷やす	ひやす	[他五] 使變涼，冰鎮；（喻）使冷靜 [類] 冷ます 冷却 [對] 温める 加溫
1190 □□□ びょう 秒	びょう	[名・漢造]（時間單位）秒 [類] 時 時間
1191 □□□ ひょう ご 標語	ひょうご	[名] 標語 [類] コピー／copy 廣告文案
1192 □□□ び ょう し 美容師	びようし	[名] 美容師 [類] 床屋さん 理髪師
1193 □□□ ひょうじょう 表情	ひょうじょう	[名] 表情 [類] 顔 面色
1194 □□□ ひょうほん 標本	ひょうほん	[名] 標本；（統計）樣本；典型 [類] 例 事例
1195 □□□ ひょうめん 表面	ひょうめん	[名] 表面 [類] 正面 正面
1196 □□□ ひょうろん 評論	ひょうろん	[名・他サ] 評論，批評 [類] 評価 評價
1197 □□□ ビラ	ビラ	[名]【bill】（宣傳、廣告用的）傳單 [類] 広告 廣告

Check 2 必考詞組	Check 3 必考例句
☐ 冷蔵庫で冷やす。 放在冰箱冷藏。	▶ 友達が来るので、冷蔵庫にジュースを冷やしておきます。 因為朋友要來玩，所以先把果汁放到冰箱裡冰鎮。
☐ タイムを秒まで計る。 以秒計算。	▶ 人の一生を80年とすると、80年は約3万日、約2億5千万秒だ。 假設一個人可以活到八十歲，八十年大約是三萬天，也就是兩億五千萬秒左右。
☐ 交通安全の標語。 交通安全的標語	▶ 工場の壁には事故防止のための標語が貼られている。 工廠的牆壁上張貼著警語以提醒員工防範意外。
☐ 人気の美容師。 極受歡迎的美髮設計師。	▶ 美容師さんに髪を切ってもらって、町に出かけたくなった。 我想請美容師剪短頭髮，然後到街上走走逛逛。
☐ 表情が暗い。 神情陰鬱。	▶ 写真を見ると、それまで笑っていた彼女の表情が固まった。 一看到照片，原本一直面帶笑容的她，臉上的表情突然僵住了。
☐ 動物の標本。 動物的標本	▶ 夏休みの宿題で、虫の標本を作りました。 我做了昆蟲標本以完成暑假作業。
☐ 表面だけ飾る。 只裝飾表面。	▶ 太陽の表面温度は6000度と言われていたが、実は低温で27度だという。 一般認為太陽的表面溫度高達6000度，但據說實際上只有27度的低溫。。
☐ 評論家として。 以評論家的身分	▶ 高校生に向けて、文学作品に関する評論文を書いている。 我正在撰寫適合高中生閱讀的文學評論。
☐ ビラをまく。 發傳單。	▶ 来週パン屋を開店するので、駅前で宣伝のビラを配った。 因為下星期麵包店就要開幕了，所以我們在車站前發了宣傳單。

Check 1　必考單字	高低重音	詞性、類義詞與對義詞

1198□□□ ● CD2 / 21

ひら
開く ▸ ひらく ▸ [自五・他五] 綻放；開，拉開
類 開く 打開

1199□□□

ひろ
広がる ▸ ひろがる ▸ [自五] 開放，展開；（面積、規模、範圍）擴大，蔓延，傳播
類 強まる 強烈起來

1200□□□

ひろ
広げる ▸ ひろげる ▸ [他下一] 打開，展開；（面積、規模、範圍）擴張，發展
類 強がる 逞強

1201□□□

ひろ
広さ ▸ ひろさ ▸ [名] 寬度，幅度
類 太さ 粗細（的程度）

1202□□□

ひろ
広まる ▸ ひろまる ▸ [自五]（範圍）擴大；傳播，遍及
類 延ばす 拉直

1203□□□

ひろ
広める ▸ ひろめる ▸ [他下一] 擴大，增廣；普及，推廣；披漏，宣揚
類 伝える 傳達

1204□□□

びん
瓶 ▸ びん ▸ [名] 瓶，瓶子
類 瀬戸物 陶瓷

1205□□□

ピンク ▸ ピンク ▸ [名]【pink】桃紅色，粉紅色；桃色
類 紫 紫色

1206□□□

びんせん
便箋 ▸ びんせん ▸ [名] 信紙，便箋
類 年賀状 賀年卡

□ 花が開く。

花兒綻放開來。

▶ 彼女は手帳を取り出すと、メモをしたページを開いた。

她把筆記本拿出來後，翻到了之前抄寫筆記的那一頁。

□ 事業が広がる。

擴大事業。

▶ インターネット上には、大統領の発言を批判する声が広がっていた。

針對總統發言的批判聲浪在網路上越演越烈。

□ 捜査の範囲を広げる。

擴大搜查範圍。

▶ 父親は両腕を大きく広げると、走って来る娘を抱き上げた。

父親張開雙臂，抱起了朝他跑來的女兒。

□ 広さは3万坪ある。

有三萬坪的寬度。

▶ このマンションは、広さは十分だが、車の騒音が気になるね。

雖然這棟大廈的空間很寬敞，但是車輛的噪音卻讓人介意。

□ 話が広まる。

事情漸漸傳開。

▶ 日本にキリスト教が広まらなかった理由について研究している。

我正在研究基督教無法在日本廣為宣教的原因。

□ 知識を広める。

普及知識。

▶ 彼が社長の息子だという噂を広めたのは一体誰なの？

究竟是誰把他是社長兒子這件事傳出去的？

□ 瓶を壊す。

打破瓶子。

▶ アパートの床には、お酒の瓶が何本も転がっていました。

當時公寓的地板上躺著好幾支酒瓶。

□ ピンク色のセーター。

粉紅色的毛衣

▶ ピンク色の頬をした女の子は、きらきらした目で私を見つめた。

女孩那時紅著臉蛋，眨著閃亮亮的眼珠凝視著我。

□ 便箋と封筒。

信紙和信封

▶ たった1枚の手紙を書くのに、便箋を10枚も無駄にしちゃった。

僅僅為了寫一封信，竟然浪費了十張便條。

Check 1 必考單字	高低重音	詞性、類義詞與對義詞
1207 □□□ 不 ふ	► ふ	► [漢造] 不；壞；醜；笨 類 非 不
1208 □□□ 部 ぶ	► ぶ	► [名・漢造] 部分；部門；冊 類 集（詩歌等）集
1209 □□□ 無 ぶ	► ぶ	► [漢造] 無，沒有，缺乏 類 未 沒…
1210 □□□ ファースト フード	► ファーストフー ド	► [名]【fastfood】速食 類 立ち食い 站着吃
1211 □□□ ファスナー	► ファスナー	► [名]【fastener】（提包、皮包與衣服上 的）拉鍊 類 ボタン ／ button 紐扣
1212 □□□ ファックス	► ファックス	► [名]【fax】傳真 類 電話 電話
1213 □□□ 不安 ふあん	► ふあん	► [名・形動] 不安，不放心，擔心；不穩定 類 悩み 煩惱
1214 □□□ 風俗 ふうぞく	► ふうぞく	► [名] 風俗；服裝，打扮；社會道德 類 民俗 民間風俗
1215 □□□ 夫婦 ふうふ	► ふうふ	► [名] 夫婦，夫妻 類 親 雙親

□ 不思議。
　　不可思議

▶ 遊びたいのは分かるけど、不規則な生活はよくないよ。

我知道你想玩，但不規律的生活作息對身體很不好喔。

□ 営業部。
　　業務部

▶ 以前は本社の営業部にいましたが、この春から工場の製造部で働いています。

我以前待在總公司的業務部，今年春天起轉任工廠的製造部。

□ 無難。
　　無事

▶ 「あの男はずいぶん無遠慮だな。」「彼は無器用なだけですよ。」

「那個男人真不客氣耶。」「他只是嘴拙而已啦。」

□ ファーストフードを食べすぎた。
　　吃太多速食。

▶ 毎日ファストフードじゃ、そのうち体を壊すよ。

如果每天都吃速食，很快就會把身體搞壞的喲。

□ ファスナーがついている。
　　有附拉鍊。

▶ パスポートは、スーツケースの、ファスナーのついたポケットの中です。

護照在旅行箱的那個拉鍊口袋裡。

□ 地図をファックスする。
　　傳真地圖。

▶ 会員名簿を今すぐ、ファックスで送ってもらえますか。

請問您可以馬上把會員名單傳真過來嗎？

□ 不安をおぼえる。
　　感到不安。

▶ 「私は絶対にミスしません。」「それを聞いて、ますます不安になったよ。」

「我絕不會犯錯！」「聽你這麼一說，我更不放心了哪。」

□ 土地の風俗。
　　當地的風俗

▶ 東北地方の風俗を紹介する本を出版したい。

我想出版一本介紹日本東北地區風俗文化的專書。

□ 夫婦になる。
　　成為夫妻。

▶ 私の両親は仲がよくて、理想の夫婦だと思います。

我父母感情融洽，是我心目中的夫妻楷模。

Check 1 必考單字	高低重音	詞性、類義詞與對義詞
1216□□□ ●CD2/22 不可能（な）_{ふ か のう}	ふかのう	[形動] 不可能的，做不到的 [對] 可能_{か のう} 可能
1217□□□ 深まる_{ふか}	ふかまる	[自五] 加深，變深 [類] 高まる_{たか} 增長
1218□□□ 深める_{ふか}	ふかめる	[他下一] 加深，加強 [類] 高める_{たか} 加高
1219□□□ 普及_{ふ きゅう}	ふきゅう	[名・自サ] 普及 [類] 流行_{りゅうこう} 時興
1220□□□ 拭く_ふ	ふく	[他五] 擦，抹 [類] 払う_{はら} 拂揮
1221□□□ 副_{ふく}	ふく	[名・漢造] 副本，抄件；副；附帶 [類] 補_ほ 候補
1222□□□ 含む_{ふく}	ふくむ	[他五・自四] 含（在嘴裡）；帶有包含；瞭解，知道；含蓄；懷（恨）；鼓起；（花）含苞 [類] 包む_{つつ} 包上；隱藏
1223□□□ 含める_{ふく}	ふくめる	[他下一] 包含，含括；囑咐，告知，指導 [類] 入れる_い 包含；放入
1224□□□ 袋_{ふくろ}	ふくろ	[名] 口袋；腰包 [類] ビニール袋_{ぶくろ}／vinyl 塑膠袋

□ 不可能な要求。
不可能達成的要求

▶ こんなわずかな予算では、実験を成功させることは不可能です。

這麼低的預算是不可能讓實驗成功的。

□ 秋が深まる。
秋深。

▶ スポーツを通して、国同士の関係が深まることは珍しくない。

藉由運動促進國與國之間的友誼，這樣的例子並不少見。

□ 知識を深める。
增進知識。

▶ もっと外国人労働者に対する理解を深めることが必要だ。

我們必須對外籍勞工有更深一層的了解。

□ テレビが普及している。
電視普及。

▶ インターネットの普及によって、社会の情報化が進んだ。

隨著網路的普及，我們朝資訊化社會又邁進了一步。

□ 雑巾で拭く。
用抹布擦拭。

▶ 父は、眼鏡を拭きながら、私の話を黙って聞いていました。

當時父親一邊擦拭眼鏡，一邊默默聽我說話。

□ 副社長。
副社長。

▶ 本日は山下部長に代わりまして、副部長の私がご挨拶させて頂きます。

今天由身為副經理的我代替山下經理前來拜會。

□ 目に涙を含む。
眼裡含淚。

▶ 勤務時間は9時から5時まで。昼休み1時間を含みます。

工作時間從九點到五點，包含午休一個小時。

□ 子供を含めて三百人だ。
包括小孩在內共三百人。

▶ 大会参加者は800人、観客も含めると2000人以上が会場に集まった。

那時的出賽選手有八百名，再加上觀眾，總共超過兩千人在會場上齊聚一堂。

□ 袋に入れる。
裝入袋子。

▶ スーパーでもらったレジ袋にゴミを入れて持ち帰った。

我把垃圾放入在超市拿到的塑膠袋裡提回家了。

Check 1 　必考單字	高低重音	詞性、類義詞與對義詞

1225□□□
更ける
ふ
ける
▸ ふ|け|る ▸
[自下一]（秋）深；（夜）闌
[類] 暮れる　日暮

1226□□□
不幸
ふ こう
▸ ふ|こ|う ▸
[名] 不幸，倒楣；死亡，喪事
[對] 幸福　幸福
こうふく

1227□□□
符号
ふ ごう
▸ ふ|ご|う ▸
[名] 符號，記號；（數）符號
[類] 小数点　小數點
しょうすうてん

1228□□□
不思議
ふ し ぎ
▸ ふ|し|ぎ ▸
[名·形動] 奇怪，難以想像，不可思議
[類] 神秘　神祕
しん び

1229□□□
不自由
ふ じ ゆう
▸ ふ|じ|ゆ|う ▸
[名·形動·自サ] 不自由，不如意，不充裕；
（手腳）不聽使喚；不方便
[類] 不安　不放心
ふ あん

1230□□□
不足
ふ そく
▸ ふ|そ|く ▸
[名·形動·自サ] 不足，不夠，短缺；缺乏，
不充分；不滿意，不平
[類] 欠ける　不足
か

1231□□□
蓋
ふた
▸ ふ|た ▸
[名]（瓶、箱、鍋等）的蓋子；（貝類
的）蓋，蓋子
[類] カバー ／ cover 套子

1232□□□ ●CD2/23
舞台
ぶ たい
▸ ぶ|た|い ▸
[名] 舞台；大顯身手的地方
[類] 場面　場景
ば めん

1233□□□
再び
ふたた
▸ ふ|た|た|び ▸
[副] 再一次，又，重新再
[類] また　又

Check 2 必考詞組	**Check 3** 必考例句

□ 夜が更ける。
三更半夜。

▶ 夜が更けて、遠くに犬の吠える声だけが響いている。
夜深了，只剩下遠處狗兒的吠叫聲仍在迴盪。

□ 不幸を嘆く。
哀嘆不幸。

▶ 自分は不幸だと思っていたが、みんな辛くても明るく頑張っているのだと知った。
雖然我自認不幸，但也曉得大家不管再怎麼痛苦，依然保持樂觀繼續努力。

□ 数学の符号。
數學符號。

▶ 前年より増えた場合はプラス、減った場合はマイナスの符号をつけます。
如果數目比去年多就寫加號，若是減少就寫減號。

□ 不思議なこと。
不可思議的事。

▶ お互い言葉が通じないのに、ホセさんの言いたいことは不思議と分かる。
雖然我們彼此語言不通，不可思議的是，我竟能理解荷西先生想表達的意思。

□ 金に不自由しない。
不缺錢。

▶ 耳や目の不自由な方にも楽しんで頂ける舞台を目指しています。
我的目標是打造一座讓視障者和聽障者也能盡情享受的舞台。

□ 不足を補う。
彌補不足。

▶ 君には知識はあるかもしれないが、経験が不足しているよ。
或許你具有知識，但是經驗不足啊。

□ 蓋をする。
蓋上。

▶ 水筒に熱いお茶を入れて、蓋をしっかり閉めた。
把熱茶倒進水壺裡，然後牢牢鎖緊了蓋子。

□ 舞台に立つ。
站上舞台。

▶ いつかあの舞台に立って、大勢の観客の前で歌いたい。
希望未來的某一天我能站在那座舞台上，在許多觀眾面前唱歌。

□ 再びやってきた。
捲土重來。

▶ 男は助けた子どもを岸に上げると、再び海の中へ飛び込んだ。
男子把救起的小孩抱上岸後，又再度跳進海裡了。

Check 1 必考單字	高低重音	詞性、類義詞與對義詞

1234 □□□
二手
_{ふた て}
▸ ふたて ▸
[名] 兩路
_{りょうほう}
[類] 両方 兩邊

1235 □□□
不注意（な）
_{ふ ちゅう い}
▸ ふちゅうい ▸
[形動] 不注意，疏忽，大意
_{ふ ま じ め}
[類] 不真面目 不認真

1236 □□□
府庁
_{ふ ちょう}
▸ ふちょう ▸
[名] 府辦公室
_{けんちょう}
[類] 県庁 縣政府

1237 □□□
物
_{ぶつ}
▸ ぶつ ▸
[名・漢造] 大人物；物，東西
_{に もつ}
[類] 荷物 行李

1238 □□□
物価
_{ぶっ か}
▸ ぶっか ▸
[名] 物價
_{か かく}
[類] 価格 價錢

1239 □□□
ぶつける
▸ ぶつける ▸
[他下一] 扔，投；碰，撞，（偶然）碰上，
遇上；正當，恰逢；衝突，矛盾
_あ
[類] 当てる 碰上，打

1240 □□□
物理
_{ぶつ り}
▸ ぶつり ▸
[名]（文）事物的道理；物理（學）
_{か がく}
[類] 化学 化學

1241 □□□
船便
_{ふなびん}
▸ ふなびん ▸
[名] 船運通航
_{こうくうびん}
[類] 航空便 空運

1242 □□□
不満
_{ふ まん}
▸ ふまん ▸
[名・形動] 不滿足，不滿，不平
_{もん く}
[類] 文句 牢騒

Check 2 必考詞組	Check 3 必考例句
□ 二手に分かれる。 兵分兩路。	▶ じゃあ、二手に分かれて探そう。私は右へ行くから、左側を頼む。 那我們分頭找吧！我走右邊，左邊就拜託你了。
□ 不注意な発言。 失言。	▶ 運転中は、不注意な行動が大きな事故に繋がるので、気をつけよう。 駕駛時，一個不小心都可能釀成重大事故，請留意喔。
□ 府庁所在地。 府辦公室所在地。	▶ 引っ越しをしたので、府庁へ住所変更の手続きに行きました。 因為我搬家了，所以去府政府（大阪府政府）辦理了變更住址的手續。
□ 紛失物。 遺失物品	▶ その映画は、登場人物が次々と毒物によって命を落とす話だ。 那部電影描述劇中人物一個接一個死於毒物的故事。
□ 物価が上がった。 物價上漲。	▶ 都会は便利だけど、物価が高くて暮らしにくい。 住在都市很方便，但是物價太高，日子過得很辛苦。
□ 車をぶつける。 撞上了車。	▶ たんすの角に足をぶつけて、痛くて跳び上がった。 腳撞上衣櫃的邊角，痛得跳了起來。
□ 物理変化。 物理變化	▶ 大学では物理を専攻して、宇宙の謎を研究したい。 我在大學主修物理學，希望研究宇宙的奧秘。
□ 船便で送る。 用船運過去。	▶ 急ぎませんから船便でいいですよ、安いですから。 不急的話用海運寄送就好了，這樣比較便宜。
□ 不満を抱く。 心懷不滿。	▶ 世の中に不満を抱く若者が犯罪に走るケースが多いという。 據說對社會不滿的年輕人犯罪的比例很高。

Check 1　必考單字	高低重音	詞性、類義詞與對義詞
1243 □□□ 踏切 _{ふみきり}	▶ ふみきり	▶ [名]（鐵路的）平交道，道口；（轉）決心 [類] 交差点　交叉路
1244 □□□ 麓 _{ふもと}	▶ ふもと	▶ [名] 山腳 [類] 谷　山谷
1245 □□□ 増やす _ふ	▶ ふやす	▶ [他五] 繁殖；增加，添加 [類] 増す　増加
1246 □□□ フライ返し _{がえ}	▶ フライがえし	▶ [名]【fry がえし】炒菜鏟 [類] フライパン ／ frypan 平底炒菜鍋
1247 □□□ フライトアテ ンダント	▶ フライトアテン ダント	▶ [名] 空服員 _{きゃくしつじょう む いん} [類] 客室乗務員　機艙乗務員
1248 □□□ プライバシー	▶ プライバシー	▶ [名]【privacy】私生活，個人私密 _{し せいかつ} [類] 私生活　私生活
1249 □□□ ● CD2 / 24 フライパン	▶ フライパン	▶ [名]【frypan】煎鍋，平底鍋 _{ちゅう か なべ} [類] 中華鍋　炒菜鍋
1250 □□□ ブラインド	▶ ブラインド	▶ [名]【blind】百葉窗，窗簾，遮光物 [類] カーテン ／ curtain 窗簾
1251 □□□ ブラウス	▶ ブラウス	▶ [名]【blouse】（婦女穿的）寬大的罩衫，襯衫，女襯衫 [類] ティーシャツ ／ T-shirt T 恤

Check 2 必考詞組	**Check 3** 必考例句
□ 踏切を渡る。 過平交道。	▶ 朝夕のラッシュの時は、踏切が10分以上開かないこともある。 在早晚通勤的交通尖峰期間，鐵路平交道的柵欄有時超過十分鐘都沒有升起。
□ 富士山の麓。 富士山下	▶ 私の実家は、北海道の山の麓で旅館をやっています。 我的老家在北海道的山脚下經營旅舘。
□ 人手を増やす。 增加人手。	▶ 君は手伝ってくれてるのか、それとも僕の仕事を増やしてるのか。 你到底是來幫忙的，還是來給我添亂的？
□ 使いやすいフライ返し。 好用的炒菜鏟。	▶ フライ返しで卵焼きを作ります。 使用甩鍋的技巧煎蛋。
□ フライトアテンダントを目指す。 以當上空服員為目標。	▶ フライトアテンダントになるために、専門学校に通っています。 為了成為空服員，目前在職業學校上課。
□ プライバシーに関する情報。 關於個人隱私的相關資訊。	▶ 生徒のプライバシーを守るために、写真の撮影はご遠慮ください。 為保護學生的隱私，請勿拍照。
□ フライパンで焼く。 用平底鍋烤。	▶ 『フライパンひとつでできる料理』という本が売れている。 《只要一個平底鍋就能完成的料理》這本書很暢銷。
□ ブラインドを掛ける。 掛百葉窗。	▶ もう朝か。ブラインドが閉まっていて、気がつかなかった。 天已經亮了？百葉窗關著，完全沒察覺。
□ ブラウスを洗濯する。 洗襯衫。	▶ 母の日に、花柄のブラウスをプレゼントしました。 母親節時送了媽媽印花罩衫。

Check 1 必考單字	高低重音	詞性、類義詞與對義詞
1252 □□□ プラス	▶ プラス	▶ [名・他サ]【plus】（數）加號；正數；利益，好處；盈餘 [對] マイナス ／ minus 減號；虧損
1253 □□□ プラスチック	▶ プラスチック	▶ [名]【plastic;plastics】（化）塑膠，塑料 [類] ポリエステル ／ polyethylene 聚酯
1254 □□□ プラットホーム	▶ プラットホーム	▶ [名]【platform】月台 [類] 乗り場 車站
1255 □□□ ブランド	▶ ブランド	▶ [名]【brand】（商品的）牌子；商標 [類] 銘柄 牌子
1256 □□□ 振り	▶ ぶり	▶ [造語] 様子，狀態 [類] アクション／ action 行動
1257 □□□ 振り	▶ ぶり	▶ [造語] 相隔 [類] 方 方法
1258 □□□ プリペイドカード	▶ プリペイドカード	▶ [名]【prepaidcard】預先付款的卡片（電話卡、影印卡等） [類] ポイントカード ／ pointcard 積分卡
1259 □□□ プリンター	▶ プリンター	▶ [名]【printer】印表機；印相片機 [類] コピー機 ／ copy 影印機
1260 □□□ 古	▶ ふる	▶ [名・漢造] 舊東西；舊，舊的 [類] 昔 昔日

□ プラスになる。 有好處。	▶ 病気を克服した経験は、君の今後の人生にきっとプラスになる。 對抗病魔的經驗，對你今後的人生一定有所助益。
□ プラスチック製の車。 塑膠製的車子。	▶ ピクニック用に、プラスチックの食器を買った。 我買了野餐用的塑料盤子。
□ プラットホームを出る。 走出月台。	▶ 4番線のプラットホームに特急列車が入って来た。 特快車駛進了四號月台。
□ ブランド品。 名牌商品。	▶ イタリアに行くなら、お土産にブランドのお財布が欲しいな。 既然你要去義大利，旅遊禮物我想要名牌的錢包喔。
□ 勉強振り。 學習狀況	▶ 彼がこの計画に真剣なのは、仕事振りを見れば分かる。 看他的工作態度就知道他對這個計畫很用心。
□ 五年振りの来日。 相隔五年的訪日。	▶ 「お久しぶりです。」「そうだね、半年ぶりくらいかな。」 「好久不見。」「對啊，差不多有半年沒見了吧！」
□ 国際電話用のプリペイドカード。 撥打國際電話的預付卡	▶ コンビニで、使い捨てのプリペイドカードを買った。 我在便利商店買了一次性的預付卡。
□ 新しいプリンター。 新的印表機	▶ パソコンで作った資料をプリンターに送信します。 把在電腦上製作完成的資料傳送到印表機。
□ 古本屋さん。 二手書店	▶ 家にあった父の本を整理して、古本屋に売った。 家裡那些爸爸的書整理之後，賣給了舊書店。

Check 1 必考單字	高低重音	詞性、類義詞與對義詞
1261 □□□ 振る ふ	ふる	[他五] 揮，搖；撒，丟；（俗）放棄，犧牲（地位等）；謝絕，拒絕；派分；在漢字上註假名 [類] 回す 轉動 まわ
1262 □□□ フルーツ	フルーツ	[名]【fruits】水果 [類] 果物 水果 くだもの
1263 □□□ ブレーキ	ブレーキ	[名]【brake】煞車；制止，控制，潑冷水 [對] アクセル／accelerator 之略 加速器
1264 □□□ 風呂（場） ふ ろ ば	ふろば	[名] 浴室，洗澡間，浴池 [類] 洗面所 化粧室 せんめんじょ
1265 □□□ 風呂屋 ふ ろ や	ふろや	[名] 浴池，澡堂 [類] 銭湯 澡堂 せんとう
1266 □□□ ブログ	ブログ	[名]【blog】部落格 [類] サイト ／ site 網址
1267 □□□ ⬤CD2/25 プロ	プロ	[名]【professional之略】職業選手，專家，專業 [類] 達人 高手 [對] アマチュア／amateur たつじん 業餘愛好者
1268 □□□ 分 ぶん	ぶん	[名・漢造] 部分；份；本分；地位 [類] 部分 部分 ぶ ぶん
1269 □□□ 分数 ぶんすう	ぶんすう	[名]（數學的）分數 [類] 小数 小數；小數目 しょうすう

☐ 手を振る。
揮手。

▶ 一列に並んだ子どもたちが旗を振って、走って来る選手たちを迎えた。

排成一列的孩子們揮舞著旗子，迎接了跑過來的選手們。

☐ フルーツジュース。
果汁

▶ 新鮮なフルーツをたっぷり使った贅沢なケーキです。

這個豪華蛋糕用了大量的新鮮水果。

☐ ブレーキをかける。
踩煞車。

▶ 道路に猫が飛び出してきて、慌ててブレーキを踏んだ。

貓從路邊衝了出來，我連忙踩了剎車。

☐ 風呂に入る。
泡澡。

▶ その汚れた足を、まずお風呂場で洗ってきなさい。

那雙髒腳先去浴室洗乾淨！

☐ 風呂屋に行く。
去澡堂。

▶ 友達が泊まりに来たので、近所の風呂屋に行った。

朋友來家裡住，所以我們去了附近的澡堂。

☐ ブログを作る。
架設部落格。

▶ ブログを始めました。皆さん、読んでください。

我開始寫部落格了，請大家多多點閱喔！

☐ プロになる。
成為專家。

▶ 僕はプロの作家です。書店の店員は生活のためのアルバイトです。

我是專業作家，為了餬口才兼職書店店員。

☐ 減った分を補う。
補充減少部分。

▶ お菓子は一人二つです。自分の分を取ったら、席に着いてください。

點心每人兩個。拿完自己的份後，請回到座位。

☐ 分数を習う。
學分數。

▶ 分数の足し算、引き算の問題が苦手です。

我很不擅長做分數加減運算的題目。

Check 1 必考單字	高低重音	詞性、類義詞與對義詞
1270 □□□ ぶんたい **文体**	▶ ぶんたい	[名]（某時代特有的）文體；（某作家特有的）風格 [類] 様式 風格
1271 □□□ ぶんぼうぐ **文房具**	▶ ぶんぼうぐ	[名] 文具，文房四寶 [類] 文具 文具
1272 □□□ へいき **平気**	▶ へいき	[名・形動] 鎮定，冷靜；不在乎，不介意，無動於衷 [類] 平静 平靜，安靜
1273 □□□ へいきん **平均**	▶ へいきん	[名・自サ・他サ] 平均；（數）平均值；平衡，均衡 [類] 均等 平均
1274 □□□ へいじつ **平日**	▶ へいじつ	[名]（星期日、節假日以外）平日；平常，平素 [類] 普段 平常
1275 □□□ へいたい **兵隊**	▶ へいたい	[名] 士兵，軍人；軍隊 [類] 軍隊 軍隊
1276 □□□ へいわ **平和**	▶ へいわ	[名・形動] 和平，和睦 [類] 太平 太平 [對] 戦争 戰爭
1277 □□□ へそ **臍**	▶ へそ	[名] 肚臍；物體中心突起部分 [類] 心臓 心臟
1278 □□□ べっ **別**	▶ べつ	[名・形動・漢造] 分別，區分；分別 [類] 別々 分開

☐ 漱石の文体をまねる。
模仿夏目漱石的文章風格。

この二つの評論は、文体が違うだけで、言っていることは同じだ。
這兩則評論雖然文章體裁不同，但談的都是同一件事。

☐ 文房具屋さん。
文具店

▶ かわいいペンやきれいなメモ帳、文房具屋は見ていて飽きない。
可愛的筆和漂亮的記事本……，這些東西在文具店裡怎麼看都看不膩。

☐ 平気な顔。
冷靜的表情

▶ あの子、平気な振りしてるけど、本当は相当辛いと思うよ。
那女孩雖然一副毫不在意的模樣，我覺得她其實非常難受吧。

☐ 平均所得。
平均收入

▶ 東京の1月の平均気温は、最高気温が10度、最低気温が2度です。
東京一月份的平均溫度，最高溫為10度，最低溫為2度。

☐ 平日ダイヤで運行する。
以平日的火車時刻表行駛。

▶ 平日は21時まで、土日は23時まで営業しております。
本店平日營業到21點，周末營業到23點。

☐ 兵隊に行く。
去當兵。

▶ 戦争中祖父が兵隊に行った時の、白黒の写真を見た。
我看了爺爺當年入伍參戰時的黑白照片。

☐ 平和に暮らす。
過和平的生活。

▶ 私たち一人一人にも、世界の平和のためにできることがあります。
我們每一個人都可以為世界和平貢獻一己之力。

☐ へそを曲げる。
不聽話。

▶ おへそを出して寝たら風邪をひくよ。ちゃんと布団を掛けて。
睡覺時露出肚臍會感冒喔。乖乖把被子蓋好！

☐ 別の方法を考える。
想別的方法

▶ もうおなかいっぱい。でも、デザートは別です。
已經很飽了。不過，裝甜點的是另一個胃！

Check 1 必考單字	高低重音	詞性、類義詞與對義詞
1279□□□ べつ 別に	▶ べつに	[副]（後接否定）不特別 [類] とく 特に 特別
1280□□□ べつべつ 別々	▶ べつべつ	[形動] 各自，分別，各別 [類] それぞれ 各自
1281□□□ ベテラン	▶ ベテラン	[名]【veteran】老手，內行 [類] しょくにん 職人 專家
1282□□□ へ や だい 部屋代	▶ へやだい	[名] 房間費 [類] か ちん 貸し賃 租金
1283□□□ へ 減らす	▶ へらす	[他五] 減，減少；削減，縮減；空 （腹） [類] へ 減る 減少
1284□□□ ベランダ	▶ ベランダ	[名]【veranda】陽台；走廊 [類] おくがい 屋外 室外
1285□□□ ●CD2 26 へ 経る	▶ へる	[自下一]（時間、空間、事物）經過、通 過 [類] す 過ぎる 經過
1286□□□ へ 減る	▶ へる	[自五] 減，減少；磨損 [類] げんしょう 減少する 減少 [對] ふ 増える 增加
1287□□□ ベルト	▶ ベルト	[名]【belt】皮帶；（機）傳送帶； （地）地帶 [類] シートベルト／seat belt 安全帶

Check 2　必考詞組	Check 3　必考例句
□ 別に忙しくない。 不特別忙。	▶ 「洋一君も一緒に行く？」「ううん、いいよ、別に興味ないし。」 「洋一同學也一起去嗎？」「不，不了，我沒什麼興趣。」
□ 別々に研究する。 分別研究。	▶ ごちそうさまでした。お会計は別々にお願いします。 我們吃飽了，請分開結帳。
□ ベテラン選手がやめる。 老將辭去了。	▶ 君、もう8年もこの仕事やってるの？すっかりベテランだね。 你這份工作已經做八年了？稱得上是老手了呢。
□ 部屋代を払う。 支付房租。	▶ 友達と一緒に住んでいるが、部屋代は私が出している。 雖然和朋友住在一起，但房租由我繳付。
□ 体重を減らす。 減輕體重。	▶ 会社の経営が厳しいらしく、交際費を減らすように言われた。 公司的營運狀況似乎十分嚴峻，日前宣布了刪減交際費用。
□ ベランダの花。 陽台上的花。	▶ 部屋の窓が開いていた。犯人はベランダから逃げたのだろう。 房間的窗戶當時是開著的，犯人應該是從陽臺逃脫的吧。
□ 3年を経た。 經過了三年。	▶ 200年の時を経て、その寺は今も村民の心の支えだ。 經過兩百年的歲月，那座寺院至今仍是村民的心靈支柱。
□ 収入が減る。 收入減少。	▶ 円高の影響で、自動車の輸出額が減っている。 受到日幣升值的影響，汽車出口量持續衰退。
□ ベルトの締め方。 繫皮帶的方式。	▶ ズボンが緩いので、ベルトを締めないと落ちてきちゃうんだ。 褲子很鬆，如果沒繫腰帶就會掉下來。

Check 1 必考單字	高低重音	詞性、類義詞與對義詞

1288 □□□

ヘルメット ▸ ヘルメット ▸
[名]【helmet】安全帽；頭盔，鋼盔
[類] 帽子（ぼうし） 帽子

1289 □□□

偏（へん） ▸ へん ▸
[名・漢造] 漢字的（左）偏旁；偏，偏頗
[類] 片（かた） 一對中的一個

1290 □□□

編（へん） ▸ へん ▸
[名・漢造] 編，編輯；（詩的）卷
[類] 部（ぶ） 部，冊

1291 □□□

変化（へんか） ▸ へんか ▸
[名・自サ] 變化，改變；（語法）變形，活用
[類] 変動（へんどう） 變化

1292 □□□

ペンキ ▸ ペンキ ▸
[名]【pek】油漆
[類] 墨（すみ） 墨水

1293 □□□

変更（へんこう） ▸ へんこう ▸
[名・他サ] 變更，更改，改變
[類] 改定（かいてい） 修改

1294 □□□

弁護士（べんごし） ▸ べんごし ▸
[名] 律師
[類] 弁護人（べんごにん） 辯護律師

1295 □□□

ベンチ ▸ ベンチ ▸
[名]【bench】長椅，長凳；（棒球）教練，選手席板凳
[類] いす 椅子

1296 □□□

弁当（べんとう） ▸ べんとう ▸
[名] 便當，飯盒
[類] 駅弁（えきべん） 車站上賣的便當

□ ヘルメットをかぶる。
戴安全帽。

▶ バイクの後ろに乗せてあげるよ。君の分のヘルメットもあるから。
我騎機車載你吧！反正我多帶了一頂安全帽。

□ 衣偏。
衣部（部首）

▶ 漢字の左側を「偏」という。「体」という漢字は「にんべん」に「本」。
漢字的左側稱為「偏」。「体」這個漢字是「人字偏旁」再加上「本」。

□ 編集者。
編輯人員。

▶ この小説は、主人公の少年時代を描いた前編と、成長後の後編に分かれている。
這部小說分為描述主人公少年時代的上卷，以及他成長之後的下卷。

□ 変化に乏しい。
平淡無奇。

▶ 企業も時代にあわせて変化していかなければならない。
企業也必須隨著時代的脈動而有所改變才行。

□ ペンキが乾いた。
油漆乾了。

▶ 息子と一緒に犬小屋を作って、屋根に青いペンキを塗った。
我和兒子一起蓋狗屋，並在屋頂刷上了藍色的油漆。

□ 計画を変更する。
變更計畫。

▶ 予定が変わったので、飛行機の時間を変更した。
由於行程異動，所以也更改了搭乘的班機。

□ 弁護士になる。
成為律師。

▶ 裁判の前に、弁護士とよく相談したほうがいいですよ。
在進法庭之前先和律師詳細商量比較好喔。

□ ベンチに腰掛ける。
坐到長椅上。

▶ そのおじいさんは、毎日同じベンチに座っています。
那個老爺爺每天都坐在同一張長椅上。

□ 弁当を作る。
做便當。

▶ 「お弁当は温めますか。」「はい、お願いします。」
「便當要加熱嗎？」「要，麻煩您。」

Check 1 必考單字	高低重音	詞性、類義詞與對義詞

1297 □□□
歩／歩
ほ／ぽ
[名・漢造] 歩，歩行；（距離單位）歩
類 歩き 歩行

1298 □□□
保育園
ほいくえん
[名] 幼稚園，保育園
類 孤児院 孤兒院

1299 □□□
保育士
ほいくし
[名] 幼教師
類 介護士 看護人員

1300 □□□
防
ぼう
[漢造] 防備，防止；堤防
類 封じ 防

1301 □□□
報告
ほうこく
[名・他サ] 報告，匯報，告知
類 レポート ／ report 報告

1302 □□□
包帯
ほうたい
[名・他サ]（醫）繃帶
類 マスク ／ mask 口罩

1303 □□□
包丁
ほうちょう
[名] 菜刀；廚師；烹調手藝
類 ナイフ ／ knife 餐刀

1304 □□□ ◉ CD2 / 27
方法
ほうほう
[名] 方法，辦法
類 手段 方法

1305 □□□
訪問
ほうもん
[名・他サ] 訪問，拜訪
類 打ち合わせ 磋商

□ 前へ、一歩進む。 往前一步。	▶ ストーブが点けっ放しだったよ。一歩間違えたら大火事だった。 爐子點了火就沒關喔。萬一稍有差池就會引燃大火了。
□ 2歳から保育園に行く。 從兩歲起就讀育幼園。	▶ 働きたいので、1歳の娘を預かってくれる保育園を探している。 我想去工作，所以在找能托育一歲女兒的托兒所。
□ 保育士になる。 成為幼教老師。	▶ 子どもが好きなので、保育士の資格を取るつもりだ。 我喜歡小孩，所以打算考取幼教師的證照。
□ 予防医療。 預防醫療	▶ 風邪の予防のためには、手を洗うことが大切です。 為了預防感冒，洗手是非常重要的。
□ 事件を報告する。 報告案件。	▶ 調査結果は、どんな小さなことでも報告してください。 不管多麼細微的線索，也請務必放進調查報告中。
□ 包帯を換える。 更換包紮帶。	▶ 手術をした右足には、白い包帯が巻かれていた。 動了手術的右腳用白色的繃帶包紮起來了。
□ 包丁で切る。 用菜刀切。	▶ 料理なんかしないから、うちには包丁もまな板もないよ。 因為根本不做飯，所以家裡既沒有菜刀也沒有砧板喔。
□ 方法を考え出す。 想出辦法。	▶ 代表者を決めるに当たっては、全員が納得できる方法を考えよう。 在決定代表的時候，要考慮全體人員都能接受的選拔辦法。
□ 家庭を訪問する。 家庭訪問。	▶ お年寄りのお宅を訪問して、買い物などのお手伝いをする仕事です。 我的工作是去老年人家裡訪視，以及幫忙購物等等。

Check 1 必考單字	高低重音	詞性、類義詞與對義詞

1306 □□□
ぼうりょく
暴力 ▸ ぼうりょく ▸
[名] 暴力，武力
[類] いじめ 霸凌

1307 □□□
ほお　ほほ
頬／頬 ▸ ほお／ほほ ▸
[名] 頬，臉蛋
[類] 顔 臉

1308 □□□
ボーナス ▸ ボーナス ▸
[名]【bonus】特別紅利，花紅；獎金，額外津貼，紅利
しょうきん
[類] 賞金 獎金

1309 □□□
ホーム ▸ ホーム ▸
[名]【platform之略】月台
の　ば
[類] 乗り場 車站

1310 □□□
ホームページ ▸ ホームページ ▸
[名]【homepage】（網站的）首頁
[類] ツイッター／Twitter 推特

1311 □□□
ホール ▸ ホール ▸
[名]【hall】大廳；舞廳；（有舞台與觀眾席的）會場
[類] ロビー／lobby 大廳

1312 □□□
ボール ▸ ボール ▸
[名]【ball】球；（棒球）壊球
たま
[類] 球 球

1313 □□□
ほけんじょ
保健所 ▸ ほけんじょ ▸
[名] 保健所，衛生所
くすりや
[類] 薬屋 藥房

1314 □□□
ほけんたいいく
保健体育 ▸ ほけんたいいく ▸
[名]（國高中學科之一）保健體育
たいいく
[類] 体育 體育

☐ 暴力禁止法案。 嚴禁暴力法案	どんな理由があっても、暴力は決して許されない。 不管你有任何理由，絕不允許使用暴力。
☐ 頬が赤い。 臉蛋紅通通的。	ソファーで眠る男の子の頬には、涙の跡があった。 睡在沙發上的男孩，臉頰上還掛著淚痕。
☐ ボーナスが出る。 發獎金。	ボーナスが出たら何をしようか、考えるだけで幸せだ。 拿到獎金後要做什麼才好呢──光是想想就覺得幸福滿滿。
☐ ホームを出る。 走出月台。	駅に着きました。5番線のホームのベンチで待ってます。 我到車站了，正在五號月臺的長椅上等你。
☐ ホームページを作る。 架設網站。	ホームページを見て、こちらの会社で働きたいと思いました。 看了這家公司的網站後，我想到這裡上班了。
☐ 新しいホール。 嶄新的大廳	研究発表会は、公民館の小ホールで行います。 研究成果發表會在文化會館的小禮堂舉行。
☐ サッカーボール。 足球	子どもの頃は、毎日暗くなるまでサッカーボールを追いかけていた。 小時候每天都踢足球玩到太陽下山。
☐ 保健所の人。 衛生中心的人員	心配なら、保健所の健康相談に行ってみたら？ 假如不放心，要不要去衛生所找人做健康諮詢呢？
☐ 保健体育の授業。 健康體育課	明日の保健体育の授業は、体育館で体力測定をします。 明天的健康與體育課要在體育館進行體力測試。

Check 1 必考單字	高低重音	詞性、類義詞與對義詞
1315 □□□ ほっと	▸ ほっと	▸ [副・自サ] 嘆氣貌；放心貌 [類] すっきり 舒暢
1316 □□□ ポップス	▸ ポップス	▸ [名]【pops】流行歌，通俗歌曲（「ポピュラーミュージック」之略） [類] ロック ／ lock 搖滾樂
1317 □□□ 骨 ほね	▸ ほね	▸ [名] 骨頭；費力氣的事 [類] 骨格 骨骼 こっかく
1318 □□□ ホラー	▸ ホラー	▸ [名]【horror】恐怖，戰慄 [類] アクション ／ action 動作片
1319 □□□ ボランティア	▸ ボランティア	▸ [名]【volunteer】志願者，自願參加者；志願兵 [類] ホームヘルパー ／ home helper 女傭人
1320 □□□ ポリエステル	▸ ポリエステル	▸ [名]【polyethylene】（化學）聚乙稀，人工纖維 [類] ナイロン ／ nylon 尼龍
1321 □□□ ぼろぼろ（な）	▸ ぼろぼろ	▸ [名・形動・副]（衣服等）破爛不堪；（粒狀物）散落貌 [類] ごちゃごちゃ 亂七八糟
1322 □□□ ⊙CD2/28 本日 ほんじつ	▸ ほんじつ	▸ [名] 本日，今日 [類] 本年 今年 ほんねん
1323 □□□ 本代 ほんだい	▸ ほんだい	▸ [名] 買書錢 [類] 洋服代 置裝費 ようふくだい

Check 2 必考詞組	Check 3 必考例句
□ ほっと息をつく。 鬆了一口氣。	病気だと聞いていたけど、元気な顔を見てほっとしたよ。 之前聽說她生病了，現在看到她神采奕奕的樣子，讓人鬆了一口氣。
□ 80年代のポップス。 八〇年代的流行歌。	音楽は、クラシックからポップスまで何でも好きです。 在音樂方面，從古典音樂到流行歌曲我全都喜歡。
□ 骨が折れる。 費力氣。	スキーで転んで、足の骨を折った。 滑雪時摔倒，導致腿骨骨折了。
□ ホラー映画。 恐怖電影	昼間に見たホラー映画のせいで、昨夜は眠れなかった。 都是因為昨天白天看了恐怖片，害我晚上沒睡好。
□ ボランティア活動。 志工活動	外国人観光客の案内をするボランティアをしています。 我目前擔任外國遊客的導覽志工。
□ ポリエステルの服。 人造纖維的衣服。	このシャツはポリエステルが5％入っているので、乾き易いです。 因為這件襯衫含有5%的人造纖維，所以很容易乾。
□ ぼろぼろな財布。 破破爛爛的錢包	彼女に振られたときは、身も心もぼろぼろになったよ。 被她甩了的時候，身心都嚴重受創了。
□ 本日のお薦めメニュー。 今日的推薦菜單。	本日はお忙しい中、お集まり頂き誠にありがとうございます。 感謝您今日於百忙之中蒞臨這場聚會。
□ 本代がかなりかかる。 買書的花費不少。	学費は、授業料以外に、授業で使う本代もけっこうかかります。 學費除了老師的授課費之外，上課時會用到的書本費也是一大筆支出。

Check 1 必考單字	高低重音	詞性、類義詞與對義詞

1324 □□□

ほんにん
本人 ▶ ほんにん ▶

[名] 本人
[類] 当人 本人
とうにん

1325 □□□

ほんねん
本年 ▶ ほんねん ▶

[名] 本年，今年
[類] 来年 明年
らいねん

1326 □□□

ほんの ▶ ほんの ▶

[連體] 不過，僅僅，一點點
[類] ちょっと 一下；一點

1327 □□□

まい
毎 ▶ まい ▶

[接頭] 每
[類] 各 各自
かく

1328 □□□

マイク ▶ マイク ▶

[名] 【mike】麥克風
[類] スピーカ 擴音器

1329 □□□

マイナス ▶ マイナス ▶

[名・他サ] 【minus】（數）減，減法；減號，負數；負極；（溫度）零下
[對] プラス ／ plus 加號

1330 □□□

マウス ▶ マウス ▶

[名] 【mouse】老鼠；（電腦）滑鼠
[類] キーボード ／ key board 鍵盤

1331 □□□

まえ
前もって ▶ まえもって ▶

[副] 預先，事先
[類] 前に 之前
まえ

1332 □□□

まか
任せる ▶ まかせる ▶

[他下一] 委託，託付；聽任，隨意；盡力，盡量
[類] 委託する 委託
いたく

| Check 2 | 必考詞組 | Check 3 | 必考例句 |

Check 2 必考詞組 　　**Check 3** 必考例句

☐ 本人が現れた。
當事人現身了。

► ご来店の際は、本人を確認できる書類をお持ちください。
來店時，請攜帶能核對身分的證件。

☐ 本年もよろしく。
今年還望您繼續關照。

► 昨年はお世話になりました。本年も宜しくお願い致します。
去年承蒙您的關照。今年也請多多指教。

☐ ほんの少し。
只有一點點

► 「お土産、どうもありがとう。」「いいえ、ほんの気持ちです。」
「謝謝你的伴手禮。」「別客氣，只是一點心意。」

☐ 毎朝、牛乳を飲む。
每天早上，喝牛奶。

► この曲はいくら練習しても、毎回同じところで間違えてしまう。
這首曲子不管再怎麼練習，每次還是都在同一個地方出錯。

☐ マイクを通じて話す。
透過麥克風說話。

► 後ろの席まで声が届かないから、マイクを使いましょう。
因為聲音無法傳到後面的座位，還是拿麥克風吧！

☐ マイナスになる。
變得不好。

► 今、急いで結論を出しても、長い目で見たらマイナスになる。
就算現在匆促做出結論，日後還是會產生負面的影響。

☐ マウスを移動する。
移動滑鼠。

► パソコンを買い替えたので、マウスも新しくした。
因為買了新電腦，所以滑鼠也換了個新的。

☐ 前もって知らせる。
事先知會。

► ご来社の際は、前もって総務部までご連絡ください。
蒞臨本公司之前，敬請事先通知總務部。

☐ 運を天に任せる。
聽天由命。

► 君に任せると言った以上、責任は私が取るから、自由にやりなさい。
既然說要交給你了，責任就由我來承擔，儘管放手去做吧。

311

Check 1 必考單字	高低重音	詞性、類義詞與對義詞
1333 □□□ 巻く <small>ま</small>	▶ ま￣く	[自五・他五] 形成漩渦；喘不上氣來；捲；纏繞；上發條；捲起；包圍；（登山）迂迴繞過險處；（連歌，俳諧）連吟 [類] 囲む<small>かこ</small> 包圍
1334 □□□ 枕 <small>まくら</small>	▶ ま￣くら	[名] 枕頭 [類] 毛布<small>もうふ</small> 毛毯
1335 □□□ 負け <small>ま</small>	▶ ま￣け	[名] 輸，失敗；減價；（商店送給客戶的）贈品 [對] 勝ち<small>か</small> 贏
1336 □□□ 曲げる <small>ま</small>	▶ ま￣げる	[他下一] 彎，曲；歪，傾斜；扭曲，歪曲；改變，放棄；（當舖裡的）典當；偷，竊 [類] 曲がる 彎曲
1337 □□□ 孫 <small>まご</small>	▶ ま￣ご	[名・漢造] 孫子 [類] 息子<small>むすこ</small> 兒子
1338 □□□ CD2 29 まさか	▶ ま￣さか	[副] （後接否定語氣）絕不，總不會，難道；萬一，一旦該不會 [類] いくら何<small>なん</small>でも 即使…也
1339 □□□ 混ざる <small>ま</small>	▶ ま￣ざる	[自五] 混雜，夾雜 [類] 混じる<small>ま</small> 摻雜
1340 □□□ 交ざる <small>ま</small>	▶ ま￣ざる	[自五] 混雜，交雜，夾雜 [類] 混ぜる<small>ま</small> 攪拌
1341 □□□ まし（な）	▶ ま￣し	[形動] 強，勝過 [類] プラス／plus 加上

Check 2　必考詞組	Check 3　必考例句

□ 紙を筒状に巻く。
把紙捲成筒狀。

▶ 父はお風呂から出ると、体にタオルを巻いたまま、ビールを飲み始めた。
爸爸一洗完澡，身上只裹著浴巾就喝起啤酒來了。

□ 枕につく。
就寢，睡覺。

▶ ホテルの枕は合わないので、自分用の枕を持ち歩いています。
飯店的枕頭我睡不習慣，所以總是帶著自己的枕頭。

□ 私の負け。
我輸了。

▶ ここは怒った方が負けだよ。まず冷静になろう。
被激怒的話就輸囉！總之先冷靜下來。

□ 腰を曲げる。
彎腰。

▶ あの男は、誰がなんと言おうと、自分の意見を曲げない。
那個男人不聽任何人的規勸，始終堅持己見。

□ 孫ができた。
抱孫子了。

▶ 息子が二人、娘が三人、孫は十二人います。
我有兩個兒子、三個女兒，還有十二個孫子。

□ まさかの時に備える。
以備萬一。

▶ まさか君があそこで泣くとは思わなかったよ。本当にびっくりした。
沒想到你會躲在那裡哭！真的嚇了我一跳。

□ 米に砂が混ざっている。
米裡面夾帶著沙。

▶ 砂糖がちゃんと混ざってなかったみたい。最後の一口だけ甘かったよ。
糖好像沒有攪散，只有最後一口特別甜呀！

□ 不良品が交ざっている。
摻進了不良品。

▶ 彼なら、新しいチームにもすぐに交ざって、うまくやれると思う。
如果是他的話，應該可以馬上融入新團隊裡並和大家合作無間。

□ ましな番組。
像樣一些的電視節目

▶ そこ、うるさい！授業中騒ぐなら、寝てる方がましだ。
那邊的同學，你們太吵了！如果要在課堂上吵鬧，倒不如統統睡覺！

Check 1　必考單字	高低重音	詞性、類義詞與對義詞
1342 □□□ 雑（ま）じる	▸ まじる	[自五] 夾雜，混雜；加入，交往，交際 類 混雑（こんざつ） 擁擠
1343 □□□ マスコミ	▸ マスコミ	[名]【masscommunication】之略（透過報紙、廣告、電視或電影等向群眾進行的）大規模宣傳；媒體 類 記者（きしゃ） 記者
1344 □□□ マスター	▸ マスター	[名・他サ]【master】老闆；精通 類 オーナー／owner 業主
1345 □□□ 益々（ますます）	▸ ますます	[副] 越發，益發，更加 類 どんどん 連續不斷
1346 □□□ 混（ま）ぜる	▸ まぜる	[他下一] 混入；加上，加進；攪，攪拌 類 混（ま）ざる 混雜
1347 □□□ 間違（まちが）い	▸ まちがい	[名] 錯誤，過錯；不確實 類 誤（あやま）り 錯誤
1348 □□□ 間違（まちが）う	▸ まちがう	[自五・他五] 做錯，搞錯；錯誤，弄錯 類 誤（あやま）る 做錯
1349 □□□ 間違（まちが）える	▸ まちがえる	[他下一] 弄錯，搞錯，做錯 類 誤（あやま）る 搞錯
1350 □□□ 真（ま）っ暗（くら）	▸ まっくら	[名・形動] 漆黑；（前途）黯淡 類 暗（くら）い 昏暗；黯淡

Check 2 必考詞組	Check 3 必考例句
□ 酒に水が雑じる。 酒裡摻水。	▶ 私は日本人ですが、四分の一、ブラジル人の血が混じっています。 我雖然是日本人，但有四分之一的巴西血統。
□ マスコミに追われている。 蜂擁而上的採訪媒體。	▶ 大臣の発言に対するマスコミの反応は様々だった。 對於部長的發言，各家媒體的反應各不相同。
□ 日本語をマスターしたい。 我想精通日語。	▶ フランス語の文法はマスターしたが、発音が難しい。 我雖然精通法文的文法，但發音對我來說非常困難。
□ ますます強くなる。 更加強大了。	▶ 母親が叱ると、子どもはますます大きな声で泣き出した。 母親一開口責罵，孩子更加放聲大哭起來了。
□ ビールとジュースを混ぜる。 將啤酒和果汁加在一起。	▶ 卵に醤油少々を入れて、箸でよく混ぜてください。 請在雞蛋上淋上少許醬油，並用筷子攪拌均勻。
□ 間違いを直す。 改正錯誤。	▶ たった一度や二度の間違いで、人生が終わったみたいなことを言うんじゃないよ。 不過是犯一兩次錯誤，不要說得像是人生已經完蛋了啊。
□ 計算を間違う。 算錯了。	▶ 先生でも、こんな簡単な問題を間違うこと、あるんですね。 即使是老師，這麼簡單的問題也可能會答錯呢。
□ 人の傘と間違える。 跟別人的傘弄錯了。	▶ 右に曲がるところを、間違えて左に行ってしまったんです。 在應該右轉的地方左轉，走錯路了。
□ 真っ暗になる。 變得漆黑。	▶ 今年も単位を落としてしまった。僕の人生は真っ暗だ。 今年又沒拿到學分了。我的人生真是一片黑暗。

Check 1 必考單字	高低重音	詞性、類義詞與對義詞

1351 □□□

真っ黒
ま くろ

▸ まっくろ

▸ [名・形動] 漆黑，烏黑
對 真っ白 純白
ま しろ

1352 □□□

まつ毛
げ

▸ まつげ

▸ [名] 睫毛
類 眉毛 眉毛
まゆげ

1353 □□□

真っ青
ま さお

▸ まっさお

▸ [名・形動] 蔚藍，深藍；（臉色）蒼白
類 真っ赤 鮮紅
ま か

1354 □□□ ●CD2 30

真っ白
ま しろ

▸ まっしろ

▸ [名・形動] 雪白，淨白，皓白
類 白 白色
しろ

1355 □□□

真っ白い
ま しろ

▸ まっしろい

▸ [形] 雪白的，淨白的，皓白的
類 白 白色
しろ

1356 □□□

全く
まった

▸ まったく

▸ [副] 完全，全然；實在，簡直；（後接否定）絕對，完全
類 完全に 完全
かんぜん

1357 □□□

祭り
まつ

▸ まつり

▸ [名] 祭祀；祭日，廟會祭典
類 祭礼 祭祀
さいれい

1358 □□□

纏まる
まと

▸ まとまる

▸ [自五] 解決，商訂，完成，談妥；湊齊，湊在一起；集中起來，概括起來，有條理
類 片付く 處理好；整理好
かた づ

1359 □□□

纏める
まと

▸ まとめる

▸ [他下一] 解決，結束；總結，概括；匯集，收集；整理，收拾
類 書く 做文章
か

Check 2 必考詞組	Check 3 必考例句
□ 日差しで真っ黒になった。 被太陽晒得黑黑的。	父は今年70ですが、まだまだ元気で髪も真っ黒です。 我父親今年70歲，但仍然非常硬朗，頭髮也很烏黑。
□ まつ毛が抜ける。 掉睫毛。	木村さんは目が大きくてまつ毛が長くて、女優さんみたいですね。 木村小姐有大大的眼睛和長長的睫毛，像個女明星似的。
□ 真っ青な顔をしている。 變成鐵青的臉。	今月の給料を落としてしまって、真っ青になった。 我把這個月的薪水弄丟了，急得臉色都發青了。
□ 頭の中が真っ白になる。 腦中一片空白。	雨が雪に変わり、辺りには真っ白な景色が広がっていた。 雨滴轉為雪片，四周盡是一片雪白的景色。
□ 真っ白い雪が降ってきた。 下起雪白的雪來了。	花嫁は真っ白いドレスがよく似合う素敵な人でした。 新娘是一位非常適合純白禮服的美人。
□ まったく違う。 全然不同。	彼女が何を考えているのか、私には全く分かりません。 她到底在想什麼，我實在一點也不懂。
□ 祭りに出かける。 去參加節日活動。	お祭りの夜は、この辺まで賑やかな声が聞こえてきますよ。 祭典那一夜，熱鬧的聲音連這附近都能聽見喔。
□ 意見がまとまる。 意見一致。	何度も両家が話し合って、ようやく兄の結婚話がまとまった。 兩家人談了好幾次，才終於談妥了哥哥的婚事。
□ 意見をまとめる。 整理意見。	グループで話し合った結果をまとめて、3分間で発表してください。 請總結小組討論的結果，並做成三分鐘的簡報。

Check 1 必考單字	高低重音	詞性、類義詞與對義詞
1360 □□□ 間取り （まど）	▶ まどり	▶ [名]（房子的）房間佈局，採間，平面佈局 [類] 設計 設計（せっけい）
1361 □□□ マナー	▶ マナー	▶ [名]【manner】禮貌，規矩；態度舉止，風格 [類] ルール ／ rule 規則
1362 □□□ まな板 （いた）	▶ まないた	▶ [名] 切菜板 [類] 包丁 菜刀（ほうちょう）
1363 □□□ 間に合う （ま）（あ）	▶ まにあう	▶ [自五] 來得及，趕得上；夠用 [類] 直前 即將…之前（ちょくぜん）
1364 □□□ 間に合わせる （ま）（あ）	▶ まにあわせる	▶ [連語] 臨時湊合，就將；使來得及，趕出來 [類] 急ぐ 趕緊（いそ）
1365 □□□ 招く （まね）	▶ まねく	▶ [他五]（搖手、點頭）招呼；招待，宴請；招聘，聘請；招惹，招致 [類] 奢る 請客（おご）
1366 □□□ 真似る （まね）	▶ まねる	▶ [他下一] 模效，仿效，模仿 [類] 模倣する 模仿（もほう）
1367 □□□ 眩しい （まぶ）	▶ まぶしい	▶ [形] 耀眼，刺眼的；華麗奪目的，鮮豔的，刺目 [類] 明るい 明亮（あか）
1368 □□□ 瞼 （まぶた）	▶ まぶた	▶ [名] 眼瞼，眼皮 [類] 眉毛 眉毛（まゆげ）

□ 間取りがいい。 隔間還不錯。	▶ 101号室と102号室とは、広さは同じですが間取りが違います。 101號房和102號房雖然大小相同，但內部的格局不同。
□ 食事のマナー。 用餐禮儀	▶ 彼は食事のマナーはいいんですが、食事中の会話がつまらないんです。 雖說他的用餐禮儀良好，但吃飯時聊的內容很無趣。
□ 木材のまな板。 木材砧板。	▶ 包丁とまな板はよく乾かしてから棚にしまいます。 把菜刀和砧板晾乾後放在架子上。
□ 電車に間に合う。 趕上電車。	▶ 明朝は7時にホテルを出ないと会議に間に合いません。 如果明天早上七點不從旅館出發，就趕不上會議了。
□ 締切に間に合わせる。 在截止期限之前繳交。	▶ 社員全員で残業をして、なんとか期限に間に合わせた。 公司全體員工一起加班，總算趕上了最後期限。
□ パーティーに招かれた。 受邀參加派對。	▶ 国際交流のためのパーティーに招かれて、スピーチをした。 我受邀出席國際交流酒會，並且上台發表了演講。
□ 上司の口ぶりを真似る。 仿效上司的說話口吻。	▶ 女の子は、母親のしゃべり方をまねてみせて、みんなを笑わせた。 那位女孩模仿了母親說話的樣子，逗得大家哈哈大笑。
□ 太陽が眩しかった。 太陽很刺眼。	▶ 眩しいよ。人が寝てるのに、電気を点けないでよ。 太刺眼了啦。人家在睡覺，不要開燈嘛。
□ 瞼を閉じる。 闔上眼瞼。	▶ パソコンなどで目が疲れたときは、まぶたを閉じて目を休めましょう。 當使用電腦之類的3C產品導致眼睛疲勞的時候，就閉眼休息一下吧。

Check 1 / 必考單字	高低重音	詞性、類義詞與對義詞

1369□□□

マフラー ▶ マフラー ▶

[名]【muffler】圍巾；（汽車等的）滅音器
[類] スカーフ ／ scarf 絲巾

1370□□□ ○CD2/31

<ruby>守<rt>まも</rt></ruby>る ▶ まもる ▶

[他五] 保衛，守護；遵守，保守；保持（忠貞）；（文）凝視
[類] <ruby>庇<rt>かば</rt></ruby>う 庇護 [對] 戦う 戰鬥

1371□□□

<ruby>眉毛<rt>まゆげ</rt></ruby> ▶ まゆげ ▶

[名] 眉毛
[類] <ruby>髭<rt>ひげ</rt></ruby> 鬍子

1372□□□

<ruby>迷<rt>まよ</rt></ruby>う ▶ まよう ▶

[自五] 迷，迷失；困惑；迷戀；（佛）執迷；（古）（毛線、線繩等）絮亂，錯亂
[對] <ruby>悟<rt>さと</rt></ruby>る 醒悟

1373□□□

<ruby>真夜中<rt>まよなか</rt></ruby> ▶ まよなか ▶

[名] 三更半夜，深夜
[類] <ruby>深夜<rt>しんや</rt></ruby> 深夜

1374□□□

マヨネーズ ▶ マヨネーズ ▶

[名]【mayonnaise】美乃滋，蛋黃醬
[類] ケチャップ ／ ketchup 番茄醬

1375□□□

<ruby>丸<rt>まる</rt></ruby> ▶ まる ▶

[名・造語・接頭・接尾] 圓形，球狀；句點；完全
[類] <ruby>四角<rt>しかく</rt></ruby> 四角形

1376□□□

まるで ▶ まるで ▶

[副]（後接否定）簡直，全部，完全；好像，宛如，恰如
[類] さながら 宛如

1377□□□

<ruby>回<rt>まわ</rt></ruby>り ▶ まわり ▶

[名・接尾] 轉動；蔓延；走訪，巡迴；周圍；周，圈
[類] <ruby>回<rt>まわ</rt></ruby>り<ruby>道<rt>みち</rt></ruby> 繞道

□ 暖かいマフラーをくれた。

人家送了我暖和的圍巾。

▶ 今日は寒いから、マフラー、手袋を忘れずにね。

今天很冷，別忘了戴上圍巾和手套唷。

□ 秘密を守る。

保密。

▶ この村の伝統を守ることが、21 世紀に生きる私たちの務めだ。

守護這個村子的傳統，是生在21世紀的我們的責任。

□ まゆげが長い。

眉毛很長。

▶ 木村さんちの家族は全員眉毛が太いからすぐ分かる。

木村先生全家都是粗眉毛，一眼就認出來了。

□ 道に迷う。

迷路。

▶ カレーにしようか、ハンバーグにしようか、迷うなあ。

該吃咖喱呢，還是漢堡呢？真難抉擇啊！

□ 真夜中に目が覚めた。

深夜醒來。

▶ 真夜中になると現れる不思議なドアのお話です。

這是一個到了午夜，就會出現一扇門的離奇故事。

□ 低カロリーのマヨネーズ。

低熱量的美奶滋。

▶ サンドイッチを作るので、パンにマヨネーズを塗ってください。

因為要做三明治，所以請把美乃滋塗在麵包上。

□ 丸を書く。

畫圈圈。

▶ 正しいと思うものには丸、間違っていると思うものにはバツをつけなさい。

認為是正確的就請劃圈，認為是錯誤的就請打叉。

□ まるで夢のようだ。

宛如作夢一般。

▶ あの二人が実は兄弟だったなんて。まるでドラマみたい。

那兩個人居然是兄弟！未免太戲劇化了。

□ 火の回りが速い。

火蔓延得快。

▶ 今日は疲れているのか、お酒の回りが速い。

不知道是不是因為今天特別累，一下子就醉了。

Check 1 / 必考單字	高低重音	詞性、類義詞與對義詞

1378 ☐☐☐

まわ
周り ▸ まわり ▸

[名] 周圍，周邊
[類] 辺り 周圍

1379 ☐☐☐

マンション ▸ マンション ▸

[名]【mansion】公寓大廈；（高級）公寓
[類] アパート ／ apartment house 公寓

1380 ☐☐☐

まんぞく
満足 ▸ まんぞく ▸

[名・自サ] 滿足，令人滿意的，心滿意足；滿足，符合要求；完全，圓滿
[類] 満悦 喜悅

1381 ☐☐☐

み おく
見送り ▸ みおくり ▸

[名] 送行，送別；靜觀，觀望；（棒球）放過好球不打
[類] 送別 送別

1382 ☐☐☐

み おく
見送る ▸ みおくる ▸

[他五] 目送；送行，送別；送終；觀望，等待（機會）
[類] 見落とす 看漏

1383 ☐☐☐

み か
見掛ける ▸ みかける ▸

[他下一] 看到，看出，看見；開始看
[類] 見上げる 抬頭看

1384 ☐☐☐

み かた
味方 ▸ みかた ▸

[名・自サ] 我方，自己的這一方；夥伴
[類] 仲間 一夥

1385 ☐☐☐

ミシン ▸ ミシン ▸

[名]【sewingmachine】縫紉機
[類] 掃除機 吸塵器

1386 ☐☐☐

ミス ▸ ミス ▸

[名]【Miss】小姐，姑娘
[類] お嬢さん 小姐

Check 2 / 必考詞組	Check 3 / 必考例句
□ 周りの人。 周圍的人	何を食べたの？口の周りにケチャップがついてるよ。 你剛才吃了什麼？嘴巴周圍沾著番茄醬喔。
□ 高級マンションに住む。 住高級大廈。	宅配便はマンションの管理人さんが受け取ってくれます。 快遞貨物是由大廈管理員代收。
□ 満足に暮らす。 美滿地過日子。	教授は厳しい人だから、こんなレポートじゃ満足されないと思うよ。 由於教授的要求很嚴格，我覺得這樣的報告應該無法讓他滿意。
□ 盛大な見送りを受けた。 獲得盛大的送行。	オリンピック選手団の見送りに、大勢の人々が空港に集まった。 許多人聚集到了機場為奧運代表隊送行。
□ 彼女を見送る。 給她送行。	母は毎朝、会社へ行く父の姿が見えなくなるまで見送る。 媽媽每天早上都會目送爸爸出門上班，直到看不見爸爸的背影為止。
□ よく駅で見かける人。 那個人常在車站常看到。	またお会いしましょう。町で見掛けたら、声を掛けてくださいね。 我們保持聯絡吧！在路上遇到了，一定要打聲招呼喔！
□ いつも君の味方だ。 我永遠站在你這邊。	一番厳しかった上司が、実は私の一番の味方だったのだ。 性格最嚴厲的上司，其實是最站在我這邊的。
□ ミシンで着物を縫い上げる。 用縫紉機縫好一件和服。	ミシンが故障したので、全部手で縫いました。 因為縫紉機故障了，所以全部用手縫製了。
□ ミス日本。 日本選美小姐。	吉田君のお母さんは、昔、ミス日本だったらしいよ。 聽說吉田同學的媽媽曾是日本的選美皇后喔！

Check 1	必考單字	高低重音	詞性、類義詞與對義詞

1387 □□□ ● CD2 / 32

ミス ▸ ミス ▸
[名・自サ]【miss】失敗，錯誤；失誤
類 間違い 錯誤

1388 □□□

水玉模様
みずたま も よう
▸ みずたまもよう ▸
[名] 小圓點圖案
類 花模様 花卉圖案
はな も よう

1389 □□□

味噌汁
み そ しる
▸ みそしる ▸
[名] 味噌湯
類 スープ ／ soup 湯

1390 □□□

ミュージカル ▸ ミュージカル ▸
[名]【musical】音樂的，配樂的；音樂劇
類 歌劇 歌劇
か げき

1391 □□□

ミュージシャン ▸ ミュージシャン ▸
[名]【musician】音樂家
類 歌手 歌手
か しゅ

1392 □□□

明
みょう
▸ みょう ▸
[接頭]（相對於「今」而言的）明
類 来 來，下次
らい

1393 □□□

明後日
みょう ご にち
▸ みょうごにち ▸
[名] 後天
類 明後日 後天
あ さって

1394 □□□

名字／苗字
みょう じ みょう じ
▸ みょうじ ▸
[名] 姓，姓氏
類 姓 姓
せい

1395 □□□

未来
み らい
▸ みらい ▸
[名] 將來，未來；（佛）來世
類 将来 將來
しょうらい

□ ミスを犯す。
犯錯誤。

▶ うまくいったことより、まずミスしたことを報告しなさい。
比起進展順利的事，首先應該要報告出錯的事情。

□ 水玉模様の洋服。
圓點圖案的衣服

▶ ブラウスは水玉模様、スカートは花模様、靴下は縞模様、賑やかだね。
襯衫是點點花紋、裙子是印花花樣、襪子是條紋，還真是熱鬧繽紛啊。

□ 味噌汁を作る。
煮味噌湯。

▶ 私が熱を出した時、娘が豆腐の味噌汁を作ってくれた。
我發燒的時候，女兒煮了豆腐味噌湯給我喝。

□ ミュージカルが好きだ。
喜歡看歌舞劇。

▶ ミュージカル俳優になりたくて、歌とダンスを勉強しています。
我想成為音樂劇演員，所以正在學習唱歌和跳舞。

□ ミュージシャンになった。
成為音樂家了。

▶ 大好きなミュージシャンのCDが発売されるので予約した。
我最喜歡的音樂家即將發行ＣＤ，因此已經預約了。

□ 明日のご予定は。
你明天的行程是？

▶ では、明日の社長のスケジュールを確認いたします。
那麼，容我查一下總經理明天的行程安排。

□ 明後日に延期する。
延到後天。

▶ 卒業式は、明後日の午前10時より講堂にて行います。
後天早上十點將在禮堂舉行畢業典禮。

□ 名字が変わる。
改姓。

▶ よかったら、名字じゃなくて下の名前で呼んでください。
不嫌棄的話，請不必以姓氏稱呼，直接叫我的名字吧！

□ 未来を予測する。
預測未來。

▶ 20年後の未来に行って、僕の奥さんを見てみたいです。
我想前往二十年後的未來，看看我的妻子是誰。

Check 1 必考單字	高低重音	詞性、類義詞與對義詞

1396☐☐☐

ミリ ▶ ミリ ▶
[造語・名]【(法)millimetre之略】毫，千分之一；毫米，公厘
[類] リットル ／ litre 公升

1397☐☐☐

診^みる ▶ みる ▶
[他上一] 診察
[類] 診察^{しんさつ}する 診察，看病

1398☐☐☐

ミルク ▶ ミルク ▶
[名]【milk】牛奶；煉乳
[類] 牛乳^{ぎゅうにゅう} 牛奶

1399☐☐☐

民間^{みんかん} ▶ みんかん ▶
[名] 民間；民營，私營
[類] 世間^{せけん} 社會上

1400☐☐☐

民主^{みんしゅ} ▶ みんしゅ ▶
[名] 民主，民主主義
[類] 民衆^{みんしゅう} 大眾

1401☐☐☐

向^むかい ▶ むかい ▶
[名] 正對面，對面
[類] 正面^{しょうめん} 正面

1402☐☐☐

迎^{むか}え ▶ むかえ ▶
[名] 迎接；去迎接的人；接，請
[類] 歓迎^{かんげい} 歡迎

1403☐☐☐

向^むき ▶ むき ▶
[名] 方向；適合，合乎；認真，慎重其事；傾向，趨向；（該方面的）人，人們
[類] 適^{てき}する 適合

1404☐☐☐ ●CD2/33

向^むく ▶ むく ▶
[他五・自五] 朝，向，面；傾向，趨向；適合；面向
[類] 対^{たい}する 對，面對

Check 2 必考詞組	**Check 3** 必考例句
□ 1時間100ミリの豪雨。 一小時下100毫米的雨。	▶ 肉は食べやすい大きさに、野菜は5ミリの厚さに切ります。 把肉切成容易入口的大小，並把蔬菜切成五公分的厚片。
□ 患者を診る。 看診。	▶ 具合が悪いなら我慢せずに、早めに診てもらったほうがいいよ。 不舒服的話不要忍耐，早點去看醫師比較好喔。
□ ミルクチョコレート。 牛奶巧克力	▶ コーヒーに砂糖とミルクはお使いになりますか。 請問您的咖啡要加砂糖和牛奶嗎？
□ 民間人。 民間老百姓	▶ 子ども祭りは、市と民間団体とが協力して行っています。 兒童節慶祝活動將由市政府和民間團體聯合舉辦。
□ 民主主義。 民主主義	▶ 少数の人の意見を大切にするのは民主主義の基本だ。 尊重少數人的意見是民主主義的基礎。
□ 駅の向かいにある。 在車站的對面。	▶ このアパートは古いから、向かいのマンションに引っ越したい。 這間公寓很舊，所以我想搬到對面的華廈。
□ 迎えに行く。 迎接。	▶ 雨が酷いから、駅まで車で迎えに来てくれない？ 雨太大了，你可以開車來車站接我嗎？
□ 向きが変わる。 轉變方向。	▶ この山はきつい坂もないし景色もきれいだし、初心者向きですよ。 這座山既沒有陡坡，景色也非常美麗，很適合新手挑戰喔。
□ 気の向くままにやる。 隨心所欲地做。	▶ ピラミッドひとつの面は、正確に北を向いている。 金字塔的其中一面準確地朝向正北方。

Check 1 必考單字	高低重音	詞性、類義詞與對義詞
1405 □□□ 剥く む	▶ む|く	[他五] 剝，削 類 剥ける む 剝落
1406 □□□ 向ける む	▶ む|ける	[自他下一] 向，朝，對；差遣，派遣；撥 用，用在 類 向く む 向；傾向
1407 □□□ 剥ける む	▶ む|ける	[自下一] 剝落，脫落 類 巻く ま 纏繞
1408 □□□ 無地 む じ	▶ む|じ	[名] 素色 類 地味 じみ 樸素
1409 □□□ 蒸し暑い む あつ	▶ む|しあつい	[形] 悶熱的 類 暑い あつ 熱 對 寒い さむ 冷
1410 □□□ 蒸す む	▶ む|す	[他五・自五] 蒸，熱（涼的食品）；（天 氣）悶熱 類 蒸し暑い む あつ 悶熱
1411 □□□ 無数 む すう	▶ む|すう	[名・形動] 無數 類 小数 しょうすう 小數
1412 □□□ 息子さん むす こ	▶ む|すこさん	[名]（尊稱他人的）令郎 類 娘 むすめ 女兒
1413 □□□ 結ぶ むす	▶ む|すぶ	[他五・自五] 連結，繫結；締結關係，結 合，結盟；（嘴）閉緊，（手）握緊 類 締結する ていけつ 締結

Check 2 必考詞組	Check 3 必考例句
□ りんごを剥く。 削蘋果皮。	▶ りんごの皮を剥いて、ジュースを作ります。 把蘋果削皮後打成果汁。
□ 銃を男に向けた。 槍指向男人。	▶ 暗い部屋の中で、声が聞こえる方へライトを向けた。 在黑暗的房間裏，把燈光照向了聲音傳來的方位。
□ 鼻の皮がむけた。 鼻子的皮脱落了。	▶ 封筒を貼るアルバイトで、指先の皮が剥けてしまった。 兼差黏貼信封袋使得我的手指頭脱皮了。
□ 無地の着物。 素色的和服	▶ このスーツに合わせるなら、ワイシャツは無地がいいと思います。 如果要和這套西裝搭配的話，我覺得襯衫選素面的比較好。
□ 昼間は蒸し暑い。 白天很悶熱。	▶ 東京の夏は蒸し暑くて、エアコンがないと過ごせない。 東京的夏天很悶熱，沒有空調就活不下去。
□ 肉まんを蒸す。 蒸肉包。	▶ この鍋で、いろいろな野菜を蒸して食べます。 用這個鍋子蒸各種蔬菜來吃。
□ 無数の星。 無數的星星	▶ 市のホームページには、事件に対する無数の意見が届いている。 市政府的網站收到無數針對此事件的上傳意見。
□ 息子さんのお名前は。 請教令郎的大名是？	▶ 息子さんは、今年おいくつになられますか。 請問令郎今年幾歲了？
□ 契約を結ぶ。 簽合約。	▶ 彼女は長い髪をひとつに結ぶと、プールに飛び込んだ。 她綁起長髮，跳進泳池裡。

Check 1 / 必考單字	高低重音	詞性、類義詞與對義詞

1414 □□□
むだ
無駄 ▶ む̲だ ▶ [名‧形動] 徒勞，無益；浪費，白費
類 無益 無益

1415 □□□
むちゅう
夢中 ▶ む̲ちゅう ▶ [名‧形動] 夢中，在睡夢裡；不顧一切，熱中，沉醉，著迷
類 熱中 熱衷

1416 □□□
むね
胸 ▶ む̲ね ▶ [名] 胸部；內心
類 腹 肚子

1417 □□□
むらさき
紫 ▶ む̲らさき ▶ [名] 紫，紫色；醬油；紫丁香
類 パープル ／ purple 紫色

1418 □□□
めい
名〜 ▶ め̲い ▶ [接頭] 知名的
類 真っ 完全

1419 □□□
めい
〜名 ▶ め̲い ▶ [接尾]（計算人數）名，人
類 足 雙

1420 □□□
めい
姪 ▶ め̲い ▶ [名] 姪女，外甥女
類 甥 侄子

1421 □□□
めいし
名刺 ▶ め̲いし ▶ [名] 名片
類 名札 姓名牌

1422 □□□ ⬤CD2/34
めいれい
命令 ▶ め̲いれい ▶ [名‧他サ] 命令，規定；（電腦）指令
類 指令 指令；指示

Check 2 必考詞組	Check 3 必考例句
□ 無駄な努力。 白費力氣	無駄だと思うことが、後になって役に立つことも多い。 很多事原本以為徒勞無功，後來才發現其實很有助益。
□ 夢中になる。 入迷。	夢中で仕事をして30年、気がついたら社長でした。 全心投入工作三十年，一晃眼發現自己是總經理了。
□ 胸が痛む。 胸痛；痛心。	胸に手を当てて、自分のしたことをよく考えなさい。 將手捂在胸口上，好好反省自己做過的事。
□ 好みの色は紫です。 喜歡紫色	西の空はピンクから紫に変わり、とうとう真っ暗になった。 西邊的天空從粉紅變成紫色，最後終於暗了下來。
□ 名選手。 知名選手。	この映画は名作だよ。使われている音楽も名曲だ。 這部電影可是名作喔。使用的配樂也是知名的曲子。
□ 三名一組。 三個人一組	会場のレストランを12時から、40名で予約しました。 已經預約了會場的餐廳，總共40人從12點開始用餐。
□ 今日は姪の誕生日。 今天是姪子的生日。	子どもがいないので、私の財産は全て姪に譲ります。 因為我沒有孩子，所以把所有的財產都留給我的姪女。
□ 名刺を交換する。 交換名片。	会社に入って、まず名刺の渡し方から教わった。 進入公司後，首先從遞名片的方式開始學習。
□ 命令に背く。 違背命令。	ジョン、ボールを取って来い…ジョン、どうして僕の命令を聞かないんだ。 約翰，把球撿回來！……約翰，為什麼不聽我的指令呢？

Check 1 必考單字	高低重音	詞性、類義詞與對義詞
1423 □□□ めいわく **迷惑**	▶ め|いわく	[名・自サ] 麻煩，囉唆；困惑，為難；討 ▶ 厭，妨礙 [類] 邪魔 妨礙
1424 □□□ め うえ **目上**	▶ め|うえ	[名] 上司；長輩 ▶ [類] 上司 上司，上級
1425 □□□ めく **捲る**	▶ め|くる	[他五] 翻，翻開；揭開，掀開 ▶ [類] 巻く 卷上
1426 □□□ **メッセージ**	▶ ヌ|ッセージ	[名]【message】電報，消息，口信；致 ▶ 詞，祝詞；（美國總統）咨文 [類] 返事 回話
1427 □□□ **メニュー**	▶ ヌ|ニュー	[名]【menu】菜單 ▶ [類] 献立 菜單
1428 □□□ **メモリー**	▶ ヌ|モリー	[名]【memory】記憶，記憶力；懷念； ▶ 紀念品；（電腦）記憶體 [類] 思い出 回憶
1429 □□□ めん **綿**	▶ め|ん	[名・漢造] 棉，棉線；棉織品；綿長；詳 ▶ 盡；棉，棉花 [類] 木綿 棉花；木棉
1430 □□□ めんきょ **免許**	▶ め|んきょ	[名・他サ]（政府機關）批准，許可；許 ▶ 可證，執照；傳授秘訣 [類] ライセンス ／ license 執照
1431 □□□ めんせつ **面接**	▶ め|んせつ	[名・自サ]（為考察人品、能力而舉行的） ▶ 面試，接見，會面 [類] インタビュー／ interview 訪談

☐ 迷惑をかける。
　　添麻煩。

▶ ご迷惑でなければ、一緒に写真を撮って頂けませんか。

如果不會太打擾，可以一起拍張照嗎？

☐ 目上の人。
　　長輩

▶ 彼女は、年下だけど仕事上の上司だから、やっぱり目上になるのか。

雖然她年紀比我小，但因為是工作上的主管，所以階級還是比我高。

☐ 雑誌をめくる。
　　翻閱雜誌。

▶ 試験会場では、受験生が問題用紙をめくる音だけが響いていた。

考場裡，只有考生翻閱考卷的聲響在空中迴盪。

☐ 祝賀のメッセージを送る。
　　寄送賀詞。

▶ 電話が繋がらなかったので、留守番電話にメッセージを残した。

「不好意思，可以給我飲料的選單嗎？」「好的，請稍等。」

☐ レストランのメニュー。
　　餐廳的菜單。

▶ 「すみません、飲み物のメニューを頂けますか」「はい、お待ちください」

「不好意思，可以給我飲料的選單嗎？」「好的，請稍等。」

☐ メモリーが不足している。
　　記憶體空間不足。

▶ ノートパソコンのメモリーがいっぱいになってしまった。

筆記型電腦的記憶體已經滿了。

☐ 綿のシャツを着る。
　　穿棉襯衫。

▶ こちらのティーシャツは綿 100 パーセントで、肌に優しいです。

這邊的 T 恤是百分之百純棉的，親膚又舒適。

☐ 車の免許。
　　汽車駕照

▶ 車の免許は持っていますが、もう 10 年以上運転していません。

雖然我有駕照，但已經十年以上沒開過車了。

☐ 面接を受ける。
　　接受面試。

▶ 筆記試験はいいのだが、面接で緊張していつも失敗する。

筆試成績很好，但面試時太緊張，以致於總是落榜。

Check 1 必考單字	高低重音	詞性、類義詞與對義詞
1432 □□□ めんどう 面倒 ▸	めんどう ▸	[名・形動] 麻煩，費事；麻煩事；繁雜，棘手；（用「〜を見る」的形式）照顧、照料 [類] 退屈 無聊
1433 □□□ もう こ 申し込む ▸	もうしこむ／もうしこむ ▸	[他五] 提議，提出；申請；報名；訂購；預約 [類] しんせい 申請 申請
1434 □□□ もう わけ 申し訳ない ▸	もうしわけない ▸	[寒暄] 實在抱歉，非常對不起，十分對不起 [類] す 済まない 抱歉
1435 □□□ もう ふ 毛布 ▸	もうふ ▸	[名] 毛毯，毯子 [類] ふ とん 布団 被褥
1436 □□□ も 燃える ▸	もえる ▸	[自下一] 燃燒，起火；（轉）熱情洋溢，滿懷希望；（轉）顏色鮮明 [類] ねんしょう 燃焼する 燃燒
1437 □□□ もくてき 目的 ▸	もくてき ▸	[名] 目的，目標 [類] もくひょう 目標 目標
1438 □□□ もくてき ち 目的地 ▸	もくてきち ▸	[名] 目的地 [類] あてさき 宛先 收信人的姓名、地址
1439 □□□ もしかしたら ▸	もしかしたら ▸	[連語・副] 或許，萬一，可能，說不定 [類] ひょっとしたら 或許
1440 □□□ ⬤CD2/35 もしかして ▸	もしかして ▸	[連語・副] 或許，可能 [類] まさか 決（不）…

Check 2 必考詞組	Check 3 必考例句
□ 面倒を見る。 照料。	▶ 父は人に頼むのが面倒だと言って、何でも自分でやってしまう。 爸爸說拜託別人很麻煩，所以什麼事都自己做。
□ 結婚を申し込む。 求婚。	▶ 旅行会社のホームページから、4泊5日の台湾観光旅行に申し込んだ。 我在旅行社的網頁上報名了五天四夜的臺灣觀光旅遊。
□ 申し訳ない気持ちで一杯だ。 心中充滿歉意。	▶ 今年はボーナスを支給できず、社員の皆さんには申し訳ないと思っています。 今年沒有發獎金，覺得很對不起公司的同仁們。
□ 毛布をかける。 蓋上毛毯。	▶ やっぱりウール100パーセントの毛布は暖かいな。 百分之百的羊毛毯果然很暖和呀。
□ 怒りに燃える。 怒火中燒。	▶ 夜空の星が光って見えるのは、ガスが核融合反応を起こしてガスが燃えているからだ。 夜空中的星星之所以閃閃發光是因為氣體正在燃燒。
□ 目的を達成する。 達到目的。	▶ 私の旅行の目的は、この列車に乗ることなんです。 我這趟旅行目的是搭乘這班火車。
□ 目的地に着く。 抵達目的地。	▶ 目的地の近くまで来ているはずなのだが、どの建物だか全然分からない。 我應該已經到目的地附近了，但完全不知道是哪棟建築物才對。
□ もしかしたら優勝するかも。 也許會獲勝也說不定。	▶ もしかしたら、午後の会議にはちょっと遅れるかもしれません。 下午的會議可能會遲到。
□ もしかして伊藤さんですか。 您該不會是伊藤先生吧？	▶ もしかして、君、山本君の妹？そっくりだね。 妳該不會是山本同學的妹妹吧？妳們長得真像啊！

Check 1 必考單字	高低重音	詞性、類義詞與對義詞

1441 □□□

もしかすると ▶ も<u>しかすると</u> ▶
[副] 也許，或，可能
[類] もしかして 或許

1442 □□□

～持<small>も</small>ち ▶ も<u>ち</u> ▶
[接尾] 負擔、持有、持久性
[類] 済<small>す</small>み 完了

1443 □□□

もったいない ▶ も<u>ったいない</u> ▶
[形] 可惜的，浪費的；過份的，惶恐的，不敢當
[類] つまらない 不值錢

1444 □□□

戻<small>もど</small>り ▶ も<u>どり</u> ▶
[名] 恢復原狀；回家；歸途
[對] 行<small>ゆ</small>き 去，往

1445 □□□

揉<small>も</small>む ▶ も<u>む</u> ▶
[他五] 搓，揉；捏，按摩；（很多人）互相推擠；爭辯；（被動式型態）錘鍊，受磨練
[類] 掴<small>つか</small>む 抓住

1446 □□□

股<small>もも</small>／腿<small>もも</small> ▶ も<u>も</u>／も<u>も</u> ▶
[名] 股，大腿
[類] 踵<small>かかと</small> 腳後跟

1447 □□□

燃<small>も</small>やす ▶ も<u>やす</u> ▶
[他五] 燃燒；（把某種情感）燃燒起來，激起
[類] つける 點燃

1448 □□□

問<small>もん</small> ▶ も<u>ん</u> ▶
[接尾] （計算問題數量）題
[類] 題<small>だい</small> 標題

1449 □□□

文句<small>もん く</small> ▶ も<u>んく</u> ▶
[名] 詞句，語句；不平或不滿的意見，異議
[類] 不平<small>ふ へい</small> 不滿意

Check 2　必考詞組	Check 3　必考例句
□ もしかすると、手術をすることになるかもしれない。 說不定要動手術。	もしかすると、このままの勢いで、彼が優勝するかもしれないぞ。 如果他繼續乘勝追擊，很可能會奪下冠軍哦！
□ 彼は妻子持ちだ。 他有家室。	「僕は力持ちだよ。」「私はお金持ちの方が好きだわ。」 「我很有力氣喔！」「我比較喜歡有錢人耶。」
□ もったいないことに。 真是浪費	まだ食べられるのに捨てるなんて、もったいないなあ。 都還沒吃就扔掉，真是太浪費了。
□ お戻りは何時ですか。 幾點回來呢？	「部長、お戻りは何時くらいですか。」「午後 2 時には戻るよ。」 「經理，請問您大約幾點回來呢？」「下午兩點就回來囉。」
□ 肩をもんであげる。 我幫你按摩肩膀。	ああ、疲れた。ちょっと肩を揉んでくれない？ 唉，好累喔。可以幫我揉揉肩膀嗎？
□ 腿の筋肉。 腿部肌肉	この競技の選手はみんな、腿の筋肉が発達している。 參與這項競賽的選手們，每一位的腿部肌肉都很發達。
□ 落ち葉を燃やす。 燒落葉。	母は、若い頃に父からもらった手紙を全て燃やしてしまった。 媽媽年輕時把父親寄來的信都燒掉了。
□ 5 問のうち4 問は正解だ。 五題中對四題	100 問中 85 問以上正解なら合格です。 100題裡答對85題就算合格了。
□ 文句を言う。 抱怨。	私の料理に文句があるなら、明日からお父さんが作ってくださいよ。 如果對我煮的飯菜有意見，明天起改由爸爸煮吧！

Check 1 必考單字	高低重音	詞性、類義詞與對義詞
1450 □□□ 夜間 ^{や かん}	▸ やかん ▸	[名] 夜間，夜晚 [類] 夜 晚上 ^{よる}
1451 □□□ 訳す ^{やく}	▸ やくす ▸	[他五] 翻譯；解釋 [類] 翻訳する 翻譯 ^{ほんやく}
1452 □□□ 役立つ ^{やく だ}	▸ やくだつ ▸	[自五] 有用，有益 [類] 有益 有好處 ^{ゆうえき}
1453 □□□ 役立てる ^{やく だ}	▸ やくだてる ▸	[他下一]（供）使用，使…有用 [類] 活かす 有效利用 ^い
1454 □□□ 役に立てる ^{やく た}	▸ やくにたてる ▸	[慣用句]（供）使用，使…有用 [類] 役立つ 有幫助 ^{やく だ}
1455 □□□ 家賃 ^{や ちん}	▸ やちん ▸	[名] 房租 [類] 部屋代 房租 ^{へ や だい}
1456 □□□ 家主 ^{や ぬし}	▸ やぬし／やぬし ▸	[名] 戶主；房東，房主 [類] 大家 房東 ^{おお や}
1457 □□□ ◉ CD2 36 やはり・やっ ぱり	▸ やはり・やっぱ り ▸	[副] 果然；還是，仍然 [類] たしか 也許
1458 □□□ 屋根 ^{や ね}	▸ やね ▸	[名] 屋頂 [類] ルーフ／roof 屋頂

Check 2 必考詞組	Check 3 必考例句
□ 夜間営業。 夜間營業。	▶ この門は 22 時に閉めます。夜間の外出は裏門を使用してください。 這道門22點後就會關閉。夜間外出時請走後門。
□ 英語を日本語に訳す。 英譯日。	▶ 翻訳は、単語の意味をそのまま訳せばいいというわけではない。 所謂翻譯，並不是把單字的意思直接譯過來就可以了。
□ 実際に役立つ。 對實際有用。	▶ 健康に役立つ情報がたくさん。ぜひ読んでください。 裡面有很多有益健康的資訊，請務必閱讀。
□ 何とか役立てたい。 我很想幫上忙。	▶ 海外生活で経験したことを、この仕事に役立てたいと思う。 我希望把在海外生活的經驗充分發揮在這份工作上。
□ 社会の役に立てる。 對社會有貢獻。	▶ 父の残した学校ですが、村の子どもたちの役に立ててください。 這是家父留下來的學校，請讓這所學校為村裡的孩子們盡一份力。
□ 家賃が高い。 房租貴。	▶ 明日は 31 日だから、家賃を振り込まなければならない。 明天就是31號了，得去匯房租才行。
□ 家主に家賃を払う。 付房東房租。	▶ このアパートの家主は、裏の中川さんで間違いないですか。 這棟公寓的房東是住在後面的中川先生沒錯吧？
□ やっぱり、結婚しなければよかった。 早知道，我當初就不該結婚。	▶ やっぱり先生はすごいな。先生に聞けばなんでも分かる。 老師果然厲害！只要請教老師，任何問題都能迎刃而解。
□ 屋根から落ちる。 從屋頂掉下來。	▶ 丘の上からは、赤や青の小さな屋根が行儀よく並んでいるのが見えた。 從山丘上可以看到紅色和藍色的小屋頂整齊排列著。

Check 1 必考單字	高低重音	詞性、類義詞與對義詞
1459 □□□ やぶ 破る	▶ や<u>ぶる</u>	▶ [他五] 弄破；破壞；違反；打敗；打破 （記錄） [類] 潰す 弄碎
1460 □□□ やぶ 破れる	▶ や<u>ぶれ</u>る	▶ [自下一] 破損，損傷；破壞，破裂，被打 破；失敗 [類] 潰れる 壓壞
1461 □□□ や 辞める	▶ や<u>める</u>	▶ [他下一] 辭職；休學 [類] 退職 辭職
1462 □□□ やや 稍	▶ や<u>や</u>	▶ [副] 稍微，略；片刻，一會兒 [類] 少々 一些，稍微
1463 □□□ と やり取り	▶ や<u>り</u>とり	▶ [名・他サ] 交換，互換，授受 [類] 話し合い 協商
1464 □□□ き やる気	▶ や<u>るき</u>	▶ [名] 幹勁，想做的念頭 [類] 積極 積極
1465 □□□ ゆうかん 夕刊	▶ ゆ<u>うかん</u>	▶ [名] 晚報 [類] 朝刊 日報
1466 □□□ ゆう き 勇気	▶ ゆ<u>うき</u>	▶ [形動] 勇敢，勇氣 [類] 度胸 膽量
1467 □□□ ゆうしゅう 優秀	▶ ゆ<u>うしゅう</u>	▶ [名・形動] 優秀 [類] 天才 天才

Check 2 必考詞組	Check 3 必考例句
□ ドアを破って入った。 破門而入。	▶ 私との約束を破っておいて、よくまたここへ来られたね。 你竟敢打破和我的約定，再次來到這裡！
□ 紙が破れる。 紙破了。	▶ 紙袋の底が破れていて、大事な手帳を落としてしまった。 紙袋的底部破裂，遺失了重要的筆記本。
□ 仕事を辞める。 辭掉工作。	▶ 今の仕事を辞めたいけど、次の仕事が見つからない。 我雖想辭去目前的工作，卻找不到下一份工作。
□ やや短すぎる。 有點太短。	▶ 明日は今日よりもやや暖かい一日となるでしょう。 明天會是比今天稍稍溫暖的一天吧！
□ 手紙のやり取り。 通信	▶ 彼女とは、年に一、二度メールのやり取りをするだけの仲です。 我和她只是每年傳個一兩次訊息的朋友而已。
□ やる気はある。 幹勁十足。	▶ やる気はあるんだけど、ちょっとやるとすぐにゲームがしたくなっちゃうんだ。 雖然我很想用功，但才剛開始念書，馬上又想打電玩了。
□ 夕刊を購読する。 訂閱晚報。	▶ ロケット打ち上げ成功のニュースは、その日の夕刊の一面を飾った。 火箭成功發射的新聞佔據了當天晚報的整個版面。
□ 勇気を出す。 提起勇氣。	▶ 友達が欲しいなら、勇気を出して、自分から話しかけてごらん。 想交朋友的話，不妨拿出勇氣，試著主動找人攀談。
□ 優秀な人材。 優秀的人才	▶ 君は優秀だから奨学金がたくさんもらえて、羨ましいよ。 你很優秀，所以能領到鉅額的獎學金，好羨慕喔。

Check 1　必考單字	高低重音	詞性、類義詞與對義詞
1468 □□□ ゆうじん 友人	▸ ゆうじん ▸	[名] 友人，朋友 [類] 友達 朋友
1469 □□□ ゆうそう 郵送	▸ ゆうそう ▸	[名・他サ] 郵寄 [類] 宅急便 快遞
1470 □□□ ゆうそうりょう 郵送料	▸ ゆうそうりょう ▸	[名] 郵費 [類] 送料 運費
1471 □□□ ゆうびん 郵便	▸ ゆうびん ▸	[名] 郵政；郵件 [類] 手紙 書信
1472 □□□ ゆうびんきょくいん 郵便局員	▸ ゆうびんきょく いん ▸	[名] 郵局局員 [類] 駅員 站務員
1473 □□□ ゆうり 有利	▸ ゆうり ▸	[形動] 有利 [類] 利益 好處，盈利
1474 □□□ ゆか 床	▸ ゆか ▸	[名] 地板 [對] 天井 天花板
1475 □□□ ◉CD2 37 ゆかい 愉快	▸ ゆかい ▸	[名・形動] 愉快，暢快；令人愉快，討人 喜歡；令人意想不到 [類] 嬉しい 高興
1476 □□□ ゆずる 譲る	▸ ゆずる ▸	[他五] 讓給，轉讓；謙讓，讓步；出 讓，賣給；改日，延期 [類] 与える 給予

Check 2 必考詞組	Check 3 必考例句
□ 友人と付き合う。 和友人交往。	▶ 私には地位もお金もないが、素晴らしい友人がいる。 我雖沒有地位也沒有錢，但是擁有很棒的朋友。
□ 原稿を郵送する。 郵寄稿件。	▶ 「資料はFAXで送りますか、それとも郵送しますか。」「じゃ、郵送してください。」 「資料要傳真過去，還是郵寄過去？」「那麼，麻煩郵寄。」
□ 郵送料が高い。 郵資貴。	▶ 速達で送りたいのですが、郵送料はいくらになりますか。 我想寄快遞，請問郵資多少錢？
□ 郵便が来る。 寄來郵件。	▶ 「まだ郵便が来ないね。」「今日は日曜日だから、配達はないよ。」 「郵件還沒送來嗎？」「今天是星期日，不會送信喔！」
□ 郵便局員として働く。 從事郵差先生的工作。	▶ こちらのサービスについては、郵便局員までお尋ねください。 關於這項服務請洽詢郵局職員。
□ 有利な情報。 有利的情報。	▶ 留学経験があると就職に有利だというのは本当ですか。 聽說擁有留學經驗有利於就業，這是真的嗎？
□ 床を拭く。 擦地板。	▶ 最後に掃除したのはいつ？床の上がほこりだらけよ。 上一次打掃是什麼時候？地板上到處都是灰塵耶。
□ 愉快に楽しめる。 愉快的享受。	▶ 泣いてばかりじゃもったいない。せっかくの人生、愉快に生きよう。 一直哭哭啼啼的太糟蹋生命了。人生難得走一遭，還是活得快樂一點吧！
□ 道を譲る。 讓路。	▶ お年寄りや体の不自由な人に席を譲りましょう。 請讓座給老年人和行動不便者。

Check 1 / 必考單字	高低重音	詞性、類義詞與對義詞
1477 □□□ 豊か _{ゆた}	▶ ゆたか	▶ [形動] 豐富，寬裕；豐盈；十足，足夠 [類] 盛ん 繁榮 _{さか}
1478 □□□ 茹でる _ゆ	▶ ゆでる	▶ [他下一]（用開水）煮，燙 [類] 熱する 加熱 _{ねっ}
1479 □□□ 湯飲み _{ゆ の}	▶ ゆのみ	▶ [名] 茶杯，茶碗 [類] 瀬戸物 陶瓷 _{せ ともの}
1480 □□□ 夢 _{ゆめ}	▶ ゆめ	▶ [名] 夢；夢想 [類] 希望 願望 _{き ぼう}
1481 □□□ 揺らす _ゆ	▶ ゆらす	▶ [他五] 搖擺，搖動 [類] 揺れる 搖晃 _ゆ
1482 □□□ 許す _{ゆる}	▶ ゆるす	▶ [他五] 允許，批准；寬恕；免除；容許； 承認；委託；信賴；疏忽，放鬆；釋放 [類] 許可する 允許 _{きょ か}
1483 □□□ 揺れる _ゆ	▶ ゆれる	▶ [自下一] 搖晃，搖動；躊躇 [類] ぐらつく 搖晃
1484 □□□ 夜 _よ	▶ よ	▶ [名] 夜、夜晚 [類] 晩 晚上 _{ばん}
1485 □□□ 良い _よ	▶ よい	▶ [形] 好的，出色的；漂亮的；（同意） 可以 [類] 優秀 優秀 _{ゆうしゅう}

□ 豊かな生活。 富裕的生活	▶ 便利な都会より、自然の豊かな田舎の生活が私には合っている。 比起便利的都市，能夠擁抱大自然的田園生活更適合我。
□ よく茹でる。 煮熟。	▶ 蕎麦はたっぷりの湯で茹でたら、すぐに氷水で冷やします。 蕎麥麵用大量的熱水燙過之後，馬上放進冰水中冷卻。
□ 湯飲み茶碗。 茶杯	▶ 会議でお茶を出すので、湯飲みを人数分用意してください。 因為在會議上要供應與會者茶水，所以請按照人數準備茶杯。
□ 甘い夢。 美夢	▶ 将来、動物のお医者さんになるのが僕の夢です。 我未來的夢想是成為獸醫師。
□ 揺りかごを揺らす。 推晃搖籃。	▶ 春の風が、公園に咲く花を揺らして、通り過ぎて行った。 春風輕輕拂過，公園裡綻放的花朵隨之搖曳。
□ 面会を許す。 許可會面。	▶ 妻の誕生日を忘れていて、何度謝っても許してもらえない。 我把妻子的生日給忘了，不管道歉多少次都沒能得到原諒。
□ 船が揺れる。 船在搖晃。	▶ 地震で、ビルの50階にあるオフィスが大きく揺れた。 位於五十樓的辦公室在地震時搖晃得非常劇烈。
□ 夏の夜は短い。 夏夜很短。	▶ 道路工事は夜中じゅう続けられ、終わったときには夜が明けていた。 道路修繕工程持續進行一整晚，等到完工時天都已經亮了。
□ 良い友に恵まれる。 遇到益友。	▶ 厳しい部長が、家庭では優しい良い夫だなんて、想像できないな。 那個嚴厲的經理在家裡居然是個溫柔的丈夫，真讓人無法想像耶。

Check 1 必考單字	高低重音	詞性、類義詞與對義詞

1486 □□□

よいしょ ▸ よいしょ ▸
感（搬重物等吆喝聲）嗨喲
類 こらしょ 嘿喲

1487 □□□

様
よう ▸ よう ▸
造語・漢造 樣子，方式；風格；形狀
類 型 類型

1488 □□□

幼児
ようじ ▸ ようじ ▸
名 幼兒，幼童
類 赤ん坊 嬰兒

1489 □□□

曜日
ようび ▸ ようび ▸
名 星期
類 週間 一個星期

1490 □□□

洋服代
ようふくだい ▸ ようふくだい ▸
名 服裝費
類 本代 買書錢

1491 □□□

翌
よく ▸ よく ▸
漢造 次，翌，第二
類 明くる 次，第二

1492 □□□

翌日
よくじつ ▸ よくじつ ▸
名 隔天，第二天
類 明日 明天

1493 □□□

寄せる
よせる ▸ よせる ▸
自下一・他下一 靠近，移近；聚集，匯
集，集中；加；投靠，寄身
類 寄る 挨近

1494 □□□ ● CD2 38

予想
よそう ▸ よそう ▸
名・自サ 預料，預測，預計
類 予報 預報

□「よいしょ」と立ち上がる。 一聲「嘿咻」就站了起來。	▶ 荷物は私が持ちますよ。よいしょ、けっこう重いなあ。 我來提行李。嘿咻，這行李相當重啊。
□ 様子。 様子	▶ 犬のジョンが死んだときの母さんの悲しみ様は、見ていられなかった。 狗兒約翰死的時候，母親那悲慟萬分的樣子，令人目不忍睹。
□ 幼児教育を研究する。 研究幼兒教育。	▶ このアニメは幼児向けだが、大人が見ても十分面白い。 雖然這部卡通是給幼兒看的，但大人看了也會感到十分有趣。
□ 今日、何曜日。 今天星期幾？	▶ 勤務は週3日ですね。希望する曜日を言ってください。 每週工作三天，請告知您希望排在星期幾上班。
□ 子供たちの洋服代。 添購小孩們的衣物費用。	▶ 社会人になって、スーツやネクタイなどの洋服代がかかる。 踏入社會之後，就要支出西裝和領帶等治裝費。
□ 翌日は休日。 隔天是假日	▶ 夜中に高熱が出たが、翌朝まで待って病院へ行った。 半夜發了高燒，等到隔天早上才去醫院。
□ 翌日の準備。 隔天出門前的準備。	▶ 妻は会社の元同僚ですが、出会った翌日にデートに誘いました。 我妻子是以前的公司同事，認識第二天我就約她出來了。
□ 意見をお寄せください。 集中大家的意見。	▶ この番組に対するご意見、ご感想は番組ホームページまでお寄せください。 對本節目的意見和感想請寄到節目網站。
□ 予想が当たった。 預料命中。	▶ この映画は、予想通りのストーリーで、全然面白くなかった。 這部電影的劇情就和我預料的一模一樣，一點都不精采。

Check 1 必考單字	高低重音	詞性、類義詞與對義詞
1495 □□□ 世の中（よ なか）	よのなか	[名] 人世間，社會；時代，時期；男女之情 [類] 民間（みんかん） 民間
1496 □□□ 予防（よ ぼう）	よぼう	[名・他サ] 預防 [類] 予想（よ そう） 預料
1497 □□□ 読み（よ）	よみ	[名] 唸，讀；訓讀；判斷，盤算 [類] 書き（か） 書寫
1498 □□□ 寄る（よ）	よる	[自五] 順道去；接近 [類] 頼る（たよ） 依賴
1499 □□□ 慶び／喜び／ 悦び／歓び（よろこ）	よろこび	[名] 高興，歡喜，喜悅；喜事，喜慶事；道喜，賀喜 [類] 祝い事（いわ ごと） 喜事
1500 □□□ 弱まる（よわ）	よわまる	[自五] 變弱，衰弱 [類] 薄める（うす） 稀釋
1501 □□□ 弱める（よわ）	よわめる	[他下一] 減弱，削弱 [對] 強まる（つよ） 增強
1502 □□□ 等（ら）	ら	[接尾] （表示複數）們；(同類型的人或物）等 [類] 等（など） 等等
1503 □□□ 来（らい）	らい	[結尾] 以來 [類] 翌（よく） 次，第二

Check 2　必考詞組	Check 3　必考例句
□ 世の中の動き。 社會的變化	▶ 世の中は甘くないというが、頑張ってる人には優しい面もあるよ。 雖說社會生活十分嚴苛，但是努力的人也會感受到溫情的一面喔。
□ 病気の予防。 預防疾病	▶ 風邪の予防には、手洗い、うがいが有効です。 洗手和漱口能有效預防感冒。
□ 読み方。 念法	▶ 日本の漢字には音読み、訓読みがあって、覚えるのが大変です。 日本的漢字有音讀和訓讀，很不容易背誦。
□ 喫茶店に寄る。 順道去咖啡店。	▶ 明日、仕事でそっちへ行くから、帰りにちょっと寄るよ。 明天我要去那邊工作，所以回程的時候會順道去找你喔。
□ 慶びの言葉を述べる。 致賀詞。	▶ 卒業した子どもたちが活躍する姿を見ることは、私の喜びです。 看到畢業了的孩子們活躍的表現，我真替他們感到開心。
□ 体が弱まっている。 身體變弱。	▶ 台風が通り過ぎると、激しかった風は急に弱まった。 颱風一過，猛激烈的強風倏地減弱了。
□ 過労は体を弱める。 過勞使身體衰弱。	▶ ちょっと寒いですね。冷房を少し弱めてもらえますか。 有點冷耶。冷氣可以稍微調弱一點嗎?
□ 君らは何年生。 你們是幾年級？	▶ 子どもらの明るい笑顔を守れる街づくりを目指します。 我們的目標是共創一座能守護兒童燦爛笑容的城市。
□ 10年来。 10年以來	▶ 彼女とは同じ大学で、10年来の友人です。 我和她讀同一所大學，我們已經是十年的老朋友了。

Check 1 必考單字	高低重音	詞性、類義詞與對義詞
1504□□□ ライター	▶ ライター	▶ [名]【lighter】打火機 [類] マッチ ／ match 火柴
1505□□□ ライト	▶ ライト	▶ [名]【light】燈，光 [類] 蛍光灯 日光燈
1506□□□ らく 楽	▶ らく	▶ [名・形動・漢造] 快樂，安樂，快活；輕鬆， 簡單；富足，充裕舒適 [類] 気楽 輕鬆
1507□□□ らくだい 落第	▶ らくだい	▶ [名・自サ] 不及格，落榜，沒考中；留級 [類] 落ちる 沒考中
1508□□□ ラケット	▶ ラケット	▶ [名]【racket】（網球、乒乓球等的）球 拍 [類] 球 球
1509□□□ ラッシュ	▶ ラッシュ	▶ [名]【rush】（眾人往同一處）湧現；蜂 擁，熱潮 [類] ダッシュ ／ dash 猛衝
1510□□□ ラッシュア ワー	▶ ラッシュアワー	▶ [名]【rushhour】尖峰時刻，擁擠時段 [類] バスタイム ／ bath time 沐浴時 間
1511□□□ ラベル	▶ ラベル	▶ [名]【label】標籤，籤條 [類] シール ／ seal 貼紙
1512□□□ ランチ	▶ ランチ	▶ [名]【lunch】午餐 [類] ディナー ／ dinner 晚宴

□ ライターで火をつける。 用打火機點火。	▶ 「ライターありますか。」「ここ、禁煙ですよ。」 「你有打火機嗎？」「這裡禁菸哦！」
□ ライトを点ける。 點燈。	▶ ベッドの横に置く小さなライトを探しています。 我正在找一盞適合個可以放在床邊的小夜燈。
□ 楽に暮らす。 輕鬆地過日子。	▶ 着替えを用意しましたから、スーツは脱いで、もっと楽にしてください。 我已經把要換的居家衣服準備好了，請您脱下西裝換上，儘管放鬆一些。
□ 彼は落第した。 他落榜了。	▶ 兄は3回落第して、今年で大学は7年目だ。 我哥哥已經留級落榜三次了，今年已經是念大學的第七年了。
□ ラケットを張りかえた。 重換網球拍。	▶ 試合に負けた選手は、怒ってラケットを投げ捨てた。 輸了比賽的選手憤怒地把球拍丟到地上了。
□ 帰省ラッシュ。 返鄉人潮	▶ 日本のラッシュの電車に乗ってみたい？やめた方がいいよ。 想體驗看看日本上下班尖峰時段的電車？我勸你還是不要吧！
□ ラッシュアワーに遇う。 遇上交通尖峰。	▶ ラッシュアワーを避けて、早めに出勤しています。 避開上下班尖峰時段，提早去上班了。
□ 警告用のラベル。 警告用標籤	▶ ワインの瓶のきれいなラベルを集めています。 我在收集葡萄酒瓶上的精緻貼紙。
□ ランチ（タイム）。 午餐時間	▶ お弁当もいいけど、たまにはおしゃれなお店でランチもいいな。 雖然便當也很好吃，但偶爾在華麗的餐廳裡享用午餐也很不錯啊！

Check 1 必考單字	高低重音	詞性、類義詞與對義詞
1513 □□□ ●CD2/39 らんぼう 乱暴	► らんぼう	[名·形動·自サ] 粗暴，粗魯；蠻橫，不講 ► 理；胡來，胡亂，亂打人 [類] いたずら 悪戯 擺弄
1514 □□□ リーダー	► リーダー	[名]【leader】領袖，指導者，隊長 [類] じょうし 上司 上司，上級
1515 □□□ りか 理科	► りか	[名] 理科（自然科學的學科總稱） [類] ちり 地理 地理
1516 □□□ りかい 理解	► りかい	[名·他サ] 理解，領會，明白；體諒，諒 ► 解 [類] さんせい 賛成 贊同
1517 □□□ りこん 離婚	► りこん	[名·自サ]（法）離婚 [對] けっこん 結婚 結婚
1518 □□□ リサイクル	► リサイクル	[名]【recycle】回收，（廢物）再利用 [類] かいしゅう 回収 收回
1519 □□□ リビング	► リビング	[名]【living】生活；客廳的簡稱 [類] ダイニング ／ dining 餐廳
1520 □□□ リボン	► リボン	[名]【ribbon】緞帶，絲帶；髮帶；蝴蝶 ► 結 [類] ブローチ ／ brooch 別針
1521 □□□ りゅうがく 留学	► りゅうがく	[名·自サ] 留學 [類] しゅぎょう 修行 〈佛〉修行

Check 2 必考詞組	Check 3 必考例句
☐ 言い方が乱暴だ。 說話方式很粗魯。	▶ グラスをそんなに乱暴に扱わないで。ほら、欠けちゃった。 不要這麼粗暴的丟眼鏡。你看，這裡摔破了。
☐ 登山隊のリーダー。 登山隊的領隊	▶ 彼は大学の教授であると同時に、研究チームのリーダーでもある。 他是大學教授，同時也是研究團隊的領導人。
☐ 理科系に進むつもりだ。 準備考理科。	▶ 理科系に進むつもりだが、生物にも物理にも興味があって決められない。 我雖打算進理學院，但我對生物和物理也都很有興趣，實在無法決定要進哪一系。
☐ 理解しがたい。 難以理解。	▶ 彼の発言は理解できないが、何か事情があったのかもしれない。 我無法理解他的言論，可能是因為有什麼隱情吧。
☐ 二人は協議離婚した。 兩個人是調解離婚的。	▶ 私は一度も結婚したことがないのに、友人はもう2回も離婚している。 我從來沒結過婚，但我朋友已經離兩次婚了。
☐ 牛乳パックをリサイクルする。 回收牛奶盒。	▶ 紙袋やお菓子の箱も大切な資源です。リサイクルしましょう。 紙袋和糖果盒也都是珍貴重要的資源。拿去資源回收吧！
☐ リビング用品。 生活用品	▶ 日の当たるリビングで読書をするのが私の幸せです。 對我而言，幸福就是在陽光明媚的客廳裡閱讀。
☐ リボンを付ける。 繫上緞帶。	▶ 髪に大きなリボンを結んでいるのがうちの娘です。 頭上綁著大蝴蝶結的就是我女兒。
☐ アメリカに留学する。 去美國留學。	▶ 今年の秋から3年間、イギリスの大学に留学します。 今年秋天開始，我要去英國的大學留學三年。

ら行

Check 1 必考單字	高低重音	詞性、類義詞與對義詞

1522 ☐☐☐
りゅうこう
流行 ▸ りゅうこう ▸ [名・自サ] 流行，時髦，時興；蔓延
圞 はやり 流行

1523 ☐☐☐
りょう
両 ▸ りょう ▸ [漢造] 雙，兩
圞 ２倍 兩倍

1524 ☐☐☐
りょう
料 ▸ りょう ▸ [接尾] 費用，代價
圞 原料 原料

1525 ☐☐☐
りょう
領 ▸ りょう ▸ [名・接尾・漢造] 領土；脖領；首領
圞 首 腦袋；頭目

1526 ☐☐☐
りょうがえ
両替 ▸ りょうがえ ▸ [名・他サ] 兌換，換錢，兌幣
圞 崩す 換成零錢

1527 ☐☐☐
りょうがわ
両側 ▸ りょうがわ ▸ [名] 兩邊，兩側，兩方面，雙方
圞 周り 周圍

1528 ☐☐☐
りょうし
漁師 ▸ りょうし ▸ [名] 漁夫，漁民
圞 釣り人 釣魚者

1529 ☐☐☐
りょく
力 ▸ りょく ▸ [名]（也唸「りく」）力量
圞 法 法律

1530 ☐☐☐
ルール ▸ ルール ▸ [名]【rule】規章，章程；尺，界尺
圞 留守 看家；不在家

Check 2 必考詞組

□ 去年はグレーが流行した。
去年是流行灰色。

□ 橋の両側。
橋樑兩側

□ 入場料。
入場費用

□ 北方領土。
北方領土

□ 円とドルの両替。
日圓和美金的兌換。

□ 道の両側に寄せる。
使靠道路兩旁。

□ 漁師の仕事。
漁夫的工作

□ 実力がある。
有實力。

□ 交通ルール。
交通規則

Check 3 必考例句

▶ 今、若い女の子の間では、この店のアイスクリームが流行しているそうだ。
據說最近這家店的冰淇淋在年輕女孩間蔚為風潮。

▶ 春には、川の両岸に咲く桜を見に、たくさんの人が訪れる。
春天，有很多人來到河堤兩岸河川的兩岸邊觀賞盛開的櫻花。

▶ 高い授業料を払ってるんだから、寝てたら損だよ。
我都已經付了高額的學費，要是睡著就吃虧了。

▶ カリブ海には、イギリス領、オランダ領など欧米の海外領土がたくさんある。
加勒比海域有很多地區屬於是英國、荷蘭等歐美國家的海外領土。

▶ イタリアに行くので、銀行で円をユーロに両替した。
因為我要去義大利，所以去銀行把日元兌換成了歐元。

▶ 怪我をした男性は、両側から支えられてやっと歩ける状態だった。
受傷的男性當時的狀態需要靠別人在處於被兩邊旁扶著的人支撐著才能勉強走路的狀。

▶ 漁師だからといって、毎日魚ばっかり食べてるわけじゃない。
即使我是漁夫，也不是每天都只吃魚。

▶ 人間関係は、相手の立場に立ってみる想像力が大切です。
在關於人際關係上，從對方的立場思考是很重要的。

▶ ゲームは一日1時間まで、というのがわが家のルールだ。
一天最多只能玩一小時的電玩遊戲，這是我們家的規定。

355

Check 1 / 必考單字	高低重音	詞性、類義詞與對義詞
1531 □□□ ◎CD2/40 る す ばん **留守番**	▶ るすばん	[名] 看家，看家人 [類] る す 留守 看家；不在家
1532 □□□ れい **礼**	▶ れい	[名·漢造] 禮儀，禮節，禮貌；鞠躬；道謝，致謝；敬禮；禮品 [類] れい ぎ 礼儀 禮貌
1533 □□□ れい **例**	▶ れい	[名·漢造] 慣例；先例；例子 [類] せんれい 先例 先例；慣例
1534 □□□ れいがい **例外**	▶ れいがい	[名] 例外 [類] とくべつ 特別 特別
1535 □□□ れい ぎ **礼儀**	▶ れいぎ	[名] 禮儀，禮節，禮法，禮貌 [類] ぎょう ぎ 行儀 礼貌
1536 □□□ **レインコート**	▶ レインコート	[名]【raincoat】雨衣 [類] オーバーコート ／ overcoat 大衣
1537 □□□ **レシート**	▶ レシート	[名]【receipt】收據，收條 [類] りょうしゅうしょ 領収書 收據，發票
1538 □□□ れつ **列**	▶ れつ	[名·漢造] 列，隊列；排列；行，級，排 [類] ぎょうれつ 行列 行列，隊伍
1539 □□□ れっしゃ **列車**	▶ れっしゃ	[名] 列車，火車 [類] しんかんせん 新幹線 新幹線

Check 2　必考詞組	Check 3　必考例句

Check 2　必考詞組

☐ 留守番をする。
看家。

☐ 礼を欠く。
欠缺禮貌。

☐ 前例のない快挙。
破例的壯舉

☐ 例外として扱う。
特別待遇。

☐ 礼儀正しい青年。
有禮的青年

☐ レインコートを忘れた。
忘了帶雨衣。

☐ レシートをもらう。
拿收據。

☐ 列に並ぶ。
排成一排。

☐ 列車が着く。
列車到站。

Check 3　必考例句

▶ お母さんが帰るまで、一人でお留守番できるよね？
在媽媽回家之前，你能一個人看家嗎？

▶ 日本に来たときにお世話になった人に、お礼の手紙を書いた。
我寫了一封信感謝信給我在日本時一直很照顧我的人。

▶ 君のレポートは、具体的な例を挙げて説明すると分かり易くなるよ。
你的報告如果能舉個具體的例子說明，就能更容易理解了。

▶ 仕事のできる人ほど、例外なく、話が短いという。
據說，工作能力越強的人說話越簡短，沒有例外。

▶ 日本の柔道や剣道は、礼儀を大切にするスポーツだ。
日本的柔道和劍道都是重視禮儀的運動。

▶ 雨の中、レインコートを着て歩くのが好きです。
我喜歡穿雨衣在雨中行走。

▶ 返品する場合は、必ずこのレシートを持って来てください。
如果要辦理退貨，請務必帶這張收據過來。

▶ 白線の内側に、3列になってお並びください。
請在白線內側排成三排。

▶ 実家は列車で2時間ほどの田舎町にあります。
我的老家在鄉下小鎮的村落，搭火車大約要兩個小時。

Check 1 必考單字	高低重音	詞性、類義詞與對義詞

1540□□□

レベル ▸ レベル ▸ [名]【level】水平，水準；水平線，水平面；水平儀，水平器
[類] 出来（做出來的）結果

1541□□□

恋愛 _{れんあい} ▸ れんあい ▸ [名・自サ] 戀愛
[類] 愛情 愛情，愛心

1542□□□

連続 _{れんぞく} ▸ れんぞく ▸ [名・他サ・自サ] 連續，接連
[類] 続き 繼續

1543□□□

レンタル ▸ レンタル ▸ [名]【rental】出租，出賃；租金
[類] 借りる 租（借）

1544□□□

レンタル料 _{りょう} ▸ レンタルりょう ▸ [名]【rental りょう】租金
[類] 手数料 手續費

1545□□□

老人 _{ろうじん} ▸ ろうじん ▸ [名] 老人，老年人
[類] 高齢者 老年人

1546□□□

ローマ字 _じ ▸ ローマじ／
ローマじ ▸ [名]【Romaじ】羅馬字，拉丁字母
[類] カタカナ 片假名

1547□□□

録音 _{ろくおん} ▸ ろくおん ▸ [名・他サ] 錄音
[類] 録画 錄像，收錄影像

1548□□□

録画 _{ろくが} ▸ ろくが ▸ [名・他サ] 錄影
[類] 撮影 拍照；拍電影

□ レベルが向上する。
水準提高。

► 大学の授業のレベルが高くて、ほとんど理解できない。
大學課業的難度很高，幾乎完全聽不懂。

□ 恋愛に陥った。
墜入愛河。

► 恋愛小説を書いて、インターネットで発表している。
我寫了愛情小說，並發表於網路上。

□ 3年連続黒字。
連續了三年的盈餘

► わが社は3年連続で売り上げが増加しています。
本我們公司的營業額近三年皆為已經持連續成長三年成長。

□ 車をレンタルする。
租車。

► 板や服は全部スキー場でレンタルすればいいよ。
滑雪板和滑雪服等全部裝備全都在滑雪區租用就好了啊。

□ ウエディングドレスのレンタル料。
結婚禮服的租借費。

► 8人乗りの車を3日間借りたいんですが、レンタル料はいくらですか。
我想租用一輛八人座的汽車三天，需要多少租金？

□ 老人になる。
老了。

► 父は80になるが、まだまだ老人じゃない、と頑張っている。
雖然家我的父年屆親就要八十歲了，但他仍然努力工作，完全不像老年人。

□ ローマ字表。
羅馬字表

► 名前は、片仮名とローマ字、両方の記入をお願いします。
請填入姓名，片假名和羅馬拼音兩種請都寫上。

□ 彼は録音のエンジニアだ。
他是錄音工程師。

► あとで原稿にするので、会議の発言は全て録音しています。
由於會因為之後必須寫成書面文字要做成稿子，所以會議上的發言全都程錄音了。

□ 大河ドラマを録画した。
錄下大河劇了。

► 帰りが遅くなる日は、ドラマの録画を予約しておきます。
較會晚回家的日子，會時候，事先設定用了電視的預約錄影功能錄下，把電視劇錄下。

Check 1 必考單字	高低重音	詞性、類義詞與對義詞
1549 □□□ ロケット	ロケット／ ロケット	[名]【rocket】火箭發動機；（軍）火箭彈；狼煙火箭 [類] ロボット ／ robot 機器人
1550 □□□ ●CD2 41 ロッカー	ロッカー	[名]【locker】（公司、機關用可上鎖的）文件櫃；（公共場所用可上鎖的）置物櫃，置物箱，櫃子 [類] たんす 衣櫥
1551 □□□ ロック	ロック	[名・他サ]【lock】鎖，鎖上，閉鎖 [類] オートロック ／ autolock 自動鎖
1552 □□□ ロボット	ロボット	[名]【robot】機器人；自動裝置；傀儡 [類] マシーン ／ machine 機器
1553 □□□ 論_{ろん}	ろん	[名] 論，議論 [類] 意見_{いけん} 見解
1554 □□□ 論_{ろん}じる／ 論_{ろん}ずる	ろんじる／ ろんずる	[他上一] 論，論述，闡述 [類] 述_のべる 闡明
1555 □□□ 羽_わ	わ	[接尾]（數鳥或兔子）隻 [類] 尾_び 尾，條
1556 □□□ 和_わ	わ	[名] 和，人和；停止戰爭，和好；也指日本 [類] 平和_{へいわ} 和平 [對] 洋_{よう} 東洋和西洋
1557 □□□ ワイン	ワイン	[名]【wine】葡萄酒；水果酒；洋酒 [類] カクテル ／ cocktail 雞尾酒

□ ロケットで飛ぶ。 乘火箭飛行。	いつかロケットに乗って、宇宙から地球を見てみたい。 總有一天我要搭上火箭，從外太空眺望地球。
□ ロッカーに入れる。 放進置物櫃裡。	荷物が邪魔なら、駅のロッカーに入れるといいよ。 如果嫌帶著行李麻煩，就寄放在車站的置物櫃子裡就好了。
□ ロックが壊れた。 門鎖壞掉了。	パソコンもスマホもロックされていて、開けられません。 電腦和智慧手機都被鎖住了，解不開。
□ 家事をしてくれるロボット。 會幫忙做家事的機器人。	あまり仕事ができないロボットが人気だというから不思議だ。 不太會工作的機器人居然廣受歡迎，真是不可思議。
□ その論の立て方はおかしい。 那一立論方法很奇怪。	小論文のテーマについて、クラス全員で議論した。 全班同學針對短篇小論文的主題進行了討論。
□ 事の是非を論じる。 論述事情的是與非。	国会で大臣が論じた環境対策については、多くの批判が出た。 關於部長大臣在國會上闡述談論的環保政策，引發起了諸多抨擊多方的批判。
□ 鶏が一羽いる。 有一隻雞。	冬になると、何百羽という鳥が海を渡ってこの地にやって来る。 每逢到了冬天，總有好幾百隻候一種叫何百羽的鳥就會飛越穿過大海來到這個地方。
□ 平和主義。 和平主義。	ホテルのお部屋は、和室と洋室、どちらがよろしいですか。 旅館的房間分成有日式和洋式，請問您想要選哪一種呢？
□ ワイングラスを傾ける。 酒杯傾斜。	この料理には、香りの高い白ワインが合います。 這道菜搭料理配白葡萄酒很對味。

Check 1　必考單字	高低重音	詞性、類義詞與對義詞

1558□□□
わ
我が　▶　わが　▶
[連體] 我的，自己的，我們的
[類] われわれ　我們

1559□□□
わがまま　▶　わがまま　▶
[名・形動] 任性
[類] いい加減　馬馬虎虎

1560□□□
わかもの
若者　▶　わかもの　▶
[名] 年輕人，青年
[類] 若い　年輕；青年

1561□□□
わか
別れ　▶　わかれ　▶
[名] 別，離別，分離；分支，旁系
[類] 壊れ　破碎

1562□□□
わ
分かれる　▶　わかれる　▶
[自下一] 分裂；分離，分開；區分，劃分；區別
[類] 離れる　分離

1563□□□
わ
沸く　▶　わく　▶
[自五] 煮沸，煮開；興奮
[類] 沸かす　燒開

1564□□□
わ
分ける　▶　わける／わける　▶
[他下一] 分，分開；區分，劃分；分配，分給；分開，排開，擠開，分類
[類] 分割する　分割；分期付款

1565□□□
わず
僅か　▶　わずか　▶
[副・形動] （數量、程度、時間等）很少，僅僅；一點也（後加否定）僅
[類] 微か　微弱

1566□□□
わ
詫び　▶　わび　▶
[名] 賠不是，道歉，表示歉意
[類] 謝る　謝罪

Check 2 必考詞組	Check 3 必考例句
□ 我が国。 我國	仕事が辛くても、温かい我が家があると思って頑張っている。 不管工作再怎麼辛苦，只要想起我溫暖的家，就有了努力的動力。
□ わがままを言う。 說任性的話。	一人っ子はわがままだと言われるが、実はしっかりしている人が多いという。 雖然很多人認為獨生子女都很任性，但其實其中也有不少人個性十分很多穩重腳踏實地的人。
□ 若者たちの間。 年輕人間。	「最近の若者は…」という文句は、5000年も前から言われていたそうだ。 據說「最近的年輕人……」這種說法，據說早在五千年前就有人用了。
□ 別れが悲しい。 傷感離別。	彼女との別れは、悲し過ぎてあまり覚えていない。 和她分手太過心痛悲傷了，痛得以至於我已經想不太起來了。
□ 意見が分かれる。 意見產生分歧。	この先で道が三つに分かれていますから、真ん中の道を進んでください。 前面有三道岔路，請走正中間那一條。
□ 會場が沸く。 會場熱血沸騰。	お湯が沸いたら、お茶をいれてもらえますか。 熱水煮滾沸騰後可以幫我泡茶嗎？
□ 等分に分ける。 均分。	お菓子をどうぞ。ケンカしないで、仲良く3人で分けてね。 來吃甜點囉。你們三個不要吵架，相親相愛好好相處一起吃吧！
□ わずかに覚えている。 略微記得。	モーツァルトが初めて曲を作ったのは、わずか4歳のときだった。 莫札特首次創作歌曲時年僅四歲。
□ 丁寧なお詫びの言葉。 畢恭畢敬的賠禮。	この度はご迷惑をおかけしてしまい、お詫びの言葉もありません。 這次給您添麻煩了，無論說什麼都不足以表達我的歉意。

わ
行

Part
1

Check 1 必考單字	高低重音	詞性、類義詞與對義詞

1567 □□□
笑い
わら
▸ わらい ▸
[名] 笑；笑聲；嘲笑，譏笑，冷笑
類 微笑み 微笑
ほほ え

1568 □□□ ●CD2/42
割り／割
わ　　わり
▸ わり ▸
[造語] 分配；（助數詞用）十分之一，
一成；比例；得失
類 率 比率
りつ

1569 □□□
割合
わりあい
▸ わりあい ▸
[名] 比例；比較起來
類 割と 比較地
わり

1570 □□□
割り当て
わ　　あ
▸ わりあて ▸
[名] 分配，分擔
類 役割 任務職務
やくわり

1571 □□□
割り込む
わ　　こ
▸ わりこむ ▸
[自五] 擠進，插隊；闖進；插嘴
類 介入 插手
かいにゅう

1572 □□□
割り算
わ　　ざん
▸ わりざん ▸
[名]（算）除法
類 掛け算 乘法
か　　ざん

1573 □□□
割る
わ
▸ わる ▸
[他五] 打，劈開；用除法計算
類 割れる 裂開
わ

1574 □□□
湾
わん
▸ わん ▸
[名] 灣，海灣
類 瀬戸 海峽
せ と

1575 □□□
碗／椀
わん　わん
▸ わん／わん ▸
[名] 碗，木碗；（計算數量）碗
類 茶碗 碗
ちゃわん

Check 2 必考詞組	Check 3 必考例句
□ 笑いを含む。 含笑。	▶ 彼がしゃべり始めると、会場のあちこちから笑いが起こった。 他一開口，笑聲就從會場的各個角落傳了出來。
□ 4割引き。 打了四折。	▶ バーゲンセールです。店内の商品は全品2割引きです。 大特價！全館商品八折出售！
□ 空気の主要成分の割合を求める。 算出空氣中主要成分的比例。	▶ うちの学校は伝統的に、男子生徒の割合が多い。 傳統上，我們學校的男學生比例較高。
□ 仕事の割り当てをする。 分派工作。	▶ 社員それぞれに、能力に合った仕事を割り当てるのも、上司の役割だ。 為每位員工分配適合其能力的工作是上司的責任。
□ 列に割り込んできた。 插隊進來了。	▶ 列に割り込まないで、ちゃんと後ろに並んでください。 不要插隊，請去後面依序排隊。
□ 割り算は難しい。 除法很難。	▶ 12個のりんごを4人で分ける？それは割り算を使う問題だよ。 十二個蘋果分給四個人？這是除法的問題啊。
□ 卵を割る。 打破蛋。	▶ 外から石が飛んできて、突然部屋の窓ガラスが割れた。 有粒石子突然從外面飛了進來，把房間的窗戶玻璃砸碎了。
□ 東京湾。 東京灣	▶ これは今朝、東京湾で獲れた魚です。 這是今天早上在東京灣捕獲的鮮魚。
□ 一碗の吸い物。 一碗湯	▶ お茶碗には白いご飯、お椀には熱いお味噌汁、幸せだなあ。 有一碗白飯和一碗熱味噌湯，真是幸福啊！

重音精華+例句精練

QR Code 附贈線上朗讀音檔

日檢**單字**絕勝備考利器

N3

分數飆升，唯一選擇！

權威推薦 × 戰勝多變題型
精確捕捉高頻單字

N3 JLPT

【QR絕對合格 01】

■ 發行人／ 林德勝

■ 著者／ 吉松由美、田中陽子、林勝田、山田社日檢題庫小組

■ 出版發行／ 山田社文化事業有限公司
地址　臺北市大安區安和路一段112巷17號7樓
電話　02-2755-7622　02-2755-7628
傳真　02-2700-1887

■ 郵政劃撥／ 19867160號　大原文化事業有限公司

■ 總經銷／ 聯合發行股份有限公司
地址　新北市新店區寶橋路235巷6弄6號2樓
電話　02-2917-8022
傳真　02-2915-6275

■ 印刷／ 上鎰數位科技印刷有限公司

■ 法律顧問／ 林長振法律事務所　林長振律師

■ 書+QR碼／ 新台幣380元

■ 初版／ 2024年5月

（18K+QR碼線上音檔）

STS

山田社

STS

山田社